KB213350

버마 시절

버마 시절

Burmese Days

조지 오웰 장편소설 박경서 옮김

BURMESE DAYS
by GEORGE ORWELL (1934)

이 책은 실로 꿰매어 제본하는 정통적인 사철 방식으로 만들어졌습니다.
사철 방식으로 제본된 책은 오랫동안 보관해도 손상되지 않습니다.

버마 시절

7

1

상(上) 버마[1] 카우크타다라는 읍의 하급 치안 판사 우 포 킨은 자신의 집 베란다 의자에 앉아 있었다. 아침 8시 30분 밖에 안 되었는데도 때가 4월이라 긴 한낮의 살인적 더위를 예고하듯 벌써부터 공기가 답답했다. 상대적으로 시원하게 느껴지는, 이따금씩 희미하게 불어오는 산들바람이 방금 뿌린 물에 젖은 채 처마에 매달려 있는 난초 잎을 맥없이 흔들고 지나갔다. 난초 너머에는 줄기가 구부러진 야자수 한 그루가 먼지에 휩싸여 있고 그 뒤로 이글거리는 짙푸른 하늘이 보였다. 바라보면 눈이 부신 저 높은 하늘에서 독수리 몇 마리가 날개를 활짝 편 채 선회하고 있었다.

우 포 킨은 자기(磁器)로 만든 커다란 인형처럼 눈도 깜박이지 않고 강렬한 햇빛을 응시하고 있었다. 50대인 그는 몸이 너무 뚱뚱해 몇 년 전부터 누군가의 도움을 받지 않고서는 의

---

1 1989년 집권 군부 세력이 공식 영어 국명을 〈버마〉에서 〈미얀마〉로 바꾸었다. 현재 민주화 운동을 하는 반체제 인사들은 군사 정권에서 붙인 국명인 〈미얀마〉 대신 〈버마〉라는 호칭을 사용하고 있다. 미국, 영국 정부도 〈버마〉라고 부른다.

자에서 일어설 수 없었다. 하지만 그의 비대한 몸은 균형이 잘 잡혀 있고 풍채가 보기 좋을 정도였다. 버마 사람들은 백인처럼 배가 앞으로 튀어나오거나 뱃살이 축 처지지 않고 잘 익은 둥근 과일처럼 골고루 살이 퍼진다. 그의 넓적하고 누런 얼굴에는 주름살 하나 없었으며, 눈동자는 황갈색이었다. 신발을 신지 않은 작고 오목한 발의 발가락은 길이가 모두 같았고, 역시 아무것도 쓰지 않은 머리는 짧게 깎여 있었다. 그리고 버마 사람들이 평상시에 즐겨 입는, 푸른색과 분홍색의 체크무늬가 있는 아라칸산 롱지[2] 차림이었다. 그는 탁자 위에 놓인 니스 칠한 상자에서 구장[3]을 꺼내 씹으며 이제까지의 삶을 되돌아보고 있었다.

화려하고 성공적인 삶이었다. 1880년대로 거슬러 올라가는 최초의 기억은, 배가 볼록 튀어나온 벌거숭이 아이가 승리의 행진을 하며 만달레이[4]로 들어오는 영국 군대를 바라보며 서 있는 장면이었다. 붉은 얼굴에 붉은 군복을 입었으며 고기를 먹어 살찐 군인들을 보고 느꼈던 그때의 공포를 그는 아직도 기억하고 있었다. 어깨에 멘 긴 총과 규칙적으로 반복되는 그 무겁고 둔탁한 군화 소리의 공포를. 그 아이는 잠깐 동안 그들을 지켜본 뒤 쏜살같이 도망쳤다. 어린 마음에도 그는 자신의 민족이 이 거대한 인종과는 상대도 되지 못한다는 것을 깨달았다. 영국 편에 서서 싸우는 것, 다시 말해 그들에게 아첨하는 기생충이 되는 것이 어릴 때부터 그의 주된 야망이 되었다.

열일곱 살이 되자 그는 관청에 일자리를 구해 보려고 애썼지만, 너무 가난하고 밀어줄 사람도 없어 뜻대로 되질 않았

2 버마의 남녀가 입는 전통 의상 중 하나. 허리에 둘러 입는다.
3 동인도산 후춧과 식물.
4 버마 중부 이라와디 강 연안에 위치한 상 버마의 옛 주도.

다. 그래서 그는 3년 동안 미로처럼 엉키고 악취가 풍기는 만달레이 시장 곡물상의 점원으로 일하면서 가끔은 주인이 없는 틈을 타 물건을 훔치기도 했다. 스무 살이 되던 해 운 좋게도 단 한 번의 공갈로 4백 루피를 손에 쥐게 되자, 그는 즉시 랑군[5]으로 상경해 관리에게 뇌물을 먹이고 관청 서기로 들어갔다. 관청 서기직은 봉급은 적었지만 뒤로 들어오는 돈이 쏠쏠한 자리였다. 당시 서기 일당은 서로 짜고 정부가 관리하는 창고의 물품을 빼내 지속적인 수입을 올리고 있었다. 포 킨(그 당시의 이름은 포 킨이었으며, 존칭어인 〈우〉는 몇 년 후에 붙은 것이다)도 이런 일에 자연스레 빠져들었다. 그러나 그는 상당히 야심 찬 인물이라 그저 푼돈이나 뜯는 서기로 비참하게 평생을 보내고 싶지 않았다. 어느 날 그는 서기들 중 몇 명을 관청의 하급 공무원으로 뽑을 것이라는 정보를 알아냈다. 그 소식은 일주일 후에 공식 발표될 예정이었지만, 항상 다른 사람들보다 일주일 빨리 정보를 입수하는 것이 포 킨의 재능 중 하나였다. 그는 기회를 엿보다가 서기 일당이 낌새도 채기 전에 그들을 모조리 밀고해 버렸다. 그들 대부분은 감옥에 갔으며 포 킨은 이에 대한 포상으로 읍사무소 말단 직원으로 임명되었다. 그때부터 그는 승승장구하며 승진을 거듭했다. 쉰여섯 살이 된 지금 그는 하급 치안 판사라는 직위에까지 올랐으며, 어쩌면 부국장 대리까지 올라갈 수도 있을 것이다. 그 자리는 영국인과 동등한 서열이며 심지어 영국인들을 발밑에서 부려먹을 수도 있는 자리였다.

치안 판사로서 그의 일하는 방식은 단순했다. 그는 뇌물이 아무리 엄청나더라도 사건의 판결을 뇌물과 맞바꾸지 않았

5 〈전쟁의 끝〉이라는 뜻을 가진 버마 최대의 도시. 지금의 양곤에 해당함.

다. 잘못된 판결을 내리는 치안 판사는 조만간 체포된다는 사실을 잘 알고 있기 때문이었다. 그가 부린 수완은 보다 안전하게 양측으로부터 동시에 뇌물을 받은 뒤 엄격한 법적 근거에 따라 판결을 내리는 것이었다. 그러면 그는 공정한 판결로 명성을 확보하게 되는 것이다. 그렇게 그는 소송 당사자들로부터 수입을 챙길 뿐 아니라, 일종의 사적인 조세 체제를 통해 자신의 사법 관할 구역 안에 있는 모든 마을로부터 세금을 끊임없이 거둬들였다. 만일 어느 마을이 공물을 바치지 않으면 무장 폭력배들을 동원해 마을을 습격하거나 있지도 않은 죄목을 씌워 마을 사람들을 체포하는 식으로 보복을 했다. 얼마 가지 않아 그에게는 엄청난 재물이 쌓였다. 또한 그는 자신의 구역에서 일어나는 모든 대규모 약탈 행위 가운데 자기 몫을 챙기기도 했다. 물론 우 포 킨의 상관들을 제외한 모든 사람들은 이러한 그의 파렴치한 행위를 거의 다 알고 있었지만(영국 관리들은 자기 밑에서 일하는 사람들에 대한 나쁜 이야기를 믿으려 하지 않는다), 그의 죄를 밝히고자 하는 시도는 항상 실패했다. 이런 약탈 행위에서 떡고 물을 받아먹으며 그의 뒤를 봐주는 사람들이 수없이 많기 때문이었다. 누군가가 우 포 킨을 고소하면, 그는 증인을 매수해 간단히 소송의 신뢰도를 떨어뜨려 버렸다. 그리고 여세를 몰아 맞고소함으로써 문제를 확실히 마무리 지었다. 이렇게 해서 그의 지위는 더욱 탄탄해졌다. 사람 보는 눈이 너무도 뛰어난 그는 앞잡이를 잘 골라 내세운 덕에 실패하는 법이 없었고, 또 음모와 술수에 도통해서 실수나 무지 따위로 일을 그르치는 법이 결코 없었기 때문에 사실상 난공불락의 요새와도 같은 인물이 되었다. 그의 실체는 결코 밝혀지지 않을 것이고 성공에 성공을 거듭할 것이며, 결국 수십만 루피의 가치가 되는 생을 명예롭게 마감하게 될 것이라고 누구나 단언할 수 있었다.

무덤에서조차 그의 성공은 계속될 터였다. 버마에는 살아 생전에 나쁜 짓을 많이 저지른 사람은 쥐, 개구리 또는 다른 하등 동물로 환생한다는 불교적 믿음이 있다. 우 포 킨은 독실한 불교 신자였으므로 이런 위험에 대비하여 계획을 미리 세워 놓았다. 즉, 만년에 선행을 많이 하여 그때까지 저지른 나쁜 짓을 벌충하고도 남을 만큼의 공덕을 쌓겠다는 계산이었다. 그 선행은 아마도 탑을 쌓는 일이 될 것이다. 돌 세공 장식, 도금된 둥근 상단부 그리고 바람에 딸랑딸랑 소리가 나는 조그만 종으로 이루어진 탑을 세울 계획이었다. 딸랑거리는 종소리 하나하나는 다 그를 위한 기도가 될 것이다. 네 개, 다섯 개, 여섯 개, 일곱 개 아니 승려가 원하는 만큼 만들어 주리라. 그러면 그는 이 땅에 다시 남자의 모습으로 — 여자로 태어나는 것은 쥐나 고양이로 태어나는 것과 같이 취급되었다 — 최악의 경우라 해도 코끼리와 같은 존엄한 동물로 다시 태어날 것이다.

이런 모든 생각들은 우 포 킨의 머리를 재빨리 그리고 대부분은 구체적인 영상으로 스쳐 지나갔다. 그의 머리는 교활하지만 한편으로는 상당히 우둔해서 분명한 목적이 없으면 결코 쓰이지 않았다. 따라서 순수한 명상 같은 것은 그의 능력 밖의 일이었다. 지금 그는 늘 해왔던 생각을 하고 있었다. 삼각형 모양의 자그마한 손을 의자 팔걸이에 얹은 채 그는 고개를 조금 돌려 약간 색색거리며 하인을 불렀다.

「바 타익, 바 타익!」

하인 바 타익은 베란다의 구슬발을 손으로 열면서 나타났다. 작달막한 체구에 얼굴에 마마 자국이 있었고 주눅 들고 다소 굶주린 듯한 인상을 풍기는 사람이었다. 그는 유죄 판결을 받은 절도범으로 우 포 킨의 말 한마디면 곧장 감옥으로 끌려갈 것이기 때문에, 우 포 킨은 그에게 임금을 주지 않았다. 머리를 조아리며 걸어 들어오는 바 타익은 허리를 너무 굽혀 마치 뒤로 물러나는 것처럼 보였다.

「부르셨나요, 나리?」 그가 말했다.

「나를 만나기 위해 기다리는 사람이 있나, 바 타익?」

바 타익은 손가락으로 방문자들을 꼽아 보았다. 「티펑기 마을 촌장이 선물을 가지고 왔습니다. 그리고 나리께서 재판하시게 될 폭행 사건에 연루된 마을 사람도 두 명 있습니다. 물론 그들도 선물을 가지고 왔습죠. 부국장실에 근무하는 수석 서기 코 바 세인도 와서 뵙기를 원하고 있습니다. 알리 샤 순경과 이름을 잘 모르는 강도도 기다리고 있습니다. 그들은 훔친 황금 팔찌 몇 개를 놓고 서로 다투고 있는 것 같습니다. 그리고 아기를 데리고 온 젊은 마을 처녀도 있습니다.」

「그 여잔 뭘 요구하지?」 우 포 킨이 말했다.

「데리고 온 아기가 주인님의 아이라고 말하고 있습니다, 나리.」

「음, 그리고 촌장은 얼마나 가져왔느냐?」

기껏해야 10루피와 망고 한 바구니 정도 되는 것 같다고 바 타익은 말했다.

「촌장에게 전해.」 우 포 킨이 말했다. 「20루피는 돼야 한다고. 그리고 내일까지 돈을 보내지 않으면 그는 물론이거니와 마을에 피해가 있을 거라고 말이야. 다른 사람들은 즉시 만나 보겠다. 코 바 세인에게 이리 들어오라고 말해.」

바 세인이 곧 나타났다. 자세가 꼿꼿하고 어깨가 좁은 그는 버마 사람치고는 키가 제법 큰 편이었다. 그리고 피부는 커피 블라망주[6]가 연상될 정도로 묘하게 부드러웠다. 우 포

---

6 젤라틴 따위에 커피를 섞어 만든 푸딩.

킨은 그를 꽤 쓸모 있는 끄나풀로 여겼다. 창의력은 떨어지지만 열심히 일하는 훌륭한 서기였고 부국장인 맥그리거 씨는 업무와 관련한 비밀 사항 대부분을 그에게 말할 정도로 그를 신뢰하고 있었다. 우 포 킨은 이런저런 생각으로 마음을 가다듬고 웃으면서 바 세인을 맞아들이고는 구장 나무 잎이 든 통을 흔들었다.

「이보게, 코 바 세인, 우리 일은 어떤가? 친애하는 맥그리거 씨 말마따나 — 우 포 킨은 갑자기 영어로 말했다 — 〈상당히 잘 진척되고 있겠지?〉」

그의 가벼운 농담에도 바 세인은 웃지 않았다. 그는 긴 허리를 똑바로 세우고 빈 의자에 걸터앉아 대답했다.

「잘 진행되고 있습니다, 나리. 오늘 아침에 도착한 신문입니다. 한번 살펴봐 주시기 바랍니다.」

그는 「버마의 애국자」라는, 2개 국어로 쓰인 신문 한 부를 펼쳐 보였다. 그것은 압지만큼이나 질 낮은 종이에 형편없이 인쇄된 여덟 쪽짜리 누더기 조각이었다. 일부는 「랑군 가제트」에서 베껴 쓴 기사이고, 일부는 허약한 민족주의자에 대한 과장된 기사였다. 마지막 페이지는 조판이 되어 있지 않은 채, 마치 이 신문의 적은 발행 부수에 애도라도 표하는 것처럼 전체가 새까맣게 칠해져 있었다. 우 포 킨이 고개를 돌려 읽고 있는 기사는 여느 기사와는 달리 비교적 선명하게 인쇄되어 있었다. 내용은 다음과 같았다.

영사기, 기관총, 매독 등과 같은 다양한 축복을 지닌 강력한 서구 문명에 의해 우리 가련한 흑인[7]들이 개화되고

7 버마인은 흑인이 아니고, 〈황갈색〉 피부의 유색 인종이다. 이 작품에서는 피지배자들(버마 원주민들)이 스스로를 비하하여 흑인이라 부르고 있는 것 같다.

있는 이 행복한 때에, 우리의 유럽 은인들의 사생활보다 우리를 더 고무시킬 수 있는 주제가 어디 있겠는가? 그러므로 우리는 상 버마에 위치한 카우크타다에서 있었던 일에 대해 독자들에게 알리고자 한다. 각별히 존경받는 카우크타다 지역의 부국장이신 맥그리거 씨에 관한 이야기다.

맥그리거 씨는 요즘 같은 행복한 시절에 우리가 흔히 만날 수 있는 전통적이고 세련된 영국 신사이다. 우리의 친애하는 영국 친구들도 말하고 있듯이, 그분은 〈가정적인 신사〉이다. 무척 〈가정적〉이다. 그래서인지 그분은 이곳 카우크타다 지역에 계신 1년 동안 이미 세 명의 자녀를 보셨다. 그리고 바로 전 부임지인 쉬엠요에서는 여섯 명의 자녀를 보셨다. 자녀들을 곤궁한 상태로 버려져 있고, 또 그들의 몇몇 어머니들이 굶어 죽을 위험에 처해 있는 것은 아마 맥그리거 씨의 실수인 것 같다.

비슷한 내용의 기사가 하나 더 있었다. 내용은 역시나 졸렬했지만, 그래도 나머지 기사보다는 수준이 높았다. 우 포 킨은 신문을 펼쳐 들고 기사를 찬찬히 읽었다 ── 그는 앞을 내다보는 능력이 탁월했다. 그러고는 뭔가를 골똘히 생각하듯 입술을 양옆으로 늘였다. 구장 나무 잎에서 나온 즙으로 새빨갛게 물든 자그맣고 가지런한 치아가 훤히 드러났다.

「이 기사로 편집자는 6개월 징역형을 언도받게 될 거야.」 드디어 그가 입을 열었다. 하지만 그 편집자는 별로 개의치 않을 거야. 감옥에 들어가야 비로소 빚쟁이들 손아귀에서 벗어날 수 있을 거라고 떠들어 대는 인간이니까.

그리고 흘라 페라고 하는 자네의 견습 서기 혼자 이 기사를 썼다고 했지? 매우 영리한 젊은이군. 앞날이 아주 밝은 젊은이야! 공립 고등학교 교육이 시간 낭비라고 다시는 말하지 말게. 확실히 이 친구는 자신이 해야 할 일을 다했으니까.」

「그러면 나리, 이 기사에 만족하신다는 뜻입니까?」

우 포 킨은 바로 대답하지 않았다. 그는 헉헉대며 안간힘을 쓰는 소리를 내기 시작했다. 의자에서 일어서려고 하는 중이었다. 바 타익은 이 소리에 익숙해 있었다. 그는 구슬발 뒤에서 들어와 바 세인과 함께 우 포 킨의 겨드랑이 밑에 손을 넣어 그를 들어 올려 세웠다. 마치 생선을 나르는 지게꾼이 짊어진 짐의 무게 균형을 잡듯이, 우 포 킨은 다리에 쏠리는 복부의 무게 균형을 맞추면서 잠시 서 있었다. 그러고는 바 타익에게 나가 보라고 손짓했다.

「부족해.」 그는 말했다. 「결코 충분치는 못해. 아직 해야 할 일이 많아. 하지만 시작은 제대로 했어. 들어 보게.」

그는 난간으로 걸어가 한입 가득 들어 있는 진홍색의 구장 즙을 뱉어 내고 뒷짐 진 채 짧은 걸음으로 베란다를 걷기 시작했다. 비대한 넓적다리가 서로 부딪치는 바람에 약간 어기적거리며 걸었다. 그는 걸으면서 말하기 시작했는데, 버마어 동사와 영어의 추상적 어구가 뒤죽박죽된, 정부 관리들이 사용하는 통속적인 혼합 방언을 썼다.

「이제 처음부터 이 문제를 다시 짚어 보기로 하세. 우리는 의사이자 교도소장인 베라스와미 박사를 치려고 해. 그를 비방하고 그의 명예를 더럽혀 결국 영원히 파멸시켜야 돼. 그렇게 하려면 신중한 작전이 필요해.」

「예, 나리.」

「위험하진 않지만, 천천히 진행해야 돼. 우리는 하찮은 서기나 순경 따위를 고소하는 것이 아냐. 높은 관리를 고소하는 거야. 인도인이라도 그가 높은 관리라면 문제가 달라진단 말이야. 서기라면 어떻게 파멸시키지? 간단하지. 먼저 죄목을 덮어씌우고 증인을 여럿 확보한 뒤 해고하고 감옥에 처넣어 버리면 그만이야. 그러나 이 문제는 달라. 조용히, 조용히, 조용히 진행하는 것이 내 방식이야. 스캔들도 없고 무엇보다 공식적인 조사도 없어. 심리해야 할 어떤 고발이나 고소도 없어. 하지만 3개월 이내에 베라스와미가 악당이라는 생각을 카우크타다에 있는 모든 유럽인들의 머리에 심어 주어야만 돼. 뭘 가지고 그를 고소할 수 있을까? 뇌물 혐의로는 안 돼. 의사한테 뇌물을 갖다 바치는 놈은 없으니까. 그렇다면?」

「교도소에서 폭동이 일어나도록 할 수 있습니다.」 바 세인이 말했다. 「교도소장으로서 그는 책임을 면치 못할 것입니다.」

「아니야, 그건 너무 위험해. 난 교도관들이 사방으로 총을 쏴대는 건 원치 않아. 게다가 돈도 너무 많이 든단 말이야. 그러니까 확실히 불온성을 걸고 넘어져야겠어. 민족주의나 선동적인 정치 선전 같은 것 말이야. 그놈이 반동적이고 반(反)영국적 견해를 가지고 있다고 백인들에게 소문을 퍼뜨리는 거야. 그게 뇌물보다 죄질이 훨씬 나쁘거든. 유럽인들은 원주민 관리들이 뇌물을 받는 것은 그냥 그러려니 생각하고 있어. 하지만 이자의 사상이 불온한 것 아닐까 하고 잠깐이라도 의심하기 시작하면 그놈은 이미 끝장난 거야.」

「그가 반영국적이라는 것을 증명하기란 어려울 것입니다.」 바 세인이 반대했다. 「의사는 유럽인들에게 충성을 다하고 있습니다. 백인들을 욕하는 소리를 들으면 크게 화를 내죠. 백인들도 이 사실을 잘 알고 있습니다. 나리도 그렇게 생각하시지 않습니까?」

「아냐, 전혀 그렇지 않아.」 우 포 킨이 나직이 말했다. 「유럽인들은 증거에 대해서는 별로 신경 쓰지 않아. 당사자가 유색 인종일 때는 의심 자체가 바로 증거가 되지. 익명의 편지 몇 통이면 놀랄 만한 효과가 나타날 거야. 그것은 얼마만큼 끈질기냐의 문제야. 다시 말해 고소하고 또 고소하고 계속 고소한다, 유럽인들에게는 그런 식으로 수를 써야 해. 익명의 편지를 계속해서 모든 유럽인들에게 차례로 보내는 거지. 그러곤 그들의 의심이 최고조에 달할 때……」우 포 킨은 뒷짐 지고 있던 짧은 한 손을 앞으로 내밀어 딱 하고 손가락을 퉁겼다.「〈버마의 애국자〉에 실린 이 기사부터 시작하지. 유럽인들이 이 기사를 읽는다면 아마 분노에 차 고함을 지르겠지. 그래, 다음 작전은 이 기사를 쓴 장본인이 바로 그의사라고 그들이 믿도록 만드는 거야.」

「그에겐 유럽인 친구가 많아 일이 어려울지도 모릅니다. 그들은 아플 때 죄다 그를 찾아가니까요. 오늘만 해도 추운 날씨에 맥그리거 씨의 배탈을 치료했고요. 제가 알기에, 그들은 그를 매우 실력 있는 의사로 생각하고 있습니다.」

「어째서 자네는 유럽인들의 마음을 그리도 헤아리지 못하나! 코 바 세인, 유럽인들이 베라스와미에게 가는 건 카우크타다에 다른 의사가 없기 때문이야. 어떤 유럽인들도 유색인을 신뢰하지 않아. 암, 신뢰하지 않지. 익명의 편지를 많이 보내는 것이 유일한 해결책이야. 그 곁에 친구가 없도록 내가 분명히 만들어 주겠어.」

「목재상인 플로리 씨가 있습니다.」바 세인이 말했다(그는 〈뽀를리 씨〉라고 발음했다).「그는 의사와 아주 친한 사이죠. 저는 그가 카우크타다에 머물 때 매일 아침 그 의사 집에 가는 것을 보았습니다. 게다가 두 번이나 저녁 식사에 초대하더군요.」

「그래, 자네 말이 맞아. 만약 플로리가 그 의사의 친구라면 우리에게 해가 될 수도 있어. 유럽인 친구가 있는 인도인을 건드릴 순 없겠지. 유럽인 친구가 있다는 건, 그 왜 잘 쓰는 말 있잖아, 그래 특권, 특권을 가지고 있는 셈이니까. 하지만 베라스와미가 곤경에 빠지면 플로리는 그의 곁을 곧바로 떠나고 말 거야. 그런 인간들에게 원주민과의 진정한 우정 따위는 없어. 게다가 난 플로리가 겁쟁이란 걸 잘 알아. 내가 그를 상대할 테니 자네는 맥그리거 씨의 동태를 살펴봐. 그가 최근에 국장에게 편지를 보낸 일이 있나? 비밀리에 말이야.」

「이틀 전에 쓰긴 했지만, 몰래 뜯어본 결과 별다른 내용은 없었습니다.」

「좋아, 맥그리거 씨에게 편지 쓸 거리를 하나 제공해야겠어. 그리고 그가 의사를 의심하게 되면, 일전에 자네에게 말했던 그 일을 벌일 걸세. 그러면 그…… 맥그리거 씨가 이런 걸 두고 뭐라고 하더라? 그래 〈일석이조〉. 여기선 두 마리가 아니라 새 떼 전부가 되는 거지, 하하하!」

우 포 킨의 웃음은 기침을 하기 전 배 깊숙한 곳에서 끓어 나오는 역겨운 소리처럼 들렸지만 한편으로는 유쾌하고 천진스럽기까지 했다. 그는 〈다른 일〉에 대해서는 한마디도 하지 않았다. 그 일은 너무나 개인적인 문제라 베란다에서 상의할 성질의 것이 아니었다. 지시 사항이 끝난 것을 알고 바 세인은 일어나 접이식 자처럼 허리를 90도 굽혀 깍듯이 인사했다.

「해결해야 할 또 다른 일이 있습니까?」 그가 말했다.

「맥그리거 씨가 〈버마의 애국자〉를 반드시 읽게끔 하게. 그리고 흘라 페에게는 이질에 걸렸다는 핑계를 대고 출근하지 말라고 이르게. 익명의 편지를 쓰는 데 그 친구가 필요하니까. 오늘은 이게 다야.」

「그러면 가도 되겠습니까, 나리?」

「잘 가게!」 우 포 킨은 멍하니 대답했다. 그러고는 곧바로 바 타익을 소리쳐 불렀다. 그는 하루 일과 중 단 1분도 낭비하는 법이 없었다. 다른 방문자들을 처리하는 데는 그리 많은 시간이 걸리지 않았다. 마을 처녀에 대해서는 얼굴을 유심히 살펴본 뒤 안면이 전혀 없는 여자라고 말하고 내쫓아 버렸다. 이제 아침 먹을 시간이 되었다. 매일 아침 정확히 이 시간이 되면 엄청난 공복감이 밀려와 위를 들쑤셨다. 그는 다급히 소리쳤다.

「바 타익! 이봐, 바 타익! 킨 킨! 아침! 서둘러, 배고파 죽겠어.」

커다란 그릇에 수북이 담아 놓은 밥과 카레, 마른 새우, 얇게 잘라 놓은 망고 등 열 가지 정도의 반찬이 구슬발 뒤 거실 안쪽의 테이블 위에 이미 차려져 있었다. 우 포 킨은 테이블로 어기적어기적 걸어가 불퉁거리는 소리를 내며 의자에 앉고는 곧바로 음식에 머리를 처박았다. 그의 아내 마 킨이 뒤에 서서 시중을 들었다. 마흔다섯 살 정도 된 그녀는 몸이 호리호리했고, 연갈색 빛 얼굴은 어딘지 원숭이를 닮은 데가 있었지만 상냥해 보였다. 우 포 킨은 식사를 하는 동안 아내에게는 조금도 신경 쓰지 않았다. 그는 밥그릇에 코를 가까이 갖다 대고 숨을 몰아쉬면서 번질번질한 손가락으로 음식을 입에 채워 넣었다. 그는 그 엄청난 양의 음식을 열정적으로 순식간에 해치웠다. 반찬은 적게 먹었지만 카레라이스만은 엄청나게 많이 먹었다. 식사를 다 마친 그는 몇 번 트림을 하고는 마 킨에게 버마산 푸른색 시가를 갖다 달라고 했다. 그는 영국 담배는 맛이 없다며 입에 대지도 않았다.

이윽고 그는 바 타익의 도움을 받아 출근복으로 갈아입고 거실에 세워져 있는 기다란 거울에 잠시 자신의 몸을 비춰 보며 흡족한 표정을 지었다. 거실 벽은 판자로 되어 있었고 티크 나무 줄기처럼 보이는 두 개의 기둥이 지붕을 받치고 있었다. 우 포 킨은 합판으로 된 장식장과 의자, 영국 왕실의 초상이 담긴 석판화 몇 점과 소화기 등을 비치해 〈영국식〉으로 꾸며 놓았지만 버마의 모든 방이 그러하듯 어둡고 세련되지 못했고, 대나무 돗자리가 깔려 있는 바닥은 라임과 구장즙으로 얼룩이 져 있었다.

마 킨은 마룻바닥 구석진 곳에 앉아 뜨개질을 하고 있었다. 우 포 킨은 거울 앞에서 몸을 천천히 돌려 자신의 뒷모습을 보려 했다. 그는 실크로 만든 연분홍색 가웅바웅[8]을 쓰고 풀 먹인 모슬린 천으로 만든 잉지[9]와 만달레이산 실크에 노란색 무늬를 짜 넣어 화려하게 만든 분홍색 빠소[10]를 입고 있었다. 우 포 킨은 머리를 힘겹게 돌려 그의 큼지막한 엉덩이에 달라붙어 번쩍거리는 빠소를 기분 좋게 쳐다보았다. 그는 자신의 비대함을 자랑스럽게 여겼다. 피둥피둥한 살을 자신의 위대함의 상징으로 여기기 때문이었다. 한때 비천하고 배고팠던 그가 이제는 부자가 되고 살이 찌고 남들이 두려워하는 존재가 된 것이다. 〈한마디로 적들의 시체로 몸을 불린 셈이야.〉 그는 꽤나 시적인 생각을 했다.

「새로 산 빠소는 22루피밖에 안 되는 싸구려야, 이봐 킨 킨!」 그가 아내를 향해 말했다.

마 킨은 고개를 숙이고 계속 뜨개질을 하고 있었다. 그녀는 남편에 비해 유럽식 습관을 많이 배우지 못한 구식의 소박한 여자였다. 그녀는 의자에 앉는 것이 불편했다. 매일 아침 그녀는 여느 시골 아낙네처럼 광주리를 머리에 이고 시장에 갔으며 저녁에는 정원에 무릎을 꿇고 앉아 카우크타다의 가장 높은 하얀 첨탑을 바라보고 기도를 했다. 그녀는 20년 이상 우 포 킨의 비밀 이야기를 들어 온 믿을 만한 친구였다.

8 버마의 전통 모자.
9 버마의 전통 의상 중 남녀가 공용으로 입는 상의.
10 버마의 전통 의상 중 남성용 하의.

「코 포 킨, 당신은 여태껏 나쁜 짓을 많이 했어요.」 그녀가 말했다.

우 포 킨은 손을 가로저었다.「무슨 상관이야? 내가 만들 탑들이 모든 것을 속죄해 줄 거야. 아직 시간은 많이 있어.」

마 킨은 우 포 킨이 하는 일이 못마땅할 때 드러내는 심드 렁한 표정을 지으며 머리를 숙여 다시 뜨개질을 계속했다.

「하지만, 코 포 킨, 이런 계략이니 음모니 하는 게 도대체 다 어디에 필요한 거죠? 베란다에서 코 바 세인과 하는 이야 기를 들었어요. 베라스와미 선생님을 해칠 음모를 꾸미시더 군요. 그 인도인 의사 분을 왜 괴롭히려는 거예요? 그분은 좋 은 사람이에요.」

「여자가 이런 바깥일에 대해 뭘 알아? 그 의사가 내 일을 방해하고 있단 말이야. 우선 그는 뇌물을 받지 않아. 그러면 내가 곤란해진다고. 게다가, 그래, 당신이 죽었다 깨어나도 이해할 수 없는 또 다른 문제가 있어.」

「코 포 킨, 당신은 돈도 많이 벌고 권력도 누릴 만큼 누리 게 됐지만 그래서 좋아진 게 뭐죠? 가난했을 때 우리는 더 행 복했어요. 아, 당신이 읍사무소의 말단 서기였을 때 처음으 로 우리 집을 장만했던 일이 바로 어제처럼 기억나요. 버들 가지 세공이 된 새 가구와 황금 촉이 달린 만년필을 얼마나 자랑스럽게 여겼나요! 그리고 젊은 영국 경찰관이 우리 집에 와서 가장 좋은 의자에 앉아 맥주 한 병을 마시고 갈 때면 얼 마나 뿌듯했던지요! 행복은 돈에 있는 게 아니에요. 지금 돈 이 더 있다고 해서 뭘 더 할 수 있을 것 같아요?」

「집어치우지 못해, 이 여편네야! 공적인 일은 그걸 잘 아는 사람에게 맡기고 당신은 살림에나 신경 써.」

「글쎄요, 잘 모르겠어요. 나는 당신의 아내고 여태껏 당신 에게 순종해 왔어요. 하지만 적어도 공덕을 쌓는 일은 서두르셔야 해요. 많은 공덕을 쌓으세요. 여보! 살아 있는 물고기를 사서 강물에 다시 놓아줄 수도 있잖아요? 그렇게 하면 많은 공덕을 쌓을 수 있어요. 그리고 오늘 아침 탁발하러 온 승려분께서 그러시는데, 사원에 새로 오신 승려 두 분이 무척 굶주리셨대요. 그분들께 시주를 좀 할 수 없나요? 당신이 그분들을 직접 도와 공덕을 쌓게 하려고 저는 아무것도 드리지 않았답니다.」

우 포 킨은 거울에서 고개를 돌렸다. 그녀의 하소연은 약간 효과가 있었다. 그는 쉽게 공덕을 쌓을 수 있는 그런 기회를 결코 놓치는 법이 없었다. 그의 눈에 공덕 쌓기란 계속 불어 가는 은행의 저금통장 같은 것이었다. 강물에 고기를 방생하고 승려에게 시주를 할 때마다 그는 열반에 한 발 더 가까이 다가가는 것이다. 이런 생각을 하면 그는 안심이 되었다. 공덕을 쌓기 위해 그는 마을 촌장이 가져온 망고 한 바구니를 사원에 보내게 했다.

이윽고 그는 집을 나와 도로를 따라 걷기 시작했다. 바 타익이 문서 한 뭉치를 들고 그의 뒤를 따랐다. 그는 노란색 비단 우산을 머리 위에 펼쳐 들고 불룩한 배의 균형을 맞추기 위해 꼿꼿이 서서 천천히 걸었다. 분홍색 빠소는 햇빛을 받아 공단처럼 반짝거렸다. 일일 재판을 하러 법원으로 가는 길이었다.

2

우 포 킨이 오전 업무를 보기 시작할 때쯤, 목재 회사의 대리인이자 의사 베라스와미의 친구인 〈쁘를리〉 씨는 집을 나와 클럽으로 향하고 있었다.

플로리는 나이가 서른다섯 살 남짓 되었으며 중키 정도에 적당한 덩치였다. 길지 않은 머리카락은 매우 검고 뻣뻣했고, 검은 콧수염은 다듬어져 있으며, 원래 혈색이 안 좋은 피부는 햇볕에 많이 타 있었다. 그는 살도 찌지 않았고 대머리도 아니어서 나이보다 늙어 보이진 않았다. 그러나 햇볕에 그을은 탓도 있지만, 뺨이 여위고 눈 주위가 움푹 들어갔으며 시들해 보여 전체적으로 매우 초췌해 보였다. 그는 오늘 아침에 면도를 하지 않았다. 평상시처럼 흰 셔츠와 카키색 군용 반바지 차림에 스타킹을 신고 있었지만, 토피[11] 대신 찌그러진 인도 테라이 모자를 한쪽 눈 위에 삐딱하게 쓰고 가죽끈이 달린 대나무 지팡이를 짚고 있었다. 〈플로〉라고 부르는 검은색 코커 스패니얼 한 마리가 그의 뒤를 느릿느릿 따라왔다.

11 차양이 넓은 헬멧.

그러나 이런 것들은 모두 부차적인 모습이었다. 플로리를 볼 때 제일 먼저 눈에 들어오는 것은 눈에서부터 입 가장자리까지 그의 왼쪽 뺨을 타고 흐르는, 초승달처럼 생긴 흉측스러운 모반[12]이었다. 왼쪽에서 보면 모반은 커다란 멍 — 짙푸른 색깔이기 때문에 — 처럼 보여 그의 얼굴은 마치 한 대 얻어맞아 슬픔에 잠긴 모습 같았다. 그는 이 끔찍한 것에 항상 신경을 쓰고 있었다. 그리고 그 때문에 누군가와 같이 있을 때면 언제나 몸을 한쪽으로 비스듬히 돌렸다. 그는 모반을 보이지 않게 하려고 항상 신경을 썼다.

　　플로리의 집은 정글 가장자리와 가까운, 광장 맨 끝에 있었다. 광장은 입구에서부터 아래로 경사가 심하게 져 있고, 그을은 듯 황갈색을 띠고 있었다. 그리고 그 주변에는 눈부실 정도로 흰 방갈로 대여섯 채가 드문드문 있었다. 모든 집들이 더위에 축 늘어져 있었다. 언덕배기 중간쯤에 흰색 담으로 둘러싸인 영국인 공동묘지가 하나 있고, 그 옆엔 함석지붕을 얹은 자그마한 교회가 있었다. 그 너머로는 유럽인 클럽 — 1층짜리 우중충한 목재 건물 — 이 있었는데, 이 클럽이 바로 읍의 중심임을 누구나 금세 알아차릴 수 있었다. 인도의 어느 도시에서나 유럽인 클럽은 영국 권력의 중심지로 정신적 요새라 할 수 있으며, 원주민 관리들과 부자들이 들어가고자 헛되이 갈망하는 열반의 세계이기도 했다. 특히 카우크타다의 클럽은 더욱더 그러했다. 버마에 있는 유럽인 클럽 중 이 클럽만 유일하게 원주민 회원이 없다는 사실이 카우크타다 클럽의 자부심이기 때문이었다. 클럽 너머에는 이라와디 강의 거대한 황토 빛 물결이 햇빛에 반사되어 다이아몬드처럼 반짝거리며 흐르고 있었다. 그 강 너머에는 벼가

12 선천적으로 살갗에 나타나는 갈색 또는 흑색의 얼룩.

심긴 논이 거대한 황무지처럼 펼쳐졌고 지평선 끝에는 산들이 시커멓게 줄지어 솟아 있었다.

원주민 거주 지역과 법원과 교도소는 오른쪽 너머 푸른 보리수나무 숲 속에 파묻혀 있었다. 사원의 첨탑이 끝을 금으로 덮어씌운 뾰족한 창처럼 숲에서 솟아올라 있었다. 카우크타다는 마르코 폴로 시절부터 1910년까지 크게 바뀌지 않은 상 버마의 전형적인 도시로, 기차 종착역이 되어 선로가 놓이지 않았더라면 1세기 넘게 중세의 상태로 잠을 자고 있었을 것이다. 1910년에 정부는 이 읍을 주도(州都)로 승격시켜 발전의 요충지로 만들었다. 다시 말해 부자임에도 불구하고 여전히 탐욕스러운 소송인들로 들끓는 법원, 병원, 학교 그리고 영국인들이 지브롤터 해협과 홍콩 사이 도처에 만들어 놓았던 것과 같은 거대하고 항구적인 교도소 따위를 만든 것이다. 이곳의 인구는 2백여 명의 인도인들과 수십 명의 중국인들, 그리고 일곱 명의 유럽인들을 포함해 4천 명 정도였다. 또한 미국 침례교 선교사의 아들인 프랜시스와 로마 가톨릭 선교사의 아들인 새뮤얼 같은 유라시아 혼혈인들도 있었다. 20년 동안 시장 근처의 한 나무 아래에서 살면서 매일 아침 밥그릇을 들고 음식을 구걸하러 다니는 인도 탁발승을 제외하고는 호기심을 끄는 이야깃거리라곤 하나도 없는 곳이었다.

플로리는 문밖으로 나오면서 하품을 했다. 전날 밤에 마신 술이 아직 덜 깨서 그런지 몸이 편치 못했다. 그는 언덕 아래를 내려다보면서 생각했다. 〈피, 피바다!〉 근처에서 어슬렁거리는 개 한 마리를 제외하곤 아무것도 보이지 않았다. 그는 뜨거워진 도로를 걸어 내려가면서 말라 버린 잔디를 지팡이로 톡톡 치며 〈신성함이여, 신성함이여, 신성함이여, 오 그대는 얼마나 신성한가〉라는 노래를 〈피여, 피여, 피여, 오,

그대는 얼마나 피비린내 나는가〉라는 가사로 바꿔 큰 소리로 노래를 부르기 시작했다. 거의 9시가 된 시간이었다. 태양이 점점 이글거리기 시작하자, 큼지막한 덧베개로 머리를 때리는 것처럼 지속적이고 리드미컬한 열기가 머리를 짓눌렀다. 클럽에 다다르자 플로리는 멈춰 서서 들어갈지 아니면 도로 아래 끝까지 내려가 베라스와미를 만날지 잠시 망설였다. 그런 다음 오늘이 우편물 오는 날이므로 신문이 배달되었을 것이라고 생각했다. 그래서 그는 자줏빛 별 모양의 꽃이 핀 덩굴 식물로 우거진 커다란 테니스장을 지나 클럽으로 들어갔다.

길옆 가장자리에 빼곡히 심겨 있는 플록스와 라크스퍼, 홀리혹, 피튜니아 등 영국산 꽃들이 아직 햇볕에 시들지 않고 어지러울 정도로 흐드러지게 피어 있었다. 피튜니아는 거의 나무만큼 컸다. 잔디는 없지만 큰 우산 모양의 핏빛 꽃을 피우는 금화 나무, 줄기 없이 꽃을 피우는 크림색의 인도 재스민, 자줏빛의 부겐빌레아, 진홍색 히비스커스, 패랭이꽃, 중국 장미, 녹색의 파두, 잎이 깃털처럼 생긴 타마린드 등 인도 열대 관목들이 무성한 덤불을 이루고 있었다. 꽃들의 색은 눈을 따갑게 할 정도로 강렬했다. 옷을 거의 걸치지 않은 정원사가 손에 물뿌리개를 들고 꿀을 빠는 큰 새처럼 꽃밭에서 움직이고 있었다.

클럽 계단에는 엷은 갈색 머리의 영국인 한 명이 반바지 주머니에 양손을 찔러 넣고 서 있었다. 그는 가시처럼 생긴 콧수염을 길렀는데, 옅은 회색빛을 띤 두 눈 사이가 많이 떨어져 있었으며 장딴지는 이상할 정도로 가늘었다. 지역 경찰 총경인 웨스트필드 씨였다. 무료해서인지 뒤꿈치로 몸을 앞뒤로 까딱까딱 움직이면서 콧수염이 코를 간질일 정도로 윗입술을 삐쭉 치켜들었다. 그러고는 머리를 약간 옆으로 움직여 플로리와 인사를 나누었다. 그는 군인의 말투처럼 뻬먹을 수 있는 발음은 죄다 생략하고 말했다. 그래서 그가 내뱉는 말 대부분은 농담조로 들렸지만 지금의 어조는 공허하고 침울했다.

「안녕, 내 친구 플로리. 아침부터 날씨가 지독하군, 그렇지 않나?」

「연중 이맘때가 되면 으레 그렇지.」 플로리가 말했다. 그는 모반이 있는 뺨을 보이지 않게 하려고 얼굴을 약간 옆으로 돌렸다.

「그래, 빌어먹을 날씨야. 앞으로 두 달 동안은 계속 이럴 거야. 지난해는 6월까지 비 한 방울 내리지 않았지. 저 살인적인 하늘을 봐. 온통 푸른색 에나멜로 칠한 스튜 냄비처럼 구름 한 점 없어. 빌어먹을! 지금 피커딜리에선 어떤 일이 벌어지고 있을까, 응?」

「영국 잡지나 신문 왔어?」

「그래. 오래된 『펀치』, 『핑컨』과 『라 비 파리지엔』이 있어. 읽으면 향수병이 날 거야. 어때? 들어가서 얼음이 다 녹기 전에 술이라도 한잔하지. 늙은 래커스틴은 지금 술독에 빠져 벌써 반쯤 취해 있어.」

그들은 안으로 들어갔다. 웨스트필드가 울적한 목소리로 말했다. 「먼저 들어가게, 맥더프.」 티크 목재로 된 클럽 내부의 벽에서는 어스 오일 냄새가 났다. 건물은 네 개의 방으로 이루어져 있었다. 하나는 곰팡이 냄새가 나는 5백여 권의 소설이 꽂혀 있는 거의 버려진 도서실이고, 당구대가 있는 또 다른 방은 낡고 누추해 결코 사용하는 일이 없었다. 불나방들만이 1년 내내 윙윙거리며 램프 주위로 날아들었다가 불에 타서 당구대 위에 떨어지곤 했다. 그리고 카드실과 널찍한 베란다 너머로 강이 보이는 〈라운지〉가 있었다. 하루 중 이맘때가 되면 모든 베란다에 푸른 대나무 발이 쳐진다. 라운지의 마룻바닥에는 코코넛 돗자리가 깔려 있고 잔가지 세공으로 만든 의자와 테이블이 놓여 있었지만, 아늑한 장소는 아니었다. 많은 〈본조〉[13] 그림들과 먼지 낀 사슴 두개골 몇 개가 벽에 걸려 있었고, 천장에 매달아 놓은 큰 부채가 게으름을 피우듯 천천히 흔들려 가뜩이나 숨 막히는 공기에 먼지를 일으켰다.

방 안에는 남자 세 명이 있었다. 혈색 좋고 세련되어 보이며 배가 약간 튀어나온 마흔 살의 한 남자가 천장의 큰 부채 바로 아래 있는 테이블에 양손으로 머리를 받치고 엎드려 고통스러운 신음 소리를 내고 있었다. 그는 목재 회사 주재소장인 래커스틴 씨였다. 전날 밤의 폭음으로 속이 쓰려 정신을 못 차리고 있던 터였다. 또 다른 목재 회사의 주재소장인 엘리스는 게시판 앞에 서서 심각한 표정으로 공고문을 찬찬히 뜯어보고 있었다. 그는 머리카락이 철사처럼 뻣뻣했으며 얼굴은 핏기가 없고 날카롭게 생겼는데, 초조한 듯 몸을 자꾸 움직였다. 지역 산림국장 대리인 맥스웰은 긴 의자에 드러누워 『필드』를 읽고 있었는데, 큰 뼈가 튀어나온 두 다리와 잔털이 짙게 나 있는 이마를 제외하곤 아무것도 보이지 않았다.

「이 어리석은 늙은이 좀 봐.」 웨스트필드가 래커스틴의 어깨를 다정하게 잡고 흔들면서 말했다. 「젊은이들에게 아주 좋은 본이 되겠어. 뭐라고? 제기랄, 신의 은총이 없다면 우리가 마흔 살이 되었을 때 어떻게 될지 짐작하고도 남겠어.」

래커스틴 씨는 〈브랜디〉라고 들리는 신음 소리를 냈다.

「불쌍한 늙은 친구.」 웨스트필드가 말했다. 「술을 위해 규칙적으로 목숨을 바치는 사람이야, 안 그래? 모공에서 술이

13 조지 스터디 George E. Study가 시리즈로 그려 대유행시킨 우스운 모양의 강아지.

흘러나오는 것 좀 봐. 모기장 없이 잠을 잤던 옛 식민주의자들이 생각나는군. 왜 모기장을 치지 않았느냐고 물었더니, 하인들이 〈밤에는 주인님이 술에 너무 취해 모기를 못 보고 아침에는 모기가 너무 취해 주인님을 못 알아봅니다〉라고 말했다지. 지난밤에도 술통에 빠지더니 지금 또 더 달라고 하는 것 좀 보게. 여기서 함께 살려고 조카딸을 오라고 했다지 아마. 오늘 밤에 오기로 되어 있어. 그렇지, 래커스틴?」

「저 술고래 좀 가만 내버려 둬.」 엘리스가 고개도 돌리지 않은 채 말했다. 증오에 찬 런던 사투리였다. 래커스틴 씨는 다시 신음 소리를 냈다. 「……조카딸이 어쨌다는 거야! 제발 브랜디 좀 가져와.」

「조카딸에게 참 좋은 교육이 되겠군. 삼촌이 일주일에 일곱 번씩이나 테이블 아래에 자빠져 있는 꼴을 보면 말이야. 이봐, 주방장! 래커스틴 나리께 술을 갖다줘!」

주방장은 검고 땅딸막한 드라비다인[14]으로, 두 눈의 홍채는 개의 그것처럼 투명한 노란색을 띠고 있었다. 플로리와 웨스트필드는 진을 달라고 했다. 래커스틴 씨는 브랜디를 홀짝 들이켠 뒤 의자에 깊숙이 기대고 체념한 듯 다시 신음 소리를 냈다. 칫솔 같은 콧수염을 기른 그는 살이 쪄 둔해 보였지만 생김새는 순했다. 그는 소위 자신의 〈좋은 시간〉을 보내는 것 외에는 아무 야심 없는, 매우 단순한 사람이었다. 그의 아내는 단순한 방식으로 남편 위에 군림하고 있었는데, 예컨대 한두 시간 이상은 절대 남편을 혼자 있게 내버려 두지 않았다. 그들이 결혼한 지 1년이 지난 후 딱 한 번, 그녀가 이틀 동안 집을 떠났다가 예정보다 하루 일찍 돌아온 적이 있었다. 와보니 남편은 세 번째 위스키 병의 주둥이를 문 채 취해

14 고다바리 강(江) 이남의 남인도에 주로 거주하면서 드라비다어(語)를 사용하는 종족.

있었고 벌거벗은 버마 여인 하나가 옆에서 시중을 들고 있었다. 그 이후로 그녀는 남편을 감시하게 되었으며 남편은 아내를 가리켜 〈쥐구멍 앞에 선, 피 맛을 본 고양이 같다〉며 불평을 늘어놓곤 했다. 그렇게 아내는 남편을 술자리에서 일찍 끌어냈지만 그는 나름대로 꽤 많은 〈좋은 시간〉을 그럭저럭 즐겼다.

「아이고, 하느님, 오늘 아침 내가 좀 취했나.」 래커스틴이 다시 말했다. 「주방장을 다시 불러, 웨스트필드. 두 여자가 이곳에 납시기 전에 브랜디 한 잔 더 해야겠어. 아내는 조카 딸이 오는 날이니까 오늘은 넉 잔만 마시라고 하더군. 빌어먹을 여자들 같으니라고!」

「여러분들, 바보 같은 짓 그만하고 내 말 좀 들어 보시오.」 엘리스가 날카롭게 말했다. 그는 이상하게 상대방의 기분을 상하게 만들었고, 입만 벌렸다 하면 남에게 모욕을 주기 일쑤였다. 그래서 자신의 냉소적인 말투를 누그러뜨리려고 의도적으로 런던 사투리를 과장해서 말하곤 했다. 「맥그리거가 쓴 이 공지 사항 읽어 봤어? 맥스웰, 일어나, 내 말 안 들려!」

맥스웰은 『필드』를 내려놓았다. 그는 직책에 비해 나이가 어린, 스물대여섯 정도의 피부가 깨끗한 금발 청년이었다. 단단해 보이는 팔다리와 두껍게 난 흰 눈썹을 보면 짐마차를 끄는 망아지 같았다. 엘리스는 심술궂은 동작으로 게시판에서 종이를 낚아채 큰 소리로 읽기 시작했다. 그것은 부국장이자 이 클럽의 총무인 맥그리거 씨가 붙여 놓은 것이었다.

「들어 봐. 〈우리 클럽에는 아직 동양인 회원이 없습니다. 대부분의 유럽인 클럽이 원주민 유럽인 할 것 없이 관보에 공시된 계급의 관리들은 모두 다 회원으로 받아들이고 있는 실정이므로, 우리 카우크타다에서도 이 문제를 고려해 봐야 할 것으로 생각됩니다. 다음 회의 때 이 문제를 공개적으로 거론

하겠습니다. 한편으로 아래 사항은……〉이런, 좋아, 나머지는 읽어 볼 필요도 없겠군. 제정신으로 이것을 썼을 리가 없어. 어쨌든 요점은 이거야. 그는 우리의 모든 규칙을 바꾸고 친애하는 작은 원주민을 클럽에 받아들이라고 요청하고 있어. 바로 친애하는 의사 베라스와미, 그 사람 말이야. 훌륭한 대접이 되겠군, 안 그래? 카드 테이블에 앉아 우리 앞에서 마늘 냄새를 풍길 작은 배불뚝이 원주민에게 말이야. 제기랄! 생각해 봐! 우리 모두 단결해서 이 문제에 단호한 태도를 보일 필요가 있어. 어떻게 생각해, 웨스트필드? 플로리?」

웨스트필드는 좁은 어깨를 으쓱하며 철학자처럼 굴었다. 그러고는 테이블에 앉아 냄새나는 시커먼 버마산 시가에 불을 댕겼다.

「일단 참아야 한다고 생각해.」 웨스트필드가 말했다. 「요즘 짐승 같은 원주민들이 모든 클럽에 회원으로 들어오고 있는 건 사실이야. 페구 클럽까지 그렇다고 들었어. 이 나라가 다 그렇게 되겠지. 우리 클럽만이 버마에서 원주민을 받아들이지 않는 유일한 곳이야.」

「그래, 틀림없이 앞으로도 잘 버틸 수 있을 거야. 만약 원주민이 이곳에 들어오면 난 강물에 빠져 죽어 버릴 거라고.」 엘리스는 몽당연필을 끄집어냈다. 그는 보통 사람이라면 드러내기 힘든 증오 어린 표정을 지으며 쪽지를 게시판에 다시 붙였다. 그러고는 맥그리거 씨의 서명 반대편에 작고 산뜻하게 〈B. F.〉[15]라고 썼다. 「이것이 그의 의견에 대한 내 생각이야. 그가 오면 말하겠어. 자네 생각은 어때, 플로리?」

플로리는 한동안 말이 없었다. 원래 말이 없는 편은 아니었지만 클럽 내에서는 할 말이 그리 많지 않았다. 그는 테이

15 *Bloody Fool*. 멍청이, 바보라는 뜻.

블 앞에 앉아 체스터턴이 「런던 타임스」에 기고한 글을 읽으면서 왼손으로 플로의 머리를 어루만지고 있었다. 엘리스는 상대방이 대답할 때까지 끊임없이 괴롭히는 타입의 사람이었다. 그가 질문을 되풀이하자 플로리가 고개를 들어 쳐다보았고, 그들의 눈이 마주쳤다. 엘리스의 코 주변이 갑자기 창백해지더니 거의 회색빛을 띠었다. 그것은 그가 분노했다는 표시였다. 예고도 없이 그는 순식간에 폭발해서 욕을 하기 시작했다. 엘리스가 아침마다 쏟아 내는 그런 폭언에 익숙해 있기에 망정이지 그렇지 않았다면 그들은 상당한 충격을 받았을 것이다.

「제기랄, 이런 경우를 미리 대비했어야 했는데. 우리끼리 즐길 수 있는 유일한 장소에 냄새나는 원주민 돼지를 들여보내서는 안 된다는 내 의견에 자네는 당연히 동의해야 해. 얼굴이 번질번질하고 배가 불룩한 원주민 녀석이 자네의 가장 가까운 친구이긴 해도 말이야. 자네가 시장의 쓰레기 같은 인간들과 친하게 지내든 말든 그것은 내가 알 바 아니야. 자네가 베라스와미 집에 가서 원주민 친구들과 술을 마셔도 마찬가지야. 그것은 네 일이니까. 이 클럽 밖에서는 네 마음대로 해도 상관없어. 그러나 맹세코, 이곳에서 검둥이 녀석들에 대해 이야기할 때는 문제가 달라. 자넨 지금 별 볼일 없는 베라스와미를 클럽 회원으로 만들고 싶지? 그런 거지? 우리 대화에 끼어들어 더러운 손으로 우리 모두를 만지고 우리 얼굴 앞에서 구역질 나는 마늘 냄새를 풍기고! 만약 그 검은 주둥이가 이 문 안에 보인다면, 내 구두로 그놈의 머리통을 박살 내고 말겠어. 번질번질하고 배가 불룩한 작은 놈들!」

그는 몇 분 동안 계속 혼자서 말했다. 그의 말은 너무나 진지했고, 묘할 정도로 강한 인상을 주었다. 엘리스는 정말 동양인들을 싫어했다 — 악마나 악행을 배격하듯이 동양인들을 끔찍이도 증오했다. 그는 목재 회사의 대리인으로서 버마인들과 계속 접촉하며 살고 있었지만, 그들의 검은 얼굴을 쳐다보는 법은 결코 없었다. 동양인에 대해 일말이라도 우호감을 느낀다는 것은 그에게는 소름 끼치는 일이었다. 그는 지성인이며 자신이 일하고 있는 회사의 유능한 일꾼이지만, 동양에 발을 들여놓아서는 결코 안 될 그런 영국인들 — 불행하게도 이런 영국인들은 아주 많다 — 중 한 명이었다.

플로리는 플로를 무릎 위에 앉혀 놓고 머리를 쓰다듬던 중이라 엘리스의 눈빛을 제대로 볼 수 없었다. 가장 기분 좋은 상황에서도 그는 자신의 모반 때문에 사람들의 얼굴을 똑바로 쳐다보지 않았다. 그리고 곧 말을 시작하려 했을때, 그는 자신의 목소리가 떨리고 있음을 알아차렸다 — 그는 자신의 의견을 단호하게 주장해야 할 경우, 이상하게도 말을 하지 못할 정도로 목소리가 떨렸고 몸 또한 경련이 일어나 통제가 불가능할 때도 있었다.

「계속하게.」마침내 플로리는 무뚝뚝하고 힘없이 말했다. 「계속 말해. 그렇게 흥분할 필요는 없잖아. 나는 원주민을 우리 클럽에 입회시키자고 말한 적이 없어.」

「오, 그랬었나? 하지만 우리 모두는 자네가 그렇게 하고 싶어 한다는 걸 잘 알고 있어. 얼굴이 번질번질한 그 작은 인도 신사 집에는 아침마다 왜 그렇게 가는 거지? 그자가 백인이라도 되는 양 그와 같은 테이블에 앉아서 더러운 침이 묻은 잔으로 술을 받아 마신다니, 생각만 해도 구역질이 날 것 같군.」

「앉게, 친구, 앉아.」웨스트필드가 말했다. 「잊어버리고 술이나 한잔하자고. 이건 싸울 가치조차 없는 일이야. 지독하게 덥군.」

「제기랄.」앞뒤로 한두 걸음을 떼며 엘리스가 나직이 말했다. 「맙소사, 당신들을 이해할 수 없군. 도무지 이해가 되지 않아. 어리석은 맥그리거가 아무 이유도 없이 원주민 검둥이를 우리 클럽에 입회시키자고 하는데 모두 아무 말 없이 그저 앉아만 있으니, 이거 정말 큰일이군. 우리가 이 나라에서 해야 할 일이 무엇이지? 만일 우리가 지배하려는 게 아니라면 왜 그들을 살려 두는 거지? 우리는 역사가 시작된 이래 줄곧 노예였던 저 저주받을 검둥이 돼지들을 지배하기 위해 이곳에 왔어. 그러고도 그들을 지배하는 대신, 우리 자신과 똑같이 대접해 주고 있어. 당신들은 모두 내 말이 무슨 뜻인지 알고 있을 거야. 저기 있는 플로리는 인도 대학에서 2년 동안 의학 공부를 했다는 이유로 스스로 의사라고 부르는, 영국물이 든 검둥이 인도인을 가장 좋은 친구로 여기고 있지. 웨스트필드! 자넨 펀치[16]처럼 교만하고 뇌물을 좋아하는 겁 많은 경찰이야. 그리고 맥스웰! 자넨 유라시아 혼혈 매춘부 꽁무니만 쫓아다니고 말이야. 난 자네가 몰리 페레이라라는 냄새나는 창녀와 함께 만달레이에서 벌인 행각에 대해 다 들었어. 자네가 이곳으로 전근 오지 않았다면 그녀와 결혼했을 텐데 말이야. 모두 더러운 검은 짐승 같다고. 빌어먹을, 우리 모두에게 무슨 일이 일어날지 모르겠군. 정말 모르겠어.」

「그만하고 술이나 들어.」 웨스트필드가 말했다. 「이봐, 주방장! 얼음이 녹기 전에 빨리 맥주나 가져와. 뭐라고? 맥주 말이야, 주방장!」

주방장이 독일 맥주 몇 병을 가져왔다. 엘리스는 곧 다른 사람들과 함께 테이블에 앉아 작은 두 손으로 차가운 맥주병을 잡았다. 이마는 땀으로 젖어 있었다. 그는 언짢았지만 더 이상 화를 내지는 않았다. 항상 악의에 찬 얼굴을 한, 성미가

16 인형극 「펀치와 주디 쇼Punch and Judy Show」에 등장하는 괴상한 얼굴을 지닌 인물. 펀치는 자식을 교살하고 아내 주디를 몽둥이로 쳐 죽여 감옥에 간힌다.

꼬인 사람이었지만 방금 전 보였던 격렬한 분노는 이내 사라졌다. 언쟁은 규칙적으로 발생하는 단조로운 클럽 생활의 일부였다. 래커스틴 씨는 기분이 좋아『라 비 파리지엔』의 삽화를 보고 있었다. 9시가 지났다. 웨스트필드가 피워 대는 시가의 독한 연기에 냄새까지 더해 방 안은 숨이 막힐 정도로 더웠다. 모든 사람들의 셔츠는 벌써 그날 처음 흘린 땀으로 찰싹 달라붙어 있었다. 천장의 큰 부채에 묶인 밧줄을 바깥에서 잡아당겨 방 안을 시원하게 만들던 하인은 뙤약볕 아래 졸고 있었다.

「주방장!」엘리스가 고함쳤다. 주방장이 나타났다.「빨리 가서 저 빌어먹을 하인을 깨워!」

「예, 나리.」

「그리고 주방장!」

「예, 나리.」

「남아 있는 얼음은 얼마나 되지?」

「약 10킬로그램 정도 됩니다, 나리. 오늘까지만 쓸 수 있을 것 같습니다. 그리고 요즘엔 얼음을 녹지 않게 보관하기가 매우 어려운 것 같습니다.」

「그렇게 말하지 마, 무식한 녀석 — 〈매우 어려운 것 같습니다!〉 사전이라도 삼켜 먹었나? 〈죄송합니다, 나리, 얼음을 녹지 않게 보관할 수 없습니다〉라고 해야지 — 이 녀석이 영어를 잘하게 되면 그 즉시 해고해야겠어. 영어를 잘하는 하인 놈은 참을 수 없다고. 내 말 듣고 있어, 주방장?」

「예, 나리.」주방장이 대답하고 물러났다.

「큰일 났군! 화요일이나 돼야 얼음이 올 텐데.」웨스트필드가 말했다.「자네는 정글로 돌아가나, 플로리?」

「그래, 지금 가야 해. 영국에서 온 편지를 가져가려고 잠시 들른 것뿐이야.」

「나도 가야 할 것 같아. 쥐꼬리만 한 출장비도 다 바닥났어. 연중 이맘때가 되면 일이 죽도록 싫어져. 부채 밑에 앉아 전표만 계속 떼고 있으니 말이야. 서류에 파묻힐 지경이야. 야단났어, 다시 전쟁이 일어나기를 바랄 수도 없고!」

「난 모레 떠나.」엘리스가 말했다.「빌어먹을 신부는 이번 일요일에 예배 보러 온다지? 어쨌든 난 신경 쓰지 않을 거야. 지독한 무릎 훈련이야.」

「다음 일요일이야.」웨스트필드가 말했다.「나는 꼭 참석할 거야. 맥그리거 씨도 마찬가지야. 그 불쌍한 신부도 참 열심히 하시잖아? 6주 만에 한 번 이곳에 오는데, 모이는 게 좋을 거야.」

「이런, 제기랄! 그 신부한테 고맙다고 흐느끼고 싶어 하는 건 이해하지만, 빌어먹을 원주민 교인들이 우리 교회에 들락날락하는 건 정말 참을 수 없어. 마드라스 출신의 어중이떠중이 하인들과 카렌 학교 교사들 말이야. 그리고 배가 누런 프랜시스와 새뮤얼도 마찬가지고 ─ 그놈들은 스스로를 기독교인이라고 부른단 말이야. 지난번에 신부가 왔을 때 뻔뻔스럽게도 이곳에 나타나 백인들과 함께 앞줄에 앉아 있었지. 이 일에 대해 누가 신부에게 말해야 되는 것 아니야? 선교사들을 해이하게 만들다니 우린 정말 바보야! 그들은 시장 청소부들을 잘도 가르치고 있지. 〈안녕하세요, 선생님, 저도 나리와 같은 기독교인입니다.〉낯가죽이 참 두꺼운 놈들이야.」

「이 미끈한 다리 어때?」래커스틴 씨가『라 비 파리지엔』을 건네면서 말했다.「자넨 프랑스 말을 좀 알고 있지, 플로리? 밑줄 친 이 부분 무슨 뜻이야? 결혼하기 전 첫 휴가를 보냈던 파리가 생각나는군. 다시 한 번 가봤으면 좋겠어.」

「워킹의 한 아가씨에 대한 이야기 들어 봤어?」맥스웰이 말했다. 그는 말수가 적은 편이었지만 다른 젊은이들처럼 외설적인 농담을 좋아했다. 그가 젊은 여자에 대한 이야기를 죽 늘어놓자 한바탕 웃음이 터져 나왔다. 웨스트필드는 일링에 사는 성격이 묘한 아가씨에 대한 이야기로 응수했다. 그러자 플로리는 매사에 신중한 호샴의 젊은 보좌 신부에 대한 이야기로 끼어들었다. 사람들은 더 왁자지껄하게 웃었다. 엘리스도 기분이 풀어져 몇 마디 거들었다. 그의 농담은 재치는 있지만 항상 지극히 저속했다. 후끈거리는 더위에도 불구하고 모든 사람들이 환호성을 올리며 분위기는 금세 화기애해졌다. 그들이 맥주를 다 마시고 다른 술을 달라고 할 때였다. 바깥 계단에서 발소리가 나더니 마룻바닥이 들썩거릴 정도로 요란하고 익살스러운 목소리가 들려왔다.

「예, 무척 재미있죠. 내가 『블랙 우즈』에 쓴 한 기사에 그 내용을 구체적으로 밝혀 놓았어요. 프롬[17]에 근무했을 때가 기억나는군요. 무척이나…… 아…… 재미있는 일이…….」

맥그리거 씨가 클럽에 도착한 것이 분명했다. 래커스틴 씨가 소리쳤다. 「제기랄! 내 마누라도 오는군.」 그러더니 자신의 빈 술잔을 멀리 치워 버렸다. 맥그리거 씨와 래커스틴 부인이 함께 라운지로 들어왔다.

맥그리거 씨는 마흔이 넘은 사람으로 키가 크고 덩치가 있었으며, 퍼그처럼 생긴 온화한 얼굴에 금테 안경을 끼고 있었다. 어깨가 벌어진 데다 머리를 앞으로 내밀 때 하는 동작 때문에 거북이를 연상케 했다. 그래서 버마 사람들은 그에게 〈거북이〉라는 별명을 지어 주었다. 그의 깨끗한 실크 양복 겨드랑이 부분은 이미 땀으로 젖어 있었다. 그는 익살스럽고 조롱 섞인 웃음을 띠면서 클럽에 모인 사람들에게 인사한 후 뒷짐을 지고 지팡이를 만지작거리는 교장 선생님처럼 게시

17 버마 중부 이라와디 강에 면한 도시.

판 앞에 섰다. 그의 얼굴에 드러나는 너그러움은 진심 어린 것이었지만 어딘지 모르게 의도적인 듯했고, 퇴근 후에도 정력적으로 활동하는 성격과 자신의 공적인 지위를 개의치 않는 행동 때문에 누구라도 그 앞에서는 마음이 편치 못했다. 대화 방식은 그가 예전에 알았던 다소 우스꽝스러운 교장 선생님이나 신부로부터 영향을 받은 것이 분명했다. 긴 단어, 인용, 속담 같은 표현도 그의 생각에는 모두 우스개였으며, 늘 〈에〉 혹은 〈아〉와 같은 머뭇거리는 말로 이야기를 시작했다. 서른다섯 살 정도인 래커스틴 부인은 얼굴은 예뻤지만 양복점에 비치되어 있는 복장도(圖)의 모델처럼 윤곽이 밋밋하고 늘어진 모습이었다. 그녀의 목소리는 늘 한숨과 섞여 불만스러운 투였다. 자신의 등장에 다른 사람들이 모두 일어서자, 그녀는 큰 부채 밑 가장 좋은 의자에 피곤한 듯 앉아 도롱뇽 발처럼 생긴 가느다란 손으로 얼굴에 부채질을 했다.

「아, 여러분, 정말 덥군요! 맥그리거 씨가 차를 태워 주셨어요. 참 친절한 분이에요. 톰, 인력거꾼이 또 아픈 체해요. 정신 좀 차리게 매질 좀 해야겠어요. 매일 햇볕 속을 걷는다는 건 끔찍한 일이에요.」

집에서 클럽까지는 4백 미터밖에 안 되었지만 래커스틴 부인은 랑군에서 인력거를 가지고 왔다. 소가 끄는 마차와 맥그리거 씨의 차를 제외하면, 카우크타다에서 이 인력거가 바퀴 달린 유일한 교통수단이었다. 사실 마을의 도로를 다 합쳐 봐야 16킬로미터도 안 되었다. 하지만 그녀는 남편을 정글에 혼자 보내지 않고 함께 가, 물방울이 뚝뚝 떨어지는 텐트 속에서 모기와 싸우고 깡통 음식을 먹으면서 공포를 견딜 만큼 당차기도 했다. 그러고는 남편이 카우크타다 사무실에 머무는 동안 각종 사소한 문제에 불평을 늘어놓음으로써 정글에서 겪었던 어려움을 보상받았다.

「정말이지, 하인들의 게으름은 너무 끔찍해요.」그녀는 한숨지었다. 「안 그러세요, 맥그리거 씨? 요즘 원주민들에게 우리 권위가 너무 없는 것 같아요. 형편없는 개혁 법안도 그렇고, 하인들은 신문에서 뻔뻔함을 배워요. 어떤 면에서 그들은 우리 고국의 하층민들처럼 점점 질이 떨어지는 것 같아요.」

「오, 그 정도로 나쁘지는 않아요. 하지만 분명 민주주의 정신이 이곳으로 살금살금 기어들어 오고 있는 건 분명해요.」

「얼마 전 전쟁이 있기 직전까지만 해도, 참 괜찮고 예의 바른 사람들이었죠. 도로에서 우리가 지나갈 때 허리를 굽혀 인사하는 건 진짜로 마음에 들었어요. 주방장에게 한 달에 단 12루피만 주어도 개처럼 우리에게 충성했던 때가 기억나는군요. 그런데 지금 그들은 40루피에서 50루피를 요구하고, 급료를 몇 달 정도는 연체해 놓아야만 하인으로 계속 묶어 둘 수 있죠.」

「예전 같은 하인들이 점점 사라지고 있어요.」맥그리거 씨가 동의했다. 「옛날에는 주방장이 버릇없게 굴면 주인은 〈이놈에게 곤장 열다섯 대만 때려 주십시오〉라는 메모와 함께 그를 감옥에 곧장 보내 버렸지요. 아, 세월이 유수처럼 흘렀습니다! 그런 좋은 시절은 다 가버렸어요.」

「예, 부국장님 말이 맞습니다.」웨스트필드가 우울하게 말했다. 「이 나라는 두 번 올 곳이 못 되죠. 부국장님이 저에게 물으신다면 영국의 지배는 끝났다고 대답하겠습니다. 지배권이니 뭐니 하는 것도 상실하고 좋은 시기도 지나 버렸다고요.」

그러자 방 안에 있던 사람들이 모두 동의하듯 중얼거리기 시작했다. 심지어 진보적 의견을 가지고 있는 플로리조차도, 그리고 이 나라에 기껏해야 3년밖에 있지 않은 맥스웰도 마찬가지였다. 지금까지도 그렇게 생각해 왔지만 인도 제국이 사라질 거라는 것을 부인할, 아니 지금까지 부인해 온 인도 거주 영국인들은 없었다. 왜냐하면 『펀치』와 마찬가지로 인도는 결코 과거의 모습이 아니기 때문이었다.

그러는 사이 엘리스는 맥그리거 씨의 등 뒤에서 게시판의 게시문을 떼어내 흔들어 내밀면서 날카로운 어조로 말했다.

「맥그리거 씨, 우리는 이 게시문을 읽어 봤소. 그리고 우리 모두는 원주민을 우리 클럽에 입회시키고자 하는 이러한 의견이 절대적으로……」 엘리스는 〈개 같은〉이라고 말하려 했지만 래커스틴 부인이 있다는 걸 기억하고 자제했다. 「……절대적으로 부당한 것이라고 생각하오. 결국 이 클럽은 우리들만이 즐기는 장소요. 원주민들이 이곳에 얼굴을 내미는 것은 용납할 수 없소. 우리는 그들로부터 자유로운 공간이 하나쯤은 있어야 한다고 생각하오. 다른 사람들도 다 내 의견에 동의하고 있소.」

그는 다른 사람들을 둘러보았다. 「들어 보자고, 들어 봐!」 래커스틴 씨가 퉁명스럽게 말했다. 자신이 술을 마셨다는 사실을 아내가 눈치챈 것을 알고, 감정 섞인 말을 하면 아내의 잔소리가 덜할 것이라고 생각해 한마디 던진 것이다.

맥그리거 씨는 웃으면서 게시문을 집어 들었다. 그는 〈B. F.〉란 글자가 자기 이름 맞은편에 쓰여 있는 것을 보고 엘리스의 태도가 매우 건방지다고 생각했지만, 이 문제는 하나의 사소한 일로 돌려 버렸다. 그는 클럽에서 존경받는 인물이 되기 위해 무척 애를 썼으며 공적인 일을 할 때 부국장으로서의 권위를 세우려고 노력했다. 「우리 친구 엘리스는 아리안[18] 형제를…… 에…… 우리 사회에 받아들이기를 원하지 않는 것 같군요?」

「그렇소, 분명히 그렇소.」 엘리스가 말했다. 「몽골계 형제

18 인도유럽계 인종.

들도 마찬가지요. 한마디로 말해, 나는 검둥이가 싫소.」

인도인들에게 모욕적인 〈검둥이〉라는 단어에 맥그리거 씨의 인상이 굳어졌다. 그는 동양인에 대해 편견이 없는 사람이고 실제로도 그들을 상당히 좋아하고 있었다. 그는 그들이 자유롭지는 않지만, 살아 있는 생물 가운데 가장 매력적인 존재들이라고 생각했다. 그들이 아무 이유 없이 모욕당하는 것을 보는 것이 항상 고통스러웠다.

「전혀 검지 않은 그들을 검둥이 — 원주민들이 제일 듣기 싫어하는 말이죠 — 라고 부르는 것이 과연 정당할까요? 버마인들은 몽골계입니다. 인도인들은 아리안계 아니면 드라비다인들이죠. 그러니까 그들 모두는 확실히······.」 그가 강하게 말했다.

「이런, 제기랄!」 엘리스는 맥그리거 씨의 공적인 지위도 망각한 채 말했다. 「검둥이든 아리안종이든 당신 좋을 대로 부르시오. 내가 말하고자 하는 것은 어떤 검둥이들도 우리 클럽에 들어오지 못한다는 것이오. 만약 당신이 이 문제를 투표에 부친다면 우린 한 명도 빠지지 않고 — 플로리가 그의 친한 친구 베라스와미를 추천하지 않는다면 — 반대하리라는 것을 잘 알 거요.」

「들어 봐, 들어 봐!」 래커스틴 씨가 다시 말했다. 「반대하는 쪽에 나도 끼워 줘.」

맥그리거 씨는 변덕스럽게 입을 오므렸다. 원주민 회원을 한 명 뽑자는 것은 그의 생각이 아니고, 국장이 그에게 전달한 사항이기 때문에 그로서는 입장이 난처했다. 하지만 변명하기는 싫었다. 그래서 회유적인 어조로 말했다.

「이 문제를 다음 정기 집회까지 연기하는 게 어떻겠소? 그때까지 진지하게 생각해 보도록 합시다. 그리고 이제······.」 그는 테이블 앞으로 몸을 움직이면서 말을 이었다. 「나와 함께 약간의…… 에…… 음료수라도 마실 분 계십니까?」

주방장은 음료수를 주문받았다. 날씨가 아까보다 더 더웠다. 모든 사람이 갈증을 느꼈다. 래커스틴 씨는 술 한 잔을 시키려다 말고 아내의 눈을 살핀 뒤 주춤거리며 〈아니야!〉라고 심술궂게 말했다. 그는 무릎 위에 두 손을 얹고 아내가 진을 탄 레모네이드를 마시는 것을 침울한 표정으로 쳐다보았다. 맥그리거 씨는 남들이 마신 술값을 지불했지만 본인은 정작 아무것도 타지 않은 레모네이드를 마셨다. 그는 카우크타다에 있는 유럽인 가운데, 해 지기 전에는 술을 마시지 않겠다는 규칙을 지키는 유일한 사람이었다.

「꼬락서니 참 좋습니다.」 엘리스가 양팔을 테이블 위에 올려놓고 컵을 만지작거리면서 말했다. 맥그리거 씨와의 언쟁 때문에 그는 기분이 다시 언짢아졌다. 「당신이 말한 것은 다 좋은데, 어쨌든 나는 오늘 한 말을 고수할 거요. 어떠한 원주민도 우리 클럽에 들어오지 못할 거요! 사소한 것을 계속 양보하면 결국 제국의 지배는 끝장날 것이오. 우리가 그들을 너무 부드럽게 대하기 때문에 이 나라가 소요 사태로 썩어 들어가고 있는 거요. 생각할 수 있는 유일한 정책은, 그들을 먼지처럼 다루는 거요. 지금은 매우 중요한 시기요. 우리는 누릴 수 있는 모든 특권을 원하오. 우리는 뭉쳐야 하고, 이렇게 말해야 한단 말이오. 〈우리는 주인이고…….〉」 엘리스는 벌레를 잡듯 테이블 위에 자신의 작은 엄지손가락을 눌렀다. 「〈너희 검둥이들은 너희 집이나 지켜라!〉」

「이봐 친구, 희망이 없어.」 웨스트필드가 말했다. 「절망적이야. 우리의 손발을 묶는 관료주의로 무얼 하겠어? 원주민 거지들은 우리보다 법을 더 잘 알고 있어. 우리는 그들로부터 면박을 당하기 일쑤고, 때리려고 하면 그들은 도망가 버리지. 단호한 태도를 보이지 않으면 아무것도 할 수 없어. 그리고 그들이 싸우려고 하지 않는다면 어떻게 하겠어?」

「만달레이에 있는 우리 푸카 사히브[19]들은 결국 우리가 인도를 떠날 것이라고 항상 말하죠.」 래커스틴 부인이 끼어들었다. 「이제 모욕과 배신을 겪으면서까지 원주민들을 위해 평생을 바치려고 이 땅에 오는 젊은이들은 없을 거예요. 우리는 떠날 겁니다. 원주민들이 우리에게 와서 좀 더 머물러 달라고 빌 때, 〈아니, 기회가 있었지만 너희들은 잡지 못했어. 우리는 너희들에게 너희 정부를 넘겨주겠어〉라고 말할 거라고요. 그러면 그들에게 얼마나 큰 교훈이 되겠어요!」

「우리를 위해 할 수 있는 일은 법과 질서지요.」 웨스트필드가 무뚝뚝하게 말했다. 인도 제국이 파멸한 원인은 지나치게 많이 주어진 법적 자유라는 것이 그의 일관된 주장이었다. 그에 따르면, 현재의 법으로는 어떤 것도 폭동을 진압할 수 없으며 군법 통치야말로 인도 제국을 파멸로부터 구할 수 있다는 것이었다. 「서류는 넘쳐 나고 관료주의는 팽배해 있어. 요즘은 영국 물이 든 인도인 관리들이 이 나라의 실질적 통치자들이야. 우리의 수는 한정되어 있어. 우리가 할 수 있는 최선은 우리 모두 물러나 저희들끼리 한번 잘 해보라는 거지.」

「난 동의하지 않아, 반대야.」 엘리스가 말했다. 「우리는 마음만 먹으면 무엇이든 한 달 안에 끝낼 수 있어. 약간의 용기만 있으면 돼. 암리차르[20]를 한번 보라고. 그들이 어떻게 굴복했는지를 봐. 다이어[21]는 그들을 어떻게 다뤄야 할지를 알고 있었어. 불쌍한 다이어! 더러운 일이었지. 영국에 있는 겁

<hr>

19 〈위대한 주인 나리〉라는 뜻으로, 인도의 피식민지 원주민들이 백인 지배자들을 높여 부르는 말.

20 인도 서북부 펀자브 주에 있는 도시.

21 Reginald Dyer. 영국의 장군. 자치권을 얻기 위해 시위하는 인도인들을 총격으로 진압하면서 수많은 사상자를 냈다. 그는 암리차르 대학살의 책임을 지고 강제 퇴역 당했다.

쟁이들이 책임을 져야 해.」

다른 사람들의 입에서 한숨 소리가 터져 나왔다. 로마 가톨릭교도들의 모임에서 메리 1세를 언급할 때 흘러나오는 한숨 소리와도 같았다. 유혈과 군법을 싫어하는 맥그리거 씨조차도 다이어의 이름이 나오자 머리를 끄덕거렸다.

「에, 가련한 사람이야! 패짓에 걸린 하원 의원들[22]을 위해 몸을 바쳤지. 그래, 아마 그들이 자신 잘못을 깨달을 때는 이미 늦고 말 거야.」

「내 오랜 친구인 지사가 그에 대한 이야기를 하곤 했지.」 웨스트필드가 말했다. 「어느 원주민 연대에 나이 든 인도인 상사가 있었는데, 만일 영국이 인도에서 떠난다면 인도는 어떻게 될 것인가를 그에게 물어보았더니, 이렇게 말하더래……」

플로리는 의자를 뒤로 밀치고 일어섰다. 두고 볼 수가 없었다. 아니, 더 이상 두고 봐서는 안 된다! 머리가 돌아 맥주병을 벽에 던지고 가구를 박살 내기 전에 이 자리를 무조건 빠져나가야 한다. 어리석고 술만 처먹는 멍청한 돼지들! 어쩌면 저렇게 『블랙 우즈』에 나오는 저질 이야기의 패러디처럼, 날이면 날마다 사악한 생각으로 가득 차 허튼소리만 되풀이하면서 시간을 보내는 것이 가능할까? 왜 새로운 이야기를 하는 사람이 단 한 명도 없는 걸까? 아, 이곳은 도대체 어떤 장소이고, 이들은 어떤 사람들인지! 우리의 문명은 도대체 어떤 문명인가……. 위스키와 『블랙 우즈』와 〈본조〉 그림들 위에 세워진, 신이 사라진 이 문명! 우리가 신의 일부일 때, 신은 우리에게 자비를 베푼다.

플로리는 이런 생각에 대해 어떤 말도 하지 않았으며, 자

---

22 영국 하원 의원들이 인도 식민지 통치가 악화되어 가는 것을 인식하지 못하는 것을, 마치 그들이 패짓(뼈의 재생과 유지에 이상이 있는 질환)에 걸려 악화되는 것에 비유하고 있다.

신의 감정을 얼굴에 드러내지 않으려고 무척 신경을 썼다. 그는 의자 옆에 비스듬하게 서서, 자신의 평판을 확신하지 못하는 사람이 짓는 어색한 미소를 띠고 있었다.

「이만 가봐야겠습니다.」 그는 말했다. 「아침 먹기 전에 처리할 일이 있어서요.」

「가지 말고 한잔 더 하지, 친구.」 웨스트필드가 말했다. 「아직 시간이 좀 있는데, 진 한잔해. 식욕을 돋워 줄 거야.」

「아니, 가야 해. 이리 와, 플로. 안녕히 계십시오, 래커스틴 부인. 모두들 안녕히 계십시오.」

「검둥이들의 친구 부커 워싱턴[23]께서 나가신다.」 플로리가 나가는 순간 엘리스가 말했다. 엘리스는 항상 방을 먼저 나가는 사람의 뒤통수를 향해 빈정대는 말을 날리는 것으로 유명했다. 「베라스와미한테 가는 모양이지. 아니면 술자리를 피하기 위한 것일지도 몰라.」

「나쁜 친구는 아니야.」 웨스트필드가 말했다. 「때로 과격한 발언을 좀 하지만 그가 그들 편이라고 생각하지는 마.」

「오, 물론 좋은 친구지.」 맥그리거 씨가 말했다. 인도에 있는 모든 유럽 사람들은 극악무도한 행동을 하지 않는 한, 하는 일이나 피부색이 다르다는 이유로 늘 좋은 사람들로 여겨진다. 그것은 명예로운 지위인 것이다.

「내가 볼 때 그는 급진적이야. 원주민과 사귀는 녀석은 참을 수 없어. 혹시 흑인의 피가 섞인 거나 아닌지 몰라. 얼굴에 난 검은 흉터가 설명해 줄 수 있잖아. 혼혈 말이야. 게다가 머리카락도 검고 피부는 레몬 색깔인 데다 겁쟁이처럼 보이잖아.」

이후에도 플로리에 대한 터무니없는 모함이 몇 마디 더 오

---

23 Booker T. Washington(1856~1915). 미국의 흑인 교육가.

갔지만, 맥그리거 씨가 험담을 싫어했기 때문에 더 이상 확대되지 않았다. 유럽인들은 클럽에 머물면서 술을 더 마셨다. 맥그리거 씨는 모였다 하면 항상 끄집어내는, 프롬에서 있었던 자신의 일화를 얘기했다. 그리고 그들의 대화는 원주민들의 무례함, 정부의 나태함, 영국의 인도 지배가 공고했던 좋은 시절, 〈짐꾼에게 열다섯 대의 곤장을 때려 주세요〉 등과 같은 오래되고 결코 싫증 나지 않는 주제로 다시 돌아갔다. 엘리스의 집착 때문에 이 주제는 항상 그냥 지나가는 법이 없었다. 하긴, 유럽인들이 엄청난 분노를 공감하고 있기도 했다. 동양인들과 같이 살고 같이 일하기 위해서는 성인(聖人)의 인내가 필요했다. 그들 모두, 특히 관공서에 근무하는 사람들은 모욕과 괴로움이 무엇인지 알고 있다. 웨스트필드나 맥그리거 씨, 심지어 맥스웰조차 아침에 도로를 걸어 내려갈 때마다 누런 얼굴 — 근본적으로 몽골계 얼굴에서 나타나는, 위협적일 정도의 경멸로 가득 찬, 금화처럼 매끄러운 얼굴 — 의 어린 원주민 고등학생들은 그들에게 조소를 퍼붓고, 때로는 뒤에서 하이에나와 같은 묘한 웃음으로 야유했다. 인도 거주 영국 관리들의 생활은 결코 즐겁지 않았다. 불편한 야영지, 푹푹 찌는 사무실, 쓰레기와 어스 오일 냄새가 풍기는 우중충한 여인숙 같은 것들에 만족하지 못하는 건 어쩌면 당연한 일인지도 모르겠다.

10시가 거의 다 되었다. 날씨는 참을 수 없을 정도로 더웠다. 작은 땀방울이 모든 사람들의 얼굴과 남자들의 팔뚝에 맺혔다. 맥그리거 씨가 입고 있는 실크 양복 등짝의 젖은 부분이 점점 커져 갔다. 바깥의 작열하는 열기가 창문에 달아 놓은 대나무 발까지 스며들어 눈을 따갑게 만들고 머리를 지끈지끈 아프게 했다. 사람들은 모두 곧 마주할 기름기 많은 아침 식사와 하루 종일 계속될 끔찍한 더위에 기분이 언짢아 있었다. 맥그리거 씨가 한숨을 쉬며 일어나 땀으로 미끄러진 안경을 코 위로 다시 밀어 올리며 말했다.

「안됐지만 이쯤에서 오늘의 흥겨운 모임을 마쳐야겠군요. 집에 가서 아침을 먹어야겠어요. 그러면서 나라 걱정을 하는 거죠. 나와 함께 가실 분 없습니까? 운전사가 차에서 기다리고 있습니다.」

「어머, 감사합니다.」 래커스틴 부인이 말했다. 「톰과 저를 태워 주신다니. 이런 더위에 걷지 않는 것이 얼마나 다행이에요!」

다른 사람들도 일어섰다. 웨스트필드가 기지개를 펴고 하품을 했다. 「가는 게 좋겠군요. 여기 계속 앉아 있다간 졸겠어요. 하루 종일 푹푹 찌는 사무실을 생각해 봐요! 산더미처럼 쌓인 서류. 오…… 맙소사.」

「오늘 저녁 테니스 잊지 마세요, 여러분.」 엘리스가 말했다. 「맥스웰, 자네는 항상 늦어. 라켓을 가지고 정확히 4시 30분까지 이곳으로 오도록 해.」

「먼저 나가시죠, 부인.」 맥그리거 씨는 문 앞에서 쾌활하게 말했다.

「먼저 나가세요.」 웨스트필드가 말했다.

그들은 작열하는 햇볕 속으로 걸어 들어갔다. 대지의 열기는 후끈 달아올라 그들은 마치 오븐 속에서 호흡하는 것 같았다. 자극적인 색깔의 꽃들은 태양의 유혹에 미동도 하지 않은 채 불타고 있었다. 맹렬한 더위는 사람들을 뼛속까지 무기력하게 만들었다. 눈부신 푸른 하늘이 버마와 인도 전역에 그리고 시암과 캄보디아와 중국에까지, 구름 한 점 없이 끝없이 펼쳐져 있다고 생각하니 끔찍했다. 대기하고 있던 맥그리거 씨의 자동차는 손도 댈 수 없을 정도로 뜨거웠다. 하루 중 지옥 같은 시간이 시작되고 있는 것이다. 버마 사람들은 이때를 〈밭이 침묵을 지키는 시간〉이라 부른다. 사람들, 열기에 자극 받아 띠처럼 무리를 지어 길을 가로지르는 검은 개미 떼, 그리고 공기의 흐름에 따라 높이 떠 선회하는 꼬리 없는 독수리를 제외하고 어떠한 살아 있는 생물체도 이 시간에는 움직이지 않는다.

3

플로리는 클럽을 나와 왼쪽으로 몸을 돌려 보리수나무 그늘이 우거진 시장 길을 걷기 시작했다. 1백 미터쯤 떨어진 곳에서 음악이 흘러나왔다. 연한 카키색 군복을 입은 호리호리한 인도인 헌병 부대가 앞장서서 연주하는 구르카족[24] 소년의 백파이프 소리에 맞추어 경찰 초소 쪽으로 행진하고 있었다. 플로리는 의사 베라스와미를 만나러 가는 길이었다. 의사의 집은 기둥 위에 세워진 기다란 목조 주택으로, 어스 오일이 칠해져 있었다. 가꾸지 않은 커다란 정원은 클럽의 정원과 닿아 있었다. 문이 나 있는 집 뒤쪽과 병원은 도로를 사이에 두고 서로 마주 보고 있었으며, 병원 뒤로는 강이 흐르고 있었다.

플로리가 마당 안으로 들어갔을 때 놀라는 듯한 여자 목소리가 들려왔고 집 안은 분주한 모습이었다. 그는 의사의 아내와 마주치지 않고 집 앞으로 걸어가 베란다에서 큰 소리로 외쳤다.

24 현재의 네팔 왕국을 세운 부족.

「의사 선생! 바쁘시오? 들어가도 될까요?」

체구가 작고 피부 색이 얼룩덜룩한 의사가 도깨비 상자 같은 집에서 불쑥 고개를 내밀었다. 그러고는 베란다 난간으로 달려오더니 큰 소리로 말했다.

「오실 수 있다면요! 물론이죠, 물론이죠, 어서 오세요! 아, 플로리 씨! 당신을 보니 기분이 참 좋네요! 오세요, 어서. 뭐라도 한잔하시겠어요? 위스키, 맥주, 베르무트 그리고 유럽산도 있어요. 그래요, 친구, 난 교양 있는 대화를 무척 나누고 싶었습니다.」

의사는 체구가 작았으며 검고 통통했다. 곱슬머리에 둥근 두 눈은 무엇이든 믿을 정도로 선해 보였다. 그는 쇠테 안경을 끼고 형편없는 검은 구두를 신었으며, 몸에 맞지 않는 흰 가운과 아코디언처럼 헐렁하게 늘어진 바지를 입고 있었다. 목소리는 열정적이었으나 흥분을 억제하지 못하는 스타일이었고, 치찰음 〈S〉 발음을 즐겨 냈다.[25] 플로리가 계단으로 올라오자 의사는 베란다 뒤쪽으로 급히 돌아가 양철 얼음 통을 뒤져 술병 여러 개를 재빨리 끄집어냈다. 처마에 양치식물을 심어 놓은 화분이 여러 개 걸려 있어 넓은 베란다는 어두웠다. 마치 화창한 날 폭포 뒤의 동굴 같아 보였다. 베란다에는 교도소에서 만든 긴 등나무 의자가 놓여 있고, 한쪽 끝에는 일종의 도서실 격인 책장이 하나 있었는데, 주로 에머슨, 칼라일, 스티븐슨이 쓴 에세이들이 꽂혀 있었다. 독서광인 의사는 자신의 서가에 꽂힌 책들에 소위 〈도덕적 의미〉가 담겨 있기를 바랐다.

「안녕하시오, 의사 선생.」 플로리가 말했다. 의사는 그가 누워 기댈 수 있도록 긴 의자를 밀어 주고 발 받침대를 끌어

---

25 예를 들어 동사 〈is(이즈)〉를 〈iss(이스)〉로, 〈has(해즈)〉를 〈hass(해스)〉로 발음하는 것을 의미한다.

당겨 주었다. 그리고 맥주와 담배도 가까이 당겨 주었다.

「의사 선생, 그동안 잘 있었소? 대영 제국은 어떻소? 예전처럼 무기력증은 아닌가요?」

「아하, 플로리 씨, 매우 심각합니다. 중증이에요! 심각한 합병증이 생겼죠. 패혈증과 복막염에 신경 절종으로 마비가 된 상태지요. 전문의를 불러야 해요, 하하!」

그것은 이들이 대영 제국을 가리켜 늙은 여성 환자라고 하면서 나누는 농담이었다. 의사는 이 농담을 2년 동안 싫증도 내지 않고 즐기고 있었다.

「그런데, 의사 선생.」 플로리가 의자에 기댄 채 말했다. 「구역질 나는 클럽을 벗어나 이곳에 오니 참 즐겁소. 당신 집에 올 때면 난 매춘부와 함께 시내를 빙 둘러서 집으로 가는 이교도 신부 같은 기분이 듭니다. 그들로부터 해방되는 영광스러운 휴일이죠.」 그는 뒤꿈치를 들어 클럽을 가리키면서 말했다. 「나의 사랑하는 제국주의 건설자로부터 말이오. 영국의 권위, 백인의 짐, 두려움도 없고 비난도 받지 않는 훌륭한 나리님들 — 당신은 알고 있지요. 그런 썩은 냄새로부터 잠깐 동안이나마 벗어나는 것이 얼마나 행복한 일인지를.」

「친구, 나의 친구, 정신 좀 차려요, 제발! 너무 심한 말 같군요. 고귀한 영국 신사들을 그런 식으로 말하면 안 되죠!」

「그런 고귀한 영국 신사들이 말하는 것은 들을 필요도 없소, 의사 선생. 나는 오늘 아침 참을 만큼 참았소. 엘리스는 〈더러운 검둥이〉라 말했고, 웨스트필드는 재미로, 또 맥그리거는 라틴어 인용구를 들먹이며 짐꾼에게 곧장 열다섯 대를 때려 주라고 말했소. 하지만 그들이 늙은 인도인 중사에 대해 이야기했을 때 — 누구 얘기인지 알고 있지요? 만일 영국 사람들이 인도에서 떠난다면, 떠날 때 1루피도 안 남기고 다 쓸어 갈 것이며, 그사이 버마 처녀는 씨가 마를 것이라고 말한 그 중사 이야기 말요 — 그렇소, 난 더 이상 참을 수 없었소. 그 늙은 인도인 중사는 아마 은퇴자 명단에 포함되어 있을 거요. 1887년의 축제 이후 그는 줄곧 똑같은 말을 하고 있지.」

의사는 플로리가 클럽 회원들을 비난할 때마다 항상 그렇듯 어쩔 줄 몰라 했다. 그는 궁둥이를 베란다 난간에 균형 있게 기대고 서서 이따금씩 손짓 몸짓을 했다. 그는 할 말을 찾을 때, 마치 공중에 떠 있는 생각을 잡으려는 것처럼 검은 엄지손가락과 집게손가락을 붙여 누르는 습관이 있었다.

「그러나 정말로, 정말로, 플로리 씨, 그렇게 말해서는 안 됩니다! 당신은 왜 항상 여기 있는 푸카 사히브들을 비난하죠? 그들은 지상의 소금과 같은 존재들입니다. 그들이 한 위대한 일들을 생각해 보세요. 영국령 인도를 이렇게 만든 위대한 행정가들을 생각해 보세요. 클라이브,[26] 워런 헤이스팅스,[27] 댈후지[28] 같은 분들 말입니다. 푸카 사히브들은 바로 그런 분들입니다. 〈그들을 가장 사랑하는 사람으로 만드시오. 그들과 같은 사람은 두 번 다시 볼 수 없을 것입니다〉라는 셰익스피어의 명구가 생각나는군요.」

「좋아요, 당신은 늘 그들의 좋은 점만 보려고 하지. 난 그렇게는 못하겠소.」

「또 영국 신사들이 얼마나 고결한지 생각해 보세요! 서로에 대한 영광스러운 충성심! 사립 기숙 학교의 정신! 이런 것도 마찬가지지요. 이들 중에 예절이 엉망인 사람들 — 어떤

26 Robert Clive(1725~1774). 영국의 장군. 플라시 전투(1757)에서 승리하여 영국의 인도 지배권을 확립했다.

27 Warren Hastings(1732~1818). 영국의 정치가. 초대 인도 총독.

28 Dalhousie(1812~1860). 영국과 버마의 제1차 전쟁 후 영국이 지배한 아라칸과 테나세림 지방의 총독. 그는 제2차 전쟁을 일으켜 남부 버마를 점령, 일방적으로 합병을 선언하고 이 지역을 영국령으로 지정하였다.

영국인들은 거만하죠 — 조차도 우리 동양인들이 가지고 있지 못한, 그런 위대하고 순수한 특질을 지니고 있습니다. 그들의 겉모습은 거칠지만 안에는 금처럼 빛나는 아름다운 마음을 지니고 있지요.」

「겉만 금으로 번지르르 입혔겠지요. 영국인들과 이 나라와의 우정은 일종의 위조된 것이라 할 수 있소. 서로를 지독하게 미워하면서도 함께 모여 술을 마음껏 퍼마시며 음식을 바꾸어 먹고 친구인 체하는 것이 우리의 전통이오. 우리는 이런 것을 서로 협력하는 것이라고 말하고 있지만, 다분히 정치적 필요성에서 나온 것이오. 물론 술은 이 기계를 더 잘 돌아가게 할 수 있소. 만약 술이 없다면 우린 모두 미쳐 버려 일주일에 한 명씩은 누군가의 손에 죽어 나갈 거요. 버마의 수준 높은 작가들이 다룰 한 가지 주제가 있소, 의사 선생. 바로 술이오. 술이야말로 제국을 탄탄하게 만드는 것이지요.」

의사는 머리를 흔들었다. 「정말이지 플로리 씨, 왜 그렇게 냉소적인지 모르겠어요. 당신에겐 전혀 어울리지 않는다고요! 높은 재능과 인품을 지닌 영국 신사인 당신이 〈버마의 애국자〉에나 나올 법한 그런 선동적인 말을 하고 있다니요!」

「선동적이라고 했소?」 플로리가 말했다. 「그렇지 않소. 나는 버마인들이 우리를 이 땅에서 쫓아내는 것은 원하지 않소. 그건 신이 허락하지 않을 거요! 다른 사람들처럼 나 역시 돈을 벌기 위해 이곳에 왔소. 내가 반대하는 것은 단지 비열하게도 점령을 백인들의 의무로 포장하는 행태요. 푸카 사히브로 행세하는 것 말이오. 정말 진절머리가 난다오. 거짓말을 밥 먹듯이 하지만 않으면 우리 클럽에 있는 피비린내 풍기는 머저리들도 좋은 친구가 될 수 있을 거요.」

「하지만 친애하는 플로리, 당신들이 대체 무슨 거짓말을 한다는 거죠?」

「물론 우리가 약탈하기 위해서가 아니라 우리의 검은 형제들을 계몽시키러 왔다는 거짓말이죠. 아주 자연스럽지요. 하지만 그 거짓말이 우리를 타락시키고 있소. 당신이 상상도 하지 못할 방법으로 말이오. 우리에게는 천성적으로 협잡꾼과 거짓말쟁이가 되어 밤낮으로 우리 스스로를 정당화하라며 끊임없이 충동질하고 괴롭히는 기질이 있소. 이것이 우리가 원주민들에게 가하는 야만적 행태의 원인 중 하나죠. 영국인들이 스스로를 도둑으로 선언하고 합법적으로 도적질하고 있다고 인정하기만 해도, 그럭저럭 참아 줄 수 있을 거요.」

의사는 매우 만족스러워하며 엄지손가락과 집게손가락을 부딪쳐 딱 소리를 냈다. 「당신의 주장은 설득력이 약해요, 친애하는 플로리.」 그는 빙그레 웃으며 농담조로 말했다. 「당신의 그 약한 설득력이 바로 당신들은 도둑이 아니라는 사실을 보여 주는 것이지요.」

「이봐요, 의사 선생…….」

등에 난 땀띠가 수많은 바늘처럼 등을 찌르는 데다 의사와의 본격적인 논쟁이 시작되려는 터라, 플로리는 긴 의자에서 일어나 앉았다. 두 사람이 만나면 정치적인 성격의 이런 논쟁이 자주 벌어지곤 했다. 그런데 이 논쟁에는 모순이 있었다. 즉 영국인은 반(反)영국적이고 인도인은 친(親)영국적이었다. 의사 베라스와미는 영국인들에 대해 광적일 정도로 존경심을 가지고 있었다. 이 존경심은 영국인들이 그에게 아무리 경멸을 퍼부어도 흔들리지 않았다. 그는 자신도 인도인이니만큼 당연히 하위 계층이며, 타락한 인종이라고 생각했다. 영국인의 정당성에 대한 그의 신념은 너무 확고해서, 감옥에서 태형과 교수형을 감독해야 할 때나 창백한 얼굴로 집에 와서 위스키를 한 잔 들이켤 때조차도 흔들리지 않았다. 플로리의 선동적인 발언은 그에게 충격이었지만, 한편으로는 경건한 신자가 주기도문을 거꾸로 외우는 것을 들을 때처럼 몸이 떨리고 기분 좋은 감정을 느꼈다.

「친애하는 의사 선생.」플로리가 말했다.「우리가 도둑질 외에 다른 목적을 가지고 이 나라에 왔다는 것을 어떻게 증명할 수 있소? 상황은 단순해요. 영국 관리들은 버마인들을 억누르고 영국 사업가들은 그들의 호주머니를 털지. 만일 이 나라가 영국의 수중에 들어오지 않았다면, 내 회사가 목재 계약을 할 수 있다고 생각하시오? 다른 목재 회사, 정유 회사 혹은 광산 회사와 농장주들과 무역업자들도 다 마찬가지요. 뒤에서 정부가 도와주지 않았다면 곡물 계약법으로 불쌍한 버마 농민들을 어떻게 계속 벗겨 먹을 수 있었겠소? 대영 제국은 영국인들 혹은 소수의 유대인들과 스코틀랜드인들에게 무역 독점권을 주기 위한 단순한 장치에 불과하오.」

「친구, 그렇게 이야기하니 내 마음이 아픕니다. 당신은 사업하러 이곳에 오셨다고 말했지요? 당연합니다. 버마인들이 스스로 무역을 할 수 있습니까? 우리가 기계와 배를 만들고 철도와 도로를 건설할 수 있습니까? 우리는 당신들의 도움 없이는 아무것도 못하지요. 만일 영국 사람들이 이곳에 없다면 버마 정글에서 무슨 일이 일어나겠습니까? 우리는 즉시 정글을 일본에 팔아먹을 것입니다. 일본 사람들은 정글을 송두리째 오려 낼 것이니 황폐화되는 것은 시간문제죠. 대신 당신들의 손에 맡기면 정글은 실제적으로 좋아지죠. 그리고 당신네 사업가들은 우리 국토의 자원을 개발하고, 관리들은 우리를 문명화시켜 당신들 수준까지 끌어올리죠. 이것은 자기희생의 빛나는 기록입니다.」

「말도 안 되는 소리요. 우리는 버마 젊은이들에게 위스키를 마시게 하고 축구를 가르치기는 하지만 그 외 귀중한 것은 절대 가르치지 않소. 학교를 보시오. 값싼 서기를 생산하는 공장에 불과하죠. 우리는 인도인들에게 유용한 어떤 수공업도 가르치지 않소. 감히 그렇게 못하지. 우리와 경쟁할까 봐 두렵기 때문이오. 솔직히 우리는 다양한 산업을 파괴하고 있는 꼴이오. 요즘 어디를 가도 인도 모슬린 천을 구할 수 없소. 1840년대 전후에 인도인들은 원양 어선을 만들었을 뿐 아니라 잘 몰기도 했지요. 지금은 괜찮은 어선 한 척도 만들지 못하오. 18세기에 유럽 기준에 맞는 총을 주조했던 인도인들이 150년이 지난 지금, 다시 말해 우리가 인도에 온 이후 황동 탄약통 하나 못 만들고 있소. 동양에서 급속도로 발전한 나라들은 모두 독립국이오. 굳이 일본을 예로 들지 않더라도 태국의 시암족의 경우를 보면…….」

의사는 흥분해서 손을 가로저었다. 그는 이쯤 될 때 항상 플로리의 말을 가로막았다(대체로 한마디 한마디 또박또박 말하며 같은 행동을 취했다). 그는 플로리가 시암족을 예로 든 데 대해 무척 당혹해했다.

「친구, 내 친구여, 당신은 동양인들의 성격을 잊어버렸군요. 무관심과 미신으로 가득 찬 우리가 어떻게 발전할 수 있겠습니까? 적어도 당신들은 우리에게 법과 질서를 가져다주었습니다. 확고한 영국의 정의와 영국의 지배에 의한 평화 말입니다.」

「영국의 지배에 의한 평화……. 의사 선생, 영국의 지배에 의한 평화는 적절한 용어임에는 틀림없소. 그런데 어쨌든, 그게 누구를 위한 평화요? 돈놀이꾼과 법률가들을 위한 것에 불과하오. 물론 우리는 우리 자신들의 수익을 위해 인도의 평화를 지키고 있소. 그러나 이 모든 법과 질서가 결국 무엇으로 귀결됩니까? 보다 많은 은행과 보다 많은 감옥 — 영국 지배에 의한 평화는 이런 것에 불과하오.」

「터무니없는 해석이군요.」의사가 소리쳤다.「감옥은 필요한 것 아닙니까? 그리고 당신들이 우리에게 감옥만 만들어 주었나요? 불결, 고문, 무지 등으로 점철된 띠보[29] 시대의 버마와 지금을 비교해 보세요. 주위를 둘러보세요. 그냥 이 베란다 밖을 한번 보세요. 저 병원과 그 오른쪽 너머에 있는 학교와 경찰서를 보세요. 현대적 진보의 분출을 보세요!」

「물론 부인하지 않소.」플로리가 말했다.「우리가 여러 방면에서 이 나라를 현대화시킨 것은 맞아요. 그렇게 할 수밖에 없었지. 사실, 우리는 버마를 현대화시키기 전에 버마의 모든 민족 문화를 말살시킬 것이오. 당신들을 문명화시키는 게 아니라 단지 우리의 먼지를 당신들에게 털어 낼 뿐이지. 당신이 현대적 진보의 분출이라고 부르는 것이 어떻게 될 것 같소? 결국 당신들은 중절모를 쓰고 축음기를 트는 친애하는 우리의 늙은 돼지 떼처럼 될 것이오. 앞으로 2백 년이 지나면 이런 모든 것……」그는 한 발로 수평선 쪽을 가리켰다.「정글, 마을, 사원, 탑, 이런 모든 것들은 다 사라질 것이오. 그 대신 저 모든 언덕에 50미터씩 간격을 두고 빽빽이 늘어선 핑크 빛 빌라와 똑같은 곡조만 연주하는 축음기만 남겠죠. 〈세계의 뉴스〉와 축음기 통을 만들기 위해 모든 숲은 깨끗이 면도될 것이오. 그러나『들오리』에서 나이 든 친구가 말하는 것처럼, 나무는 꼭 복수를 하지요. 입센의 작품은 물론 읽어 봤겠지요?」

「아, 아닙니다. 아직 못 읽어 봤습니다, 플로리 씨. 슬프군요! 입센의 사상에 고무된 버나드 쇼는 그를 가리켜 힘 있는 지도자라고 불렀다지요. 이곳에 오셔서 대화를 나누는 것은 즐거운 일이지만, 친구여, 당신이 깨닫지 못하고 있는 것은

29 버마 마지막 왕조인 꽁바웅 왕조 최후의 국왕.

최악의 상태에 빠졌다는 당신들의 문명이 우리에겐 진보라는 사실입니다. 축음기, 중절모, 〈세계의 뉴스〉, 이 모든 것들은 동양인들의 끔찍스러운 나태함보다 더 좋은 것들이란 말입니다. 영국인들, 가장 문명에 길들여지지 않은 영국인들조차도, 이를테면…… 이를테면…….」의사는 적절한 말을 찾던 끝에 스티븐슨의 말을 생각해 냈다.「진보의 노상에 선 문명의 선구자들이라고 말할 수 있죠.」

「그렇지 않소. 그들은 소위 첨단을 걷고 있는, 위생적이고 자기만족적인 기생충들이오. 세계를 두루 기어다니면서 감옥을 짓는 놈들이오. 감옥을 짓고 그것을 진보라고 부르죠.」의사가 말뜻을 이해하지 못하는 것 같아, 플로리는 서운한 표정이었다.

「내 친구, 당신은 계속 감옥 문제만 말하고 있습니다! 당신들이 이룩해 놓은 다른 것도 한번 생각해 보세요. 도로를 건설하고 사막에 관개 사업을 벌였으며 기근을 없애고 학교와 병원을 짓고 콜레라, 천연두, 나병, 성병 같은 것을 퇴치하고 있지요.」

「오히려 백인들이 옮기고 있소.」플로리가 답했다.

「아니에요.」원주민들 때문에 그런 것이라고 주장하듯 의사가 응수했다.「아닙니다. 성병을 이 나라에 옮긴 사람들은 인도인들이었습니다. 인도인들은 병을 옮기고 백인들은 치료를 하죠. 당신이 염세주의와 선동주의에 빠진 이유가 있군요.」

「글쎄요, 의사 선생, 우리 의견은 다를 수밖에 없겠소. 당신은 이 모든 현대 문명의 진보를 좋아하는 반면 나는 회의적인 시각으로 보니 말이오. 띠보 시대의 버마가 나에게 더 잘 맞았을 거라는 생각이 드는군요. 그리고 아까 말했듯이 만일 우리가 문명을 전해 준다면, 그것은 대규모로 강탈하기 위해서요. 돈벌이가 되지 않는다면 우린 즉시 그것을 내팽개칠 거요.」

「내 친구여, 당신은 그렇게 생각하고 있지 않아요. 만약 당신이 대영 제국에 확실히 반대하고 있다면, 여기서 이렇게 개인적으로만 이야기하지 않을 거예요. 공개적인 장소에서 천명할 것입니다. 나는 당신의 성격을 잘 압니다, 플로리 씨. 당신 자신보다 내가 더 잘 알고 있죠.」

「미안하오, 의사 선생. 나는 공개적으로 나서지는 못하오. 용기가 없소. 난 『실낙원』에 나오는 늙은 벨리알처럼 〈비열한 안락함을 스스로 권하고 있는 셈〉이오. 그것이 더 안전하기 때문이지요. 이 나라에서 백인들은 지엄한 주인 나리가 되든지 아니면 죽어야 할 것이오. 15년 동안 나는 당신 외에 누구와 마음을 터놓고 이야기해 본 적이 단 한 번도 없소. 이곳에서 나의 발언은 안전판이오. 다시 말해, 당신이 나를 이해해 주기 때문에 남몰래 드릴 수 있는 일종의 악마의 미사와 같은 것이오.」

바로 이때 바깥에서 구슬프게 우는 소리가 들려왔다. 유럽인 교회를 돌보는 문지기인 힌두교도 마투가 베란다 아래에서 햇빛을 받으며 서 있었다. 거무칙칙한 넝마 조각을 걸치고 있었는데 늙고 열병에 걸린 곤충, 흡사 여치 같아 보였다. 그는 교회 근처, 함석 석유통을 납작하게 펴 만든 오두막에서 살고 있었는데, 가끔 유럽인이 나타나면 앞으로 뛰어와서 머리를 조아려 인사하고는 한 달에 18루피라는 자신의 급료에 대해 하소연하곤 했다. 오늘도 그는 베란다 쪽을 처량하게 쳐다보면서 한 손으로 흙빛으로 변해 버린 자신의 배를 가리키고 다른 한 손으로는 입안에 음식을 넣는 시늉을 했다. 의사는 주머니를 뒤져 베란다 난간 쪽으로 4아나짜리 동전 하나를 던졌다. 인정 많다고 소문난 그는 카우크타다에 있는 모든 거지들의 목표물이었다.

「저기 있는 동양의 비참함을 보십시오.」벌레처럼 허리를 굽혀 고맙다는 소리를 연발하는 마투를 가리키며 의사가 말했다.「그의 가냘픈 손과 발을 보세요. 저 친구의 장딴지는 영국인들의 팔뚝보다도 얇아요. 저자의 비굴함과 노예근성을 보세요. 그의 무지함을 보세요 ─ 저런 무지는 정신 장애로, 유럽인들은 상상조차 못할 겁니다. 일전에 그에게 나이를 물어보았죠.〈나리, 열 살이라고 생각되는데요.〉플로리 씨, 당신이 저런 인간들보다 태생적으로 우위에 있다는 것을 어떻게 믿지 않을 수 있겠습니까?」

「불쌍한 마투, 어쨌든 그에겐 현대적 진보의 손길이 닿지 않았군.」역시 4아나짜리 동전 하나를 던져 주며 플로리가 말했다.「가거라, 마투, 그것으로 술이나 퍼마셔. 끝까지 한번 타락해 봐. 유토피아는 오지 않을 거야.」

「아, 플로리 씨, 당신이 말하는 것은 모두…… 뭐라고 할까요? ……농담이라는 생각이 가끔 듭니다. 영국인들의 유머 감각 말입니다. 알려진 대로 우리 동양인들은 유머가 없답니다.」

「동양인들은 꽤 운이 좋군요. 우리의 더러운 유머, 그것이 바로 우리를 파멸시키고 있으니까.」플로리는 양손을 깍지 끼어 머리 뒤에 붙이면서 하품을 했다. 마투가 고맙다는 말을 크게 지껄이며 밖으로 비틀비틀 걸어 나갔다.「저 지독한 태양이 더 뜨거워지기 전에 이만 가야겠소. 올여름 더위는 정말 지독하군요. 뼛속까지 다 뜨거울 지경이오. 자, 의사 선생, 지금까지 말싸움만 하느라 당신 소식은 물어보지도 못했군요. 난 정글에서 어제 도착했는데, 확실하진 않지만 모레 다시 가봐야 할 거요. 카우크타다에는 아무 일도 없었소? 무슨 스캔들이라도?」

의사는 갑자기 심각해졌다. 안경을 벗은 그의 얼굴은 검고 투명한 눈 때문에 흡사 검은 사냥개 같아 보였다. 그는 먼 곳을 응시하더니 아까보다 더 급한 어조로 말했다.

「친구여, 사실 매우 나쁜 일이 벌어지고 있습니다. 아마 당신은 아무 일도 아니라고 웃을지 모르겠지만 나는 지금 곤경, 아니 위험에 처해 있습니다. 비밀스러운 일이 진행되고 있습니다. 당신들 유럽 사람들은 결코 이런 일을 직접 듣지 못하겠지만요. 이곳에……」 그는 시장 쪽을 가리켰다. 「당신이 알지 못하는 지속적인 음모와 속임수가 있어요. 그런 것들은 우리에게 커다란 영향을 끼치죠.」

「어떤 일인데요?」

「사실 나에 대한 음모예요. 나의 인격을 깎아내리고 공적을 없애려 하는 심각한 음모지요. 영국인인 당신은 이런 것들을 잘 이해하지 못할 겁니다. 어쨌든 나는 하급 치안 판사인 우 포 킨이라는 자의 적개심을 사고 있습니다. 당신은 그를 잘 모를 겁니다. 그자는 아주 위험한 인물이죠. 그가 나에게 가할 수 있는 일은 끝도 없이 많습니다.」

「우 포 킨? 어떤 인물이오?」

「커다란 권력을 쥐고 있는, 몸이 비대한 자죠. 그의 집은 저기 1백 미터쯤 떨어진 도로 아래쪽에 있답니다.」

「오, 그 살찐 건달 말이오? 나도 그를 잘 알고 있소.」

「아니, 아닙니다, 친구, 아니에요!」 의사는 매우 흥분해서 소리쳤다. 「당신은 그를 모릅니다. 동양인 중에도 단 한 명만이 그를 알지요. 영국 신사인 당신은 우 포 킨과 같은 사람의 속마음을 절대 모릅니다. 악당보다 더 악랄한 사람이죠. 뭐라고 해야 하나? 말이 나오지 않는군요. 나에게 그는 인간의 탈을 쓴 악어 같은 자입니다. 그자는 악어의 교활함과 잔인함과 포악함을 모두 가지고 있습니다. 그가 저지른 폭력, 공갈, 뇌물 그리고 부모 앞에서 강간해 파멸시킨 여자들! 당신이 이런 그의 전과를 속속들이 다 아신다면! 어떤 영국 신사도 그런 성격을 상상할 수 없죠. 그런 그가 나를 파멸시키려고 작정하고 있습니다.」

「나도 다양한 루트를 통해 우 포 킨에 대해 많은 것을 들었소.」 플로리가 말했다.「그는 버마인 치안 판사의 모범처럼 여겨지던데요. 전쟁 때 자원입대했으며, 그의 서자들을 모아 군대를 조직했다고 한 버마인이 나에게 이야기한 적이 있는데, 그게 사실입니까?」

「사실이 아니에요.」 의사가 말했다.「왜냐하면 그의 서자들은 그 당시 어렸으니까요. 그러나 그의 악행에 관한 소문을 들었다면, 모두 사실입니다. 그리고 그는 지금 나를 파멸시키려는 음모를 꾸미고 있습니다. 내가 그에 대해 많은 것을 알고 있기에 나를 미워해요. 게다가 정직한 사람들은 모조리 적대적으로 대한답니다. 그자는 그런 유의 사람들이 흔히 그렇듯이, 비방하는 짓을 계속할 거예요. 나에 대한 거짓 소문을 아주 끔찍하게 꾸며 퍼뜨릴 겁니다. 이미 시작했고요.」

「그러나 당신을 비방하는 그런 소문을 사람들이 믿겠소? 그는 그저 계급이 낮은 치안 판사이고, 당신은 고위 공직자가 아니오!」

「아니에요. 플로리 씨, 당신은 동양인의 교활함을 잘 모르고 있어요. 우 포 킨은 나보다 더 높은 공직자들도 파멸시킨 바 있습니다. 그는 남에게 자신을 믿도록 하는 교묘한 방법을 알고 있는 사람입니다. 그래서…… 아, 어려운 일입니다!」

의사는 손수건을 꺼내 안경을 닦으면서 베란다 계단 한두 개를 오르락내리락했다. 워낙 미묘한 문제라 말할 수 없는 무언가가 있는 것이 분명했다. 그의 태도는 잠깐 사이에 너무 근심스러워져, 플로리는 도울 방법이 없겠느냐고 물어보지도 못했다. 왜냐하면 그는 백인이 동양인들의 싸움에 개입하는 것이 별 도움이 되지 않는다는 점을 잘 알고 있기 때문이었다. 이러한 싸움에 직접적으로 개입하는 유럽인은 아무도 없다. 유럽인들이 개입해도 해결하지 못하는 어떤 것이 항상 있기 마련인데, 그것은 바로 음모, 배후의 음모이고 계략 안에서의 계략이었다. 게다가 〈원주민들〉의 싸움을 멀리하는 것은 백인 나리들의 십계명 중 하나였다. 그는 어정쩡하게 물었다.

「어려운 일이란 게 무엇이오?」

「그건, 오 친구여 — 나를 비웃을까 봐 걱정이에요. 다름이 아니라, 만일 내가 당신들 유럽인 클럽의 회원만 된다면! 그렇게만 된다면! 내 지위는 확 달라질 것입니다!」

「클럽 말이오? 왜죠? 그것이 어떻게 당신을 도울 수 있소?」

「내 친구여, 이 문제에 관해서는 명성이 모든 것을 해결하지요. 우 포 킨은 나를 공개적으로 공격하지 못해요. 그는 결코 그렇게는 못합니다. 그는 뒤에서 비방하고 모함할 것입니다. 사람들이 그의 말을 믿느냐 믿지 않느냐는 전적으로 나와 유럽인들의 관계에 달려 있습니다. 인도에서는 늘 이런 식이지요. 명성이 좋으면 올라가고 나쁘면 추락합니다. 유럽인들이 고개 한 번 끄덕이고 윙크 한 번 하는 것이 수천 장의 공식 문서보다 더 많은 일을 합니다. 유럽인 클럽의 회원이 되는 것이 우리 원주민들에게 얼마나 큰 명성을 얻는 것인지 당신은 모르실 겁니다. 클럽 안에서 우리는 실제로 백인이며, 따라서 어떤 비방도 우리를 건드리지 못합니다. 클럽 회원은 신성불가침의 존재들입니다.」

플로리는 베란다 난간 너머 먼 곳을 쳐다보았다. 그는 가야 할 사람처럼 일어섰다. 검은 피부 때문에 의사가 클럽에 받아들여질 수 없다는 사실을 서로 인정해야 했을 때, 플로리는 자신이 부끄러웠고 마음이 착잡했다. 그것은 친한 친구가 사회적으로 자신과 동등하지 못할 때 느끼는 불유쾌함이었다. 하지만 인도의 분위기에 비추어 보면 당연한 것이기도 했다.

「다음 정기 회의 때 당신을 가입시킬지도 모릅니다.」 그가 말했다. 「모두가 찬성하리라고는 생각지 않지만, 그렇다고 불가능한 일도 아니죠.」

「플로리 씨, 나를 클럽에 추천해 달라고 부탁하는 거라고는 생각하지 마세요. 절대 그렇지 않습니다! 나를 위해 당신이 할 수 있는 일이 없다는 걸 잘 알아요. 만일 제가 클럽의 회원이라면 저는 당장에 난공불락의 대상이 될 거라고 그저 말하는 것뿐입니다.」

플로리는 테라이 모자의 차양을 머리 위로 젖혀 올리고 지팡이로 플로를 찔렀다. 개는 의자 밑에서 잠을 자고 있었다. 플로리는 몹시 우울했다. 그는 용기를 내 엘리스와 한판 붙는다면, 베라스와미의 가입 문제에 있어서 십중팔구 유리한 고지를 선점할 수 있다는 것을 알고 있었다. 이곳 버마에서 베라스와미는 그의 유일한 친구였다. 그들은 의사의 집에서 함께 식사하고 많은 이야기를 주고받으며 토론하고 논쟁을 벌여 왔다. 심지어 의사는 자신의 아내를 플로리에게 소개시켜 주려고도 했다. 독실한 힌두교도인 그녀가 겁을 집어먹고 거절했지만. 또 그들은 함께 사냥을 가기도 했었다. 의사는 탄대를 메고 사냥칼을 허리에 차고 대나무 잎이 수북이 떨어진 언덕에서 숨을 헐떡거리며 미끄러져 내려와 총을 발사했지만 아무것도 잡지 못했다. 이러한 이들의 관계를 볼 때, 의사를 후원하는 것은 그의 의무였다. 그러나 그는 의사가 결코 도움을 요청하지 않으리라는 것과, 동양인이 클럽에 들어오려면 한바탕 시끄러운 충돌이 빚어져야 한다는 것 또한 알고 있었다. 그는 그런 충돌에 맞설 용기가 없었던 것이다! 그릴 가치가 없었다. 그가 말했다.

「솔직히 말해, 이 문제에 대한 토의가 이미 있었소. 그들은 오늘 아침 이 문제에 대해 이야기했소. 짐승 같은 엘리스가 〈더러운 검둥이〉라고 훈계조의 설교를 늘어놓았지. 맥그리거가 원주민 한 명을 회원으로 선출하자고 했는데, 아마 상부의 지시를 받은 것 같소.」 플로리가 말했다.

「예, 저도 들었습니다. 우리는 모든 것을 다 듣고 있죠. 그건 그저 제 허황된 꿈에 불과합니다.」

「6월 정기 모임 때 원주민 선출 건이 다시 상정될 거요. 어떻게 될지는 확실히 모르겠소. 모든 것이 맥그리거의 손에 달려 있는 것 같소. 난 당신에게 한 표를 던지겠지만, 그 이상은 어떻게 할 수 없군요. 정말 미안하오. 당신은 클럽에서 일어날 소동에 대해 잘 모를 거요. 당신을 선택할 확률은 매우 높지만, 아마 끝까지 저항하다가 마지막에 가서야 마지못해 그렇게 할 것이오. 그들은 이 클럽을 백인들만의 것으로 지키려고 혈안이 되어 있소.」

「물론 그렇겠지요, 내 친구여! 충분히 이해합니다. 내 문제 때문에 당신이 백인 친구와 충돌하는 것을 저는 절대 원치 않습니다. 제발, 제발 분쟁에 휩싸이지 마시길 바랍니다! 당신의 친구라는 사실만으로도 저는 당신이 상상할 수 없을 만큼 큰 이득을 봅니다. 플로리 씨, 명성이란 기압계와 같습니다. 당신이 제 집을 방문할 때마다 기압계의 수은은 반 눈금씩 올라가죠.」

「어쨌든 맑은 날씨가 되도록 힘을 모아 기압을 유지합시다. 이것이 내가 당신을 위해 할 수 있는 모든 일인 것 같소.」

「오히려 제게는 과분합니다. 그리고 웃을지도 모를 일이지만, 당신에게도 조심할 것을 부탁하고 싶습니다. 당신 또한 우 포 킨을 경계해야 된다는 말입니다. 악어를 조심하세요!

당신이 나를 도와주고 있다는 사실을 알면 그는 즉시 당신을 공격할 겁니다.」

「알겠소, 의사 선생. 악어를 조심하겠소. 하지만 그자가 나를 치명적으로 해칠 수는 없을 것이오.」

「적어도 시도는 할 것입니다. 나는 그를 잘 알고 있습니다. 당신과 나 사이를 떼어 놓으려고 계략을 꾸밀 겁니다. 아마 당신에 대한 거짓 소문을 퍼뜨릴지도 모릅니다.」

「나에 대해? 좋은 일이군. 나에 대한 헛소문을 믿을 사람은 아무도 없소. 나는 로마 시민과 같소. 난 어떤 소문에도 영향을 받지 않는 영국 사람이오.」

「하지만 그자의 음모를 조심하세요, 내 친구. 절대 얕보지 마세요. 그자는 당신을 칠 방법을 알고 있을 것입니다. 음흉한 악어니까요.」 의미심장하게 손가락을 문 그의 얼굴은 착잡해 보였다. 「악어처럼 그자는 항상 약점을 공격하죠.」

「악어는 항상 약점을 공격한다, 그 말이지요. 의사 선생?」

두 사람은 웃었다. 그들은 의사가 가끔 뱉어 내는 이상한 영어에 웃음을 터뜨릴 만큼 친한 사이였다. 어쩌면 의사는 플로리가 자신을 클럽에 천거해 주겠다는 약속을 하지 않아 마음속으로는 실망했을지도 모른다. 하지만 그랬다 하더라도 그는 그 실망을 겉으로 표현하기보다는 마음속에서 삭여 말끔히 없앴을 것이다. 플로리는 끄집어내지 않았으면 좋았을 이 불편한 문제에 대한 이야기가 끝나자 마음이 놓였다.

「자, 이제 정말 가봐야겠군요, 의사 선생. 다시 못 보더라도 잘 있어요. 다음 모임 때 모든 게 잘되기를 바라겠소. 맥그리거는 나쁜 사람이 아니오. 그는 아마 당신을 선택하겠다는 주장을 굽히지 않을 거요.」

「그렇게 되기를 바랍니다, 내 친구. 그렇게 되면 저는 우포 킨과 같은 사람 백 명과도 대적할 수 있어요. 아니, 천 명까지도! 안녕히 가십시오, 내 친구, 굿 바이.」

플로리는 테라이 모자를 바로 쓰고 이글거리는 광장을 가로질러 늦은 아침을 먹기 위해 집으로 향했다. 아침 내내 마신 술과 흡연과 대화 때문에, 그는 식욕이 나지 않았다.

4

플로리는 검은색 샨 바지[30]만 입고 웃통은 벗은 채 잠을 잤다. 침대는 금세 땀으로 젖었다. 그는 하루 종일 빈둥거렸다. 플로리는 매달 약 3주가량은 정글 캠프에서 보내고, 네댓새 정도는 정도는 카우크타다에서 아무 하는 일 없이 보낸다. 사무적인 일은 별로 하지 않기 때문이다.

흰 회반죽을 칠한 널찍하고 네모진 그의 침실은 특별히 출입문이 없고, 참새가 둥지를 튼 서까래뿐 천장도 따로 없었다. 방에는 큼지막한 사주식(四柱式) 침대와 그 위에 닫집처럼 쳐진 모기장, 나뭇가지 세공으로 만든 테이블과 의자, 조그만 거울 말고는 다른 가구라곤 없었다. 그리고 허름한 책장에는 수백 권의 책들이 빼곡히 꽂혀 있었는데, 우기 때 생긴 흰 곰팡이가 책 여기저기에 피어 있었고 군데군데 좀벌레 자국도 나 있었다. 움직이지 않는 뻐꾸기시계가 용 문장처럼 밋밋하게 벽에 걸려 있었다. 베란다 처마 너머엔 반짝거리는 하얀 기름처럼 햇살이 쏟아지고 있었다. 대나무

---

30 버마 동북부에 사는 산지 민족이 즐겨 입는 바지.

숲에서는 비둘기 몇 마리가 더위와 이상할 정도로 잘 어울리는, 무겁고 구슬픈 소리를 냈다. 나른한 소리이긴 하지만 자장가라기보다는 강력한 마취제 같아서 사람을 곯아떨어지게 만들었다.

맥그리거 씨의 방갈로 아래쪽으로 2백 미터 떨어진 곳에서, 일꾼 하나가 잘라 놓은 작업용 금속 레일 위에 뭔가를 얹어 놓고 살아 있는 시계처럼 네 번씩 규칙적으로 망치질을 하고 있었다. 플로리의 하인 코 슬라는 그 소리에 잠을 깼다. 그는 주방으로 가서 타다 남은 나뭇가지에 입으로 바람을 불어 불씨를 살린 뒤 차를 타기 위해 물을 끓였다. 그런 다음 분홍색 가웅바웅과 모슬린 잉지를 입고 주인 옆에 찻잔을 놓았다.

코 슬라(그의 진짜 이름은 마웅 산 흘라로, 코 슬라는 줄인 이름이다)는 키가 작고 어깨가 벌어졌으며 피부가 무척 검고 매우 지친 표정을 한, 촌스러운 원주민이었다. 검은 윗입술 주위에서부터 콧수염을 기르고 있었지만, 여느 버마인처럼 턱수염은 깨끗이 면도했다. 그는 플로리가 버마에 온 이래 줄곧 그의 하인 노릇을 해왔다. 두 사람은 동갑으로 생일도 한 달 정도밖에 차이가 나지 않았다. 어쨌든 그들은 함께 도요새와 물오리 사냥을 즐기며, 호랑이 감시 터에서 함께 매복하며 결코 오지 않는 호랑이를 기다리기도 하고, 불편한 정글 속을 함께 돌아다니기도 했다. 또한 그는 플로리에게 매춘부를 소개시켜 주고, 주인을 위해 중국인 돈놀이꾼에게 돈을 빌리기도 했으며, 주인이 술에 취했을 때에는 침대로 데려가고 열병이 났을 때는 정성껏 돌보았다. 코 슬라의 눈에 독신인 플로리는 여전히 어린애로 보였다. 반면 코 슬라는 결혼해서 다섯 명의 자식을 두었다. 재혼했기 때문에 애매한 중혼죄의 희생자이기도 했다. 여느 하인들처럼 그 또한 게으르고 더러웠지만 플로리에게는 충성을 다했다. 절대 다른 사람에게 플로리의 식사 시중을 들지 못하게 했으며, 플로리의 총도 만지지 못하게 했고, 플로리가 말을 탈 때면 고삐도 자신이 잡았다. 길을 가다가 개울이라도 만나면 그는 플로리를 등에 업고 건넜다. 플로리에게 어린애 같은 면이 있는 데다 남에게 쉽게 속아 넘어가기도 하고, 다른 한편으로는 보기 흉한 모반이 있기 때문에 그는 주인을 동정했다.

코 슬라는 테이블 위에 재빨리 찻잔을 놓았다. 그러고 나선 침대 끝으로 빙 둘러 가 플로리의 발가락을 간질였다. 그는 이것이 플로리의 기분을 해치지 않고 깨울 수 있는 유일한 방법이라는 것을 경험으로 알고 있었다. 플로리는 몸을 뒤척거리면서 욕설을 내뱉더니 이마를 베개 깊숙이 다시 밀어 넣었다.

「4시 종이 막 울렸습니다, 나리.」 코 슬라는 말했다. 「그 여자가 온다기에 차 두 잔을 준비했습니다.」

그 여자는 플로리의 정부인 마 흘라 메이였다. 코 슬라는 자신이 그녀를 싫어한다는 것을 내색하기 위해 항상 〈그 여자〉라 불렀다. 플로리가 정부를 두는 것이 싫어서가 아니라, 이 집안에서 그녀가 가지는 영향력을 질투하기 때문이었다.

「나리께서는 오늘 저녁 테니스라도 칠 예정이십니까?」 코 슬라가 물었다.

「아니, 날씨가 너무 더워.」 플로리가 영어로 말했다. 「아무 것도 먹기 싫어. 구역질 나는 건 치우고 위스키나 가져와.」

코 슬라는 영어를 잘하지는 못하지만 꽤 알아듣는 편이었다. 그는 위스키 한 병과, 플로리가 조금 후에 쓰려고 침대 맞은편 벽에 세워 두었던 테니스 라켓을 가져왔다. 코 슬라의 생각에 테니스라는 것은 영국 사람들에게는 의무적이고 신비스러운 의식 같았다. 그는 주인이 저녁에 빈둥빈둥 노는 것을 좋아하지 않았다.

플로리는 코 슬라가 가져온 토스트와 버터의 냄새도 맡기 싫어 옆으로 치워 버렸다. 그 대신 위스키 약간을 차에 타서 마시자 기분이 한결 나아졌다. 오후 내내 잠을 자 머리가 쑤시고 온몸이 뻐근했다. 입에서는 탄 종이 맛이 났다. 그는 버마에서 수년 동안 식사다운 식사를 한 번도 못했다. 버마에 있는 대부분의 유럽 음식은 대체적으로 맛이 형편없었다. 야자 즙으로 발효시킨 빵은 스펀지 같았고 맛은 싸구려 롤빵보다 못했다. 버터도 통조림 제품이며, 배달부가 가져오는 우유도 묽고 싱거운 음료수 같았다. 코 슬라가 방에서 나간 뒤, 밖에서 샌들 끄는 소리가 나더니 버마 여인의 찢어지는 듯한 목소리가 들렸다. 「내 주인님, 일어나셨습니까?」

「들어와.」 플로리가 다소 짜증 섞인 목소리로 말했다.

마 흘라 메이가 문간에서 붉은 래커 칠을 한 샌들을 벗어 던지고 안으로 들어왔다. 그녀는 특권으로 차는 마실 수 있지만 식사는 못하게 되어 있었고, 주인이 보는 앞에서 샌들을 신어서도 안 되었다.

그녀의 나이는 스물두셋 정도 되었고 키는 150센티미터가량 되었다. 푸른색 수가 놓인 중국 공단으로 만든 롱지와 금구슬이 달려 있는 풀 먹인 모슬린 잉지를 입었고, 감아 올린 흑단처럼 새까만 머리카락에는 재스민 꽃이 꽂혀 있었다. 마치 인형 같아 보였다. 밋밋한 얼굴은 구릿빛 달걀형에, 눈이 작았다. 작고 가냘프며 곧은 몸은 나무에 얕게 새긴 돋을새김처럼 윤곽이 거의 없었다. 그래서 흡사 이국적으로 생긴 인형, 다시 말해 예쁘기는 하지만 괴기스러운 인형 같아 보였다. 그녀가 방에 들어오자 백단향과 코코넛 기름 냄새도 함께 들어왔다.

마 흘라 메이는 침대를 건너가 모서리에 앉더니 갑자기 양팔로 플로리를 껴안았다. 그러고는 버마식으로 자신의 납작한 코를 그의 뺨에 갖다 대며 냄새를 맡았다.

「왜 오늘 아침에는 나를 부르지 않았어요?」 그녀가 말했다.

「잤어. 너를 부르기엔 날씨가 너무 더워서.」

「그러니까 마 흘라 메이와 함께 있기보다 혼자 낮잠 자는 게 더 좋다는 말이군요? 당신은 내가 추하다고 생각하지요? 내가 정말 추한가요?」

「가버려.」 그가 그녀를 밀치면서 말했다. 「지금은 보고 싶지 않아.」

「그러면 적어도 당신의 입술을 내 뺨에는 갖다 대줘야지요 (키스에 대한 버마어는 없다). 백인 남자들은 모두 자기 여자들한테 이렇게 한다던데요.」

「자, 이러면 됐지? 이젠 혼자 있게 내버려 두고 담배나 줘.」

「왜 당신은 요즘 나와 잠자리를 안 하나요? 그래요, 2년 전하고는 무척 달라요. 그때는 나를 많이 사랑하셨잖아요. 만달레이에서 금팔찌와 롱지도 사주셨고요. 그런데 지금은 보세요.」 마 흘라 메이는 모슬린 천이 덮인 작은 팔을 치켜들었다. 「하나도 없잖아요. 지난달까지만 해도 서른 개는 되었는데 지금은 다 저당 잡혔어요. 팔찌도 하나 끼지 않고, 또 항상 똑같은 롱지만 걸치고, 어떻게 시장에 가란 말이에요? 다른 여자들 앞에서 창피해 죽겠어요.」

「네가 팔찌를 전당포에 잡힌 것이 어디 내 잘못이야?」

「2년 전에는 팔찌를 다시 찾아 주었잖아요. 그래요, 당신은 마 흘라 메이를 더 이상 사랑하지 않는 거예요!」

그녀는 다시 플로리를 껴안고 키스를 했다. 그는 예전에 그녀에게 유럽식으로 키스하는 법을 가르쳤었다. 그녀의 머리카락에서 백단향, 마늘, 코코넛 기름, 인도 재스민 향이 뒤섞인 냄새가 풍겨 왔다. 이 냄새만 맡으면 그는 머리가 욱신거렸다. 그는 그녀의 머리를 베개 쪽으로 눕히고 야릇하고 싱싱한 그녀의 얼굴을 멍하니 내려다보았다. 광대뼈는 튀어나왔고 눈꺼풀은 곧게 뻗어 있었으며 입술은 작고 가냘팠다. 치아는 고양이 치아처럼 곧고 훌륭했다. 2년 전 3백 루피를 주고 그녀의 부모한테서 산 여자다. 그는 깃 없는 잉지에서 부드럽고 가느다란 줄기처럼 솟아올라 있는 그녀의 갈색 목을 쓰다듬었다.

「넌 내가 백인이고, 또 돈이 많기 때문에 나를 좋아하는 거야.」

「주인님, 저는 당신을 사랑해요. 이 세상 누구보다 당신을 사랑해요. 왜 그런 말을 하세요? 항상 당신에게 제 모든 것을 바치잖아요?」

「버마인 애인이 있잖아.」

「뭐라고요!」 마 흘라 메이는 그 말에 부들부들 떠는 체했다. 「버마인의 더러운 손을 생각하면, 끔찍해요. 나를 만지다니! 버마 남자가 나를 만지면 콱 죽어 버릴 거예요!」

「거짓말쟁이.」

그는 그녀의 가슴에 손을 얹었다. 개인적으로 마 흘라 메이는 이런 행위를 좋아하지 않았다. 그것은 그녀에게 자신의 두 유방이 거기에 있음을 상기시켜 주기 때문이었다 — 버마 여성의 희망은 빈약한 가슴을 가지는 것이었다. 그녀는 누워서 그가 하는 대로 몸을 맡기고 수동적이긴 하지만 기분이 좋아 털을 쓰다듬어 줄 때 가만히 있는 고양이처럼 희미하게 미소를 지었다. 플로리의 포옹은 그녀에게 아무런 의미도 없었지만(코 슬라의 남동생 바 페가 그녀의 숨겨 놓은 애인이었다), 그가 이렇게 하지 않으면 기분이 좋지 않았다. 때로 그녀는 그의 음식에 미약(媚藥)을 집어넣기까지 했다. 그녀는 하는 일 없이 빈둥빈둥 노는 첩살이를 좋아했고, 화려한 옷을 입고 고향이라도 방문할 때는 백인의 아내인 〈보카도〉로서의 지위

를 한껏 자랑했다. 그녀는 마을 사람들에게 플로리의 합법적
아내로 행세했다.

그녀와 한바탕 일을 치르고 난 뒤 플로리는 몸을 돌렸다.
지치기도 하고 수치스럽기도 해, 모반을 왼손으로 가리고 말
없이 누워 있었다. 수치스러운 행위를 할 때면 그는 으레 모
반을 기억했다. 그는 만사가 귀찮다는 듯 코코넛 기름 냄새가
나는 축축한 베개 속에 얼굴을 파묻었다. 지독하게 더웠다.
집 밖의 비둘기는 여전히 시름없이 우짖고 있었다. 벌거벗은
마 흘라 메이는 플로리 옆에 누워 테이블에 놓인 버들 세공
부채를 집어 들어 부드럽게 부채질해 주었다.

이내 그녀는 일어나 옷을 입고 담배에 불을 붙였다. 그런
다음 침대로 다시 와 앉아 플로리의 벗은 어깨를 쓰다듬기
시작했다. 신비함과 일종의 힘이 느껴지는 플로리의 하얀 피
부는 그녀에게 상당한 매력이었다. 그러나 플로리는 어깨를
흔들어 그녀의 손을 뿌리쳤다. 요즈음 그는 보기만 해도 구
역질이 날 정도로 그녀가 싫었다. 그의 유일한 소망은 그녀
가 눈에 띄지 않는 것이었다.

「그만 나가.」 그가 말했다.

그녀는 피우던 담배를 플로리에게 주려고 했다. 「왜 주인님
은 나와 사랑을 나누고 항상 화를 내세요?」 그녀가 말했다.

「나가.」 그가 반복했다.

마 흘라는 계속해서 플로리의 어깨를 쓰다듬었다. 그녀는
그를 혼자 있게 내버려 두는 지혜를 결코 배우지 못했다. 그
녀에게 성적 행위란 여성에게 남성을 지배하고 결국엔 가선
남성을 반백치 상태의 노예로 만드는 마술적 힘을 주는 마법
이라고 믿었다. 플로리의 어깨를 계속 쓰다듬어 주자 그의
기세가 한풀 수그러졌고, 그녀는 자신의 마법이 더 강해진
것이라고 믿었다. 그녀는 계속해서 그를 괴롭혔다. 담배를

내려놓은 뒤 그를 껴안으며 자신 쪽으로 그의 몸을 돌려 외면한 그의 얼굴에 키스를 했다. 그러곤 왜 냉담하게 대하는지 따졌다.

「제발 가버려, 가버리란 말이야!」 플로리는 다시 화가 나서 말했다. 「내 바지 주머니를 뒤져 봐. 거기에 돈이 있을 거야. 5루피를 가지고 가.」

마 흘라 메이는 5루피짜리 지폐를 찾아 잉지 안 가슴속에 집어넣었지만, 여전히 가지 않았다. 그녀가 침대 주위를 돌아다니면서 계속 귀찮게 굴자, 화가 치밀어 오른 그는 결국 벌떡 일어났다.

「이 방에서 당장 나가지 못해! 나가라고 분명히 말했잖아. 일이 다 끝난 후엔 보고 싶지 않단 말이야.」

「이것이 저를 대하는 방법이군요! 당신은 저를 창녀 취급하고 있다고요.」

「그래, 넌 창녀야. 당장 나가.」 참다 못한 그가 그녀의 어깨를 잡아 방 밖으로 밀치면서 말했다. 그녀의 샌들도 그녀 쪽으로 차버렸다. 그들의 만남은 종종 이런 식으로 끝나곤 했다.

플로리는 방 한가운데 서서 하품을 했다. 결국 테니스를 치기 위해 클럽에 가야 한단 말인가? 아니다, 그러려면 면도를 해야 되는데 술기운이 아직 남아 있어 면도할 의욕이 나지 않았다. 그는 턱에 수염이 자랐다는 것을 느끼고 거울까지 어슬렁어슬렁 걸어가 자신의 모습을 비추어 보았지만 이내 얼굴을 돌려 버렸다. 반사되어 나오는 누렇고 움푹 들어간 얼굴이 보기 싫었다. 그는 몇 분 동안 다리를 어정쩡하게 벌린 채 서서 책장 위의 벌레 한 마리가 나방에게 살금살금 다가가는 모습을 지켜보았다. 마 흘라 메이가 끄지 않고 그대로 재떨이에 넣은 담배가 고약한 냄새를 피우면서 아직도 타고 있었다. 그는 책꽂이에서 책을 하나 꺼내 펼치다가 역

겨워 던져 버렸다. 읽을 힘조차 없었다. 〈제기랄, 이 끔찍한 저녁 내내 무얼 하지?〉

플로가 꼬리를 흔들면서 방으로 아장아장 걸어 들어왔다. 밖으로 산책이나 가자고 하는 눈치였다. 플로리는 짜증을 진정시키지 못한 채 바닥에 돌을 깐 욕실에 들어가 미지근한 물로 샤워한 뒤 셔츠와 반바지를 입었다. 해가 지기 전에 운동을 해야 한다. 인도에서 구슬땀을 흘리지 않고 하루를 보내는 것은, 어떤 면에서는 죄악이었다. 그것은 사람들에게 온갖 음란 행위보다 더 나쁜 죄의식을 심어 주는 짓이다. 햇볕이 쨍쨍한, 축 늘어지는 낮 시간이 지나 어둑어둑한 저녁이 되면 사람들의 무료함은 극에 달하고 미쳐 죽고 싶을 지경에까지 이른다. 일, 기도, 독서, 음주, 대화, 이 모든 것들도 이 시간을 보내는 데 전혀 소용없다. 오로지 모공을 통해 땀을 흘리는 것 말고는 달리 수가 없었다.

플로리는 밖으로 나와 정글로 향하는 언덕배기 길을 따라 걸어갔다. 맨 처음 맞닥뜨리는 정글은 성장이 멈춰 버린 관목으로 가득 찬 숲으로, 그곳에서 자라는 유일한 나무는 자두만 한 크기의 울퉁불퉁한 과일이 열리는 반야생의 망고 나무뿐이었다. 관목 숲을 통과하면 키 큰 나무들이 있는 길이 있다. 연중 이맘때가 되면 정글은 건조하고 생기가 없다. 나무들은 길을 따라 줄지어 있었는데 길에 가까운 황록색 잎들은 먼지를 뒤집어쓰고 있었다. 덤불에서 꼴사납게 튀어나오는 기분 나쁜 지빠귀 몇몇을 제외하곤 어떤 새들도 보이지 않았다. 저 멀리에서 다른 새들이 〈아하하! 하하하!〉 지저귀고 있었다. 마치 사람들 웃음소리의 메아리처럼 고답적이고 텅 빈 것처럼 들렸다. 으깨진 나뭇잎에서 담쟁이덩굴 냄새 같은 지독한 냄새가 스며 나왔다. 오후라 해가 비스듬히 내리쬐어 열기는 어느 정도 식었지만 그래도 더웠다.

길은 3킬로미터쯤 이어지다가 얕은 개울에서 끝난다. 물과 키 큰 나무들이 있어서 이곳의 정글은 더욱 푸르렀다. 개울 끝에는 키가 큰 핀카도 나무가 죽은 채로 서 있고 아름다운 난초가 그 주변을 장식했으며, 희고 창백한 꽃이 핀 라임 나무 숲도 있었다. 라임 나무 꽃들은 베르가못 나무처럼 강렬한 향기를 뿜어 댔다. 속도를 약간 내어 걸었기 때문에 셔츠는 온통 땀으로 젖고 이마에서는 땀방울이 흘러내려 눈을 찔렀다. 땀을 흘리니 기분이 좋아졌다. 이 개울을 보면 그는 항상 기운이 났다. 물이 무척 깨끗했고, 이곳에선 더러운 마을이 보이지 않기 때문이었다. 그는 징검다리로 개울을 건넜다. 플로가 물을 튀기면서 뒤를 따랐다. 개울을 건너 관목 숲으로 이어지는 눈에 익은 좁다란 오솔길로 들어갔다. 이 좁은 길은 소 떼들이 물을 마시기 위해 왔다 갔다 하다가 생겨난 길인데 사람들은 거의 이용하지 않았다. 길을 따라 상류 쪽으로 50미터쯤 더 올라가면 연못이 하나 있는데, 거기에는 보리수나무 한 그루가 자라고 있었다. 마치 거인이 꼬아 놓은 나무 밧줄처럼 셀 수 없이 많은 넝쿨들이 달라붙어 있는 이 나무는 두께가 2미터 가까이 되어 이 모든 넝쿨을 다 지탱하고 있었다. 나무의 뿌리는 자연 동굴을 이루고 있었는데 그 밑에서는 맑고 푸른빛의 물이 솟아올랐다. 위쪽과 주변에 온통 빽빽하게 들어찬 둥근 잎들이 햇빛을 차단해 흡사 잎으로 둘러싸인 초록빛 작은 동굴을 연상시켰다.

플로리는 옷을 벗고 물에 들어갔다. 바깥공기보다 훨씬 시원했다. 그늘진 곳은 더 차가웠다. 그가 앉자 물이 목까지 차올랐다. 크기가 정어리 정도 되는 은빛의 마시어 떼가 조심조심 다가와 그의 몸을 건드렸다. 플로도 물에 뛰어들어 수달피처럼 부드럽게 주위를 헤엄쳐 돌아다녔다. 플로리가 카우크타다에 있는 동안 함께 이곳에 종종 왔기 때문에 플로는 이 연못을 잘 알고 있었다.

보리수나무 꼭대기쯤에서 주전자의 물이 끓는 듯한 부글 거리는 소리가 들려왔다. 녹색비둘기 떼가 높은 곳에 앉아 열매를 먹고 있었다. 플로리는 비둘기 떼를 보려고 고개를 들어 엄청나게 큰 반원형의 나무를 쳐다보았다. 그러나 새들은 보이지 않았다. 새들의 색과 녹색 잎사귀들이 서로 조화를 이루어 나무 전체가 그들로 인해 살아 있는 듯했고, 마치 새들의 유령이 이 나무를 흔드는 것처럼 반짝거리고 있었다. 플로는 나무뿌리에 기대앉아 쉬면서 보이지 않는 새 떼를 향해 으르렁거렸다. 얼마 후 녹색비둘기 한 마리가 날개를 퍼덕거리며 낮은 나뭇가지에 옮겨 앉았다. 그 새는 자기가 감시당하고 있다는 것을 몰랐다. 꽁지는 벨벳처럼 부드러운 비취색이고 목과 가슴은 무지개 색으로, 집에서 기르는 비둘기보다 더 작아 보였다. 다리는 치과 의사가 사용하는 핑크 빛 광택제 같았다.

그 비둘기는 나뭇가지 위에서 몸을 앞뒤로 까딱까딱 움직이며 가슴의 깃털을 부풀려 산홋빛 부리를 그 속에 파묻었다. 어떤 고통이 플로리에게 엄습해 왔다. 혼자, 혼자, 혼자라는 말할 수 없는 비통함이었다. 그는 혼자라는 고독한 생각이 들면 숲 속에 있는 이 적막한 장소를 찾았다. 이 숲 속에서 외로움을 같이 나눌 영혼이라도 있다면! 그는 말로 표현할 수 없는 아름다운 것들, 이를테면 새, 꽃, 나무 등을 만났다. 아름다움은 남과 나눌 때 비로소 의미가 있는 것이다. 외로움을 공유할 사람을 만날 수 있다면! 비둘기는 아래 있는 플로리와 개를 보더니 갑자기 날개를 퍼드덕거리며 공중으로 치솟아 총알처럼 돌진해 날아갔다. 살아 있는 녹색비둘기를 이렇게 가까이에서 본 사람은 거의 없을 것이다. 녹색비둘기는 나무 꼭대기에 둥지를 틀고 높이 나는 새로, 물 마실 때를 제외하고는 좀체 땅에 앉지 않는다. 총에 맞아도, 즉사하지 않는 한 죽을 때까지 나뭇가지를 붙들고 있다가 밑에서 기다리는 사냥꾼이 포기해 떠나 버리면 그제야 떨어진다.

플로리는 물에서 나와 옷을 입고 개울을 다시 건넜다. 그는 왔던 길이 아니라, 그의 집에서 그다지 멀지 않은 정글 가장자리의 마을로 우회해 갈 생각으로 남서쪽을 향해 난 발자국을 따라 걷기 시작했다. 플로는 기다란 귀가 가시에 긁힐 때면 깽깽거리면서도 덤불 속을 들어갔다 나왔다 하면서 경쾌하게 따라왔다. 개는 예전에 이 근처에서 토끼 한 마리를 잡은 적이 있었다. 플로리는 천천히 걸었다. 그의 파이프에서 나오는 담배 연기가 버섯구름 모양으로 하늘을 향해 수직으로 올라갔다. 그는 시원한 물에서 목욕을 하고 난 뒤라 기분이 상쾌하고 마음의 안정을 되찾았다. 두꺼운 나무 아래에는 아직 열기가 일부 남아 있긴 했지만 그래도 시원했으며 햇빛도 부드러웠다. 멀리서 소가 끄는 달구지의 바퀴 소리가 평화롭게 들려왔다.

곧 플로리와 플로는 정글에서 길을 잃고, 죽은 나무와 엉켜 있는 덤불로 된 미로에서 헤매고 있었다. 채찍처럼 길쭉하고 잎의 끝 부분에 온통 가시가 박힌, 엄청나게 큰 엽란처럼 생긴 흉측한 식물들로 가로막혀 있는 막다른 길로 들어간 것이었다. 개똥벌레가 덤불 아래에서 연한 초록빛을 발하고 있었다. 나무가 빽빽이 들어찬 곳이 희미하게 밝아 왔다. 이윽고 달구지의 삐걱거리는 바퀴 소리가 플로리가 걷는 방향을 따라 점점 가까이 들려왔다.

「이봐, 사야 지, 사야 지!」 플로리는 플로의 목줄을 잡고 소리쳤다.

「게 누구십니까?」 버마인이 소리쳤다. 황소의 울음소리와 발굽 소리가 들려왔다.

「미안하지만 이쪽으로 좀 와주세요. 오, 선생님! 우리는 길을 잃었어요. 가지 말고 계세요. 오, 부탁이에요!」

그 버마인은 달구지의 고삐를 놓은 후 정글을 뚫고 들어가 단검을 휘둘러 넝쿨을 베어 냈다. 눈이 하나밖에 없는 땅딸막한 중년의 사내였다. 그는 한참을 고생한 끝에 오솔길로 통하는 길을 냈다. 플로리는 불편해 보이는 납작한 달구지 위에 올라탔다. 버마인이 고삐를 잡고 짧은 막대기로 소의 엉덩이를 찌르면서 고함을 치자, 달구지는 귀에 거슬리는 삐걱거리는 소리를 내면서 움직였다. 버마 마부들에게 달구지의 삐걱거리는 굴대에 왜 기름을 왜 치지 않느냐고 물어보면 가난해서 윤활유 살 돈이 없다고 말하지만, 사실은 달구지의 삐걱거리는 소리가 악마를 물리친다고 믿고 있기 때문이다.

그들은 덩굴나무로 절반 정도 가려진, 회반죽을 칠한 어른 키 높이 정도 되는 목조탑 옆을 지나갔다. 오솔길은 초가지붕을 한 초라한 오두막집 20여 채 정도로 이루어진 마을로 구불구불 이어져 있었다. 마을에는 몇 그루의 대추야자 나무 아래 우물이 하나 있었다. 나무에 앉아 있던 백로 떼는 여러 개의 하얀 화살이 날아가는 것처럼 머리를 삐죽 내밀고 나무 꼭대기의 집을 향해 돌진하고 있었다. 뚱뚱하고 얼굴이 누런 여인 하나가 롱지를 겨드랑이 아래까지 걷어 올리고 오두막집 주변에서 개 한 마리를 쫓고 있었다. 그녀는 개를 대나무 막대기로 때리면서 웃고 있었고 개 또한 비실비실 웃는 듯했다. 이 마을은 지금은 사라져 버린 〈네 그루의 보리수나무〉를 뜻하는 〈나웅레빈〉이라 불렸다. 보리수나무는 아마 1세기 전에 베어져서 잊혔을 것이다. 마을 사람들은 도시와 정글 사이에 놓여 있는 길쭉하고 좁은 논을 경작했으며 달구지를 만들어 카우크타다에 내다 팔기도 했다. 달구지 바퀴가 집 근처 여기저기에 흩어져 있었다. 세련되지는 못했지만 바퀴살이 튼튼하게 박혀 있는, 지름이 150센티미터나 되는 커다란 것도 있었다.

플로리는 달구지에서 내려 마부에게 수고의 표시로 4아나를 주었다. 고삐를 맨 똥개 몇 마리가 집 안에서 뛰어나오더니 플로에게 다가와 냄새를 맡았다. 배가 볼록하게 튀어나온 벌거벗은 아이들도 호기심 어린 눈초리로 백인을 보았지만 가까이 다가오지는 않았다. 그들의 머리카락은 치켜 올려져 머리 꼭대기에서 하나로 묶여 있었다. 그때 시든 나뭇잎 색깔의 얼굴을 한 나이 든 촌장이 집에서 나왔다. 인사를 나눈 후 플로리는 그의 집 계단에 앉아 파이프에 불을 붙였다. 목이 말라 왔다.

「당신 집 우물물, 마실 수 있는 물이오?」

촌장이 오른발의 큰 발톱으로 왼쪽 정강이를 긁으면서 잠시 생각하다가 말했다. 「마시는 사람들은 마시지요.」

「오, 멋진 말이오.」

똥개를 쫓고 있던 뚱뚱한 여인이 검은 질그릇 주전자와 손잡이가 없는 사발 한 개를 가져와 플로리에게 연한 녹차를 권했다. 나무가 탈 때 생기는 연기 같은 맛이 났다.

「이만 가봐야겠소, 차 잘 마셨소.」

「신의 가호가 있으시길.」

플로리는 광장 쪽으로 나 있는 길을 따라 집으로 갔다. 이제 날이 어둑어둑해졌다. 코 슬라가 깨끗한 잉지를 입고 침실에서 기다리고 있었다. 그는 두 개의 양철통에 목욕물을 데운 뒤 석유램프에 불을 붙이고 플로리가 입을 깨끗한 양복과 셔츠를 준비하고 있었다. 코 슬라가 옷을 준비해 놓은 이유는, 플로리더러 면도를 하고 옷을 새로 갈아입고 식사를 한 뒤 클럽에 가라는 무언의 표시였다. 가끔 플로리는 샨 바지를 입고 의자에 앉아 책을 읽으며 빈둥빈둥 저녁을 보내기도 했는데, 코 슬라는 이런 습관을 싫어했다. 그는 주인이 여느 백인들과 다르게 행동하는 것을 좋아하지 않았다. 집에서는 술에 취하지 않는 주인이 종종 클럽에서 만취가 되어 집에 돌아와도 그의 이런 생각은 바뀌지 않았다. 술에 취한다는 것은 백인들에게는 보편적이며 용인되는 일이기 때문이었다.

「그 여자는 시장에 갔습니다.」 그는 마 홀라 메이가 집을 나갈 때면 늘 그렇듯 기쁨을 감추지 못하며 말했다. 「그녀가 돌아올 때 지켜 주기 위해 바 페가 랜턴을 들고 따라 나갔습니다.」

「좋아.」 플로리가 말했다.

그녀는 5루피를 쓰려고 갔을 것이다. 분명히 도박을 할 것이다.

「목욕물 준비되었습니다.」

「기다려, 먼저 개를 돌봐 줘야 해. 빗을 가져와.」

두 사람은 마루에 쭈그리고 앉아 플로의 부드러운 털을 빗질해 주고 발가락 사이를 긁어 주며 진드기를 잡았다. 매일 저녁 이렇게 해야 했다. 오늘도 엄청나게 많은 진드기가 플로의 몸에 달라붙었는데, 크기가 핀 머리 정도였던 흉측한 회색 해충이 플로의 피를 빨아 먹어 완두콩만 해졌다. 코 슬라는 진드기를 잡아 마루에다 놓고 그의 큰 발로 조심스럽게 눌러 죽였다.

플로리는 면도와 목욕을 한 뒤 옷을 갈아입고 저녁을 먹기 위해 테이블에 앉았다. 코 슬라는 플로리의 뒤에 서서 음식을 건네주고 그가 식사를 하는 동안 부채질을 해주었다. 코 슬라가 진홍색의 히비스커스 꽃을 담아 놓은 화병이 테이블 중간에 놓여 있었다. 식사는 번지르르해 보였지만 맛이 없고 불결했다. 수 세기 전에 인도에서 프랑스인들 밑에 있었던 하인들의 후손인 똑똑한 〈바보〉 요리사는 모든 것을 다 만들 수 있다고 했지만, 먹을 수 있는 것이라고는 하나도 없었다. 카우크타다에 머무는 동안 저녁이면 흔히 하듯이, 식사를 마친 후 플로리는 이날도 역시 카드놀이를 하고 술을 마시기 위해 클럽으로 걸어 내려갔다.

5

클럽에서 위스키를 마셨는데도 플로리는 그날 밤 잠을 이루지 못했다. 똥개들은 달을 보고 나지막하게 짖고 있었다. 하늘에 떠 있는 초승달은 자정이 다가오면서 거의 기울었지만, 무더운 낮 시간 내내 잠만 잤던 개들은 밤이 되자 깨어나 달빛 합창을 하기 시작했다. 그중 한 마리는 플로리의 집이 싫은지 규칙적으로 그의 집을 향해 짖어 댔다. 문에서 50미터 정도 떨어진 곳에 납작하게 엎드려 벽시계처럼 규칙적으로 30초마다 한 번씩 날카롭게 짖었다. 그렇게 두세 시간 정도 계속 짖다가 새벽에 수탉이 울 때쯤이면 멈출 것이다.

플로리는 이리저리 뒤척이며 잠을 이루지 못해 머리가 아팠다. 사람은 동물을 싫어할 수 없다고 어떤 바보가 말했다지만, 그런 사람은 개들이 달을 보고 짖어 대는 인도에서 며칠 밤을 지내 봐야 한다. 마침내 플로리는 더 이상 참지 못하고 일어나 침대 밑에 있는 군용 철제 함에서 총과 실탄 두 발을 찾아 들고 베란다로 나갔다.

초승달은 무척 밝게 빛났다. 그는 개를 보고 총의 가늠쇠를 맞출 수 있었다. 그는 베란다의 나무 기둥에 몸을 기대고 표적을 겨누었다. 딱딱한 고무 개머리판이 어깨를 압박해 왔다. 그는 잠시 주춤거렸다. 소총은 반동이 심해 발사할 때 쏘는 사람의 어깨에 멍을 남긴다. 그의 부드러운 어깨가 움찔거렸다. 그는 소총을 다시 내려놓았다. 결국 잔인하게 총을 쏠 용기가 나질 않았던 것이다.

잠을 다시 청해 봐야 소용없는 일이었다. 플로리는 재킷을 입고 유령 같은 꽃들이 피어 있는 정원을 서성거리며 담배를 피웠다. 날씨는 더웠으며, 모기들은 그를 향해 돌진해 왔다. 개의 그림자들이 광장에서 서로를 쫓고 있었다. 왼쪽 저편에 영국식 공동묘지의 비석들이 하얗게 빛을 발하는 모습이 불길해 보였다. 그 근처에는 흔적만 남은 오래된 중국인 묘지가 있는 언덕이 있는데, 유령이 출몰한다는 이야기가 돌았다. 그래서 클럽 하인들은 밤에 밖으로 심부름이라도 보낼라치면 나가는 게 무섭다고 아우성이었다.

〈똥개, 이 쓸모없는 똥개.〉 플로리는 자신에 대해 생각해 보았다. 그러나 그는 이런 생각에 너무 익숙해 있었기 때문에 감정의 동요는 크게 일지 않았다. 〈비겁한 행동을 하고, 게으름 피우고, 술 마시고, 여자와 잠자리를 같이하고, 스스로를 비하시키는 똥개. 클럽에 있는 모든 바보들, 스스로 남들보다 우수하다고 생각하는 바보 얼간이들, 그들이 오히려 나보다 더 낫다. 바보 천치들이지만 적어도 그들은 인간이다. 겁쟁이도 아니고, 거짓말쟁이도 아니다. 절반은 죽지 않았고 썩지 않았다. 하지만 나는……〉

그가 자신을 비난하는 것은 당연했다. 그날 저녁 클럽에서 역겹고 더러운 일이 있었다. 전례에 따르면 매우 일상적인 일이었지만 그에게는 멍청하고 비열하고 불명예스러운 일이었다.

플로리가 클럽에 도착했을 때 그곳에는 엘리스와 맥스웰

단둘이 있었다. 래커스틴 부부는 야간열차를 타고 도착할 예정인 조카딸을 마중하기 위해 맥그리거의 차를 빌려 타고 이미 역으로 떠난 뒤였다. 세 명의 남자가 다정하게 브리지 놀이를 하고 있을 때 웨스트필드가 단단히 화가 난 듯 모래 빛깔의 얼굴을 벌겋게 붉힌 채 「버마의 애국자」를 손에 들고 들어왔다. 그 신문에는 맥그리거를 비방하는 기사가 실려 있었다. 엘리스와 웨스트필드의 분노는 극에 달했다. 그들의 분노가 너무 심해 플로리는 그들이 만족할 때까지 따라서 화를 내느라 애를 먹었다. 엘리스는 5분 동안 심한 욕설을 퍼붓고 나서, 의사 베라스와미가 이 기사를 썼다고 장담했다. 그리고 이미 보복에 대해서도 생각하고 있었다. 그들은 맥그리거 씨가 전날 게시했던 공지에 반대하는 의견을 게시할 작정이었다. 엘리스는 그 자리에서 작고 분명한 필치로 다음과 같이 써나갔다.

〈우리의 부국장님을 비난한 최근의 비겁하고도 모욕적인 기사와 관련해서 우리 서명자들은 이것이 검둥이가 우리 클럽에 들어오기 위해 저지른 불온한 책동이라는 결론을 내렸습니다〉 운운.

웨스트필드는 〈검둥이〉라는 말을 중얼거렸다. 그러자 엘리스가 검둥이라는 말을 가는 줄로 가위표 치고 〈원주민〉이라는 말로 고쳐 썼다. 그리고 밑에 〈R. 웨스트필드, P. W. 엘리스, C. W. 맥스웰, J. 플로리〉라고 서명했다.

엘리스는 만족한 듯 화가 반쯤 가라앉았다. 이 벽보는 그것 자체로는 아무것도 아니지만, 이 소식은 곧 읍내 전체로 퍼질 것이고 내일쯤이면 베라스와미도 알게 될 것이다. 그렇게 되면 그 의사는 유럽인들에 의해 공개적으로 검둥이라고 불리게 되는 셈이다. 그렇게 생각하니 엘리스는 기분이 좋아졌다. 그는 그날 저녁 내내 게시판에서 눈을 떼지 않았으며, 5분마다 〈조그만 배불뚝이가 벽보에 게시된 우리의 글에 대한 소문을 들으면 무슨 생각을 할까? 그 녀석에게 우리의 생각을 알려 주자. 우리의 장소에는 우리가 사는 방식이 있다고 말이야!)라고 소리치며 웃었다.

그러는 사이에 플로리도 자기 친구에게 가하는 공개적인 비난에 서명을 했다. 여태까지의 삶에서 이것 말고도 수많은 비열한 짓을 해왔다는 이유 하나만으로 서명했던 것이다. 그러나 좀 더 솔직히 말하자면, 반대할 티끌만큼의 용기도 없었기 때문이었다. 물론 마음만 먹으면 반대할 수도 있었을 것이다. 물론 그렇게 되면 엘리스와 웨스트필드와 한판 붙을 각오를 단단히 해야만 했다. 아, 그는 정말 싸움이 싫었다! 게다가 그들은 상대방을 성가시게 만들고 비웃기를 좋아하는 사람들 아닌가! 그것을 생각하니 괜스레 움츠러들면서 뺨에 나 있는 모반이 꿈틀거리는 것 같았고, 또 목구멍 속에서 뭔가가 일어나 목소리를 위축시키고 죄의식을 불러일으키는 것 같았다. 아니, 그게 아니었다! 그는 베라스와미가 이미 클럽 입회 문제에 대한 이야기를 들어서 알고 있다는 이유 때문에 쉽게 서명할 수 있었던 것이다.

플로리는 버마에 산 지 15년가량 되었다. 그동안 버마에서 배운 것이 있다면 공개적인 의견에 반대해서는 안 된다는 점이다. 하지만 그의 문제는 훨씬 더 오래된 것이었다. 그것은 그의 뺨에 모반이 형성되었던 어머니의 자궁 속에서부터 시작되었다. 그는 어렸을 적에 모반이 자신에게 끼친 영향에 대해 생각해 보았다. 아홉 살이 되어 처음으로 학교에 갔을 때 마주했던 아이들의 눈초리, 며칠이 지난 후부터 들리던 상급반 어린이들의 야유, 〈푸른 얼굴〉이라는 별명. 이 별명은 학교의 시인(플로리는 현재 그 시인이 『네이션』에 괜찮은 기사를 기고하는 비평가가 되었다고 알고 있다)이 다음과 같은 2행시를 쓸 때까지 계속 따라다녔다.

신입생 플로리는 이상야릇하게 보이네,
얼굴이 마치 당나귀 엉덩이 같네.

이후 그의 별명은 〈당나귀 엉덩이〉로 바뀌었다. 그러고서
몇 년이 흘렀다. 토요일 저녁이 되면, 플로리보다 나이 많은
아이들은 소위 〈스페인 종교 재판〉이라는 놀이를 하곤 했다.
이 놀이에서 그들이 가장 좋아했던 고문 방법은 〈스페셜 토
고〉라는 것인데, 이는 비밀리에 조직된 클럽 회원들에게만
알려진 독특한 방법으로, 한 아이가 지목된 아이를 아플 정
도로 꽉 잡으면 또 다른 아이가 끝에 상수리 열매가 달린 끈
으로 지목된 아이를 때리는 놀이였다. 그러나 시간이 감에
따라 플로리는 〈당나귀 엉덩이〉라는 오명도 잊으며 살았다.
그는 거짓말쟁이에다 괜찮은 축구 선수였는데, 이 두 가지는
학교에서 성공하는 데 절대적으로 필요했다. 마지막 학기 때
그와 그의 친구는 별명을 만들어 놀렸던 학교 시인을 붙잡아
스페셜 토고를 했다. 11학년 반장이 그 시인을 소네트를 쓴
죄목으로 징 박힌 육상화로 여섯 대나 때렸다. 그 시절이 플
로리에게는 삶의 준비기였다.
  학교를 졸업한 뒤 그는 값싼 삼류 공립 학교에 진학했다.
가난하고 무질서한 그 학교는 고(高) 국교회,[31] 크리켓과 라
틴 시 등의 전통을 가진 유명한 사립 학교 흉내를 내고 있었
다. 그리고 「인생의 격투」라는 교가도 있었는데, 이 노래 속
에는 신이 위대한 심판자로 나왔다. 그러나 그 학교는 일류
사립 학교가 갖춘 미덕, 다시 말해 학문적 분위기는 전혀 없
었다. 학생들이 배우는 것도 거의 없었다. 단조롭고 잡동사
니 같은 교과목을 외우도록 하는 매질도 없었다. 또 낮은 급

31 *High Anglicanism* 혹은 *High Church Anglicanism*. 영국 국교회에서
교회의 의식이나 권위를 중시하는 갈래.

료를 받는 가련한 선생님들에게서 은연중에 배울 지혜도 많지 않았다. 플로리는 야만인과 같은 얼간이로 학교를 졸업했다. 하지만 당시 그는 자신에게 있는 어떤 가능성을 깨닫기 시작했다. 어쩌면 고통이 뒤따를지도 모를 일이었다. 물론 그는 이전까지는 이런 가능성들을 억압해 왔다. 한 어린이가 당나귀 엉덩이라는 별명을 가지고 살기 시작하면 반드시 뭔가를 배우게 된다.

그가 버마에 온 것은 스무 살도 채 안 되어서였다. 그에게 헌신적인 부모는 목재 회사에 일자리를 마련해 주었다. 빠듯한 생활에도 불구하고 사례금까지 주어 가면서 무척이나 힘들게 그의 일자리를 마련해 준 것이다. 그는 버마에 온 후 부모가 보낸 편지에 몇 개월에 한 번씩 성의 없는 답장을 보내 보답했을 뿐이다. 버마에서의 처음 6개월은 랑군에서 보냈는데 거기에서 그는 회사 업무를 배웠다. 그는 방탕한 생활을 일삼는 다른 네 명과 함께 합숙소에서 생활했다. 그들의 방탕함은 얼마나 심했던가! 위스키를 통째로 들이켰고, 피아노 주위에 서서 더럽고 음란한 노래를 불러 댔으며, 악어처럼 생긴 나이 든 유대인 창녀들에게 1백 루피씩 흥청망청 돈을 안겼다. 이 시절 또한 그에게는 삶의 형성기였다.

그는 티크 나무를 벌채하기 위해 랑군에서 만달레이 북쪽에 있는 정글의 캠프로 이동했다. 정글에서의 생활은 불편하고 외로웠지만 그리 나쁘진 않았다. 가장 견디기 힘든 것은 불결하고 형편없는 음식이었다. 당시에 그는 젊었고 영웅을 숭배할 만큼 한창때였다. 게다가 목재 회사에 친구들도 있었다. 또한 사냥, 낚시 그리고 대략 1년 주기의 랑군 여행도 있었다 — 치과에 가기 위한 여행이었지만 말이다. 오, 랑군 여행은 얼마나 즐거웠던가! 영국에서 온 새 소설을 사기 위해 〈스마트 앤드 무커덤〉이라는 책방에 들르고, 앤더슨 가족과 함께 얼음에 싸여 1만 2천 킬로미터를 여행한 버터와 비프스테이크로 저녁 식사를 하며 편안하게 술을 마시니 얼마나 영광스러운가! 그는 너무 젊어 이러한 생활이 무엇을 의미하는지 알 수 없었다. 자신의 시간이 고독하고 무미건조하며, 타락해 가고 있음을 느끼지 못했다.

그렇게 그는 버마 생활에 점점 익숙해져 갔다. 그의 육체가 열대 기후의 이상한 리듬에 적응하기 시작한 것이다. 2월에서 5월까지의 태양은 성난 신처럼 하늘에서 이글거린다. 그러다가 갑자기 서쪽에서 몬순 기후가 갑작스러운 스콜의 형태로 몰려왔다가 옷, 침대보, 심지어 음식까지도 모조리 축축하게 만들 만큼 모든 것을 집어삼키는 끊임없는 폭우의 형태로 변한다. 지독한 습기를 머금은 날씨도 무덥다. 이 계절이 되면 정글의 낮은 지대는 늪지로 바뀌고, 논에 갇힌 물에서는 썩은 쥐에서 풍기는 것 같은 지독한 냄새가 나며, 책과 구두에는 곰팡이가 피었다. 벌거벗은 버마 사람들은 야자수 잎으로 만든 챙 넓은 모자를 쓰고 무릎까지 물이 고인 논에서 물소를 몰면서 쟁기질을 했고, 여자들과 어린이들은 초록색 모를 세 포기씩 떼어 내 진흙 속에 눌러 심었다. 비는 7월과 8월 동안 거의 쉬지 않고 내렸다. 그리고 어느 날 저녁, 머리 위 높은 곳 어디에선가 새들의 거억거억 우는 소리가 들렸다. 도요새들이 중앙아시아에서 남서부로 날아가고 있었다. 비는 시들시들하다가 10월에 끝이 났다. 들판은 다시 마르고, 벼는 익어 갔으며, 버마의 어린이들은 돌차기 놀이를 하고 시원한 바람을 맞으면서 연을 날렸다. 이때는 짧은 겨울이 시작되는 시기로 상 버마의 날씨는 영국의 유령이라도 나타날 듯 음산한 분위기를 띤다. 여기저기에서 야생화가 피기 시작하는데 영국에 있는 것과 똑같은 꽃은 아니지만 모양은 매우 닮았다. 무성한 덤불에 핀 인동덩굴, 캔디 냄새가 나는 들장미, 그리고 숲 속의 어두운 곳에 피어 있는 제비꽃······. 낮의 태양은 하늘에서 낮게 선회하고, 밤과 새벽에는 날씨가 꽤 추워지며 흰 안개가 큰 가마솥에서 나오는 수증기처럼 계곡을 감싸면서 흘렀다. 사람들은 오리와 도요새 사냥을 하러 다녔다. 수많은 도요새들이 하늘을 날고 야생 오리들은 화물 열차가 철교를 지나는 것처럼 요란한 소리를 내면서 떼를 지어 몰려다녔다. 가슴 높이까지 자란 황금색 벼는 밀처럼 보였다. 버마사람들은 날씨가 추우면 천으로 머리를 감싸고 양팔을 가슴 앞에 모아 몸을 웅크리고 일하러 나갔다. 그 시절, 아침이면 플로리는 이슬을 머금은 영국 잔디와 벌거벗은 나무들이 있는 안개 자욱한 숲으로 일하러 갔다. 나무 위에는 원숭이들이 쭈그리고 앉아 햇볕을 기다리고 있었다. 저녁 무렵 추운 길을 따라 캠프로 돌아올 때면 꼬마들이 집으로 몰고 오는 물소 떼를 만나는데, 물소의 큰 뿔은 멀리 안개 속의 초승달처럼 희미하게 보였다. 침대 위에는 각각 담요가 세 장씩 깔려 있었고, 닭고기 대신 사냥으로 잡은 고기를 먹었으며, 저녁 식사 후 활활 타오르는 모닥불 옆 통나무 의자에 앉아 맥주를 마시며 사냥 이야기를 나누었다. 불길은 붉게 원을 그리면서 호랑가시나무처럼 춤을 추었고, 너무 부끄러워 백인들의 대화에 끼어들지 못하는 원주민 노동자들과 하인들이 둘레에 쭈그리고 앉아 개처럼 불 쪽으로 조금씩 다가왔다. 자야 할 시간이 되어 침대에 누우면 큰 빗방울처럼 나무에서 부드럽게 떨어지는 이슬 소리가 들렸다. 미래나 과거를 생각할 필요가 없는 젊은이들에게 이런 생활은 안성맞춤이었다.

플로리는 스물네 살 되던 해 휴가를 얻어 고국에 들를 예정이었는데 그만 전쟁이 터졌다. 사실 그는 군 복무를 기피하고 있었다. 당시 그것은 쉬운 일이었으며 또 당연한 일이기도 했다. 버마에 머물고 있는 영국 민간인들이 자신의 일을 〈충실히〉하는 것이 — 〈충실히〉라는 말은 얼마나 좋은 영어인가! 〈끈기 있게〉라는 말과는 무척 다르다 — 진정한 애국이라고 정당화하는 여론도 있었다. 심지어 군대에 가기 위해 동양에서 하던 일을 그만두는 사람에게는 은밀한 적대감까지 있었다. 실제로 플로리 같은 경우, 동양이 이미 그를 타락시켰기 때문에 군대를 기피한 것이었다. 그로서는 위스키, 하인 그리고 버마 여자들을 연병장에서의 무료한 훈련이나 지독한 행군과 맞바꾸고 싶지 않았던 것이다. 전쟁은 폭풍우처럼 수평선 너머로 번져 갔다. 그 폭풍우에서 비켜난 덥고 무질서한 이 나라는, 위험으로부터는 벗어나 있지만 사람을 고독하고 나태하게 만드는 분위기를 제공했다. 다행히 플로리는 독서를 무척 좋아해 생활이 무료할 때면 책과 함께 생활하는 법을 배웠다. 그는 유치한 즐거움은 별로 좋아하지 않는 어른으로 성장해, 싫든 좋든 혼자 사고하는 법을 배웠다.

그렇게 세월이 흘러 스물일곱 살이 되던 해, 그는 흉측한 종기가 머리부터 발끝까지 온몸에 번져 생일을 병원에서 보내야 했다. 피부염의 원인은 아마 술과 나쁜 음식 때문이었을 것이다. 다 낫고 난 뒤에도 흉터가 생겨 2년 동안이나 가시지 않았다. 갑자기 그는 나이 들어 보였고, 스스로도 그렇게 느끼기 시작했다. 그렇게 그의 젊음은 끝나 가고 있었다. 열병, 외로움, 음주로 점철된 8년 동안의 동양 생활이 그를 끝장낸 것이다.

그 후 해가 바뀔 때마다 그는 더 외로웠고 더 비참한 심정이 들었다. 그의 사고의 중심에 자리 잡고 모든 것을 증오하게 만드는 것은 그 자신이 소속되어 살고 있는 제국주의에 대한 더욱더 심한 증오였다. 왜냐하면 철이 들면서 — 우리는 우리의 두뇌가 명석해지는 것을 막을 수 없으며, 교육을 제대로 받지 못한 사람들이 이미 그릇된 방향으로 삶을 살아

가고 있을 때 두뇌가 뒤늦게 발달하여 자신들의 비참한 삶을 깨닫게 되는 것은 이들이 겪는 비극 중 하나이다 — 그는 영국인들과 그들의 제국에 대한 진실을 통찰했기 때문이다. 영국은 전제 정부이다. 분명히 자비롭긴 하지만 궁극적 목적은 약탈인 전제 정부이다. 그리고 플로리는 같은 사회 속에 살면서 〈백인 나리〉가 된 동양의 영국 사람들을 미워한 결과, 이제 그들에게서 어떠한 정당성도 찾을 수가 없었다. 결국 이 불쌍한 악마들은 이 세상에서 가장 비참한 존재들인 것이다. 그들은 부끄러워하지 않는 삶을 살아 나간다. 머나먼 오지에서 보잘것없는 봉급을 받으면서 30년을 보내고 난 뒤 술로 간이 망가지고 등은 파인애플처럼 쭈글쭈글해져 고국에 돌아온 뒤 아무도 거들떠보지도 않는 이류 클럽의 귀찮은 시민으로 전락해 버린다. 또 한편으로 백인 나리들은 이상화될 수도 없다. 〈제국의 전초 기지〉에 머무르는 사람들은 적어도 유능하고 열심히 일한다고 알려져 있지만 그것은 환상이다. 과학적 업무와 거리가 먼 기관들 — 산림국이나 공공 업무국과 같은 기관 — 의 인도 주재 영국 관리들은 업무를 경쟁적이고 능률적으로 할 필요가 없는 것이다. 영국에 있는 한 작은 마을의 우체국장보다도 열심히 일하지 않는다. 실제적인 행정 업무는 대부분 원주민 하급 공무원들이 처리한다. 전제 정부의 진정한 핵심 세력은 관리들이 아니라 군대이다. 군대의 힘 때문에 공무원들과 사업가들은 바보 천치라도 그럭저럭 안전한 생활을 누릴 수 있는 것이다. 그리고 그들 대부분은 바보들이다. 그들은 우둔함을 20만여 개의 총검 뒤에 간직하기도 하고 때로는 강화시키기도 하는, 어리석기도 하고 약삭빠르기도 한 사람들이었다.

이곳은 답답하고 숨 막히는 세계이다. 모든 말과 모든 생각이 억압당하는 세계이다. 영국에서 이런 분위기는 결코 상상할 수 없다. 영국에서는 모든 사람들이 자유롭다. 친구들에게 양심에 부끄러운 행동을 하기도 하고 개인적으로 그것을 용서하기도 한다. 그러나 모든 백인들이 독재라는 톱니바퀴 안에 있을 때는 우정조차도 거의 존재하지 않게 된다. 자유로운 대화는 생각할 수도 없다. 물론 다른 자유는 모두 허용된다. 자유롭게 술을 마실 수도 있고, 게으름을 피울 수도 있고, 겁이 많아도 좋고, 남을 욕해도 좋고, 여자와 놀아나도 좋다. 하지만 자신만을 위한 생각은 허용되지 않는다. 중요하다고 생각되는 모든 사안에 대한 의견은 지엄하신 백인 나리들의 〈푸카 사히브〉의 법규에 의해 통제되는 것이다.

결국 저항은 알지 못하는 질병처럼 그들을 파멸시킨다. 모든 삶은 거짓으로 점철되어 간다. 오른쪽에는 위스키 병을, 왼쪽에는 『핑컨』을 두고 지독한 민족주의자 놈들은 죄다 펄펄 끓는 기름에 처넣어 버려야 한다는 보저 대령의 이론을 열렬히 지지하고, 또 키플링의 망령에서 벗어나지 못한 채 보잘것없는 클럽에 앉아 있는 것이다. 자신의 동양인 친구들을 〈얼굴 번들거리는, 영국 물이 든 작은 원주민〉이라고 부르는 것을 들으면, 백인으로서의 의무감 때문에 마지못해 그것을 인정한다. 백인 학교 꼬마들이 회색 머리카락의 늙은 하인들을 발로 차는 것을 본다. 자신의 민족에 대한 증오심으로 불타오르는 때가 온다. 원주민들이 봉기해서 백인들의 제국을 피로 물들이기를 고대한다. 하지만 이런 생각에도 사실 고귀하거나, 심지어 진실한 면은 거의 없다. 실질적으로 인도 제국이 독재든 그렇지 않든, 인도인들이 위협받고 착취당하든, 그게 무슨 상관인가? 오로지 자유롭게 말할 스스로의 권리가 침해당하는 것만 문제 삼을 뿐이다. 파괴될 수 없는 금기에 의해 승려나 야만인들보다 더 단단하게 묶여 있는 독재의 피조물인 푸카 사히브인 것이다.

해가 거듭될수록 플로리는 모든 문제에 대해 진지한 토론을 시작하면 어김없이 논쟁적인 싸움으로 비화되는 사히브의 세계가 점점 고통스러웠다. 그래서 그는 책과 말로 표현할 수 없는 비밀스러운 사고를 통해 내면적이고 은밀하게 생활하는 법을 익혔다. 의사와의 대화조차 일종의 자신과의 대화였다. 의사는 좋은 사람이긴 하지만 그의 심정을 완벽히 이해하지는 못하기 때문이었다. 그러나 현실의 삶을 비밀스럽게 사는 것도 타락한 삶이다. 현실에 반하지 않고 물 흐르듯 살아야 한다. 불모의 세계에서 혼자 침묵을 지키고 스스로를 위안하면서 비밀스럽게 사는 것보다 〈40년〉 이상이나 딸꾹질 같은 헛소리를 해대는 머리 둔한 푸카 사히브가 되는 편이 훨씬 더 좋을 것이다.

플로리는 그동안 한 번도 영국에 가지 않았다. 그는 그 이유를 잘 알고 있었지만 설명할 수는 없었다. 우선 여러 문제들이 그의 귀국을 가로막았다. 첫째는 전쟁이었다. 전후에 그의 회사는 경험이 풍부한 사원이 부족해 그를 2년 더 붙잡아 두었다. 마침내 그는 영국으로 갈 수 있게 되었다. 면도도 하지 않고 넥타이도 매지 않은 채 예쁜 여자를 만나야 할 때처럼 겁은 났지만, 그래도 고국에 가고 싶었다. 그가 고국을 떠날 때는 모반이 있긴 해도 장래가 밝은 잘생긴 젊은이였다. 10년이 지난 지금 그는 누렇고 말랐으며, 술을 좋아하고, 또 습관에서나 외모에서나 거의 중년에 가까운 사람으로 변해 있었다. 그래도 그는 영국에 가고 싶었다. 그를 태운 배가 겨울 무역풍을 받아 은빛으로 빛나는 바다 위에서 서쪽으로 미끄러져 가고 있었다. 플로리의 창백한 혈색은 좋은 음식과 바다 냄새로 금세 활기를 되찾았다. 그는 무언가 다시 시작할 수 있을 만큼 자신이 젊다는 생각이 들었다. 버마의 정체된 공기에서 사실상 잊었던 무언가를 이제는 할 수 있다고 생각한 것이다. 그는 1년 동안 문명사회에 살면서 그의 모반에 신경 쓰지 않는 여자 — 제국주의적 성향이 없는 문명화된 여자 — 를 찾아 결혼하고 10년이나 15년 정도 더 버마에서 생활한 뒤 은퇴할 것이다. 아마 1만 2천이나 1만 5천 파운드의 퇴직금도 받을 것이다. 그들은 시골에 집을 하나 장만해 독서를 하고 친구들을 초대하면서 자녀들과 동물들과 함께 살 것이다. 그들은 푸카 사히브의 제도가 풍기는 냄새로부터 영원히 자유로울 것이다. 그는 그를 거의 파멸시킬 뻔했던 끔찍한 나라인 버마를 잊을 것이다.

그가 콜롬보에 이르렀을 때 한 통의 전보가 그를 기다리고 있었다. 그의 회사에 소속된 세 사람이 흑수열로 갑자기 죽었다는 것과, 미안하지만 즉시 랑군으로 다시 돌아올 수 없겠느냐는 내용이었다. 가능한 한 빨리 휴가를 다시 주겠다고 덧붙였다.

플로리는 자신의 운명을 한탄하면서 랑군행 다음 배를 탔다. 랑군에 도착해서는 다시 기차로 갈아타고 카우크타다 사무실을 향해 떠났다. 그때까지는 카우크타다가 아닌 상 버마의 다른 도시에 있었다. 카우크타다에 도착해 보니, 하인들이 모두 역에서 그를 기다리고 있었다. 그가 죽은 후임자에게 인계했던 자들이었다. 익숙한 그들의 얼굴을 다시 보니 참 이상했다. 불과 열흘 전까지만 해도 고국에서의 계획을 꿈꾸며 영국으로 가고 있었는데, 이제 다시 서로 짐을 나르겠다고 싸우고 도로 아래에서 자기 인력거에 타라고 소리 지르는 벌거벗은 검은 피부의 노동자들이 득실거리는 정체된 현장으로 온 것이었다.

누런 얼굴을 한 친절한 하인들이 그를 에워싸고 준비한 선물을 주었다. 코 슬라는 사슴 털을 가져왔고, 다른 인도인들은 사탕 과자와 금잔화로 만든 화관을 가져왔다. 바 페는 등

나무 새장 안에 다람쥐 한 마리를 넣어 가지고 왔다. 짐을 싣기 위한 달구지도 준비되어 있었다. 플로리는 커다란 금잔화 화관을 목에 걸고 우스꽝스러운 모습으로 집까지 걸어갔다. 싸늘한 저녁 기온이 내뿜는 빛은 누르스름하고 온화했다. 흙빛 얼굴을 한 늙은 인도 사람이 문 앞에서 작은 낫으로 잔디를 깎고 있었고, 요리사와 정원사의 아내들은 하인 방에 무릎을 꿇고 앉아 돌판 위에 카레 반죽을 갈고 있었다.

플로리는 마음이 크게 동요되었다. 그것은 사람들이 인생의 거대한 변화나 타락을 느끼는 순간에 생기는 것이었다. 그는 돌아온 것이 잘된 일이라고 갑자기 생각했다. 그가 증오했던 이 나라는 이제 그의 모국, 고향이 되었다. 그는 이곳에서 10년이나 살았으며 그의 육체의 모든 성분은 버마의 토양으로 구성되어 있었다. 엷은 저녁노을, 인도산 잔디, 달구지의 삐걱거리는 소리, 이리저리 노니는 백로, 이런 장면들은 이제 그에게 영국의 풍광보다 더 자연스러운 것이 되었다. 그는 이 이국에 깊은 뿌리를 내린 것이었다.

이후로 그는 고국으로 가겠다는 신청을 하지 않았다. 그의 아버지와 어머니가 차례로 죽었다. 그가 좋아하지 않던 말상의 두 여동생도 결혼을 한 후 소식이 거의 끊겼다. 그는 이제 책을 제외하곤 유럽과 아무런 관계도 맺지 않았다. 영국으로 돌아간다 해도 외로움이 해결되지 않는다는 것을 깨달았다. 아니, 그는 인도 거주 영국인들의 운명이 된 지옥의 특수성을 깨달은 것이다. 배스와 첼튼엄에 정박되어 있는 저 불쌍한 난파선들이여! 인도 거주 백인들이 사는 무덤 같은 하숙집들이 어지러이 쓰러질 듯 서 있고, 그들 모두는 1888년에 보글리왈라에서 벌어졌던 사건에 대해 이야기하고 있다. 불쌍한 악마들! 그들은 외롭고 증오 어린 나라에서 비정해진다는 것이 어떠한 것인지를 알고 있다. 그즈음, 그는 자신에게 하나의 탈출구가 있다는 것을 분명히 인식했다. 버마에서 삶을 함께 나눌, 그의 내적이고 개인적인 삶을 실제로 공유하고 같은 기억을 함께 나눌 사람을 찾는 것이다. 그가 사랑하는 만큼 버마를 사랑하고, 또 그가 싫어하는 만큼 버마를 싫어하는 사람 말이다. 그런 사람은 그가 모든 감정을 숨기지 않고 다 드러내면서 살아가도록 도와줄 것이다. 결국 그를 이해해 줄 수 있는 친구 같은 사람이 필요하다. 그는 그것이 해답이라고 결론지었다.

친구? 아내? 여자는 아마 불가능할 것이다. 예컨대 래커스틴 부인 같은 사람? 그녀는 이 나라에 20년 동안이나 살았지만 이 나라의 말은 하나도 배우지 않았다. 또 술을 마시면서 남을 욕하고 하인들을 발로 걷어차는, 누렇고 가냘픈, 비난받아 마땅한 백인 나리에 불과하다. 이들 중에는 아무도 없다. 제발, 하느님.

플로리는 문에 등을 기대고 서 있었다. 달빛이 정글의 어두운 벽 너머로 사라지고 있었지만 개들은 여전히 짖고 있었다. 그는 길버트(영리한 작은 스컹크였다)의 희미한 윤곽이 머리에 떠올랐다. 그놈은 저속하고 바보처럼 킁킁거리는 소리를 내지만 자신의 〈복잡한 심정을 함께 나누는〉 그런 어떤 존재라는 생각이 들었다. 그놈의 모든 고통이 저 소리 하나에 다 집약되어 있는 걸까? 복잡한 심경으로 가느다랗게 우는 저 소리 말이다. 그저 빈둥거리면서 비애를 만들어 내는 것은 아닐까? 영적인 위티털리 씨[32]일까? 아니면 감정이 메말라 버린 햄릿일까? 아마 그럴지도 모르겠다. 만약 그렇다면 저 소리를 더 참을 수 있지 않을까? 스스로 불명예와 무익함 속에서 표류하고 썩어 가면서도 우리 내부 어딘가에 진

32 영국 소설가 찰스 디킨스의 소설 『니컬러스 니클비』에 나오는 등장인물.

실한 인간성의 가능성이 열려 있다는 사실을 알고 있다는 것, 그것은 인간이 지니는 약점이기 때문에 조금도 슬픈 일이 아니다.

아, 과연 신은 자기 연민에 빠진 우리를 구원할 수 있을까? 플로리는 베란다로 다시 가서 총을 들고 약간 주춤하다가 개를 향해 발사했다. 총알은 굉음을 내며 날아갔는데 과녁에서 멀리 벗어나 광장에 그대로 박혔다. 플로리의 어깨에 뚜렷한 자줏빛 자국이 생겼다. 개는 놀라 낑낑거리며 50미터 정도 뒷걸음치다가 다시 앉아 규칙적으로 짖기 시작했다.

6

　아침 햇살이 광장을 비스듬히 비추더니 금세 방갈로의 흰 벽면을 금박으로 물들였다. 짙은 자줏빛 까마귀 네 마리가 공중에서 내려와 베란다 난간에 앉아 코 슬라가 플로리의 침대 옆에 놓아둔 빵과 버터를 훔칠 기회를 엿보고 있었다. 플로리는 모기장 안에 엎드린 채 코 슬라에게 진을 한 잔 달라고 소리친 뒤 욕실로 가 미지근한 물이 들어 있는 양철 욕조에 앉았다. 진을 마시고 기분이 한결 좋아진 그는 면도를 했다. 수염이 검고 또 빨리 자라기 때문에 그는 통상 저녁때까지 면도를 미룬다.

　플로리가 욕조에 시무룩하게 앉아 있는 그 시각, 반바지에 조끼 차림의 맥그리거 씨는 자신의 침실에 깔아 놓은 대나무 멍석 위에서 힘겹게 다섯, 여섯, 일곱, 여덟, 아홉을 세었다. 그는 노르덴플리흐트의 앉아서 하는 스트레칭을 하고 있었다. 맥그리거 씨는 아침 운동을 거르는 법이 없었다. 여덟 번째 체조(마루에 똑바로 누워 다리를 편 채 무릎을 구부리지 않고 두 다리를 공중으로 들어 올리는 동작)는 마흔세 살의 남자에게 무척 고통스러운 운동이었다. 아홉 번째(마루에 똑바로 누워 손을 짚지 않고 일어나 앉아 양손 끝으로 발가락을 잡는 운동)는 더 어려웠다. 어떤 일이 있어도 몸매는 유지해야 한다! 발가락 쪽으로 손을 뻗으면서 악을 쓰자 목덜미에서부터 위로 피가 몰려, 그는 곧 뇌졸중이라도 걸릴 사람처럼 얼굴이 벌겋게 충혈되었다. 크고 살찐 가슴에는 땀이 흐르고 있었다. 끝까지 해야 한다, 끝까지! 무슨 일이 있어도 몸매를 유지해야 한다. 맥그리거 씨의 깨끗한 옷을 팔에 걸고 있는 하인 모하메드 알리의 모습이 반쯤 열린 문을 통해 보였다. 좁고 누런 아라비아인의 얼굴은 어떤 이해력이나 호기심도 없어 보이는 인상이었다. 그는 5년 동안 매일 아침 맥그리거 씨의 이 같은 몸 비틀기 운동을 지켜보고 있었는데, 이 운동이 어떤 현존하는 신비스러운 신에게 바치는 희생이라고 어렴풋이 생각하고 있었다.

같은 시각, 아침 일찍 경찰서에 출근한 웨스트필드는 톱자국과 잉크 자국이 난 테이블에 몸을 기대고 있었고, 옆에서는 살찐 경사와 두 명의 순경이 체포한 용의자를 심문하고 있었다. 용의자는 흐리멍덩한 잿빛 얼굴을 한 마흔 살 정도의 남자였는데 무릎까지 내려오는 누더기 롱지를 걸치고 있었다. 옷 안에 보이는 마르고 굽은 정강이에는 진드기가 덕지덕지 붙어 있었다.

「이자는 누구지?」 웨스트필드가 말했다.

「도둑입니다, 총경님. 값비싼 에메랄드 반지를 두 개나 가지고 있기에 잡았습니다. 설명이 필요 없습니다. 가난한 노동자가 어떻게 에메랄드 반지를 가질 수 있겠습니까? 이 반지는 훔친 겁니다.」

그는 용의자를 날카롭게 쳐다보고선 그의 얼굴에 거의 닿을 정도로 얼굴을 앞으로 내밀어 수고양이처럼 으르렁거리는 소리를 냈다.

「네가 이 반지를 훔쳤지?」

「아닙니다.」

「네놈은 전과자지?」

「아닙니다.」

「감옥살이한 적 있지?」

「아닙니다.」

「뒤로 돌아!」 경사가 용의자에게 고함쳤다. 「머리 숙여!」

용의자는 겁에 질린 잿빛 얼굴을 웨스트필드 쪽으로 돌리다가 딴 곳을 쳐다보았다. 두 순경이 그를 붙잡고 몸을 비틀어 무릎을 꿇렸다. 경사가 그의 롱지를 찢자 엉덩이가 나왔다.

「이것 좀 보십시오, 총경님!」 그는 손으로 흉터를 가리켰다. 「대나무로 매질을 당했습니다. 이놈은 전과자입니다. 반지를 훔친 게 분명합니다!」

「좋아, 감방에 처넣어.」 웨스트필드가 양손을 호주머니에 넣은 채 테이블 주위를 서성거리면서 짜증스럽게 말했다. 하지만 그는 불쌍한 악마 같은 좀도둑 무리들을 잡아 가두는 것이 싫었다. 불쌍한 쥐새끼 같은 놈들보다는 비적 떼와 반역자들에 더 관심이 많았다. 「지금 감방엔 몇이나 있지, 마웅바?」 그가 말했다.

「세 명 있습니다, 총경님.」

2층에 있는 유치장은 15센티미터 두께의 나무 창살로 둘러쳐져 있고 옆에서는 카빈총으로 무장한 순경 한 명이 지키고 있었다. 유치장 안에는 악취를 풍기는 변기통을 제외하곤 어떤 물건도 없었고 매우 어두웠으며 숨이 막힐 정도로 답답하고 더웠다. 두 명의 죄수는 갑각류의 갑옷처럼 버짐이 온몸에 번져 있는 또 다른 죄수인 인도인 노동자와 거리를 둔 채 쭈그리고 앉아 있었다. 순경의 아내인 살찐 버마 여인이 유치장 밖에 꿇어앉아 밥과 물기가 있는 반찬을 접시에 담고 있었다.

「음식 맛 괜찮아?」 웨스트필드가 말했다.

「기가 막힙니다.」 죄수들이 합창했다.

당국은 죄수 일인당 한 끼에 2.5아나를 책정해 놓았는데 순경의 아내가 그중 1아나를 챙기는 것 같았다.

플로리는 밖으로 나가 집 안을 어슬렁거리며 지팡이로 잡초를 뽑아 마당으로 던졌다. 이 무렵에는 부드러운 초록빛을 띤 잎이나 갈색조의 땅과 나무줄기를 비롯한 모든 것이 수채화의 밑그림처럼 엷은 색조를 띠지만 조금 후면 강렬한 색깔로 바뀐다. 광장 아래에서는 작은 비둘기들이 앞서거니 뒤서거니 하늘을 낮게 날면서 서로를 쫓고, 에메랄드 연둣빛이 나는 벌잡이새들은 제비처럼 천천히 날고 있었다. 한 떼의 거지들이 구걸한 것들을 각자의 옷 안에 적당히 집어넣고 정글 끝에 있는 쓰레기 야적장으로 향하고 있었다. 다리가 막대처럼 가늘어 똑바로 설 수조차 없어 보이는, 흙빛의 누더기를 걸친 굶주린 이들의 모습은 흡사 천을 두른 해골이 행진하고 있는 것처럼 보였다.

정원사가 대문 옆 비둘기 집 아래 화단을 새로 만들기 위해 땅을 파고 있었다. 그는 누구도 알아들을 수 없는, 심지어 제르바디족 출신인 그의 아내조차 이해하지 못하는 마니푸르[33] 방언을 하기 때문에 시종 침묵으로 일관하는, 얼굴이 창백하고 조금 모자라 보이는 힌두교도 젊은이였다. 그의 혀는 입에 비해 너무 컸다. 그는 이마에 손바닥을 대고 허리를 굽혀 플로리에게 인사하고는 다시 괭이를 높이 들어 건조한 땅을 힘들게 파기 시작했다. 검고 부드러운 근육이 씰룩거렸다.

〈콰아!〉 하고 들리는, 신경을 거슬리는 날카로운 소리가

---

33 인도 동북부 아삼 주와 버마 사이에 있는 지역.

하인들 방에서 들렸다. 코 슬라의 아내들이 아침 싸움을 시작한 것이다. 네로라는 이름의 길들인 싸움닭 한 마리가 비틀비틀 걸어오고 있었다. 플로리는 흠칫 놀랐지만 이내 바페가 쌀 한 바가지를 들고 나와 네로와 비둘기에게 뿌려 주었다. 하인 방에서 더 큰 소리가 들려왔다. 싸움을 말리는 남자의 거친 목소리도 들렸다. 코 슬라는 아내들로부터 시달림을 받고 있었다. 첫째 아내인 마 푸는 얼굴이 수척하고 인상이 강했는데 많은 아이를 낳고 난 뒤부터 몸이 야위었다. 그리고 두 번째 아내인 마 위는 나이에 비해 젊어 보이는 얼굴에, 뚱뚱하고 게으르며 심술이 많았다. 이들은 플로리가 카우크타다 사무실에 머무를 때면 매일 싸우고 또 화해하기를 반복했다. 한번은 마 푸가 대나무 작대기를 가지고 코 슬라를 쫓을 때 플로리 뒤에 숨은 코 슬라를 때리려다가 그만 플로리의 다리를 때린 적도 있었다.

맥그리거 씨가 묵직한 지팡이를 흔들면서 성큼성큼 활기차게 길을 따라 올라오고 있었다. 카키색 천으로 만든 셔츠와 군용 반바지를 입고 사냥용 토피를 쓰고 있었다. 그는 운동을 하고 시간이 남으면 3킬로미터 정도씩 산책을 했다.

「좋은 아침!」 그는 아침에 흔히 그러듯 기운찬 목소리로 아일랜드 악센트를 섞어 플로리를 향해 외쳤다. 아침 이 무렵에는 늘 활기차고 당당하고 깔끔한 모습이었다. 게다가 지난밤 「버마의 애국자」에 실린 자신을 비방하는 기사를 읽고 상처를 받은 터라, 그것을 숨기려고 의도적으로 더 쾌활한 체했다.

「안녕하십니까!」 플로리는 될 수 있는 대로 따뜻하게 인사했다.

구역질 나는 돼지기름 덩어리! 그는 도로 위로 올라오는 맥그리거 씨를 보면서 생각했다. 그의 쫙 달라붙은 카키색 반바지는 엉덩이 살을 그대로 드러내 보였다. 신문 사진에서 볼 수 있는 남성 동성애자들을 연상시키는, 징글맞을 정도로 보기 싫은 중년의 스카우트 대장 같은 모습이었다. 아침 먹기 전 운동을 하는 것은 백인 나리들의 일과이다. 그가 그런 우스꽝스러운 옷을 입으니 땅딸막하고 주름진 무릎이 그대로 노출되었다. 보기에 역겨웠다.

흰색과 자홍색으로 얼룩덜룩한 언덕 위로 한 버마인이 올라오고 있었다. 플로리가 다니는 회사의 급사였다. 그는 교회에서 그다지 멀지 않은 조그만 사무실에서 오는 길이었다. 문에 당도한 그는 고개를 숙여 공손히 인사를 한 뒤 버마의 인장이 찍힌 더러운 편지 한 통을 건네주었다.

「안녕하십니까, 선생님.」

「잘 잤는가? 그게 뭐지?」

「편지입니다, 나리. 오늘 아침 집배원이 다녀갔습니다. 익명의 편지 같습니다, 선생님.」

「에이, 귀찮군. 수고했어. 11시경에 사무실로 가겠네.」

플로리는 편지를 뜯었다. 편지는 커다란 서양식 종이에 쓰여 있었다. 내용은 다음과 같았다.

존 플로리 씨께,

선생님, 저는 선생님의 명예를 훨씬 높여 줄 유용한 정보를 알려 드리고, 또 경고를 드리는 바입니다.

선생님, 선생님께서 카우크타다에서 민간 의사인 베라스와미와 친교를 맺어 그의 집에 자주 들르고 또 그를 선생님의 집에 초대하고 있다는 이야기가 나돌고 있습니다. 선생님, 베라스와미는 좋은 사람이 아니며 어떠한 방법으로든 유럽 신사들의 친구가 될 수 없음을 알려 드리는 바입니다. 그 의사는 매우 부정직하고 불성실하고 부패한 공

직자입니다. 병원에서 환자들에게 물감을 섞은 약을 제공
하기도 하고 자신의 이익을 위해 약을 팔고 있습니다. 게
다가 그는 뇌물을 좋아하고 착취 등을 일삼는 사람입니다.
그는 두 명의 죄수를 대나무로 매질하고, 그 친척들이 돈
을 가져오지 않으면 매질한 상처에 고춧가루를 뿌리는 놈
입니다. 뿐만 아니라 민족주의 동맹에 가담하고 있으며 최
근에는 존경하는 부국장이신 맥그리거 씨를 공격하기 위
해 「버마의 애국자」에 실렸던 극악 무도한 기사를 쓰도록
뒷돈을 대주었습니다.

　그는 또한 병원에서 여자 환자를 위협해 같이 자기도 합
니다.

　그러므로 선생님께서는 의사 베라스와미를 멀리하시고,
명예를 실추시킬 수 있는 사람들과 관계를 맺지 않으시길
간절히 바랍니다.

　그리고 선생님의 건강과 번영이 넘치시길 기도드리겠
습니다.

친구로부터.

　편지는 시장 골목의 대필자가 휘갈겨 쓴 것으로, 술 취한
사람이 습자 연습을 위해 써놓은 것 같았다. 하지만 대필자
는 〈멀리하다〉와 같은 단어는 결코 생각해 내지 못했을 것이
다. 분명 서기에게 이 편지를 쓰도록 시켰을 것이며 그 배후
에는 우 포 킨이 있을 것이다. 그 〈악어〉로부터 온 편지일 것
이라고 플로리는 생각했다.

　그는 편지의 어조가 마음에 들지 않았다. 노예근성을 가장
하여 비밀스럽게 위협을 가하는 편지임이 틀림없었다. 실제
로 이 편지가 말하고자 하는 요지는 〈그 의사와 관계를 끊으
시오, 그렇지 않으면 당신에게 뜨거운 맛을 보여 주겠소〉라

는 것이었다. 그러나 어떤 영국인도 동양인의 협박 때문에 위협 따위는 느끼지 않기 때문에 이 편지가 크게 중요한 것은 아니었다.

플로리는 손에 편지를 들고 우물쭈물했다. 익명의 편지에 대처하는 방법은 두 가지일 것이다. 하나는 그 편지에 대해 어떤 언급도 하지 않는 것이다. 다른 하나는 이 편지를 편지 내용의 당사자에게 보여 주는 방법이다. 베라스와미에게 이 편지를 보여 주고 그가 대처할 수 있도록 해주는 것이 확실히 가장 좋은 방법이리라.

그러나 이 일은 전적으로 비밀에 부치는 것이 더 안전했다. 원주민끼리의 싸움에 관계하지 않는 것이 무엇보다 중요했다(아마 가장 중요한 것은 백인 나리들의 십계명일 것이다). 인도인들과의 관계에는 충성심이나 우정이 없다. 애정, 사랑도 그렇다. 영국인들이 인도인들을 좋아하는 경우가 가끔 있다. 원주민 공무원, 산림 감시원, 사냥꾼, 서기, 하인 같은 사람들이다. 토민병(土民兵)들은 그들의 상관이 은퇴할 때 어린애처럼 흐느껴 울기도 한다. 지금 이 순간에도 친교는 가능하다. 그러나 동맹이나 동지 관계는 절대 용납할 수 없다! 〈원주민〉끼리 벌이는 싸움의 옳고 그름을 알려 하는 것은 백인 나리의 명예가 실추됨을 의미한다.

만일 그가 이 편지를 공개한다면 한바탕 소동이 일 것이고 공식적인 조사도 있을 것이다. 그리고 결국 그는 우 포 킨과 적대 관계에 있는 베라스와미와 운명을 같이해야만 할 것이다. 우 포 킨은 문제가 안 되지만 유럽인들은 다르다. 만약 그가 전적으로 의사의 편에 선다면 엄청난 희생을 감수해야 할 것이다. 따라서 이 편지를 못 받았다고 하는 편이 훨씬 좋은 방법이었다. 의사는 좋은 친구였지만 백인 나리 계급의 분노를 사면서까지 그를 옹호한다는 것은…… 오, 아니, 안 되는 일이지! 자신의 영혼을 구원받는 대신 전 세계를 잃는다면 그에게 무슨 이득이 있겠는가? 플로리는 편지를 가로로 한 번 찢었다. 일반에 공개될 위험은 전혀 없었다. 그러나 인도에서는 티끌만 한 위험에도 정신을 바짝 차려야 하는 법이다. 안 그러면 삶의 숨통인 특권 그 자체도 영향을 받을 것이다. 그는 편지를 조심스럽게 갈기갈기 찢어 문밖으로 던져버렸다.

바로 그때 코 슬라의 아내들이 내는 목소리와는 전혀 다른, 찢어지는 듯한 비명 소리가 들려왔다. 정원사는 물뿌리개를 내려놓고 소리 나는 쪽을 멍하니 쳐다보았다. 코 슬라도 하인 방에서 맨발로 뛰어나와 달려갔다. 플로는 앞다리를 들고 날카롭게 짖었다. 비명 소리가 다시 들려왔다. 집 뒤의 정글에서 나는 소리였다. 겁에 질려 울부짖는 영국 여인의 목소리였다.

집 뒤쪽에서 밖으로 나가는 길은 없었다. 플로리는 대문을 기어올라 타 넘었다. 가시나무에 무릎이 찢어져 피가 났지만 집 울타리를 빙 둘러 정글로 계속 뛰어갔다. 플로가 그 뒤를 따랐다. 집 바로 뒤쪽의 덤불 너머는 움푹 들어간 좁은 빈터였다. 그곳에는 물이 고여 있는 웅덩이가 하나 있는데 나웅레빈의 물소들이 종종 오는 곳이었다. 플로리는 덤불을 헤치며 나아갔다. 덤불 앞에서 한 영국 여자가 얼굴이 백짓장처럼 하얗게 질린 채 몸을 움츠리고 있었다. 그 앞에서는 커다란 물소 한 마리가 초승달처럼 생긴 뿔로 그녀를 위협하고 있었다. 이 소동의 원인이 되었을 듯한 송아지 한 마리도 그 뒤에 서 있었다. 또 다른 물소는 진흙탕 웅덩이에서 목만 내민 채 점잖고 멍한 얼굴로 쳐다보고 있었다.

숙녀는 플로리가 나타나자 그에게로 놀란 얼굴을 돌렸다. 「오, 빨리 오세요!」 그녀는 엄청나게 놀란 듯 다급한 목소리로 소리쳤다. 「제발, 도와주세요! 도와주세요!」

플로리는 너무 놀라 어떤 것도 물어볼 수 없었다. 그는 그녀에게 서둘러 다가가 막대기도 없이 손으로 물소의 코를 찰싹 때렸다. 그러자 그 큰 동물은 우둔하고 투박한 동작으로 옆으로 걸음을 떼어 육중하게 움직였다. 송아지가 그 뒤를 따랐다. 다른 물소도 진흙탕 물에서 느릿느릿 걸어 나왔다. 숙녀는 플로리에게 몸을 던져 거의 그의 팔에 안기다시피 했으며, 공포도 다소 진정되었다.

「오, 고맙습니다, 정말 고맙습니다! 오, 저런 무시무시한 것들이 있다니! 저것들은 뭐죠? 나를 죽이려고 했던 것 같아요. 정말 끔찍한 동물이군요! 무슨 동물이에요?」

「그냥 물소들입니다. 저기 저 마을에서 온 놈들이지요.」

「물소라고요?」

「야생 물소는 아닙니다. 버마 사람들이 기르는 가축의 한 종류이지요. 저놈들이 당신을 그렇게 놀라게 했군요. 미안합니다.」

그녀가 여전히 팔에 바싹 붙어 있어, 그는 그녀의 떨림을 느낄 수 있었다. 아래를 내려다보았지만 그녀의 얼굴은 볼 수 없었으며 소년처럼 짧게 깎은 노란 머리끝만 보일 뿐이었다. 다만 그의 팔을 잡은 손은 볼 수 있었다. 그녀의 손은 길고 미끈하고 싱싱해 보였으며, 손목은 어린 여학생의 것처럼 얼룩이 져 있었다. 이러한 손을 그는 몇 년 만에 보았다. 부드럽고 젊음에 찬 육체가 자신에게 밀착해 따스하게 숨을 몰아쉬는 것을 느끼자 그의 몸 안에서 무언가가 녹아 따뜻해지는 것 같았다.

「이제 괜찮습니다, 그놈들은 갔어요.」 그가 말했다. 「이제는 위험하지 않을 겁니다.」

그녀는 그제야 정신을 차린 듯, 한 손으로 그의 팔을 계속 잡은 채 약간 거리를 두고 섰다. 「이제 괜찮아요.」 그녀가 말했다. 「아무 일 없었어요. 다치지도 않았어요. 나를 건드리지는 않았지만 그 모습이 너무 무서웠어요.」

「저놈들은 전혀 해를 끼치지 않는 동물입니다. 뿔이 뒤쪽으로 나 있어 큰 상처를 주지 못해요. 아주 우둔한 동물이지요. 송아지를 데리고 있을 때만 싸우는 시늉을 합니다.」

서로 떨어져 서 있게 되어서야 두 사람은 비로소 겸연쩍어했다. 플로리는 그녀에게 모반을 보여 주지 않기 위해 몸을 살짝 돌리고 있었다. 그가 말했다.

「참 이상한 첫 만남이군요! 당신이 어떻게 여기에 오게 되었는지 아직 물어보지도 못했습니다. 실례가 되지 않는다면 어디서 오셨는지 묻고 싶군요.」

「삼촌의 정원에서 이곳으로 오게 되었어요. 참 좋은 아침인 것 같아 산책을 좀 할까 생각했거든요. 그런데 아까 그 끔찍한 동물들이 제 뒤를 따라온 거예요. 눈치채셨겠지만, 저는 이 나라에 처음 왔어요.」

「삼촌? 오, 그렇군요! 래커스틴 씨의 조카딸이군요. 당신이 이곳에 오신다는 이야기를 들었습니다. 광장 쪽으로 나갈까요? 어딘가에 길이 있을 겁니다. 카우크타다에서의 첫 아침을 놀라움 속에서 맞이했군요! 버마에 대해 나쁜 인상을 받으셨을까 봐 걱정이 됩니다.」

「오, 아니에요. 다소 낯설 뿐이지요. 이 덤불은 참 울창하군요! 모든 나무들이 서로 엉켜 색다르게 보여요. 순간적으로 길을 잃을 수도 있겠어요. 이곳이 정글이라 불리는 곳인가요?」

「관목 숲이라고 부릅니다. 대부분의 버마 정글은 녹색의 기분 나쁜 땅이죠. 제가 당신이라면 이런 숲 속은 걷지 않을 겁니다. 씨앗들이 스타킹 속으로 들어가 피부에 붙어 자랄 수 있으니까요.」

110

그는 그녀를 앞세우고 걸었다. 그녀가 자신의 얼굴을 볼 수 없게 되자 안심이 되었다. 그녀는 여자치고는 키가 컸고 몸은 말랐으며 라일락색 면 드레스를 입고 있었다. 그는 그녀의 걷는 모습을 보고 스무 살은 훨씬 넘었을 것이라고 생각했다. 얼굴은 아직 확실히 보지 못했다. 단지 둥근 거북딱지로 만든 안경을 쓰고 머리카락을 그의 머리카락만큼이나 짧게 자른 모습만을 보았을 뿐이었다. 그는 신문 삽화에서 말고는 머리를 이렇게 짧게 자른 여자를 실제로 본 적이 없었다.

광장 쪽에 다다르자 그는 그녀와 발걸음을 맞춰 걸었다. 그녀가 고개를 돌렸다. 섬세하고 뚜렷한 달걀형으로, 그렇게 아름답진 않지만 버마에서는 충분히 아름답게 보이는 얼굴이었다. 이곳에 있는 대부분의 영국 여자들은 누르스름한 얼굴에 몸이 깡말랐기 때문이었다. 모반이 그녀의 반대쪽에 있었는데도 플로리는 재빨리 고개를 옆으로 돌렸다. 그녀가 자신의 수척한 얼굴을 너무 가까이에서 보는 것이 싫었다. 눈두덩이가 전에 상처를 입었을 때처럼 쭈글쭈글해진 것 같은 느낌이 들었다. 그러나 곧 이날 아침 면도했다는 것을 떠올리자 용기가 났다. 그가 말했다.

「보세요, 이번 일로 약간 충격을 받으셨을 텐데요. 우리 집에 가서 좀 쉬었다 가지 않겠습니까? 모자도 없이 돌아다니기에는 해가 너무 높이 뜨기도 했고요.」

「오, 고맙습니다. 그렇게 하지요.」숙녀가 말했다. 그녀는 인도식 예절에 대해 아무것도 모르는 것 같았다. 「이곳이 당신 집인가요?」

「예, 문으로 가려면 앞쪽으로 돌아가야 합니다. 하인에게 햇빛 가리개를 가져오도록 시키겠습니다. 이런 햇빛은 짧은 머리에 무척이나 위험합니다.」

그들은 정원에 나 있는 길을 따라 걸어 들어갔다. 플로가 그들 주위를 돌면서 관심을 끌려고 했다. 그 개는 낯선 동양인들을 보면 항상 짖어 댔지만 유럽인들이 풍기는 냄새는 좋아했다. 태양은 점점 강렬해졌다. 길을 따라 심어 놓은 피튜니아 꽃에서는 까막까치밥나무가 내뿜는 향기 같은 것이 은은하게 흘러나오고 있었다. 플로가 땅에서 날개를 푸드덕거리는 비둘기 한 마리를 잡으려 하자 비둘기는 즉시 하늘로 날아갔다. 플로리와 숙녀는 서로 약속이라도 한 듯 꽃을 보려고 멈춰 섰다. 어색하면서도 즐거운 분위기가 둘 사이에 흘렀다.

　　「모자 없이 이런 햇볕 속에 나가시면 절대 안 됩니다.」 그가 재차 말했다. 어느 정도 친밀함이 배어 있는 말투였다. 그는 그녀의 짧은 머리카락을 언급하지 않을 수 없었다. 머리카락을 짧게 자른 그녀의 모습은 참 아름다워 보였다. 그녀의 머리카락에 대해 말하자 흡사 손으로 그것을 만지는 듯한 기분이 들었다.

　　「보세요, 당신 무릎에서 피가 나요.」 숙녀가 말했다. 「나를 도와주러 오시다가 이렇게 되었나요?」

　　그의 카키색 반스타킹 위에 피 몇 방울이 자줏빛이 되어 말라 가고 있었다. 「아무것도 아니에요.」 그가 말했다. 하지만 그가 대답하기도 전에 이미 두 사람은 아무 일도 아님을 알고 있었다. 그들은 이국적인 꽃의 아름다움에 대해 이야기를 나누었다. 그녀가 꽃을 〈숭배〉한다고 말하자, 플로리는 그녀를 꽃밭으로 안내해 이런저런 식물과 꽃에 대해 장황하게 설명했다.

　　「플록스가 자라는 모습을 보십시오. 이 식물은 이 나라에서 여섯 달 동안 꽃을 피우지만 햇빛을 너무 많이 받으면 안 됩니다. 저 노란 것들은 모두 앵초 꽃들이죠. 저도 이 꽃은 15년 만에 처음 보았답니다. 저기 있는 꽃무도 마찬가집니다. 탁한 물감으로 멋지게 그려 놓은 듯한 백일홍도 참 아름답지 않습니까? 이 꽃들은 아프리카 금잔화입니다. 잡초처럼 거칠지만 생기 있고 강렬해 보여 좋아하지 않을 수 없는 꽃이죠. 인도인들은 이 꽃에 대해 유별난 애정을 가지고 있답니다. 인도인들이 있는 곳이면 어김없이 금잔화를 볼 수 있죠. 심지어 정글이 다른 모든 꽃들을 파묻어 버려도 이 꽃만큼은 몇 년 동안은 자라고 있죠. 이제 베란다로 올라가서 난초를 좀 보세요. 황금 종처럼 생겼죠? 말 그대로 황금 같은 꽃입니다. 강한 벌꿀 향기가 나죠. 이것이 바로 이 야만적인 나라가 내세울 수 있는 유일한 장점입니다. 꽃에게 이 나라는 천국이죠. 정원 가꾸기를 좋아하십니까? 이 나라에서 정원 가꾸기는 큰 위안이 됩니다.」

「예, 저도 정원 가꾸기를 무척 좋아해요.」숙녀가 말했다.

그들은 베란다로 갔다. 코 슬라가 급하게 잉지를 입고 그가 가장 아끼는 분홍색 가웅바웅을 쓴 뒤, 진이 들어 있는 술병과 유리컵과 담배 한 갑을 접시 위에 담아 나타났다. 그는 이것들을 테이블 위에 놓고선 다소 의아한 눈초리로 숙녀를 쳐다보더니 양손을 맞잡고 인사를 했다.

「이런 아침 시간에 술을 권하다니…….」플로리가 말했다. 「저 하인 녀석에게 아침을 먹기 전에 진을 마시지 않고도 견딜 수 있는 사람이 있다는 것을 도저히 납득시킬 수가 없다니까요.」

그는 코 슬라가 가져온 술을 마시지 않겠다고 손을 내저어 자신도 그런 부류에 포함시켰다. 숙녀는 코 슬라가 베란다 끝에 준비해 놓은 버들 세공 의자에 앉았다. 검은 잎사귀에 황금빛 꽃을 피운 난초 다발이 그녀의 머리 뒤 처마에 매달려 있었는데, 거기에서 은은한 벌꿀 향기가 스며 나왔다. 플로리는 베란다 난간에 기대어 모반이 난 뺨을 숨기면서 그녀를 비스듬히 쳐다보았다.

「여긴 주위 경치가 참 잘 보이는 곳이네요.」 그녀가 언덕 아래를 내려다보면서 말했다.

「예, 그렇습니다. 해가 떠오르기 전 지금같이 노랗게 빛이 들 때는 더 좋죠. 저는 광장에 비치는 어스름한 노란빛과 저기 진홍색 물방울처럼 생긴 금화 나무를 좋아합니다. 그리고 수평선에 걸친 듯 보이는 저 검푸른 언덕도 좋아하죠. 제 캠프는 저 언덕 맞은편에 있습니다.」 그가 덧붙였다.

원시인 듯, 숙녀는 안경을 벗고 먼 곳을 쳐다보았다. 그녀의 눈은 매우 청명하고 창백할 정도로 파랬다. 히아신스 꽃보다 더 푸른 것 같았다. 눈 주위 피부는 꽃잎처럼 부드러웠다. 이런 그녀를 보자 그는 자신의 나이와 수척한 몰골을 깨닫게 되었다. 그는 몸을 돌려 그녀에게서 약간 떨어졌다. 그러고는 충동적으로 다음과 같이 말했다.

「저, 당신이 카우크타다에 오시게 되어 얼마나 다행인지 모르겠습니다! 이런 장소에서 새로운 사람을 만난다는 것이 우리에겐 얼마나 색다른 일인지 당신은 잘 모르실 겁니다. 몇 개월 동안 이렇게 열악하고 비참한 곳에서 생활하다가 순방 중인 관리나 카메라를 메고 이라와디 강을 건너는 미국 여행자를 만나면 더욱 그렇습니다. 영국에서 곧장 오셨습니까?」

「글쎄요, 정확히 말하자면 영국에서는 아니에요. 이곳에 오기 전에는 프랑스에서 살았어요. 어머니가 예술가셨거든요.」

「파리 말입니까? 정말로 파리에 사셨습니까? 놀랍군요. 파리에서 카우크타다로 오시다니! 이렇게 비참한 곳에서는 파리 같은 장소가 이 세상에 존재한다고 상상도 못하지요.」

「파리를 좋아하세요?」 그녀가 물었다.

「한 번도 가보지 못했습니다. 그러나 아, 충분히 상상할 수 있죠! 파리. 뒤죽박죽이긴 하지만 모든 것이 내 머릿속에 다 들어 있지요. 이를테면 카페, 넓은 가로수 길, 예술가의 작업실, 비용,[34] 보들레르, 모파상 등이 뒤섞여 있습니다. 당신은 유럽 도시의 이름이 이곳에 사는 우리에게 어떻게 들리는지 잘 모르실 겁니다. 그런데 진짜 파리에서 사셨습니까? 외국의 예술가 지망생과 카페에 앉아 백포도주를 마시면서 마르셀 프루스트에 대해 이야기를 나눠 보았습니까?」

「오, 그랬던 것 같아요.」 그녀가 웃으면서 말했다.

「이곳은 무척 달라 보일 겁니다! 이곳에는 백포도주도 없고 마르셀 프루스트도 없습니다. 위스키와 에드거 월러스[35]가 더 잘 어울리죠. 그러나 독서를 원한다면, 내가 가지고 있는 책 중에 마음에 드는 것이 있을지 모르겠습니다. 클럽 도서실에는 쓰레기 같은 책밖에 없습니다. 그러나 물론 제가 가지고 있는 책을 읽어도 시대에 뒤처지고 있는 느낌입니다. 어쨌든 아무 책이나 많이 읽으시길 바랍니다.」

「오, 아니에요. 저는 독서를 숭배할 뿐이지요.」 숙녀가 말했다.

「책을 좋아하는 사람을 만난다는 건 참 즐거운 일이죠. 여기서 책이란 클럽 도서실에 있는 쓰레기 따위가 아니라 읽을 가치가 있는 것들을 의미합니다. 제 말이 지나쳤다면 용서하세요. 책이란 그저 존재하는 것이라고 생각하는 사람을 만날 때면 저는 뜨거워진 맥주병처럼 화가 부글부글 끓는답니다. 이런 나라에서 이런 이야기를 하다니, 저를 용서하시길 바랍니다.」

「오, 그러나 저 역시 책에 대한 이야기를 좋아합니다. 독서

34 Francois Villon(1431~?). 프랑스의 서정시인.
35 Edgar Wallace(1875~1932). 영국의 작가이자 저널리스트. 『킹콩』의 작가.

115

는 참 훌륭한 거라고 생각해요. 독서가 없다면 이 세상이 어떻게 되겠어요? 그런 세상은…….」

「범죄자들이 득실거리는 비밀 소굴 같겠죠. 그렇습니다…….」

그들은 오랫동안 진지한 대화를 나누었다. 처음에는 책에 대해 이야기하다가, 그는 그녀가 관심을 보이기도 하고 또 부탁도 하기에, 사냥 이야기도 했다. 그가 몇 년 전에 실수로 잘못 죽인 코끼리 이야기를 하자 그녀는 전율했다. 그들의 대화에서 플로리가 전적으로 대화를 이끌고 있다는 사실은 그 자신은 물론 그녀도 느끼지 못했다. 그는 이야기하는 즐거움에, 그녀는 듣는 즐거움에 푹 빠져서 대화를 멈출 수 없었다. 결국 그는 그녀를 물소로부터 구한 사람이었고, 그녀는 그 짐승들이 해를 끼치지 않는다는 것을 아직 믿지 않았다. 왜냐하면 그 순간 그녀의 눈에 그는 거의 영웅이었기 때문이다. 사람이 어떤 일에서 신뢰를 얻으면 다른 일에서도 덩달아 득을 보기 마련이다. 이런 이점 덕분에 이들의 대화는 편안하고 자연스럽게 흘러가 멈출 줄 몰랐다. 그러다가 어느 순간 갑자기 즐거움이 사라졌다. 대화는 주춤거리다가 곧 침묵이 흘렀다. 누군가가 자신들을 엿보고 있다는 것을 알아차린 것이다.

베란다 다른 쪽 끝 난간에서 석탄처럼 시꺼먼 수염을 기른 사람이 호기심 어린 눈으로 이들을 훔쳐보고 있었다. 그는 〈얼간이〉 요리사인 나이 든 사미였다. 마 페, 마 위, 코 슬라의 네 자녀, 벌거벗은 낯선 한 어린이 그리고 〈잉거레이크마〉[36] 가 나타났다는 소식을 듣고 마을에서 구경 나온 두 명의 나이 든 여자가 그 뒤에 서 있었다. 티크 나무 조각상처럼 생긴 두 늙은 여자는 발만큼 큰 담배를 물고 영국 촌놈이 화려하게 차

---

36 영국인 여성.

려입은 줄루족 전사를 쳐다보는 것처럼 잉거레이크마를 응시하고 있었다.

「저 사람들은……」그녀가 그들을 쳐다보며 불쾌한 듯 말했다.

훔쳐보다가 들킨 사미는 난처한 표정을 지으며 자기 터번을 정돈하는 체했다. 무표정한 늙은 두 여자들을 제외한 나머지 사람들도 얼굴을 붉혔다.

「예의도 모르는 저들에겐 신경 쓰지 마세요!」플로리가 말했다. 고통스러운 실망감이 그의 가슴을 억눌렀다. 결국 이 일로 그녀는 그의 집 베란다에 더 오래 머물 수 없을지도 몰랐다. 두 사람은 동시에 자신들이 완전히 낯선 존재라는 생각이 들었다. 얼굴이 약간 붉게 변한 그녀가 안경을 썼다.

「저들에게 영국 여자는 무척 신기한 모양이군요.」그가 말했다.「저들은 전혀 해를 끼치지 않습니다. 저리 가!」그가 화를 내면서 손으로 가라는 시늉을 하자 그들은 이내 사라졌다.

「미안하지만, 이만 가봐야겠습니다.」그녀가 일어섰다.「너무 오랫동안 외출한 것 같군요. 저를 찾을지도 모르겠어요.」

「정말 가시겠어요? 이렇게 빨리, 모자도 없이 햇빛을 받으면서 갈 수는 없어요.」

「전 정말로 가야……」그녀가 다시 말했다.

그녀는 대문 쪽을 쳐다보면서 하던 말을 멈췄다. 마 흘라메이가 베란다로 걸어오고 있었다.

마 흘라 메이는 엉덩이에 두 손을 얹고 앞으로 걸어왔다. 그녀는 자신이 이 집에 있는 것이 당연하다는 사실을 알리려는 듯 아주 태연한 표정을 지으며 집 안에 들어섰다. 두 여자는 2미터도 채 안 되는 거리에서 서로의 얼굴을 쳐다보고 있었다.

둘의 대조는 너무나 선명했다. 한 명은 피부가 사과 꽃처럼 엷은 색깔을 띠었고, 주황색 롱지를 걸치고 있는 다른 한 명의 얼굴은 까무잡잡하고 새까만 머리카락은 마치 쇠가 햇빛을 받을 때처럼 번질거리고 있었다. 플로리는 마 흘라 메이의 얼굴이 이처럼 까맸는지, 또 입술을 빼면 어떤 곡선미도 없이 군인처럼 뻣뻣하고 작은 몸이 얼마나 이상하게 생겼는지 예전에는 미처 알지 못했었다. 그는 베란다 난간에 기대서서 아무 생각 없이 두 여자를 쳐다보았다. 얼마 동안 이들은 상대방의 눈을 서로 쳐다보지 못했는데, 그 모습은 어색하고 기괴했다. 잠시 아무 말이 없었다.

마 흘라 메이가 플로리에게로 얼굴을 돌렸다. 연필로 선을 그은 것처럼 가느다란 그녀의 눈썹이 찡그려졌다. 「이 여자분은 누구예요?」 그녀는 무뚝뚝하게 물었다.

그는 무심코 하인에게 명령할 때처럼 대답했다.

「당장 가지 못해? 말썽을 피우면 대나무를 꺾어 갈비뼈가 부러질 때까지 때려 주겠어.」

마 흘라 메이는 머뭇거리다가 작은 어깨를 움츠리면서 사라졌다. 곁에 남은 여자가 그녀의 뒷모습을 보며 호기심에 차 물었다.

「남자예요, 여자예요?」

「여자죠.」그가 말했다. 「하인의 아내 중 하나인 것 같군요. 세탁물을 달라고 온 거예요. 그뿐이죠.」

「아, 버마 여자들은 다 저렇게 생겼나요? 참 이상하게 생긴 사람들이군요! 이곳으로 올 때 기차 안에서 저렇게 생긴 사람들을 많이 봤지만 전부 남자인 줄 알았어요. 네덜란드 인형처럼 생기지 않았나요?」

그녀는 마 흘라 메이가 사라지자 더 이상 흥미가 없다는 듯 베란다 계단 쪽으로 걸어갔다. 마 흘라 메이가 다시 올 가능성이 있었기 때문에 플로리는 그녀를 더 이상 붙잡아 둘

수 없었다. 물론 두 여자는 상대방의 언어를 서로 모르기 때
문에 별문제는 아니었다. 코 슬라를 부르자 그가 대나무 살
에 기름 먹인 비단을 입힌 큰 우산 하나를 들고 왔다. 그는 계
단 아래에서 우산을 공손하게 펼쳐 계단을 내려오는 그녀의
머리 위에 드리웠다. 플로리는 대문까지 따라 나갔다. 그들
은 걸음을 멈추고 악수를 했다. 그때도 그는 모반을 숨기려
고 강렬한 햇빛 쪽으로 얼굴을 약간 돌렸다.

「이 사람이 당신을 집까지 모셔다 드릴 겁니다. 저희 집을
방문해 주셔서 고맙습니다. 당신을 만나서 뭐라 말할 수 없
을 정도로 기쁩니다. 당신은 이곳 카우크타다에서 우리에게
색다른 기쁨을 주실 것입니다.」

「안녕히 계세요. 이름이……. 오, 정말 우습군요! 당신의
이름도 여태 안 물어봤어요.」

「플로리, 존 플로리입니다. 그리고 당신은 래커스틴 양, 맞
지요?」

「예, 이름은 엘리자베스고요. 안녕히 계세요, 플로리 씨.
그리고 정말로 감사드립니다. 참 무서운 물소였어요. 당신은
제 생명을 구해 주셨어요.」

「별소릴 다 하십니다. 오늘 저녁 클럽에서 볼 수 있을까
요? 당신의 삼촌과 숙모도 내려오실 겁니다. 그럼 거기서 뵙
도록 하지요.」

그는 문간에 서서 그들이 가는 모습을 지켜보았다. 엘리
자베스 ── 요즈음에는 상당히 드문 아름다운 이름이었다.
그는 그녀가 이름을 말할 때 〈Z〉 발음을 확실히 냈다고 생
각했다. 코 슬라가 그녀 뒤쪽에서 가능한 한 멀찍이 떨어진
채 거리를 유지하면서 그녀의 머리 위에 우산을 받치고 따
라갔다. 그 바람에 그의 걸음걸이는 매우 엉거주춤하고 불
안정한 모습이 되어 버렸다. 시원한 바람이 언덕 위에서 불

어왔다. 이것은 때때로 버마에서 찬 기운을 동반하고 불어오는 순간적인 바람으로, 사람들에게 시원한 바다에 뛰어들어 인어를 만나고 폭포와 얼음 동굴을 보고 싶은 충동과 향수를 불러일으키는 그런 바람이었다. 하늘을 향해 부채꼴 모양으로 뻗어 있는 금화 나무의 수많은 이파리가 바람에 살랑거렸고 30분 전에 플로리가 대문 저편에서 찢어 버린 익명의 편지 조각들도 바람에 흩날렸다.

7

엘리자베스는 래커스틴 씨의 집 거실에서 머리를 소파 쿠션에 기대고 다리는 탁자 위에 올려놓은 채 비스듬히 누워 마이클 앨런의 『매력적인 사람들』이라는 소설을 읽고 있었다. 마이클 앨런은 평소 그녀가 가장 좋아하는 작가지만, 진지한 내용을 읽고 싶을 때는 윌리엄 J. 로크를 더 좋아했다.

거실은 1미터가량의 벽에 회반죽을 발라 놓아 시원하고 색깔이 은은했다. 테이블과 베나레스[37]에서 만든 황동 장식물들이 여기저기 놓여 있어 거실은 실제보다 좁아 보였다. 거실에서는 사라사 무명과 시들어 가는 꽃 냄새가 났다. 래커스틴 부인은 2층에서 낮잠을 자고 있었다. 하인들도 숙소에서 목침을 베고 죽은 사람처럼 꼼짝 않고 낮잠을 자고 있어 밖은 조용했다. 래커스틴 씨 또한 도로 아래에 있는 그의 목조 사무실에서 잠을 자고 있을 것이다. 엘리자베스를 제외하고는 어느 누구도 깨어 있는 사람이 없었다. 래커스틴 부인의 침실 바깥에서 큰 부채의 줄을 잡아당기던 하인도 밧줄

---

37 인도 북부 갠지스 강변의 도시. 힌두교의 성지 바라나시의 옛 이름.

고리에 발뒤꿈치를 끼우고 반듯이 누워 자고 있었다.

엘리자베스는 스물두 살을 갓 넘었으며, 부모는 없었다. 그녀의 아버지는 동생 톰보다는 덜했지만 역시 비슷한 술주정뱅이였다. 차 중개인이었는데 사업이 잘될 때가 있는가 하면 거의 파산에 이르기도 하는 등 기복이 너무 심했다. 하지만 그는 낙천적이라 장사가 잘될 때 번 돈을 모아 두지 않았다. 그녀의 어머니는 무능력하고 철이 없고 허세 부리기를 좋아했으며, 또 있지도 않은 예술적 기질을 핑계 삼아 자신의 의무를 게을리하는, 자기 연민에 빠진 여자였다. 〈여성 투표권〉과 〈수준 높은 사상〉과 같은 시민운동에 수년 동안 장난삼아 참가하다가, 글을 쓴답시고 창작 활동으로 헛되이 시간을 보내더니, 결국에 가서는 그림 그리기에 몰두하게 되었다. 그림 그리기는 재능이나 노력 없이도 연습할 수 있는 유일한 예술이다. 그녀는 〈속물들〉 — 물론 그녀의 남편도 마찬가지다 — 가운데 망명한 예술가들이 풍기는 그런 태도를 취했는데, 그런 태도 때문에 남에게 폐를 끼치는 존재가 될 수밖에 없었다.

군 입대를 그럭저럭 기피하고 있던 아버지는 전쟁이 끝나 갈 무렵 큰돈을 벌어 휴전이 된 직후에 하이게이트에 있는 다소 황량하지만 온실, 관목 숲, 외양간, 테니스장 등이 딸린 새로 지은 커다란 집으로 이사를 갔다. 래커스틴 씨는 하인들을 많이 고용했으며 심지어 집사까지 두었다. 그는 성격 또한 낙천적이었다. 엘리자베스는 학비가 상당히 비싼 기숙 학교를 2학기 동안 다녔다. 오, 즐거움, 즐거움, 잊을 수 없는 2학기 동안의 즐거움이란! 학교에는 〈선망의 대상〉인 소녀 네 명이 있었다. 이들 모두는 토요일 오후만 되면 자신들의 조랑말을 타고 돌아다녔다. 모든 사람들에게는 인생에서 자신의 기질을 영원히 결정짓는 짧은 기간이 있게 마련이다. 엘리자베스에게는 부자들과 어울렸던 이 기간이 바로 그 시기였다. 때문에 그녀 삶의 방향은 하나의 믿음으로 요약되었다. 그것도 단순한 믿음으로. 그것은 선(그녀의 표현대로라면 〈사랑스러운〉 것)이란 부자들, 우아한 사람들, 귀족들 등과 동의어 관계이며, 악(〈야만적인〉 것)이라는 것은 가난뱅이들, 하층민들, 노동자들과 동의어 관계라는 것이었다. 아마 이런 사실을 가르치기 위해 비싼 여학교가 존재하는 건지도 모를 일이다. 엘리자베스가 성장함에 따라 이런 생각은 점점 세분화되어 그녀의 모든 사고 속으로 녹아 들어갔다. 양말에서부터 인간의 영혼에 이르기까지 모든 것은 〈사랑스러운〉 것 혹은 〈야만적인〉 것으로 분류되었다. 그런데 불행하게도 — 아버지의 재산은 그리 오래가지 못했다 — 그녀의 삶을 먼저 지배한 것은 〈야만적인〉 것이었다.

필연적인 파산은 1919년 말에 찾아왔다. 엘리자베스는 기숙 학교를 떠나 싸고 야만적인 학교에서 교육을 받을 수밖에 없었다. 심지어 그녀의 아버지가 학비를 내지 못해 한두 학기 다니지 못할 때도 있었다. 그런 아버지나마 그녀가 스무 살 때 독감에 걸려 죽었다. 래커스틴 부인은 1년에 150파운드라는 연금을 물려받았다. 그것도 그녀가 살아 있을 동안만 받을 수 있는 돈이었다. 래커스틴 부인의 씀씀이로는 영국에서 일주일에 3파운드로 도저히 살아갈 수 없기에, 두 여자는 생활비가 영국보다 싸고, 또 그녀의 어머니가 예술에 전념할 수 있는 파리로 이사를 갔다.

〈파리! 파리에서 살았다니!〉 파리 생활을 녹색의 플라타너스 밑에서 수염을 기른 화가들과의 끝없는 대화일 거라고 상상한 플로리의 생각은 약간 벗어난 것이었다. 엘리자베스의 파리 생활은 그것과는 거리가 멀었다.

그녀의 어머니는 몽파르나스 구역에 화실을 하나 마련하더니 이내 예전처럼 지저분하고 빈둥거리며 게으른 상태로 되돌아갔다. 지출이 항상 수입을 초과하는 등 돈 관리도 엉망이어서, 엘리자베스는 수개월 동안 충분히 먹지도 못했다. 그래서 그녀는 프랑스 은행 지점장 집의 영어 방문 교사로 일자리를 얻었다. 그 집 사람들은 그녀를 〈우리의 영국 숙녀〉라고 불렀다. 은행가의 집은 몽파르나스에서 제법 떨어진 12번 구역에 있어 엘리자베스는 근처 하숙집으로 이사를 했다. 골목길에 면한 폭이 좁고 길쭉한 하숙집 벽은 노란색으로 칠해져 있었고 앞에 정육점이 하나 있었다. 정육점에는 야생 수퇘지 고기가 걸려 있었는데 사티로스[38]와 같은 나이 든 신사들이 아침마다 찾아와 오랫동안 기분 좋게 킁킁거리며 냄새를 맡곤 했다. 그리고 정육점 옆에는 〈우정의 커피, 멋진 맥주〉라는 간판이 붙은, 파리가 들끓는 지저분한 카페도 하나 있었다. 엘리자베스는 하숙집을 얼마나 싫어했던가! 검은 옷을 주로 입었던 하숙집 주인은 하숙생들이 세면대에서 양말을 빨지 않나 감시하기 위해 뒤꿈치를 들고 살금살금 계단을 오르락내리락하며 하루를 보내는 나이 든 여자였다. 하숙생들 가운데 성미가 까다롭고 입에서 나오는 대로 지껄이는 노처녀들은 이 집에서 유일한 남자인 라 사마리텐에서 일하는 마음씨 좋은 대머리 노총각을 쫓아다니며 빵 부스러기를 달라고 짹짹거리는 앵무새처럼 굴었다. 또 이들은 식사 때만 되면 누가 음식을 더 많이 받았는지 확인하기 위해 서로의 접시를 힐끗힐끗 쳐다보았다. 욕실은 어두운 동굴 같았는데 벽에는 때가 덕지덕지 끼어 있었고, 욕조에는 5센티미터 정도만 찰 정도로 미지근한 물을 뱉어 낸 뒤 자동으로 멈춰 버리는 낡아 빠진 온수 장치가 설치되어 있었다. 엘리자베스가 가르치는 아

---

38 Satyros. 그리스 신화에 나오는, 반은 사람이고 반은 짐승인 괴물들. 장난이 심하고 주색을 밝힌다.

이의 아버지는 은행 지점장으로 얼굴이 통통하고 세파에 닳은 푸석푸석한 모습이었는데, 짙은 노란색이 감도는 대머리는 타조 알처럼 미끈해 보였다. 그녀가 수업을 시작한 지 이틀 후, 그는 아이들이 수업을 받는 방으로 들어와 엘리자베스 옆에 앉더니 그녀의 팔꿈치를 건드렸다. 사흘째 되던 날에는 장딴지를 건드리고, 나흘째 되던 날에는 무릎 아래를 건드리더니, 닷새째 되던 날에는 무릎 위를 건드렸다. 매일 저녁 이들 사이에는 말 없는 전쟁이 벌어졌다. 그녀는 테이블 밑에서 접근하는 족제비처럼 생긴 그의 손을 뿌리치기 위해 정신을 바짝 차리고 손을 이리저리 흔들어야 했다.

비열하고 야만적인 행동이었다. 사실 그것은 엘리자베스가 예전에 알지 못했던 〈야만성〉의 극치를 보여 주는 짓이었다. 하지만 그녀를 가장 우울하게 만들고 또 끔찍한 하류 세계 속으로 자꾸 빠져들게 만든 것은, 바로 어머니의 화실이었다. 래커스틴 부인은 모든 물건을 아무렇게나 내팽개치고 결코 정리하지 않아 하인이 없으면 안 되는 그런 부류의 사람이었다. 그녀는 그림 그리기와 살림살이 사이의 중간쯤에서 악몽같이 초조한 삶을 살았는데, 이 두 가지 중 어느 것도 잘하질 못했다. 그녀는 불규칙적으로 〈미술 학교〉에 나가 씻지 않은 붓으로 그림을 그리는 기법을 가진 스승 밑에서 희끄무레한 정물화를 그렸다. 그리고 나머지 시간에는 집에서 찻주전자와 프라이팬을 들고 집 안을 엉망으로 만들었다. 그녀의 더러운 화실 때문에 엘리자베스는 속이 너무 상했다. 그곳은 악마가 출몰할 법한 장소였다. 온갖 책과 신문들이 뒹굴고 있어 더럽고 추운 돼지우리 같았다. 녹슨 가스스토브 위에는 마치 수십 년 묵은 듯 보이는 기름때가 낀 스튜 냄비가 그대로 방치되어 있었고, 침대 이불은 오후까지 개는 법이 없었으며, 물감 자국이 있는 테레빈유 깡통이나 식은 홍

차가 반쯤 채워진 냄비 따위의 것들이 온 바닥에 널려 있었다. 의자 쿠션 밑에는 삶은 달걀 부스러기가 들어 있는 접시가 그대로 방치되어 있었다. 엘리자베스는 문을 열고 들어서자마자 소리를 질렀다.

「오, 엄마, 도대체 엄마는 뭘 하는 사람이에요? 이 방 꼴 좀 보세요! 이렇게 해놓고 어떻게 사세요?」

「방 말이니? 이 방이 어때서? 좀 더럽다고 그러는 거니?」

「예, 불결해요! 엄마, 침대 중간에 있는 저 오트밀 접시는 왜 안 치우세요? 그리고 저 스튜 냄비도요. 구역질이 날 것 같다고요. 다른 사람이라도 온다고 생각해 보세요!」

그림 그릴 때처럼 황홀해하며 공상에 빠져 있는 래커스틴 부인의 모습이 엘리자베스의 눈에 들어왔다.

「내 친구들은 다 괜찮단다, 애야. 우리는 보헤미안이잖니. 우리는 예술가야. 그림 그릴 때 우리가 얼마나 몰두하는지 너는 모를 거야. 넌 예술가 기질이 없구나, 애야.」

「제가 스튜 냄비를 치워야겠어요? 이렇게 사는 모습은 더 이상 참을 수 없어요. 이 세탁 솔로 뭘 하셨나요?」

「세탁 솔 말이니? 생각해 보자, 그 솔을 어딘가에 사용했는데. 아 그래! 어제 그것으로 팔레트를 닦았지. 네가 테레빈 유로 깨끗이 씻으면 다시 쓸 만해질 거야.」

엘리자베스가 청소를 하는 동안 래커스틴 부인은 앉아서 데생용 크레용으로 도화지에 뭔가를 계속 그리고 있었다.

「너 참 멋있구나. 참 현실적이야! 너의 그런 성격이 누구를 닮은 건지 모르겠구나. 요즈음 나에게는 예술이 전부란다. 큰 바다가 내 몸 안에서 요동치고 있는 듯한 기분이지. 예술은 모든 것들을 하찮고 사소하게 만들어 버려. 어젠 접시 씻는 시간을 아끼려고 『내시스 매거진』을 찢어 접시로 사용했어. 좋은 생각 아니니? 너도 접시를 쓰고 싶으면 그렇게 해봐.」

엘리자베스는 파리에 친구가 없었다. 어머니의 친구들은 그녀와 같은 부류이거나, 목공예를 하거나 도자기에 그림을 그리는 등 저급한 반(半)예술 활동을 하면서 얻는 조그만 수입으로 비효율적인 삶을 살아가는 나이 든 독신 남자들이었다. 이런 어머니의 친구들 외에 엘리자베스는 몇몇 외국인들도 알고 있었는데, 대체로 그들을 싫어했다. 적어도 싸구려 옷을 입고 식사 예절도 모르는 외국 남자들은 싫었다. 이러한 현실 속에서 그녀가 크게 위안 삼고 있는 것은 엘리제 가(街)에 있는 미국 도서관에 가서 삽화 잡지를 보는 일이었다. 그녀는 일요일이나 한가로운 오후면 반짝거리는 큰 테이블에 몇 시간씩 앉아 『스케치』, 『태틀러』, 『그래픽』, 『스포츠와 드라마』와 같은 잡지를 보면서 백일몽에 빠지곤 했다.

오, 그곳에서는 얼마나 즐거울까! 「찰턴 홀의 잔디밭에 견공들이 모이다. 버로딘 경의 웅장한 워릭셔 저택.」「멋진 독일 셰퍼드를 데리고 출전한 타이크-볼비 부인, 올여름 크러프즈 개 품평회에서 2등을 한 쿠빌라이 칸.」「칸 해변에서의 일광욕. 왼쪽부터 오른쪽으로 바버라 필브릭 양, 에드워드 터커 경, 파밀라 웨스트로프 양, 선장 〈터피〉 베나크레.」

멋있는 황금빛 세상! 엘리자베스는 잡지에서 옛 학교 친구의 얼굴을 두 번 정도 발견했다. 사진을 보니 가슴이 저며 왔다. 거기에 있는 것들은 모두 그녀의 옛 학교 친구들이었다. 그들의 말, 그들의 자동차, 기병대에 근무하는 그들의 남편. 그런데 그녀는 이곳에서 지독한 일과 형편없이 적은 연금과 대책 없는 어머니에 얽매여 있다니! 탈출구는 없을까? 이 멋있는 세상에 다시 들어가지 못한 채 영원히 이렇듯 비참한 세상에 살도록 운명이 정해져 버린 것일까?

엘리자베스가 예술을 크게 증오하게 된 계기는 물론 눈앞에 있는 어머니의 모습 때문이었다. 사실 모든 지성인들 ──

그녀 표현을 빌리자면, 〈총명한〉 사람들 — 은 그녀의 눈으로 볼 때 다 〈야만적〉이었다. 그녀 생각에 진짜 근사한 사람들 — 들꿩 사냥을 하고 애스컷 경마장에 가고 카우스 요트 대회에 참가하는 사람들 — 은 총명하지 않다. 그들은 책을 쓰거나 붓으로 그림을 그리는 하찮은 일에 열중하지 않는다. 모든 지식인들의 사상은 사회주의 같은 것이다. 〈지식인〉이라는 단어는 그녀의 어휘 목록에서 독설이었다. 그녀는 은행이나 보험 회사에 자기선전을 하는 것보다 무일푼으로 살아가는 것을 더 좋아하는 재능 있는 예술가를 한두 번 만난 적이 있었는데, 어머니의 친구들 중 일을 취미 삼아 하는 사람들보다 그를 훨씬 더 경멸하게 되었다. 선하고 멋있는 것에서 의도적으로 고개를 돌려 아무 도움도 안 되는 무익함을 위해 자신을 바치는 사람은 수치스럽고 타락하고 사악하다고 생각했다. 그녀는 독신 여성이 되기는 싫었지만 이런 남자와 결혼하느니 차라리 혼자 사는 편이 더 나을 것 같았다.

엘리자베스가 파리에서 생활한 지 2년이 다 되어 갈 무렵, 어머니가 식중독으로 갑자기 세상을 떠났다. 그녀도 식중독으로 함께 죽지 않은 것이 이상했다. 엘리자베스에게 남은 돈은 총 1백 파운드도 채 안 되었다. 그녀의 삼촌과 숙모가 버마에서 즉시 전보를 보내왔다. 전보 내용은 그녀에게 버마에 와 함께 살자는 것과, 편지를 부쳤으니 읽어 보라는 것이었다.

사실 버마에 있던 래커스틴 부인은 명상에 잠긴 뱀처럼 세 모진 얼굴을 하고선 펜을 입술에 물고 편지지를 내려다보며 무엇을 쓸지 한동안 곰곰이 생각했다.

「어쨌거나 1년 동안은 그 애를 이곳에 데리고 있어야 되지 않겠어요? 얼마나 무료할까요! 그러나 얼굴이 그럭저럭 생긴 여자들은 일반적으로 1년 이내에 이곳 사람들로부터 청혼을 받지요. 내가 그녀에게 어떻게 말하면 좋겠어요, 톰?」

「어떻게 말하느냐고? 오, 백인 여성이라면 고국에서보다 더 쉽게 남편을 찾을 수 있을 거라고 말해. 대충 그런 이야기 말이오, 당신도 알잖아.」

「제발, 톰! 그런 식으로 말하는 게 얼마나 어려운 줄 알아요?」

래커스틴 부인이 쓴 편지 내용은 다음과 같았다.

물론 이곳은 매우 작은 주둔지이고 또 우리는 대부분의 시간을 정글에서 보내. 즐거운 파리 생활에 비해 이곳이 끔찍할 정도로 무료하다고 생각할까 봐 걱정이 된단다. 그러나 어떤 면에서 볼 때 이 조그만 주둔지가 젊은 여자에게는 확실히 이점이 될 수도 있어. 지역 사회에서 완벽한 여왕이 될 수도 있으니까 말이야. 결혼하지 못한 남자들은 너무 외로워 여성을 엄청나게 좋게 평가한단다……

엘리자베스는 즉시 30파운드짜리 여름용 드레스를 사 입고 출발했다. 바다 위로 뛰어오르는 돌고래 떼의 안내를 받으며 배는 지중해와 수에즈 운하를 지나 에나멜처럼 푸른 바다를 거쳐 인도양으로 접어들었다. 날치들은 돌진하는 선체에 겁을 집어먹고 하늘을 향해 뛰어올랐다. 수면은 밤에 인광처럼 빛을 냈고, 선수(船首)에서 갈라지는 물살은 녹색 불을 켜놓은, 움직이는 화살촉 같았다. 엘리자베스는 선상 생활을 좋아하게 되었다. 그녀는 밤에 갑판에서 춤추는 것을 좋아했고, 모든 남자 승객들이 그녀에게 사주고 싶어 하는 칵테일을 즐겼으며, 갑판 위에서 하는 놀이를 했다. 하지만 그녀는 곧 다른 젊은이들처럼 배에서 매일 반복되는 똑같은 일상에 싫증이 났다. 어머니가 죽은 지 2개월밖에 되지 않았다는 것은 그녀에게 아무런 문제가 되지 않았다. 그녀는 어머니에 대해 크게 신경 쓰지 않았으며, 게다가 배에 탄 사람들은 그녀의 개인 사정에 대해 아무것도 몰랐다. 정말이지, 2년간의 암울한 생활 이후 다시 풍요로운 공기를 마시니 살 것 같았다. 여객선에 탄 대부분의 사람들은 부자는 아니지만 부자인 체했다. 그녀는 자신이 인도를 사랑하게 될 것이라고 생각했다. 다른 승객들과의 대화를 통해 인도에 대한 모습을 마음속에 확실히 그려 보았다. 심지어 그녀는 〈이데르 아오〉,[39] 〈잘디〉,[40] 〈사히블로그〉[41]와 같은 필수적인 힌두스탄 단어 몇 개도 배웠다. 그녀는 천장에 매달린 큰 부채가 펄럭거리고 흰 터번을 쓴 맨발의 꼬마들이 예의 바르게 인사하는 모습, 수염도 못 깎고 햇볕에 그을려 청동색이 되어 버린 영국인들이 광장에서 폴로 공을 후려치는 모습을 떠올리며 클럽의 즐거운 분위기를 상상해 보았다. 그것은 진짜 부자가 되는 것만큼 좋은 일이었다. 이것이 바로 인도에서 사람들이 사는 방식이었다.

배는 거북이와 흑상어가 햇볕을 쬐고 있는, 유리처럼 맑고 잔잔한 녹색 바다를 지나 콜롬보로 들어가고 있었다. 구장즙으로 피보다 더 진하게 입술을 칠한 한 무리의 새까만 남자들이 그들을 맞이하기 위해 목조선을 타고 노를 힘차게 저어 배 쪽으로 달려오고 있었다. 그들은 승객들이 하선하는 동안 소리를 지르면서 트랩 주위로 몰려들었다. 엘리자베스와 그녀의 친구들이 트랩으로 내려왔을 때 목조선의 뱃머리가 여객선 트랩에 부딪치는 소리가 났고, 그 배에 탄 두 명의 인부가 그들에게 큰 소리로 애원했다.

「저의 배를 타시지 않겠습니까, 숙녀분들! 저 사람 배는 타

---

39 이리 와. 이리 오세요.
40 빨리.
41 지배자, 나리.

지 마세요! 저 사람은 숙녀분들을 태우고 갈 만한 사람이 아니죠, 나쁜 놈입니다.」

「저놈이 거짓말하는 소리가 들리지 않습니까, 아가씨! 저놈은 더러운 하층민입니다! 저급한 속임수예요. 구역질 나는 원주민들이 쓰는 수법이죠!」

「하하! 저는 원주민이 아닙니다! 오 아닙니다! 저는 피부가 흰 유럽인입니다, 숙녀분들. 하하!」

「너희 둘, 욕지거리를 당장 그만둬. 안 그러면 발로 차서 물에 빠뜨리겠어.」엘리자베스 친구의 남편이 말했다 — 그는 식물 재배업자였다. 그들은 목조선 중 하나에 올라타 태양처럼 빛나는 부두를 향해 나아갔다. 손님을 태우는 데 성공한 목조선의 인부는 고개를 돌려 경쟁자를 향해 한참 동안 모았을, 입안 가득 고인 침을 뱉었다.

이곳이 바로 코코넛과 백단향 냄새를 풍기고, 계피 나무와 심황이 물 위에 떠다니며, 후끈거리는 열기가 온몸에 퍼지는 동양이었다. 친구들은 그녀를 마운트 라비니아로 데리고 갔다. 거기서 그녀는 콜라처럼 거품이 이는 미지근한 바닷물로 목욕을 했다. 저녁이 되어 다시 배에 오른 그녀는 일주일 후 랑군에 도착했다.

만달레이에서 북쪽으로 향하는 목탄 기차는 거대하고 바싹 마른 평원을 가로질러 저 멀리 푸른 언덕이 하늘과 닿아 있는 곳을 향해 시속 20킬로미터의 속도로 느릿느릿 달려갔다. 백로가 왜가리처럼 한 발로 균형을 유지하며 말없이 서 있었고, 마른 고추 다발이 햇빛 속에서 진홍색 빛을 내고 있었다. 때때로 흰 탑이 반듯이 누운 여자 거인의 가슴처럼 평원에 솟아 있었다. 열대의 밤이 일찌감치 시작되자 기차는 덜커덩거리며 천천히 가다가 작은 역에 멈추어 섰다. 밖에서는 야만스러운 고함 소리가 어둠을 타고 흘러 들어왔다. 반쯤 벌거벗은 남자들이 횃불 속에서 이리저리 움직일 때마다 뒤로 묶은 긴 머리카락이 출렁거렸다. 그 모습은 엘리자베스의 눈에 악마처럼 끔찍하게 보였다. 기차가 숲 속으로 다시 들어가자 보이지 않는 나뭇가지들이 창문에 부딪혀 우두둑 소리를 냈다. 기차가 카우크타다에 도착한 시각은 밤 9시께였다. 엘리자베스의 삼촌과 숙모가 맥그리거 씨의 차를 빌려 역에서 기다리고 있었다. 또 몇몇 하인들이 횃불을 들고 있었다. 숙모가 앞으로 걸어 나와 섬세한 도마뱀 같은 손으로 엘리자베스의 어깨를 감쌌다.

「네가 우리 조카딸 엘리자베스가 맞니? 만나서 정말 기쁘구나.」 그녀는 엘리자베스의 얼굴에 입을 맞추었다.

래커스틴 씨는 횃불 아래에서 래커스틴 부인의 어깨 너머를 응시하고 있었다. 그는 휘파람을 불더니 〈애야, 참 잘 왔어!〉라고 소리쳤다. 그러고는 엘리자베스를 잡고 어느 누구에게 했던 것보다 더 따뜻하게 포옹했다. 그녀는 전에 삼촌 내외를 본 적이 한 번도 없었다.

엘리자베스와 숙모는 저녁 식사 후 천장에 부채가 펄럭이는 거실에 앉아 정담을 나누었다. 래커스틴 씨는 정원을 어슬렁거리고 있었는데 겉보기에는 인도 재스민의 꽃향기를 맡고 있는 듯했지만 실제로는 하인 중 하나가 집 뒤쪽으로 가져다준 술을 몰래 마시고 있었다.

「애야, 아주 사랑스럽게 생겼구나! 얼굴을 다시 한 번 보자꾸나.」 그녀가 엘리자베스의 어깨를 잡았다. 「단발머리가 잘 어울리는구나. 파리에서 손질했니?」

「예, 모두들 단발을 해요. 머리가 작으면 잘 어울려요.」

「그래, 잘 어울리는구나! 그리고 거북딱지로 만든 안경 — 이런 패션도 다 있구나! — 은 남미에서 사교계 여자들이 치장용으로 많이 사용한다고 들었다. 나에게 이처럼 눈부실 정

132

도의 미인 조카가 있다는 걸 미처 몰랐구나. 몇 살이나 됐니?」

「스물두 살이에요.」

「스물둘! 내일 너를 클럽에 데리고 가면 남정네들이 얼마나 좋아할까! 그들은 너무나 외롭고 불쌍한 존재들이야. 새로운 얼굴은 좀처럼 못 보지. 그런데 2년을 꼬박 파리에서만 살았니? 그곳 남자들이 너와 결혼하지 않고 그대로 내버려둔 게 참 이상하구나.」

「남자들을 많이 만나지 못했어요, 숙모. 외국인들만 만났을 뿐이에요. 우리는 매우 조용히 살았어요. 그리고 저는 일도 했고요.」 그녀는 다소 수치스러운 고백이라고 생각하면서 말했다.

「물론, 물론.」 래커스틴 부인은 한숨을 지었다. 「사방에서 비슷한 이야기를 들었지. 예쁜 숙녀들이 생계비를 벌려고 일하는 건 정말 수치스러운 일이야! 너무 이기적이야, 안 그러니? 남편감을 찾는 많은 가련한 여성들이 있는데도 남자들은 왜 결혼하지 않는 걸까?」 엘리자베스는 대답 없이 앉아 있기만 했다. 래커스틴 부인이 다시 한 차례 한숨을 내쉬면서 말했다. 「만일 내가 다시 젊어질 수만 있다면, 아무 남자하고나 결혼할 거야. 말 그대로 아무 남자하고나 말이야!」

두 여자의 눈이 서로 마주쳤다. 래커스틴 부인은 하고 싶은 말이 무척 많은 눈치였지만 우회적으로 암시만 줄 뿐 구체적인 언급은 하지 않았다. 그녀의 말은 전부 애매한 암시뿐이었지만 자신이 의도한 뜻은 분명히 전달하는 편이었다. 그녀는 마치 일반적인 관심사를 토의하듯 부드럽고 객관적인 어조로 말했다.

「물론, 너에게 이 이야기부터 해야겠구나. 만일 여자들이 결혼을 못하게 되면 그건 여자들 책임인 경우가 많단다. 심지어 이곳에도 그런 경우가 있지. 얼마 전에 한 숙녀가 이곳에 와서 오빠와 1년 정도 머물렀는데, 경찰관과 전망이 밝은 목재 회사에 다니는 사무원들을 비롯해 모든 남자들로부터 청혼을 받았지 뭐니. 그런데 그녀는 모두 거절하고 국제 통신 학교에 들어가기를 원했어. 그래, 어찌 됐을 것 같니? 물론 그녀의 오빠는 그녀를 끝까지 돌봐 줄 수가 없었어. 나는 최근에 그녀가 고국으로 돌아가서 일종의 가정부, 솔직히 말해 일주일에 고작 15실링 받는 하인으로 일하면서 가련하게 살고 있다는 소문을 들었단다. 끔찍하지 않니?」

「끔찍하군요!」 엘리자베스가 맞장구쳤다.

이 문제에 대해 두 사람은 더 이상 말이 없었다. 플로리의 집에서 돌아온 날 아침에 엘리자베스는 자신의 모험담을 숙모와 삼촌에게 들려주었다. 그들은 꽃으로 장식된 테이블에 앉아 아침 식사를 하는 중이었다. 그동안 머리 위에서는 큰 부채가 펄럭였고, 하얀 옷을 입고 터번을 쓴, 황새처럼 키가 큰 회교도인 주방장이 래커스틴 부인의 의자 뒤에 접시를 들고 서 있었다.

「그리고 오, 숙모, 흥미로운 일이 있었어요! 한 버마 여인이 베란다로 걸어왔어요. 전 그런 사람을 본 적도 없었고, 그 사람이 여자라는 사실도 몰랐어요. 정말 이상하게 생긴 키 작은 여자였어요. 얼굴은 노랗고 둥글었는데 마치 검은 머리카락을 꼬아서 머리 꼭대기에 둘둘 말아 얹어 놓은 인형 같았어요. 열일곱 살 정도밖에 안 되어 보였는데 플로리 씨는 세탁부라고 하더군요.」

인도 주방장의 긴 몸이 뻣뻣해졌다. 그는 검은 얼굴에 흰 눈자위를 크게 드러내면서 엘리자베스를 힐끗 쳐다보았다. 그는 영어를 꽤 잘했다. 래커스틴 씨는 우둔해 보이는 입을 벌리고 포크로 생선 요리를 찔러 반쯤 집어 올리다가 갑자기 동작을 멈추었다.

「세탁부라고?」그가 말했다.「세탁부! 빌어먹을, 뭔가 잘 못됐군! 이 나라에 여자 세탁부는 없어. 알다시피 세탁 일은 모두 남자들이 하지. 내 생각엔…….」

순간 그는 누군가 테이블 아래에서 그의 발가락을 짓밟았을 때처럼 돌연히 하던 말을 멈추었다.

8

그날 저녁 플로리는 코 슬라에게 이발사를 불러오게 했다. 이 도시에 한 명밖에 없는 인도인 이발사는 매달 8아나를 받고 이틀에 한 번씩 인도 노동자들을 면도해 주며 생계를 꾸려 가는 사람이었다. 그 말고는 다른 이발사가 없기에 유럽인들도 그에게 면도를 시켰다. 플로리가 테니스를 치고 돌아왔을 때 이발사는 이미 베란다에서 기다리고 있었다. 그는 끓는 물과 소독액으로 가위를 소독한 뒤 플로리의 머리를 깎기 시작했다.

「가장 좋은 팜비치 양복을 꺼내 놔.」 그가 코 슬라에게 말했다. 「그리고 실크 셔츠와 사슴 가죽 구두도 내놓고. 또 지난주에 랑군에서 산 새 타이도 준비해.」

「이미 다 준비해 놓았습니다, 나리.」 코 슬라가 말했다. 침실로 돌아온 플로리는 펼쳐 놓은 양복 옆에서 기다리고 있는 코 슬라를 보았다. 코 슬라는 기분이 썩 좋지 않았다. 그는 플로리가 이렇게 옷을 멋지게 차려입는 이유를 금방 눈치챘는데(엘리자베스를 만날 희망으로 그런 것이라는 것을) 이런 주인의 행동이 마음에 들지 않았던 것이다.

「왜 거기 서 있지?」 플로리가 말했다.

「옷 입는 것을 도와 드리려고요, 나리.」

「오늘 저녁엔 나 혼자 입을 거야. 나가도 좋아.」

그는 면도를 할 참이었는데 — 오늘 두 번째로 — 세면도구를 들고 욕실 안으로 들어가는 것을 코슬라에게 보이기 싫었다. 몇 년 동안 그는 하루에 두 번 면도를 해왔다. 그는 지난주에 새 타이를 사둔 것이 정말로 큰 다행이라고 생각했다. 그는 조심스럽게 옷을 입고, 머리를 깎아서 잘 눕지 않는 뻣뻣한 머리카락을 빗질하는 데 거의 15분이나 소비했다.

얼마 후, 코 슬라의 추측대로 플로리는 엘리자베스를 만나 함께 시장 거리를 거닐고 있었다. 플로리는 엘리자베스가 클럽 도서실에 혼자 있는 것을 알고 용기를 내어 밖으로 나가자고 요청했다. 그러자 놀랍게도 그녀는 삼촌과 숙모에게 말하지 않은 채 플로리를 기꺼이 따라나섰다. 그는 버마에서 너무 오래 산 나머지 영국식 데이트를 잊었다. 거리의 야자수 아래는 나뭇잎에 초승달이 가려 매우 어두웠고, 나뭇잎 사이로 보이는 하늘 여기저기에 떠 있는 별들이 투명한 실에 걸린 램프처럼 하얗고 희미하게 빛을 내고 있었다. 냄새들이 물결처럼 차례차례 밀려왔는데 처음에는 인도 재스민의 넌더리 나는 달콤한 향기가 나더니, 그다음에는 오물 냄새 아니면 뭔가 썩어 들어가는 악취가 베라스와미의 방갈로 맞은편 오두막집에서 풍겨 왔다. 약간 떨어진 곳에서 북소리가 들려왔다.

북소리를 듣자 플로리는 우 포 킨의 집 맞은편, 도로 저 아래에서 뻬[42] 공연을 하고 있을 것이라고 생각했다. 다른 사람이 후원하는 것처럼 보이지만 실제로 뻬 축제에 돈을 대주는

42 버마의 전통 축제.

사람은 우 포 킨이었다. 대담한 생각이 플로리의 머리를 스치고 지나갔다. 그는 뻬 공연을 하는 곳으로 엘리자베스를 데리고 갈 생각이었다. 그녀는 그것을 좋아할 것이다. 아니, 좋아해야 한다. 머리에 눈 달린 사람치고 뻬 춤을 싫어하는 사람은 없다. 하지만 시간이 너무 오래 흐른 후에 클럽으로 돌아간다면 이들은 의심받을지도 모른다. 그러나 제기랄! 그것이 무슨 상관인가! 그녀는 클럽의 바보 집단과는 다르다. 그리고 이렇게 아름다운 숙녀와 함께 뻬를 구경 가는 것은 기분 좋은 일 아닌가! 이때 아수라장을 만들 것같이 굉음을 내면서 음악이 울려 퍼졌다. 귀에 거슬리게 빽빽거리는 피리 소리, 캐스터네츠처럼 생긴 악기에서 나는 딸랑거리는 소리, 거칠게 쿵쿵거리는 북소리, 그리고 무엇보다 한 남자가 찢어질 듯 고함을 내뱉고 있었다.

「저 소리는 다 뭐예요?」 엘리자베스가 길을 가다 멈추면서 말했다. 「재즈 악대가 내는 소리 같아요!」

「원주민 음악 소리죠. 뻬 축제를 하고 있답니다. 역사극과 촌극을 합친 일종의 버마 연극이죠. 재미있을 겁니다. 저기 도로 모퉁이에서 하죠.」

「오!」 그녀는 다소 의심쩍다는 반응이었다.

그들은 도로 모퉁이를 돌아 불이 환하게 켜진 곳으로 들어갔다. 30미터 정도 되는 도로 전체가 뻬를 구경하는 군중으로 막혀 있었다. 안쪽에 세워진 무대 위에는 석유램프가 붉게 타오르고 있었다. 무대 앞에 자리 잡고 있는 악단은 고막이 터질 듯 요란한 소리를 내고 있었고 엘리자베스의 눈에는 중국의 탑처럼 보이는 옷을 입은 두 남자가 날이 휘어진 칼을 손에 쥐고 무대 위에서 춤을 추고 있었다. 도로 아래쪽에는 흰 모슬린 옷을 입은 수많은 여자들의 등이 보였는데 핑크 빛 스카프가 그들의 어깨와 검은 원통처럼 보이는 머리카락에 둘려 있었다. 몇몇은 멍석을 깔고 엎드려 잠을 자고 있었다. 땅콩 접시를 든 늙은 중국 사람이 군중 속을 헤치며 〈마야삐! 마야삐!〉라고 구슬프게 외치고 있었다.

「괜찮다면 잠시 들러 볼까요?」 플로리가 말했다.

활활 타오르는 불빛과 악대에서 나오는 끔찍한 소리에 거의 기절할 것 같았지만, 정작 그녀가 가장 놀란 것은 극장의 좌석처럼 도로에 앉아 있는 군중들의 모습이었다.

「저들은 항상 도로 중간에서 연극을 하나요?」

「대체로 그렇죠. 임시 무대를 만들고 다음 날 아침에 철거하죠. 연극은 밤새도록 계속됩니다.」

「그렇지만 도로 전체를 점유하는 것을 허락받았나요?」

「아, 이곳에는 교통 법규가 따로 없습니다. 보다시피 통제할 교통이 없어요.」

그 말을 듣자 그녀는 묘한 기분이 들었다. 이때 멍석에 앉아 있던 거의 모든 관중이 고개를 돌려 〈잉거레이크마〉를 쳐다보았다. 군중이 모인 중간쯤에는 열 개 정도의 의자가 놓여 있었는데 관리들과 서기 몇몇이 앉아 있었다. 거기에는 우 포 킨도 있었다. 그는 이들을 보고 둔한 몸을 힘들게 돌려 인사했다. 음악이 멈추자 얼굴에 마마 자국이 있는 바 타익이 군중을 헤치면서 급하게 뛰어오더니 플로리에게 머리를 조아리며 겁먹은 것처럼 인사를 했다.

「나리, 우 포 킨께서 나리와 백인 숙녀분이 우리의 뻬를 잠시 감상하실지 여쭈어 보라십니다. 그분이 나리를 위해 의자를 마련해 두었습니다.」

「저들이 우리를 위해 자리를 마련했다는군요.」 플로리가 엘리자베스에게 말했다. 「가보시겠습니까? 재미있는 구경거리가 될 거예요. 저 두 사람의 연기가 끝나면 곧 무용 공연이 있지요. 잠시 보겠습니까?」

엘리자베스는 마음을 정할 수 없었다. 어쨌든 냄새나는 원주민 군중 속으로 들어가는 건 바람직하지도 않고 또 안전할 것 같지도 않았다. 하지만 그녀는 플로리가 알아서 잘할 것이라 믿고 의자가 놓여 있는 곳까지 그를 따라갔다. 멍석에 앉아 있던 버마 사람들이 그녀를 쳐다보고 길을 내주면서 뭔가 지껄이고 있었다. 모슬린 천을 걸친 그들의 따뜻한 몸이 그녀의 정강이에 부딪쳐 왔다. 지독한 땀 냄새가 났다. 우 포 킨은 그녀 쪽으로 몸을 숙여 될 수 있는 한 친밀하게 인사를 하면서 비음 섞인 목소리로 말했다.

「여기 앉으십시오, 아가씨! 아가씨를 만나 무척 영광스럽습니다. 안녕하십니까, 플로리 씨. 뜻밖에도 여기서 만나다니, 참 반갑습니다. 숙녀분과 함께 이곳을 방문하리라는 것을 미리 알았더라면 위스키와 유럽 음료라도 준비했을 텐데요. 하하!」

그가 웃자 구장처럼 붉은 치아가 램프 불빛을 받아 은박지처럼 빛났다. 그가 너무나 뚱뚱하고 음흉해 보였기에 엘리자베스는 뒤로 주춤거리지 않을 수 없었다. 자주색 롱지를 걸친 호리호리한 젊은이가 그녀에게 인사를 하고 얼음을 갈아 만든 노란색 셔벗 두 컵을 담은 접시를 내밀었다. 우 포 킨은 급하게 손을 흔들면서 옆에 있는 소년에게 〈헤이 하웅 갈라이!〉라고 소리쳤다. 그가 버마어로 뭔가를 지시하자 소년은 무대 끝 쪽으로 달려갔다.

「우리를 위해 최고의 무용수를 데려오라고 말하고 있어요.」 플로리가 말했다. 「봐요, 무용수가 오고 있어요.」

무대 뒤에서 쭈그리고 앉아 담배를 피우고 있던 한 소녀가 램프 불빛 속으로 걸어 들어왔다. 연푸른 공단 롱지 차림의 그녀는 매우 어리고 어깨가 좁았으며 가슴이 빈약해 보였다. 버마의 전통 복식에 따라 그녀의 잉지에 댄 작은 파니어가 엉덩이 바로 위에서 바깥쪽으로 퍼져 있었다. 마치 꽃잎이 땅을 향하고 있는 것 같았다. 그녀는 악단 소속의 한 남자에게 힘없이 담배를 던져 주고, 근육을 흔들어 푸는 것처럼 가날픈 팔을 뻗고 비틀며 흔들었다.

악단이 갑자기 날카로운 소리를 내기 시작했다. 납작한 대나무로 만들어져 작은 망치로 때려 음을 내는, 백파이프처럼 생긴 이상한 목관 악기가 있었고, 악단 가운데에는 한 남자가 크기가 각각 다른 열두 개의 높다란 북에 둘러싸여 있었다. 그는 빠른 손놀림으로 이 북 저 북을 쳐댔다. 소녀가 춤을 추기 시작했다. 그러나 처음에는 춤이 아니었다. 단지 리듬에 맞추어 고개를 끄떡거리고 팔꿈치를 비트는 동작이었다. 마치 끼워 맞춘 목각 인형이 회전목마 위에서 움직이는 것 같아 보였다. 그녀의 목과 팔꿈치가 돌아가는 모습은 목각 인형처럼 정확했고 놀랄 정도로 유연했다. 손가락을 서로 붙여 뱀 대가리처럼 비틀어 뒤로 젖히자 두 손이 거의 팔뚝에 닿을 정도였다. 율동은 점차 빨라졌다. 기다란 잉지가 두 발을 감싸고 있었지만 그녀는 이쪽저쪽에서 뛰어오르더니, 아래로 몸을 던져 왼발을 뒤로 빼고 무릎을 굽히면서 절을 하고는 믿을 수 없을 정도의 경쾌한 동작으로 다시 공중으로 뛰어올랐다. 그러고는 바닥에 무릎을 꿇고 앉아 몸은 앞으로 굽히고 두 팔은 벌려 비틀면서 이상한 모습으로 춤을 추었다. 머리 또한 북장단에 맞춰 움직였다. 음악이 빨라지더니 절정에 다다랐다. 소녀는 똑바로 일어서서 팽이처럼 재빨리 몸을 돌렸다. 그녀가 입은 잉지의 파니어가 아네모네 꽃잎처럼 몸 둘레에서 솟아올랐다. 그 순간 처음 시작했을 때와 마찬가지로 갑자기 음악이 멈췄다. 소녀도 처음과 마찬가지로 절을 했다. 쉰 목소리의 함성이 관중으로부터 터져 나왔다.

엘리자베스는 소녀의 춤을 바라보며 탄성을 질렀지만 한

편으로는 지루함과 소름 끼칠 정도의 공포를 느꼈다. 조금 전에 마신 음료수에서 머릿기름 같은 맛이 났다. 세 명의 버마 소녀가 그녀 발 옆 멍석 위에서 베개 하나를 같이 베고 깊은 잠에 빠져 있었다. 나란히 붙어 있는 그들의 조그마한 달걀형 얼굴이 새끼 고양이 같아 보였다. 음악 소리 때문에 플로리는 엘리자베스의 귀에 대고 낮은 목소리로 금방 끝낸 춤에 대해 말했다.

「즐거웠으리라 생각됩니다. 이걸 보여 드리려고 당신을 데리고 왔어요. 당신은 책을 많이 읽었고 문명화된 나라의 국민으로, 이곳에 있는 비참한 야만인들인 우리를 포함한 여느 사람들하고는 다르죠. 이 춤은 나름대로의 이국적 관점으로 볼만한 가치가 있다고 생각하지 않소? 저 소녀의 율동을 보세요 — 꼭두각시처럼 몸을 앞으로 굽히는 저 이상한 동작과, 마치 코브라가 머리를 세워 공격 자세를 취하는 것처럼 팔꿈치에서부터 양팔을 비틀어 돌리는 모습을 보십시오. 저 모습은 무시무시하고 심지어 일종의 사악한 혐오스러움을 자아내기까지 하죠. 그리고 저 춤 속에는 불길한 무언가가 있습니다. 모든 몽골족에게는 마성의 기운이 있지만, 가까이에서 보면 그 이면에 있는 수 세기 동안 축적된 예술과 문화를 읽을 수 있소. 저 소녀가 만들어 내는 모든 율동은 수많은 세대를 거치면서 연구되고 전수되어 온 것들이죠. 저런 동양인들의 예술을 가까이에서 볼 때마다 당신은 느낄 수 있을 겁니다 — 우리가 대청잎으로 물들인 옷을 입었던 시대로 거슬러 올라가고 있다는 것을 말입니다. 정확히 뭐라고 정의 내릴 수는 없지만, 저 무용수가 팔을 비틀어 돌리는 모습에 버마의 모든 삶과 정신이 집약되어 있다고 볼 수 있습니다. 그녀를 볼 때 당신은 논을 보고, 티크 나무 아래의 마을을 보고, 탑과 노란색 법복을 걸친 승려를 보고, 이른 아침에 강에서 수영하는 물소와 띠보 시대의 사원을 볼 수 있죠.」

음악이 멈추자 플로리의 목소리가 갑자기 끊겼다. 어떤 문제가 생겼기 때문이다. 웬일인지 그는 이야기를 두서없이 산만하게 늘어놓은 기분이 들었던 것이다. 그는 자신이 저질 소설의 등장인물이라도 된 것처럼 이야기하고 있음을 깨달았다. 그는 눈길을 돌렸다. 엘리자베스는 소름이 끼칠 정도로 불편했지만 그의 말을 귀담아들었다. 〈이 남자가 도대체 무슨 이야기를 하고 있는 거야?〉라는 것이 그녀의 첫 번째 생각이었다. 게다가 예전에 그녀는 그렇게 싫어하는 〈예술〉이라는 것에 여러 번 시달린 적이 있었다. 처음으로 그녀는 플로리가 낯선 사람이며, 그와 함께 외출한 것이 현명치 못한 짓이었다는 것을 깨달았다. 그녀는 주위의 끝없는 검은 얼굴들과 붉게 타오르는 램프 불빛을 보았다. 그런 이상한 모습들을 보니 겁이 나기 시작했다. 내가 이곳에서 무엇을 하고 있지? 이렇게 검은 인간들 틈에 끼여 마늘과 땀 냄새를 풍기는 그들과 몸이 거의 붙은 채로 앉아 있는 것은 확실히 옳지 못한 일이었다. 왜 나는 백인들이 있는 클럽으로 돌아가지 않고 있는가? 왜 그는 나를 이곳 원주민들의 무리 속으로 데리고 와 이 끔찍하고 야만스러운 장면을 보여 주고 있는가?

다시 음악 소리가 들리고 뼤 소녀가 춤을 추기 시작했다. 얼굴은 기운이 넘쳐흘러 보였고, 그녀는 살아 있는 눈이 달린 하얀 가면처럼 램프 불빛 속에서 빛나고 있었다. 죽은 사람처럼 창백한 타원형 얼굴과 무표정한 모습의 소녀는 악마처럼 무시무시해 보였다. 음악의 템포가 바뀌자 소녀는 찢어질 듯한 목소리로 노래를 불렀다. 유쾌하지만 격렬하고 빠른 리듬의 노래였다. 군중들이 노래 중간에 끼어들어 귀에 거슬리는 목소리로 일제히 따라 불렀다. 그녀는 굽힌 몸을 이상한 동작으로 계속 돌리며 엉덩이를 관중 쪽으로 향하고 춤을 추었다. 그녀의 실크 롱지가 금속처럼 반짝거렸다. 양손과 양 팔꿈치를 돌리면서 그녀는 어깨를 이쪽저쪽으로 까딱거렸다. 그리고 음악에 맞추어 두 개의 엉덩이를 각각 따로따로 움직이기 시작했다. 이 동작은 그녀가 입은 롱지를 통해 뚜렷이 보였는데, 정말 놀라운 기술이었다.

관중의 박수갈채가 쏟아져 나왔다. 멍석에서 자고 있던 소녀들도 잠에서 깨어나 격렬하게 박수를 쳤다. 한 서기가 유럽인들이 듣도록 영어로 〈브라보! 브라보!〉라고 외쳤다. 그러나 우 포 킨은 인상을 찌푸리며 손을 내저었다. 그는 유럽 여성들에 대해 많은 것을 알고 있었다. 엘리자베스는 이미 서 있었다.

「가야겠습니다. 돌아가야 할 시간이에요.」 그녀가 갑작스레 말했다. 그녀는 다른 곳을 쳐다보았지만, 플로리는 그녀의 얼굴이 붉어진 것을 알 수 있었다.

실망스러웠지만 할 수 없이 그도 따라 일어섰다. 「하지만 조금만 더 머물 수 없을까요? 늦은 줄은 알고 있어요. 저들은 우리에게 경의를 표하려고 원래보다 두 시간 전에 이 소녀를 데리고 왔어요. 조금만 있다 가면 안 되나요?」

「더 이상 참을 수 없어요. 오래전에 갔어야 했어요. 삼촌과 숙모가 어떻게 생각할지 모르겠네요.」

그녀는 즉시 군중 속으로 걸어갔고, 할 수 없이 플로리는 사람들에게 고맙다는 말도 건네지 못하고 그녀 뒤를 따라갔다. 버마 사람들이 언짢은 표정으로 길을 비켜 주었다. 영국 사람들은 일급 무용수를 불러 놓고 춤이 시작하기도 전에 그 장소를 떠나 버리니, 모든 것을 망쳐 놓기를 얼마나 좋아하는 사람들인가! 플로리와 엘리자베스가 가버리는 바람에 한 바탕 소동이 벌어졌다. 삐 소녀가 더 이상 춤추지 않고 머뭇거리자 사람들은 계속 춤을 추라고 법석을 떨었다. 두 명의 광대가 무대로 뛰어올라 폭죽을 터뜨리고 외설적인 재담을 풀어 놓은 뒤에야 관중들은 겨우 진정되었다.

플로리는 풀이 죽은 채 그녀를 따라 도로 위쪽으로 갔다. 그녀는 고개를 먼 곳으로 돌리고 종종걸음을 쳤다. 한동안 아무 말이 없었다. 막 친해지려고 할 때 이런 일이 생기다니! 그는 사과하려 했다.

「미안합니다! 당신의 마음을 미처 헤아리지 못했어요.」

「괜찮아요. 미안할 게 뭐 있나요? 그저 돌아갈 시간이라고 말했을 뿐인데요.」

「생각해 보니 유럽인들은 이 나라의 이런 것들을 잘 알고 있는 것 같지 않군요. 이 사람들의 예의범절은 우리의 것과는 다르죠 — 어떤 면에서는 더 엄격하죠 — 하지만…….」

「그런 게 아니에요! 그런 게 아니란 말이에요!」 그녀는 신경질적으로 외쳤다.

플로리는 말을 하면 할수록 사태가 더 심각해지리라는 것을 깨달았다. 그들은 서로 말없이 걸었다. 그는 그녀의 뒤를 따를 뿐이었다. 그의 심정은 비참했다. 얼마나 멍청한 바보인가! 그는 그녀가 왜 화를 내는지 진짜 이유를 알지 못했다. 그녀를 화나게 만든 것은 뻬 소녀의 행동 그 자체가 아니었다. 그것은 그녀가 화를 내는 직접적인 이유가 되지 못했다. 이곳에 온 것 자체 — 냄새나는 원주민들과 어깨를 서로 부딪친다는 것 — 가 그녀의 기분을 몹시 상하게 만들었던 것이다. 그녀는 이것이 백인 남자들이 어떻게 행동해야 하느냐의 문제가 아님을 분명히 알고 있었다. 다만 그가 시를 인용하는 것처럼 긴 단어로 이상하고 산만한 말을 내뱉는 게 묘하게 거슬렸다. 그의 이런 말투는 파리에서 가끔 만났던 기분 나쁜 예술가들의 방식이었다. 그녀는 오늘 저녁까지만 해도 플로리가 꽤 괜찮은 남자라고 생각했었다. 그래서 그녀는 아침의 사건을 생각했다. 그가 자신을 위해 맨손으로 물소와 대적한 것을 생각하니 분노가 차츰 수그러들었다. 그들이 클럽에 당도했을 때쯤 그녀는 그의 사과를 받아들이겠다고 마음먹었다. 그 역시 다시 한 번 사과할 용기를 냈다. 두 사람은 가지 사이로 별빛이 새어 들어오는 나무 아래 멈추어 섰다. 그는 그녀의 얼굴을 희미하게 볼 수 있었다.

「저, 저, 이번 일로 화내지 않았으면 좋겠군요.」

「아니에요, 물론 아닙니다. 화나지 않았다고 이미 말했는 걸요.」

「당신을 거기에 데려가지 말았어야 했는데. 용서해 주세요. 그리고…… 당신이 어디 갔다 왔는지에 대해서는 다른 사람들에게 말하지 않겠습니다. 정원에서 산책했다고 말하는 편이 더 좋겠죠. 백인 여자가 뼈 구경을 갔다 왔다고 하면 이상하게 생각할 거예요. 그들에게 말하지 않겠어요.」

「오, 물론 나도 말하지 않겠어요!」 그녀는 기분 좋게 동의했다. 그는 그녀의 부드러운 태도에 놀라며, 그녀가 자신을 용서해 주었다는 것을 알아차렸다. 하지만 자신이 용서받은 것이 도대체 무엇인지는 알지 못했다.

은연중에 약속이라도 한 듯 그들은 따로따로 클럽 안으로 들어갔다. 이번 외출은 완전히 실패였다. 그날 밤 클럽의 라운지에는 축제 분위기가 감돌았다. 유럽인들 모두가 엘리자베스와 인사를 나누기 위해 기다리고 있었고, 주방장과 여섯 명의 하인들이 풀 먹인 하얀 옷을 입고 문 양쪽으로 도열해 있다가 이마에 손을 대고 허리를 굽혀 미소를 지으며 인사를 했다. 유럽인들이 엘리자베스와 인사를 다 마치자 주방장은 하인들이 〈숙녀 나리〉를 위해 특별히 준비한 화관을 들고 들어왔다. 맥그리거 씨가 거창한 환영 인사말을 한 뒤 모든 사

람들을 소개시켰다. 그는 맥스웰을 〈우리 지역의 수목 전문
가〉로, 웨스트필드를 〈법과 질서의 수호자이자 강도들의 공
포의 대상〉이라고 소개했다. 다른 사람들도 그런 식으로 소
개했다. 큰 웃음소리가 들렸다. 사람들 모두 예쁜 숙녀의 얼
굴을 보자 기분이 좋아져, 맥그리거 씨의 연설을 즐기기까지
했다. 솔직히 말하자면 그는 이 연설을 준비하느라 대부분의
저녁 시간을 보냈다.

　인사가 끝나자마자 엘리스는 익살스러운 태도로 플로리와
웨스트필드의 팔을 잡고 카드실로 끌고 갔다. 그는 여느 때
보다 기분이 좋아 보였다. 작지만 힘센 손가락으로 플로리의
팔을 아프게 꼬집었지만 표정은 다정했다.

　「이봐, 친구, 다들 자네를 기다리고 있었네. 그렇게 오랫동
안 어딜 갔다 왔지?」

　「오, 그저 산책 좀 했지.」

　「산책을! 누구하고?」

　「래커스틴 양하고.」

　「알고 있어! 자넨 함정에 빠진 지독한 바보 아닌가, 안 그
래? 다른 사람들이 신중하게 망설이는 동안 자넨 미끼만 집
어삼켰어. 맹세코 자네는 나이가 너무 많아 안 될 것 같은데.」

　「무슨 뜻이지?」

　「무슨 뜻이냐고? 내 뜻을 모르는 체하는 모습 좀 보게! 내
말은 래커스틴 부인이 사랑스러운 조카딸의 배우자감으로
자네에게 낙제점을 주었다는 뜻이야. 정말로 주의하지 않는
다면 자넨 기회가 없어. 웨스트필드라면 어떨까? 그래, 이 늙
은 친구야. 그는 적격인 젊은 총각이지. 딱 안성맞춤이야. 그
들은 그를 눈여겨보고 있단 말이야.」

　「어디서 그런 소리를 들었는지 모르겠군. 그녀가 이곳에
온 지 스물네 시간도 채 안 되었는데.」

「어쨌든 자네가 그녀에게 정원을 구경시켜 주기에는 충분한 시간이었지. 조심하게. 톰 래커스틴이 주정뱅이일지는 모르지만 만년까지 조카딸을 돌봐 주고 싶어 할 만큼 바보는 아니거든. 물론 그녀도 어느 쪽이 편안한 생활일지는 알고 있겠지. 그러니까 스스로 궁지에 빠지는 일이 없도록 신중해야 되지 않겠어?」

「빌어먹을, 자넨 그런 것에 대해 이야기할 권리가 없어. 결국 그녀는 유일한…….」

「이보게 친구!」 재미있는 이야깃거리가 생겨서 그런지 엘리스가 다정하게 굴며 플로리의 양복 깃을 잡았다. 「친구야, 멍청한 친구야, 허황한 생각은 그만둬. 자넨 그녀를 따 먹기 쉬운 과일이라고 생각하는 모양인데 그렇지 않아. 고국에서 온 여자들은 하나같이 다 똑같아. 〈이런 벽지에서는 남자를 고르고 또 고를 수 있다.〉 이것이 그들 모두의 모토야. 자네는 왜 그런 여자들이 이곳까지 온다고 생각하지?」

「이유? 잘 모르겠는데. 그냥 오고 싶어서 온 것 아닐까?」

「이런 바보 같으니라고! 당연히 남편감을 고르기 위해서지. 흔한 일은 아니지만, 다른 모든 곳에서 배우자를 찾지 못하는 여성은 모든 남자들이 한 명의 백인 여성이라도 보고 싶어 하는 인도를 찾게 되는 거야. 그들은 이곳을 인도의 결혼 시장이라 부르거든. 육류 시장이라고 해도 과언이 아니지. 냉동 양고기 덩어리처럼 매년 한 배 가득 실려 와 이곳에서 자네 같은 나이 든 너저분한 총각들을 만나지. 그러니까 그녀들은 냉동 창고에서 방금 끄집어낸 신선하고 큰 고깃덩어리란 말이야.」

「혐오스럽게도 이야기하는군.」

「최고의 목장에서 사육된 영국산 고기지.」 엘리스는 유쾌하게 말했다. 「신선한 탁송품, 보장된 특등품이야.」

148

그는 염소같이 코를 킁킁거리면서 고깃덩어리를 조사하는 흉내를 냈다. 그는 이런 농담을 한번 시작했다 하면 좀체 끝낼 줄 몰랐다. 여자의 이름을 진흙탕 속에 처박아 넣고 먹칠하는 것만큼 엘리스에게 큰 즐거움을 주는 것은 없었다.

그날 저녁 플로리는 엘리자베스를 더 이상 보지 못했다. 모든 사람들이 함께 라운지에 모여 이처럼 하찮은 이야기를 시시껄렁하게 늘어놓고 있었다. 플로리는 오래전부터 그런 종류의 대화에 낄 수가 없었다. 그러나 엘리자베스는 반가운 삽화 신문과 〈본조〉 그림들과 더불어 백인들이 모여 있는 클럽의 문명화된 분위기 속으로 돌아오자 뻬 축제에서 끔찍스러운 막간극을 보고 난 뒤의 어지러운 마음이 진정되는 것을 느꼈다.

래커스틴 부부가 9시경 클럽을 떠날 때 그들과 함께 집으로 간 사람은 플로리가 아니라 맥그리거 씨였다. 그는 구부정하게 보이는 금화 나무 줄기의 희미한 그림자 속에서 친근한 도마뱀처럼 엘리자베스 옆을 어슬렁거리며 프롬에서의 일화를 비롯한 다른 이야기들을 또다시 한바탕 펼쳐 놓았다. 그는 카우크타다에 새로운 사람만 오면 이런저런 이야기를 장황하게 늘어놓곤 했다. 카우크타다에 처음 오는 사람들은 아무것도 몰라 맥그리거 씨의 얘기를 아무 말 없이 그대로 받아들이는 편이었지만, 다른 사람들은 그의 밑도 끝도 없는 이야기에 몹시 지루해 했다. 그러다가 결국 그의 이야기에 끼어들어 중단시키는 것이 클럽의 전통이 되어 버렸다. 하지만 엘리자베스는 본래 듣는 것을 좋아했다. 맥그리거 씨는 지금까지 그녀만큼 지성적인 숙녀를 만나 본 적이 없다고 생각했다.

플로리는 다른 사람들과 술을 마시면서 클럽에 좀 더 머물러 있었다. 남은 사람들은 엘리자베스에 대해 음란한 이야기를 하기 시작했다. 베라스와미의 선출 문제에 대한 언쟁은 당분간 보류되었다. 또한 엘리스가 전날 저녁에 붙여 놓은 게시문도 떼어졌다. 맥그리거 씨가 아침에 방문해 이 게시문을 보고 즉시 떼어 낼 것을 주장했기 때문이다. 그렇게 그 게시문은 수면 아래로 내려갔지만, 완전히 가라앉은 것은 아니었다.

9

그다음 2주 사이에 큰일이 벌어졌다.

우 포 킨과 베라스와미의 싸움이 절정에 달해 있었다. 읍 전체가 두 진영으로 갈라졌다. 치안 판사에서부터 시장의 청소부에 이르기까지, 모든 원주민들은 이편 아니면 저편에 속했으며, 또 기회만 닿는다면 위증할 준비도 되어 있었다. 그러나 의사의 진영은 상대적으로 약해 효과적으로 상대편을 비방하지 못했다. 「버마의 애국자」 편집인은 선동죄와 비방죄로 투옥되었는데, 법원은 보석도 허용하지 않았다. 그의 체포로 인해 랑군에서는 소규모의 폭동이 일어났지만 경찰은 폭도 두 명을 죽이고 진압해 버렸다. 편집인은 감옥에서 단식 투쟁을 벌였지만 6시간 만에 좌절되었다.

카우크타다에서도 역시 그와 비슷한 사건이 일어났다. 응가 쉐 오라는 이름의 강도가 탈옥을 했다. 그리고 이 지역에서 원주민 폭동이 준비되고 있다는 소문도 돌았다. 아직 구체적이진 않았지만 맥스웰이 티크 나무를 벌목하는 캠프에서 멀지 않은 통가 마을이 그 소문의 한가운데 있었다. 소문에 따르면, 어디선가 한 주술사가 나타나 대영 제국의 권력의 운명을 예언하고 마법의 방탄조끼를 나눠 줄 것이라는 내용이었다. 맥그리거 씨는 그런 소문을 심각하게 받아들이진 않았지만 만일의 사태에 대비해 헌병의 충원을 요청해 놓은 터였다. 영국인 장교가 지휘하는 인도 보병 중대가 명령에 따라 카우크타다에 급파될 것이라는 이야기가 돌았다. 물론 웨스트필드는 폭동이 일어날 조짐이 있는 — 아니, 일어나기를 스스로 희망하는 — 통가로 급히 달려갔다.

「그래, 법을 어기고 어디 한번 폭동을 일으키기만 해봐!」 그는 출발하기 전에 엘리스에게 말했다. 「하지만 여느 때처럼 허탕 치고 말 거야. 이런 반역에는 늘 똑같은 이야기가 되풀이되지. 시작되기도 전에 거의 사라져 버려. 믿을 수 있겠나? 나는 지금까지 내 총으로 사람 한 번 쏜 적이 없어. 심지어 강도한테도 말이야. 전쟁 때를 제외하고는 11년 동안 사람을 죽여 본 적이 없다고. 맥이 풀리는군.」

「오, 그래.」 엘리스가 말했다. 「고분고분 따르지 않는다면, 주동자를 잡아 비밀리에 대나무 몽둥이로 고문해도 되잖나. 그 방법이 감옥이라는 빌어먹을 요양원에서 점잖게 대해 주는 것보다 더 낫지.」

「그럴지도 모르지. 하지만 요즈음엔 그렇게 할 수 없어. 멍청하게도 우리가 미온적인 법을 만들었기 때문이야.」

「이런, 빌어먹을 법이군. 매질이야말로 버마 사람들에게 강한 인상을 심어 줄 수 있는 유일한 방법인데 말이야. 그들이 매 맞은 후에 어떻게 하는지 본 적 있나? 난 봤다네. 매 맞은 놈이 달구지에 실려 감옥에서 나오면 아내가 기다리고 있다가 으깬 바나나를 등에 발라 주지. 그게 그들이 알고 있는 치료법이야. 내 방식대로 해도 된다면 난 터키족이 그랬던 것처럼 발바닥을 매질할 거야.」

「오, 그래, 그거 좋군. 그놈들이 한 번 정도는 반항하겠다고 배짱을 부렸으면 좋겠어. 우린 무장한 군대를 불러 그들 중 몇 놈에게 총을 쏘면 돼. 그러면 만사가 깨끗이 끝나지.」

그러나 기대했던 일은 일어나지 않았다. 웨스트필드가 열 명의 순경들 — 누군가에게 총검을 사용하고 싶어 하는, 얼굴이 둥근 구르카족 소년들 — 을 이끌고 통가에 당도해 보니 마을은 적막감이 돌 정도로 평화스러웠다. 반역의 그림자라곤 어디에서도 찾아볼 수 없었다. 단지 마을 사람들은 매년 불어오는 계절풍처럼 해마다 규칙적으로 내야 하는 인두세를 내지 않으려 하는 것뿐이었다.

날씨는 점점 더워지고 있었다. 엘리자베스에게 이런 지독한 더위는 처음이었다. 클럽에는 테니스 치는 사람이 없었다. 사람들은 별로 재미도 없는 라디오를 틀어 놓고 의자에 푹 파묻혀 얼음이 없는 미지근한 라임 주스를 마셨다. 얼음은 일주일에 두 번 만달레이에서 배달되는데, 도착한 지 24시간이 지나면 녹아 버린다. 숲에는 꽃들이 만발해 있었다. 버마 여인들은 햇볕으로부터 자식들의 피부를 보호해 주기 위해 그들의 얼굴에 노란색 화장품으로 줄무늬를 그려 주는데, 마치 아프리카의 어린 마법사처럼 보였다. 녹색비둘기들과 오리만큼 큰 황제 비둘기들이 시장 도로변에 떨어진 커다란 보리수나무 열매를 먹고 있었다.

얼마 후 플로리는 마 흘라 메이를 집에서 쫓아냈다.

더럽고 구역질 나는 일이 있었다! 충분한 구실이 되었다. 그녀가 플로리의 황금 담배 케이스를 훔친 뒤, 시장에서 장사하며 불법으로 전당포를 운영하는 중국인 식료품상 리 예이크에게 저당 잡힌 것이다. 하지만 유일한 구실이었다. 플로리는 자신이 엘리자베스 때문에 그녀를 멀리하고 있음을 아주 잘 알고 있었고, 마 흘라 메이는 물론 모든 하인들도 이 사실을 눈치채고 있었다. 마 흘라 메이의 표현을 빌리자면

〈머리카락을 염색한 잉거레이크마〉 때문에.

처음에는 마 흘라 메이도 그리 격렬한 태도를 보이지 않았다. 그녀는 그가 1백 루피짜리 수표를 써주고 — 리 예이크나 시장의 인도인 체띠[43]가 수표를 현금으로 바꾸어 줄 것이다 — 꺼져 버리라고 말하는 동안 불만스러운 태도로 서서 듣고만 있었다. 그는 그녀보다 더 수치스러웠다. 그녀의 얼굴을 똑바로 쳐다볼 수 없었고 목소리는 마치 죄를 지은 것처럼 기어들어 갔다. 그녀의 짐을 실을 달구지가 왔을 때, 그는 침실로 들어가 문을 닫고 이 장면이 빨리 끝나기만을 기다렸다.

달구지 바퀴 소리가 삐걱거리며 움직이기 시작한 순간 남자들의 고함 소리가 나더니 갑자기 끔찍한 비명 소리가 들렸다. 플로리는 밖으로 뛰어나갔다. 그들은 햇빛을 받으며 대문 주위에서 실랑이를 벌이고 있었다. 문기둥을 붙잡고 버티고 있는 마 흘라 메이를 코 슬라가 떼어 내려 하고 있었다. 그녀는 계속해서 비명을 지르며 플로리를 향해 분노와 절망의 눈빛을 던졌다. 「주인님! 주인님! 주인님! 주인님! 주인님!」이 말이 그가 그녀를 쫓아낸 후에도 계속해서 들려올 것 같아 그는 가슴이 저며 왔다.

「뭣 때문에 그래?」 그가 말했다.

마 흘라 메이와 마 위가 서로 싸우는 것은 가발 때문이었다. 그래서 플로리는 그 가발을 마 위에게 주고, 마 흘라 메이에게는 2루피를 주었다. 달구지는 덜컹거리며 출발했다. 마 흘라 메이는 허리를 꼿꼿이 세운 채 두 개의 등나무 세공 가방 옆에 앉아 무릎 위에 앉혀 놓은 고양이를 쓰다듬고 있었다. 고양이는 그가 두 달 전에 그녀에게 선물로 준 것이었다.

---

43 영국 식민지 시대 남인도 출신의 인도인 고리대금업자.

코 슬라는 마 흘라 메이가 사라지기를 오래전부터 학수고대해 왔지만 정작 이런 일이 일어나자 즐겁지만은 않았다. 또 그의 주인이 신부가 오는 일요일까지 카우크타다에 머물다가 다른 사람들하고 교회 — 그의 말에 따르면 〈영국 탑〉 — 에 가는 것을 보았을 때도 크게 즐거워하지 않았다. 교회에는 프랜시스 씨, 새뮤얼 씨 그리고 여섯 명의 원주민 기독교인들을 포함해 열두 명이 모여 있었다. 래커스틴 부인은 페달을 밟는 조그만 오르간으로 「나와 함께 있어 주오」를 연주했다. 플로리는 장례식 때를 제외하고는 10년 만에 처음으로 교회에 갔다. 플로리가 〈영국 탑〉에 가는 것에 대해, 코 슬라는 그 이유가 아주 궁금했다. 그러나 주인님이 교회에 다닌다는 것은 주인님의 고상한 인품을 의미하는 것이기 때문에, 그는 다른 백인 독신 남자들의 하인들이 그러하듯 무척이나 싫어했다.

「문제가 생겼어.」그는 다른 하인들에게 한숨 섞인 투로 말했다.「그분이(플로리를 의미했다) 변하셨어. 그분은 담배를 하루에 열다섯 개비까지 줄였고 아침 식사 전에 마시던 술도 끊으셨어. 매일 아침 면도도 하셔. 그리고 새 셔츠를 여섯 벌이나 주문하셨어! 나는 재봉사가 제때 옷을 다림질하는지도 감독해야만 해. 아주 불길한 조짐이야! 석 달 후에는 이 집을 나가야만 할 것 같아!」

「뭐라고? 그분께서 결혼이라도 한단 말이야?」바 페가 말했다.

「분명히 그럴 것 같아. 너도 알다시피 백인 남자가 영국 탑에 다니기 시작하면, 그건 종말의 시작이야.」

「난 한평생 많은 주인을 모셔 왔지.」늙은 사미가 말했다.「가장 지독했던 주인은 명령만 일삼던 윔폴 대령 나리였는데, 그분은 내가 너무 자주 바나나 튀김을 만들어 준다고 당번병을 시켜 나를 식탁 위에 엎드리게 하고는 뒤에서 달려와 내 엉덩이를 구둣발로 차곤 했었어. 한번은 그분이 술에 취해 하인 숙소 지붕에 권총을 쏘는 바람에 총알이 우리 머리 바로 위로 지나가기도 했지. 그러나 매사에 사사건건 간섭하는 마님 밑에서 단 일주일 동안 하인 노릇 하는 것보다는 윔폴 대령 밑에서 10년 하는 편이 더 나아. 만약 주인님이 결혼한다면 난 즉시 떠날 거야.」

「난 떠나지 않을 거야. 15년 동안이나 그분을 모셔 왔거든. 그러나 난 그 여자가 온다면 우리의 앞날이 어떻게 될지 알고 있어. 그녀는 가구 위에 먼지만 하나 있어도 우리에게 소리를 지르고, 오후에는 자고 있는 우리를 깨워 차를 가져오라고 난리를 피울 거야. 또 하루 종일 주방을 기웃거리며 접시가 더럽다느니 마룻바닥에 벌레가 기어다닌다느니, 온갖 잔소리를 늘어놓을 거야. 이런 여자들은 분명코 밤에 잠 한숨 자지 않고 하인들을 괴롭히기 위해 새로운 방법을 찾을 거야.」

「그들은 가계부에다 2아나는 이것을 사는 데 쓰고 4아나는 저것을 사는 데 썼다고 일일이 적어 놓지. 그렇게 되면 남편은 1파이스[44]도 빼돌리지 못할 거야. 그들은 5루피 정도 되는 물건 값보다 양파 한 개 값을 더 꼼꼼히 따지고 들어.

「아, 내가 그걸 몰랐다니! 그녀가 마 흘라 메이보다 더 나쁘겠구나. 여자들이란!」 코 슬라는 한숨을 지으면서 알았다는 듯이 말했다.

다른 사람들도 따라 한숨지었다. 심지어 마 페와 마 위까지도 그랬다. 어느 누구도 엘리자베스에 대한 코 슬라의 말을 개인적 감정에 의한 비난으로 여기지 않았다. 이들은 영국 여자들을 이상한 인간, 심지어 인간이 아닌 존재로 여겼

---

44 4분의 1아나.

으며, 또 상당한 두려움을 느꼈기 때문에 영국 남자가 이들과 결혼하면 하인들이 모두 도망칠 것이라고 생각했다. 심지어 수년 동안 있어 온 하인들의 생각도 마찬가지였다.

10

그러나 코 슬라의 두려움은 쓸데없는 것에 불과했다. 플로리가 엘리자베스를 알게 된 지도 열흘이나 지났지만 그들은 처음 만났을 때 이상 친해지지 않았다.

공교롭게도 그는 대부분의 유럽인들이 정글에 있었던 열흘 동안만 그녀를 독차지했을 뿐이었다. 플로리 자신 역시 무작정 카우크타다 사무실에서 빈둥거리며 놀 수는 없었다. 연중 이맘때가 되면 벌목 일은 한창 바빠지는데, 유라시아인[45] 감독관은 무능하여 플로리가 없으면 모든 것이 엉망이 되어 버렸다. 그러나 그는 열이 있다는 핑계로 며칠 더 카우크타다에 머물렀다. 큰일 났다고 하소연하는 편지가 감독관으로부터 매일 왔다. 코끼리 한 마리가 아프고, 티크 목재를 강까지 운반하는 데 사용되는 협궤 철도 기관차의 엔진이 고장 났으며, 열다섯 명의 노동자들이 도망쳤다는 내용 등이었다. 그러나 플로리는 계속 꾸물거렸다. 엘리자베스가 이곳에 있는 한, 카우크타다를 쉽게 떠날 수가 없다. 물론 뜻대로 되지는 않았지만

---

45 백인과 원주민 사이에 태어난 혼혈아.

그는 그들이 처음 만났을 때처럼 편안하고 유쾌한 우정을 다시 찾으려고 계속 노력했다.

아침저녁으로 매일 그녀를 만나기는 했다. 저녁마다 그들은 클럽에서 테니스 단식 경기 ─ 래커스틴 부인은 몸이 너무 처져 있고, 래커스틴 씨는 연중 이맘때가 되면 성미가 까다로워져서 테니스를 칠 수 없었다 ─ 를 하고, 네 명이 라운지에 앉아 브리지 게임과 담소를 즐겼다. 그러나 플로리는 엘리자베스의 친구로서 함께 시간을 보냈고, 종종 둘만의 시간을 가질 수도 있었지만 단 한순간도 마음이 편치 못했다. 사소한 문제에 대해 이야기할 때 분위기는 매우 자유로웠지만, 마치 이방인인 듯한 거리감이 있었다. 그는 그녀 앞에서 이상하게 경직됨을 느꼈다. 왜냐하면 그는 항상 모반에 신경 썼고, 두 번이나 찢어진 턱은 따끔거렸으며, 몸은 술과 담배로 망가져 있었기 때문이었다. 그래서 그는 그녀와 함께 있는 동안에는 술과 담배를 자제하려고 노력했다. 하지만 그렇게 열흘이 지났는데도 자신이 원하는 만큼 그녀에게 다가가지 못한 것 같았다.

어찌 된 일인지 그는 자신이 바랐던 것처럼 그녀와 대화를 나눌 수 없었다. 이야기하는 것, 그녀와 단순히 이야기만 하는 것도 이것밖에 안 되다니! 하찮게 들릴지 모르지만 플로리에겐 얼마나 큰일이었던가! 세상의 모든 문제에 대한 진실한 의견에 악담을 퍼붓는 이들에게 둘러싸여 괴롭고 외롭게 중년의 나이를 바라보게 될 때, 가장 필요한 것은 남과 이야기하는 것이다. 그러나 엘리자베스와는 진지한 대화가 불가능한 것 같았다. 그녀와 대화를 나눌 때면 어떤 마술이 작용해 대화를 평범하게 만들어 버리는 것 같았다. 결국 흔히 클럽에서 오가는 축음기, 개, 테니스 라켓 따위에 대한 말만 지껄일 뿐이었다. 그녀는 이런 이야기 말고 다른 주제의 대화는 꺼려 하는 것처럼 보였다. 플로리가 최대한 생각해서 흥미로울 만한 주제에 대해 이야기하면 그녀는 대화를 회피하려는 듯 기어들어 가는 목소리로 〈잘 모르겠는데요〉와 같은 말만 할 뿐이었다. 또 그는 그녀의 독서 취향을 알았을 때 실망했지만, 어쨌든 그녀는 아직 젊고 파리의 플라타너스 아래에서 백포도주를 마시며 마르셀 프루스트에 대해 이야기하지 않았던가? 시간이 지나면 분명 그녀는 그를 이해할 것이고 그가 원하는 방식의 우정을 쌓을 수 있을 것이다. 그는 아직 그녀의 신뢰를 받지 못했을 뿐이라고 생각했다.

그는 그녀를 재치 있게 다루지 못했다. 오랫동안 혼자 살아온 다른 남자들처럼, 그 역시 사람보다는 관념에 더 익숙했다. 때문에 그들의 모든 대화가 피상적이었음에도 불구하고, 그는 말보다는 암시함으로써 가끔 그녀를 짜증 나게 만들었다. 그들 사이에는 확실치는 않지만 어떤 불편한 점이 존재해 종종 다툴 지경에까지 이르기도 했다. 한 명은 이 나라에서 오랫동안 살아왔고 다른 한 명은 처음 온 사람인지라, 둘이 같이 있을 때 전자가 후자의 가이드 역할을 하는 것은 너무 당연한 이치였다. 엘리자베스는 버마를 처음으로 접했기에 플로리가 그녀의 통역자로서 이런저런 것을 설명해 주는 것은 당연한 일이었다. 그런데 그가 말하는 내용이나 방식은 그녀에게 모호하지만 깊은 불쾌감을 자아냈다. 왜냐하면 그녀는 플로리가 〈원주민들〉에 대해 이야기할 때 항상 그들에게 유리한 쪽으로 말하고, 또 버마의 관습과 버마인들의 특성을 끊임없이 찬양하고 있다는 점을 알아차렸기 때문이었다. 심지어 그는 원주민들을 영국인들과 비슷한 품격을 지닌 존재로 표현하기까지 했다. 바로 이것이 그녀를 불편하게 만들었다. 결국 원주민들은 원주민들이었다. 분명히 흥미로운 존재이긴 했지만, 결국 검은 얼굴을 지닌 열등한 족속으로 〈피지배민〉일 뿐이었다. 원주민들에 대한 플로리의 태도는 너무 관용적이었다. 게다가 그는 자신이 그녀의 적개심을 불러일으키고 있다는 점도 알지 못했다. 오히려 그녀 역시 자기만큼 버마를 사랑해 주기를 바라고 있었다. 다시 말해 다른 백인 나리들처럼 둔감하고 이상한 시선으로 그들을 바라보지 않기를 바랐던 것이었다. 그는 버마와 같은 외국에서 백인으로 마음 편히 살려면 원주민들을 경멸해야 한다는 사실을 망각한 지 이미 오래였다.

그는 그녀에게 동양에 대한 흥미를 불러일으켜 주려고 무척 애를 썼다. 예컨대 그녀에게 버마어를 배우도록 주선해 주었지만 소용이 없었다(선교를 하는 여자만이 버마어를 한다고 그녀의 숙모는 귀띔해 주었는데, 훌륭한 여성들은 주방에서 쓰이는 만큼의 우르두어[46]만 알고 있으면 된다는 뜻이었다). 이처럼 사소하지만 그녀의 마음에 들지 않는 것들이 많았다. 마침내 그녀는 플로리가 일반적인 영국인들의 시각과는 다른 시각을 가지고 있다는 것을 어렴풋이 깨달았다. 그리고 그가 버마 사람들을 사랑하고 심지어는 존경하라고 그녀에게 말했을 때, 이 사실을 더욱 분명히 알아차렸다. 모습만 보아도 몸이 오싹한 검은 얼굴의 야만인들을 존경하라고!

이 문제는 여러 상황에서 터져 나왔다. 한 떼의 버마 사람들이 도로에서 그들 옆을 지나가고 있었다. 그녀는 여전히 반은 묘하게, 반은 혐오스러운 표정으로 그들 뒤를 응시했다. 그러고는 당연하다는 듯 플로리에게 말했다.

「정말 구역질 나게 생겼군요! 안 그래요?」

「그래요? 내 눈엔 항상 매력적으로 보이는데요. 저들의 몸매는 참 매끈하지요! 저 사람의 어깨를 보세요. 청동상 같지

46 파키스탄의 공용어.

않나요? 만일 우리 백인들도 여기 있는 이 사람들처럼 반쯤 벌거벗고 돌아다닌다면, 영국에서 어떤 모습을 보게 될지 상상해 보세요!」

「하지만 저들의 머리는 너무 흉측하지 않나요? 머리가 수고양이처럼 뒤로 처져 있어요. 게다가 이마는 뒤쪽으로 비스듬해 사악해 보이기까지 해요. 사람들의 두상에 관한 글을 어느 잡지에서 읽은 적이 있는데, 저들의 머리처럼 경사진 이마를 가진 사람은 범죄형이라고 쓰여 있더군요.」

「오, 보세요. 그건 잘못된 생각이에요! 이 세상 사람들의 반 정도가 그런 형태의 이마를 가지고 있어요.」

「좋아요, 당신이 유색 인종의 수를 세어 본다면 물론…….」

여자들 여럿이 그들을 지나 우물 쪽으로 걸어가고 있었다. 궁둥이는 힘센 암말의 그것처럼 툭 튀어나오고 허리를 똑바로 세운 채 물 항아리를 머리에 이고 걸어가는 땅딸막한 시골 소녀들이었다. 엘리자베스는 버마 남자들보다 여자들을 더 불쾌하게 생각했다. 그녀는 검은 얼굴의 피조물과 혈족이라도 된 듯 심한 불쾌감을 드러냈다.

「너무 끔찍해 보이지 않나요? 동물처럼 거칠어 보이는군요. 어느 누가 저런 여자들을 매력적으로 생각하겠어요?」

「저들의 남자들은 그렇게 생각하지요.」

「물론 그렇겠지요. 그러나 저 검은 피부를 누가 견딜 수 있을지 모르겠어요!」

「그러나 알다시피 시간이 지나면 갈색 피부에 익숙해지는 법이에요. 사실 — 난 그렇다고 믿고 있지만 — 이런 나라에 몇 년만 있다 보면, 갈색 피부가 흰 피부보다 훨씬 더 자연스럽게 보여요. 그리고 실제로 갈색 피부가 더 자연스럽지요. 세계 전체를 놓고 보세요. 흰 피부가 오히려 더 이상한 것이죠.」

「참 재미있는 생각을 갖고 계시는군요!」

계속 이런 식이었다. 그녀는 그가 말하는 것에 대해 시종 불만족스러움, 다시 말해 불건전함을 느꼈다. 플로리가 게으름뱅이 유라시아인인 프랜시스와 새뮤얼과 함께 클럽 문에서 아무렇지 않게 대화를 나눈 그날 저녁에는 특히 더 그러했다.

공교롭게도 플로리보다 몇 분 앞서 클럽에 도착한 엘리자베스는 문가에서 들려오는 그의 목소리를 듣고 그를 만나기 위해 테니스 코트 쪽으로 걸어갔다. 그곳에서는 두 명의 유라시아인이 플로리에게 조심스럽게 다가와 사냥감을 구하는 한 쌍의 개처럼 그를 구석으로 몰아넣고 있었다. 주로 프랜시스가 말을 하고 있었는데, 그는 남인도 여성을 어머니로 둔 마르고 다혈질적인 사람으로 얼굴은 담뱃잎처럼 갈색이었다. 반면 어머니가 카렌족 출신인 새뮤얼은 얼굴이 연노란색이고 머리털은 흐릿한 붉은색이었다. 초라한 훈련복을 입고 큰 토피를 쓴 이들의 몸은 버섯 줄기처럼 가늘어 보였다.

엘리자베스는 좁은 길을 걸어오면서 때마침 프랜시스의 거창하고 복잡한 자서전적인 이야기의 단편을 엿들었다. 백인과 이야기한다는 것 — 엄밀히 말해 자신에 대한 이야기를 하는 것 — 은 프랜시스의 삶에 있어 큰 즐거움이었다. 수개월 간격으로 유럽인과 대화를 나눌 때마다, 그의 생의 역사가 다시 쓰이는 것이다. 그는 비음 섞인 단조로운 어조로, 믿을 수 없을 만큼 빠르게 지껄이고 있었다.

「제 아버지에 대해, 선생님, 기억나는 건 별로 없지만, 그분은 마디가 나 있는 큰 대나무 회초리로 이복동생과 두 명의 어머니에게 매질을 자주 했던, 성질이 매우 급한 분이었습니다. 또한 신부님이 방문하는 날이면 어린 이복동생과 저는 신분을 숨기기 위해 롱지를 입고 버마 어린이들 틈에 끼여 있어야만 했습니다. 아버지는 결코 독실한 신앙인은 되지 못했습니다, 선생님. 28년 동안 네 번이나 개종을 했지요. 그리고 중국 쌀의 신을 열렬히 숭배해 해외에서까지 전도 활동을 했었습니다. 그리고 아버지는 많이 팔지는 못했지만 랑군 침례 출판사를 통해 1루피 8아나짜리 『알코올의 징벌』이라는 소책자를 쓰기도 했습니다. 어린 이복동생은 어느 더운 날, 기침만 하다가 죽었습니다.」

두 명의 유라시아인은 엘리자베스를 보자 토피를 벗고 하얀 이를 드러내며 인사를 했다. 몇 년 만에 처음으로 영국 여자와 이야기할 기회를 잡은 것처럼 보였다. 프랜시스는 더욱더 정열적으로 지껄이기 시작했다. 그는 방해를 받거나 대화가 중단될까 봐 사뭇 불안한 태도로 지껄였다.

「안녕하십니까, 아가씨, 안녕하십니까, 안녕하십니까! 만나 뵙게 되어 영광입니다, 아가씨! 요즈음 날씨가 지독하게 덥습니다, 그렇지 않습니까? 그러나 이게 4월에 걸맞은 날씨죠. 뜨거운 햇볕에 고생하지 않으시길 바랍니다. 갈아 놓은 타마린드를 따끔거리는 피부에 바르면 효과가 아주 좋습니다. 제 경우도 매일 저녁 고생을 하고 있죠. 우리 유로피안들에게는 흔히 있는 현상이죠.」

그는 「마틴 처즐윗」의 찰럽 씨처럼 〈유로피안〉이라고 발음했다. 엘리자베스는 아무런 대답도 하지 않았다. 그녀는 유라시아인들을 다소 냉담하게 쳐다보았다. 그들이 누구이며 무엇을 하는 사람들인지 어렴풋이나마 알고 있는 그녀는 그들이 자신에게 말을 붙이는 것을 무례한 행동이라고 생각했다.

「고맙소, 타마린드를 기억하겠소.」 플로리가 대신 대답했다.

「잘 알려진 중국 특효약이지요, 선생님. 그리고 아가씨, 4월의 날씨에 테라이 모자만 쓰시는 건 좋지 못합니다. 일사병은 두개골이 단단한 원주민들에게는 괜찮지만 우리한테는 큰 위협이죠. 유로피안들의 두개골에 햇볕은 치명적입니다. 제가 괜히 아가씨를 붙들어 두는 것은 아닌지요, 아가씨?」

실망스럽다는 어조였다. 사실 엘리자베스는 유라시아인들을 무시하려고 예전부터 마음먹고 있었다. 그녀는 이들이 플로리를 붙잡고 이야기하는 것을 왜 그가 허락하는지 도무지 이해가 되질 않았다. 그래서 그녀는 테니스 코트 쪽으로 다시 천천히 걸으며 라켓을 공중으로 몇 번 휘둘러 플로리에게 게임할 시간이 되었음을 은연중에 나타냈다. 그는 그 뜻을 알아차리고 마지못해 그녀 뒤를 따라갔다. 프랜시스는 성가시기는 했지만 한편으로는 불쌍해 보여, 그는 외면하기 싫었다.

「이만 가야겠소.」 그가 말했다. 「잘 있게나, 프랜시스. 잘 있게나, 새뮤얼.」

「안녕히 가십시오, 선생님! 안녕히 가십시오, 아가씨! 잘 가십시오, 잘 가십시오!」 그들은 모자를 흔들면서 물러났다.

「저 둘은 누구예요?」 플로리가 곁으로 다가가자 그녀가 물었다. 「아주 무례한 사람들이군요! 일요일에 교회에 있던 사람들이죠? 한 명은 거의 백인처럼 보이더군요. 하지만 확실히 영국인은 아니지요?」

「예, 백인 아버지와 원주민 어머니 사이에서 태어난 유라시아인들이에요. 즉 혼혈아들이죠. 친근하게 〈황색 가슴〉이라 부릅니다.」

「그런데 그들은 왜 이곳에 왔지요? 어디에 살아요? 직업은 있나요?」

「시장 어딘가에 살고 있습니다. 프랜시스는 인도 돈놀이꾼 밑에서 심부름을 하고, 새뮤얼은 변호사 사무실에서 일하는 것으로 알고 있어요. 하지만 원주민들이 도와주지 않으면 아마 저들은 굶어 죽을 겁니다.」

「원주민들이라니요! 저들이 원주민들에게 일종의 구걸을 한다는 거예요?」

「그럴 거요. 좋아하기만 한다면 구걸로 살아가는 것은 아주 손쉬운 방법이 될 수 있지요. 버마 사람들은 어느 누구도 굶기는 법이 없으니까요.」

엘리자베스는 이런 이야기를 들은 적이 없었다. 그녀는 백인의 피가 반이나 섞인 사람이 원주민 틈에 끼여 가난하게 산다는 사실에 너무 놀라 가던 길을 잠시 멈추었다. 테니스 게임은 조금 이따가 하기로 했다.

「하지만 얼마나 끔찍한 일이에요! 아주 나쁜 경우라고 생각해요! 우리 중에 누군가 저렇게 된 것처럼 무섭군요. 저들을 위해 뭔가 할 수 있는 일이 없을까요? 기부금이라도 모아서 저들에게 주고 이곳 주위를 떠돌아다니지 못하도록 멀리 보낼 수는 없을까요?」

「큰 도움이 될 것 같지는 않소. 어디를 가든 똑같은 처지일 겁니다.」

「하지만 적당한 일을 하면 되잖아요?」

「알다시피 그렇게는 안 됩니다. 시장 골목에서 자라고 교육도 별로 받지 못한 저런 유형의 유라시아인들은 처음부터 희망이 없어요. 유럽인들은 지팡이로도 그들을 만지지 않으려 하며, 저들은 관청의 가장 하찮은 자리에도 들어갈 수가 없지요. 유럽인 행세를 그만두지 않는 한, 구걸 이외에 할 수 있는 일이라곤 아무것도 없습니다. 그리고 사실 우리는 저 불쌍한 악마들이 유럽인 행세를 그만둘 것이라고 기대하지도 않지요. 백인의 핏방울은 저들의 유일한 재산이랍니다. 불쌍한 프랜시스, 나를 만나기만 하면 따끔거리는 햇볕에 대해 이야기하지요. 알다시피 원주민들은 따가운 햇볕에 별 고통을 받지 않아요. 물론 바보 같은 소리지만 사람들은 그렇게 믿고 있습니다. 일사병도 마찬가지고요. 그들은 자신들과 유럽 사람의 두개골 구조가 같다는 것을 드러내기 위해 큼지막한 토피를 쓰고 있죠. 그들에게 토피는 일종의 문장(紋章)이라고나 할까요. 아마 당신은 좌경선[47]이라고 말하겠지만요.」

엘리자베스는 이 말에 기분이 좋지 않았다. 플로리가 은연중에 유라시아인들을 동정하고 있음을 알아차린 것이다. 그녀는 아까부터 그 두 명의 모습이 이상할 정도로 싫었다. 그들의 모습을 다시 머릿속에 떠올려 보았다. 그들은 데이고[48]처럼 생겼다. 많은 영화에서 악당 역할을 하는 멕시코인과 이탈리아인을 비롯한 데이고처럼 보였다.

「몹시 비열하게 생기지 않았나요? 깡마르고 변변치 못하며 비굴해 보여요. 정직해 보이지도 않고요. 저런 유라시아인들은 매우 타락한 사람들 같아요. 백인과 인도인의 혼혈아는 두 인종의 나쁜 점만 물려받았다는 소리를 들은 적이 있어요. 그게 사실인가요?」

「맞는 말인지도 모르겠네요. 유라시아인들 대부분은 그리 좋은 사람들이 아니고, 또 교육을 받더라도 크게 달라지지 않는 것 같습니다. 그러나 그들에 대한 우리의 태도에도 문제가 있습니다. 우리는 그들을 태생적으로 결점을 가지고 땅에서 솟아 올라온 버섯처럼 대하고 있지요. 그러나 결국 우리 역시 그들의 존재에 책임이 있습니다.」

「그들의 존재에 책임이 있다고요?」

「그렇지요, 알다시피 그들 모두는 아버지가 있잖소.」

「오…… 물론 그야 그렇지요……. 그러나 결국 우리에겐 책임이 없어요. 내가 말하는 것은 단지 매우 저질의 남자들만이…… 에…… 원주민 여자와 관계가 있지 않을까요?」

「물론 그렇지요. 하지만 저 두 사람의 아버지는 성스러운 성직자들이었답니다.」

47 방패의 우상부에서 좌하부로 그은 띠 모양의 줄. 서출의 표시이다.
48 스페인, 포르투갈 특히 이탈리아 태생의 사람을 경멸하여 부르는 말.

플로리는 1913년 만달레이에서 그가 유혹했던 로사 맥피라는 유라시아 소녀에 대해 생각했다. 마차를 타고 덧문이 닫힌 그녀의 집으로 몰래 들어가곤 했던 일, 그녀의 나선 모양 고수머리, 그리고 양치식물을 심어 놓은 화분과 잔가지 세공으로 만든 긴 의자가 놓여 있는 어두운 방에서 그녀의 늙은 버마인 어머니로부터 차를 대접받았던 일을 생각해 보았다. 그 후 그가 로사를 팽개쳐 버렸을 때, 그녀는 향기 나는 편지지에 애원하는 글을 써서 지겹도록 보냈지만 그는 편지들을 뜯어 보지도 않았었다.

엘리자베스는 테니스를 치고 난 뒤 프랜시스와 새뮤얼에 대한 이야기를 다시 꺼냈다.

「아까 그 두 유라시아인 말예요, 이곳에 있는 누군가가 그들과 관계하고 있는 것은 아닐까요? 그들을 자기 집이나 다른 곳에 초대하면서 말이에요.」

「큰일 날 소리. 아니에요, 그들은 완벽하게 버림받은 인간들이지요. 사실 그들과 이야기하는 사람은 별로 없습니다. 그저 인사 정도만 하지요. 물론 엘리스는 그조차 절대 안 하지만.」

「하지만 당신은 그들과 이야기를 했잖아요.」

「오, 물론이죠. 나는 가끔 규칙을 어기는 사람이거든요. 그들과 이야기하는 백인 나리들은 아마 없을 것입니다. 그러나 알다시피 나는 용기를 내서 가끔은 백인 나리가 되지 않으려고 하지요.」

현명치 못한 말이었다. 그녀도 지금쯤은 〈백인 나리〉라는 말이 무엇을 의미하는지 잘 알고 있었다. 그와 그녀의 관점은 분명 차이가 있었다. 이 순간 그를 쳐다보는 그녀의 눈빛은 거의 적대적이다시피 했고 묘할 정도로 무정해 보였다. 젊고 꽃잎처럼 고운 피부로 감싸인 표정이 딱딱했기 때문이었다. 사실 현대풍의 거북딱지 안경이 그녀를 더욱더 냉정한 모습으로 만들어 버렸다. 안경은 외모를 결정짓는 데 눈보다 훨씬 더 큰 역할을 하는 것 같다.

아직까지 플로리는 그녀를 이해시키지도 못했을뿐더러, 신뢰감도 얻지 못했다. 그러나 적어도 겉으로는 그들 사이에 나쁜 감정은 없었다. 그는 종종 그녀를 짜증 나게 했지만 우연히 만난 첫날 아침에 보여 준 좋은 인상이 그녀의 머리에서 아직 사라지지 않고 있었던 것이다. 또, 요즈음 이상하게도 그녀는 모반을 거의 인식하지 못하고 있었다. 그리고 그녀는 그에게 듣고 싶어 하는 몇 가지 이야깃거리가 있었다. 예컨대 사냥 같은 것이었는데, 보통 여자들에게 인상적인 사냥에 그녀 또한 많은 관심이 있었다. 말 타는 것 또한 마찬가지였다. 플로리는 말에 대해서는 많이 알지 못했지만, 당일 돌아오는 사냥에 그녀를 데려갈 계획을 세워놓았던 터라 쉽게 준비할 수 있었다. 그렇게 해서, 그들 둘은 전적으로 같은 이유에서는 아니지만 어쨌든 사냥을 무척 기다리게 되었다.

11

플로리와 엘리자베스는 시장 거리를 걷고 있었다. 아침 시간이었지만 공기는 벌써부터 후텁지근해 마치 작열하는 바다 위를 걷는 것 같았다. 한 무리의 버마 사람들이 시장에서 나와 샌들을 끌며 그들 곁을 지나갔다. 기름을 발라 머리카락이 반짝거리는 네다섯 명의 소녀들이 재잘재잘 지껄이면서 종종걸음으로 옆으로 나란히 걸어가고 있었다. 교도소로 가는 길 옆에는 보리수나무의 강한 뿌리가 파고드는 바람에 갈라져서 무너진 석탑의 파편들이 흩어져 있었다. 땅에 떨어져 뒹굴고 있는 조각난 얼굴 형상들이 잔디밭에서 악마처럼 고개를 치켜들고 그들을 올려다보고 있었다. 근처에 또 다른 보리수나무가 보였는데 그 나무는 10년 동안 서로 붙어 싸우기라도 한 듯 옆의 야자수 한 그루를 친친 감아서 뿌리째 뽑아 뒤로 젖혀 놓았다.

그들은 계속 걸어 가로세로 1백 미터 크기의 거대한 정사각형 모양의 교도소까지 왔다. 햇빛을 받아 반짝거리는 콘크리트 담의 높이는 6미터나 되었다. 교도소의 애완동물인 공작 한 마리가 흥벽을 따라 안짱걸음으로 걸으면서 뽐내고 있었다. 여섯 명의 죄수들이 인도인 교도관의 호위하에 머리를 숙인 채 흙을 가득 실은 두 대의 무거운 수레를 끌면서 다가왔다. 그들은 장기수들로 팔다리에 살이 붙어 굵직해 보였고 올이 성긴 하얀 죄수복을 입고 있었으며, 깎은 머리 위에는 작은 원추형 종이 모자가 얹혀 있었다. 잿빛 얼굴은 위협적이었으며 묘할 정도로 납작해 보였다. 발에 채워 놓은 족쇄에서 짤랑짤랑 소리가 났다. 한 여자가 머리에 고기 광주리를 이고 그들 곁을 지나갔다. 까마귀 두 마리가 주위를 돌면서 광주리를 향해 덤벼들자 여자는 귀찮다는 듯이 한 손을 내저어 그놈들을 물리쳤다.

조금 떨어진 곳에서 시끄러운 소리가 났다. 「시장에 다 왔군요.」 플로리가 말했다. 「이곳에서 아침 시장이 열리는 것 같네요. 재미난 구경이 될 거예요.」

그는 좋은 구경을 하게 될 거라 말하며 시장 안으로 들어가자고 권했다. 그들은 그곳을 둘러보았다. 시장은 거대한 가축우리 같았고 안에는 야자수 잎 끝을 서로 얽어서 낮게 지붕을 인 가게들이 즐비해 있었다. 어느 가게 앞에서 한 무리의 사람들이 서로 밀치면서 소란을 피우고 있었다. 그들이 입은 다양한 색깔의 옷은 형형색색의 사탕이 항아리에서 와르르 쏟아져 나올 때처럼 눈을 어지럽혔다. 시장 너머에는 흙탕물이 흐르는 큰 강이 있었다. 나뭇가지와 길쭉한 찌꺼기 떼가 시속 10킬로미터 정도로 흘러가고 있었다. 제방 옆에는 새의 부리처럼 뾰족하게 생긴 뱃머리에 눈알이 그려진 거룻배 몇 척이 계선(繫船) 기둥에 묶여 있었다.

플로리와 엘리자베스는 잠시 서서 주변을 쳐다보았다. 한 무리의 여자들이 야채 바구니를 균형 있게 머리에 인 채 지나가고 있었고, 퉁방울눈의 어린애들이 그들을 쳐다보고 있었다. 색이 바랜 연한 하늘색 무명옷을 입은 한 늙은 중국인

171

이 피가 뚝뚝 흐르는 돼지 내장을 가슴에 안고 급히 그들 옆을 지나갔다.

「안에 들어가 가게를 한번 살펴봅시다.」 플로리가 말했다.

「저 사람들 속에 들어가도 될까요? 모든 게 끔찍할 정도로 더럽군요.」

「오, 괜찮아요. 우리가 지나가면 길을 비켜 줄 거예요. 재미있을 테니 한번 가봅시다.」

엘리자베스는 의구심을 품은 채 마지못해 그를 따라갔다. 그는 왜 항상 이런 곳에 데리고 오는 걸까? 왜 이런 〈원주민들〉 속으로 끌고 들어가 그들의 더럽고 역겨운 모습을 보여주며 관심을 가지라고 강요하는 걸까? 이런 행동은 모두 잘못됐다. 하지만 그녀는 겉으로는 혐오감을 드러내지 않고 그를 따라갔다. 공기가 역겨워 숨이 막힐 정도였다. 마늘, 건어물, 땀, 먼지, 아니스, 정향나무, 심황 등의 냄새가 코를 찔렀다. 또한 그들 주위에는 사람들이 들끓었다. 땅딸막한 농부들의 얼굴은 여송연처럼 진한 갈색이었고, 나이 들어 얼굴이 쭈글쭈글한 사람들의 잿빛 머리카락은 어깨 너머에 쪽을 찌고 있었으며, 젊은 어머니들은 벌거벗은 아이를 엉덩이 위에 걸치고 있었다. 플로가 이들의 발에 짓밟혀 깽깽거렸다. 가게 앞에서는 농부들이 물건에 정신이 팔려 백인 여자를 볼 겨를도 없이 값을 흥정하고 있었다. 작지만 강한 그들의 어깨가 엘리자베스의 몸에 부딪쳤다.

「보세요!」 플로리가 지팡이로 어떤 가게를 가리키면서 무슨 말을 했지만, 파인애플이 담긴 광주리를 앞에 두고 주먹질을 하는 두 여자의 고함 소리에 묻혀 들리지 않았다. 엘리자베스는 고약한 냄새와 소란스러운 소리에 뒤로 물러났지만, 그는 그녀의 행동을 알아차리지 못하고 이곳저곳을 가리키면서 계속 인파 속으로 들어갔다. 상품들은 기묘하고 천해 보였다. 〈그레이프프루트〉라는 거대한 과일이 녹색의 달처럼 끈에 매달려 흔들리고 있었다. 붉은 바나나, 바닷가재 크기의 연보랏빛 새우, 다발로 묶여 있는 건어물, 진홍빛 칠레 고추, 돼지의 허벅다리, 배를 쫙 갈라서 햄처럼 말린 오리고기, 푸른 코코넛, 코뿔소 풍뎅이의 유충, 잘라 놓은 사탕수수 조각, 작은 칼, 래커 칠을 한 샌들, 비단 롱지, 알약 형태로 된 최음제, 높이가 1미터도 넘는 토기 항아리, 마늘과 설탕으로 만든 중국 사탕 과자, 초록색과 흰색으로 말아 놓은 담배, 황동 불상, 하트 모양의 구장 잎, 병에 넣은 크루센 소금, 가발, 붉은 점토로 만든 조리 용기, 소 발굽, 종이를 반죽해서 만든 인형, 주술에 쓰이는 악어가죽 등이 보였다. 엘리자베스는 머리가 어지러웠다. 시장의 반대쪽 끝에는 한 목사가 우산으로 햇빛을 가리며 서 있었는데, 우산을 통해 투과된 빛은 마치 햇빛이 거인의 귀를 투과할 때 생기는 붉은 색깔처럼 핏빛이 되어 빛나고 있었다. 네 명의 드라비다인 여인들이 가게 앞에 앉아 나무절구 안에 심황을 넣고 무거운 공이로 빻고 있었다. 매운 냄새가 나는 노란 분말이 공중에 떠다니면서 엘리자베스의 코를 자극해 그녀는 재채기를 하고 말았다. 순간 그녀는 이 장소에 한 순간도 더 머무를 수 없다고 생각했다. 그녀는 플로리의 팔을 톡톡 쳤다.

「이 인파와 더위가 너무 끔찍하군요. 어디 그늘로 가지 않겠어요?」

그는 주위를 둘러보았다. 사실 그는 말을 하느라 바빠서 — 주위의 소음 때문에 잘 들리지도 않았지만 — 더위와 냄새가 그녀를 얼마나 견딜 수 없게 만드는지 미처 알지 못했다.

「오, 그래요. 미안해요. 즉시 나갑시다. 늙은 리 예이크 — 그는 식료품을 파는 중국인 상인이지요 — 의 가게에 들렀다 갑시다. 거기 가면 마실 게 있을 거예요. 이곳은 너무 답답하군요.」

「이 향신료 같은 것들, 냄새가 지독하군요. 생선 냄새 같은 고약한 냄새가 나는 저것은 또 뭐죠?」

「새우 요리를 만들 때 쓰는 일종의 소스지요. 새우를 저 소스에 담갔다가 몇 주일 후에 꺼집어내요.」

「정말 몸서리쳐져요!」

「건강에 매우 좋아요. 거기에서 당장 나오지 못해!」 그는 아가미에 가시 모양의 돌기가 난 작은 모샘치처럼 생긴 물고기가 담긴 바구니에 코를 댄 채 냄새 맡고 있는 플로에게 소리쳤다.

리 예이크의 가게는 시장 끝에 있었다. 엘리자베스가 정말 원하는 것은 곧장 클럽으로 가는 것이었지만, 워낙 야만적인 시장의 모습을 보고 온 뒤라 유럽식으로 꾸며 놓은 리 예이크의 가게 정면 — 랭커셔에서 만든 면 셔츠와 형편없는 싸구려 독일제 시계가 쌓여 있었다 — 을 보니 다소간 마음이 진정되었다. 그들이 계단으로 올라가려 할 때, 롱지와 푸른 크리켓 운동복 차림에 연한 노란색 신발을 신고 양옆으로 갈라놓은 머리에 〈영국식〉으로 기름을 바른, 스무 살쯤 되어 보이는 호리호리한 젊은이가 인파 속을 헤치고 나와 그들을 쫓아왔다. 그는 굽실거리는 인사를 자제하려는 것처럼 어색한 동작으로 플로리에게 인사를 했다.

「무슨 일이지?」 플로리가 말했다.

「편지입니다, 선생님.」 그가 꾀죄죄한 봉투를 건넸다.

「실례해요.」 플로리는 편지지를 펼치면서 엘리자베스에게 말했다. 마 흘라 메이로부터 온 편지였다. 편지는 다른 사람이 쓰고 그녀는 서명만 한 것이었는데, 거의 위협조로 50루피를 달라는 내용이었다.

플로리는 그 젊은이를 살짝 옆으로 데리고 갔다.「영어 할 수 있어? 마 흘라 메이에게 가서 나중에 한번 생각해 보겠다고 전해. 그리고 자꾸 나를 협박하려 들면 한 푼도 못 준다고도 말해. 알겠는가?」

「예, 선생님.」

「그리고 지금 즉시 이곳을 떠나게. 더 이상 따라오지 마. 안 그러면 가만 안 두겠어.」

「예, 선생님.」

「서기 한 명이 일자리를 원하는군요.」계단을 올라가며 플로리가 말했다.「그들은 항상 귀찮게 굴지요.」그는 속으로 편지의 분위기가 이상야릇하다고 생각했다. 마 흘라 메이가 자기를 그렇게 빨리 협박하리라고는 예상치 못했기 때문이었다. 하지만 이 순간 편지의 내용이 무엇인지 구체적으로 파악해 볼 여유가 없었다.

그들은 가게 안으로 들어갔다. 밝은 바깥에서 갑자기 안으로 들어오니 모든 것이 어두컴컴해 보였다. 물건을 담아 놓은 많은 광주리 사이에 앉아 담배를 피우고 있던 리 예이크 — 카운터는 없었다 — 가 그들이 들어오는 것을 보고 절름거리면서 반갑게 앞으로 걸어왔다. 플로리는 그의 친구였다. 그는 푸른 옷을 입고 머리카락을 땋은, 무릎이 구부정한 노인이었다. 턱은 별로 없고 광대뼈가 튀어나온 누런 얼굴이 인자해 보였다. 그는 버마어인 듯한 비음이 섞인 시끄러운 말로 인사를 하더니 즉시 음료를 가지러 안쪽으로 절름절름 걸어갔다. 가게에서는 박하 향처럼 시원하고 달콤한 아편 냄새가 났다. 한쪽 벽면에 화려한 도포를 입은, 근엄해 보이는 두 사람의 초상화가 걸려 있는 작은 제단이 하나 보였고 그 뒤 벽에는 검은 글자를 새겨 넣은 붉은 종이 띠가 붙어 있었다. 제단 앞에는 두 개의 막대 향이 타고 있었다. 한 명은 나이가 들고 다른 한 명은 소녀인 두 명의 중국 여자가 멍석에 앉아 옥수숫

대로 담배를 말고 있었다. 그들은 검은 실크 바지를 입고 있었고 불룩하게 튀어나온 두 발에는 크기가 인형 신발 정도밖에 되지 않는 붉은색 나무 신발이 신겨 있었다. 벌거벗은 아이 하나가 크고 누런 개구리처럼 마룻바닥을 이리저리 기어다니고 있었다.

「저 여자들의 다리를 보세요!」리 예이크가 등을 돌리자마자 엘리자베스가 속삭였다. 「흉측하게 생겼어요! 어떻게 저런 모습으로 지내지요? 전혀 자연스럽지 못하군요.」

「아니에요. 저들은 발을 일부러 작게 만드는 거예요. 중국에서 오래전부터 있어 왔던 전통으로 이곳 사람들도 종종 저런 구식 전통을 따르죠. 나이 든 리 예이크의 땋아 늘인 머리 역시 구식 전통이지요. 저들의 작은 발도 중국인의 눈으로 볼 때는 아름다울 거예요.」

「아름답다고요? 너무 흉측해서 도저히 볼 수가 없어요. 저 사람들은 정말 야만인들이에요!」

「오, 아니에요! 그들은 상당히 문명화되었어요. 다시 말하자면, 내 생각에 저들은 우리보다 더 문명화되어 있어요. 미(美)라는 것은 취향의 문제예요. 이 나라에는 여자의 긴 목을 숭배하는 팔라웅이라는 종족이 있지요. 그 종족의 소녀들은 둥근 황동 고리를 목에 거는데, 점차 더 많은 고리를 목에 걸어 결국 기린처럼 긴 목이 되죠. 그것은 스커트 뒤를 볼록하게 하기 위해 허리에 대는 버슬이나 크리놀린과 별반 다를 게 없는 거예요.」

그때 리 예이크가 뚱뚱하고 얼굴이 둥근 두 명의 버마 소녀를 데리고 돌아왔다. 자매처럼 보이는 소녀들은 킥킥 웃으면서 두 개의 의자와 2리터쯤 들어가는 푸른색 중국 찻주전자를 들고 들어왔다. 리 예이크의 첩이었다. 리 예이크가 초콜릿이 든 깡통 뚜껑을 비틀어 열면서 인자하게 미소 지었다. 담배를 많이 피워 시꺼멓게 된 세 개의 치아가 드러났다. 엘리자베스는 마음이 매우 편치 못한 상태로 앉아 있었다. 그녀는 이런 사람들의 환대를 받아서는 안 되겠다고 마음먹었다. 버마 소녀들 중 하나가 곧 의자 뒤로 물러나 플로리와 엘리자베스에게 부채질을 해주었다. 그러는 동안 다른 여자는 무릎을 꿇고 차를 잔에 따르기 시작했다. 엘리자베스는 그녀 뒤에서 부채질을 하는 여자와 그녀 앞에서 씩 웃고 있는 중국인의 존재에 당혹감을 느꼈다. 플로리는 항상 이런 편치 못한 환경 속으로 그녀를 끌어들이는 듯했다. 그녀는 리 예이크가 내놓은 초콜릿을 먹기는 했지만 고맙다는 말은 하지 않았다.

「이래도 괜찮을까요?」 그녀는 플로리에게 속삭였다.

「괜찮다니요?」

「이 사람들의 집에 이렇게 앉아 있는 것 말이에요. 우리 체면이 좀 깎이는 것 아닌가요?」

「중국인하고는 괜찮습니다. 그들은 이 나라에서 대접받는 민족입니다. 게다가 그들의 사상은 매우 민주적이지요. 우리와 평등하게 대해도 됩니다.」

「이 차는 아주 지독해 보이는군요. 진한 녹색이네요. 차에 우유를 타지도 않고요.」

「나쁘진 않습니다. 리 예이크가 중국에서 가져온 특별한 차이지요. 아마도 오렌지 꽃잎을 첨가한 것 같소.」

「우! 흙냄새가 나요.」 그녀가 맛을 보면서 말했다.

리 예이크는 끝에 도토리 크기의 금속 담배통이 달린 60센티미터짜리 파이프를 들고 유럽인들이 차를 마시는지 안 마시는지 지켜보았다. 의자 뒤에서 부채질을 하고 있던 여자가 버마어로 뭔가를 말하자 여자들은 다시 킥킥거리며 웃었다. 바닥에 무릎을 꿇고 있던 여자가 머리를 치켜 올려 순진한 존경의 눈빛으로 엘리자베스를 쳐다보았다. 그런 다음 플로리에게 고개를 돌려 영국 숙녀가 스테이즈[49]를 입고 있는지 물어보았다. 그녀는 〈스페이즈〉라 발음했다.

「쯧!」리 예이크가 조용히 하라는 뜻으로 발가락을 들어 흔들면서 화난 표정으로 내뱉었다.

「물어볼 수 없어요.」플로리가 말했다.

「오, 제발 한 번만 물어봐 주세요! 너무 궁금해요!」

실랑이가 있었다. 의자 뒤에 있던 여자가 부채질하는 것을 잊고 가세했다. 일평생 스테이즈를 본 적이 없어 진짜 스테이즈가 어떻게 생겼는지 무척 보고 싶어 하는 눈치였다. 이들은 스테이즈가 흉악범에게나 입히는 구속의(拘束衣)처럼 금속으로 만들어졌다거나 가슴이 납작해질 정도로 아주 단단하게 여자를 압박한다거나 아예 가슴이 전혀 없어진다는 등, 스테이즈에 대한 이야기를 수없이 들었었다. 그들은 뚱뚱한 허리를 손으로 누르는 시늉을 했다. 영국 숙녀에게 부탁 좀 하면 안 될까요? 가게 뒤에는 탈의실이 있었다. 그들은 코르셋을 너무나 보고 싶어 했다.

대화가 갑자기 중단되었다. 엘리자베스는 두 번 다시 맛보고 싶지 않은 작은 찻잔을 들고 마지못해 앉아 억지웃음을 짓고 있었다. 동양인들도 냉랭함을 느꼈다. 그들은 영국 여자가 대화에 낄 수 없어 마음이 편치 않다는 것을 눈치챘다. 조금 전까지만 해도 이들에게 매력을 안겼던 그녀의 우아함과 이국적인 아름다움이 이제는 두려움을 주기 시작했다. 플로리조차 같은 느낌을 받았다. 동양인들이 서로 눈빛을 피하고, 어떤 것을 말하려고 해봐도 소용이 없는, 그런 끔찍한 순간이 온 것이었다. 그때 가게 뒤에서 광주리를 뒤지고 있던

49 *stays*. 코르셋의 일종

벌거벗은 어린아이가 두 유럽인이 앉아 있는 자리로 기어왔다. 그는 그들의 신발과 양말을 호기심 어린 눈초리로 유심히 보다가 고개를 들어 흰 얼굴을 보고선 그만 겁에 질려 버렸다. 그 애는 울음을 터뜨리고 마룻바닥에 오줌을 싸기 시작했다.

늙은 중국 여자가 고개를 들어 힐끗 보고 혀를 찬 뒤 담배 마는 일을 계속했다. 어느 누구도 관심을 두지 않았다. 오줌이 마룻바닥에 흥건히 고였다. 엘리자베스는 감전된 듯 놀라 서둘러 잔을 테이블에 놓다가 차를 엎지르고 말았다. 그녀는 플로리의 팔을 와락 껴안았다.

「저 아이! 저 아이가 하는 짓을 보세요! 저런 짓을 하다니 ― 정말 끔찍해요!」

모든 사람들이 놀라 잠시 쳐다보고는 무슨 일이 일어났는지 알았다. 그들은 낭패스럽다는 듯이 혀를 찼다. 그때까지는 아무도 아이에게 관심을 두지 않았었다 ― 이런 일은 너무 흔한 일이라 무관심했던 것이다 ― 그제야 그들은 부끄러움을 느꼈다. 모든 사람들이 아이를 질책하기 시작했다. 〈정말로 더러운 아이군! 정말 더러운 아이야!〉라는 말이 쏟아져 나왔다. 나이 든 중국 여자가 계속 울고 있는 아이를 문으로 데려가 마치 목욕 스펀지를 다루듯이 집어 들고 문간 너머로 내밀었다. 그 순간 엘리자베스는 가게 바깥으로 나왔고, 플로리는 리 예이크과 함께 도로로 나서는 그녀 뒤를 따랐다. 다른 사람들은 허탈해하면서 그들을 돌아보았다.

「저들을 문명화된 사람들이라 부르다니……!」 그녀가 소리쳤다.

「미안해요.」 그가 힘없이 말했다. 「전혀 예상하지 못했네요…….」

「정말 지독하게 혐오스러운 사람들이에요!」

그녀는 무척 화가 나 있었다. 그녀의 얼굴은 하루 일찍 나온 양귀비 싹처럼 미묘하고 진한 핑크 빛을 띠고 있었다. 그는 그녀를 따라 시장을 지나 큰길로 다시 나왔다. 50미터 정도 걸어간 뒤 그는 용기를 내 다시 말했다.

「이런 일이 일어나 정말 미안합니다! 리 예이크는 예의 바른 사람이니 당신에게 일부러 무례를 범한 것은 아니었을 거예요. 좀 더 머물렀더라면 좋았을 텐데요. 전 차 대접을 받아 고맙다는 생각이 드는군요.」

「고맙다고요! 그리고 그다음엔 뭐죠?」

「솔직히 말해, 당신은 그런 것을 마음에 두지 말았어야 했어요. 이 나라에서 그런 일에 신경 쓰는 사람은 아무도 없어요. 이 사람들의 전반적인 관점은 우리와 너무 달라요. 사람들은 스스로 적응해야 해요. 예컨대 당신이 중세에 있다고 생각해 봐요……」

「더 이상 이야기하고 싶지 않아요.」

그들은 처음으로 말다툼다운 말다툼을 했다. 그는 스스로가 너무 비참해 무엇이 그녀의 마음을 그렇게 상하게 했는지 자문해 볼 수도 없었다. 그가 동양인의 관습을 그녀에게 보여 주고자 한 이런 노력들이 결과적으로는 더럽고 〈야만스러운〉 사람들의 모습만 의도적으로 왜곡하여 보여 준 셈이라는 것을 깨닫지 못했던 것이다. 게다가 그는 〈원주민〉을 바라보는 그녀의 시각이 어떤지도 모르고 있었다. 다만 그의 생활 방식, 사고방식, 미에 대한 개념 등을 그녀와 공유하려고 할 때마다, 그녀가 마치 놀란 말처럼 피해 버린다는 사실만 알고 있을 뿐이었다.

그들은 도로를 따라 걸었다. 그는 약간 뒤로 처져 그녀의 왼쪽에서 걷고 있었다. 그녀의 돌아간 뺨과 테라이 모자 아래로 목덜미까지 내려온 짧은 황금빛 머리카락이 보였다. 그는 그녀를 얼마나 사랑하고 있는가, 그는 그녀를 얼마나 사랑하고 있는가! 자신의 보기 흉한 얼굴을 보여 줄 용기조차 내지 못하고 수치심을 느끼며 그녀 뒤를 따라 걷는 지금 이 순간보다 그가 그녀를 진정으로 사랑한 적은 없었다. 그는 몇 차례나 말을 꺼내려 했지만 그만두었다. 목소리가 입 밖에 나오질 않았으며 어떤 말을 해야 그녀의 감정이 상하지 않을 것인지 알지 못했다. 마침내 그는 아무 일도 없었다는 듯 단호하게 말했다.

「날씨가 꽤 덥죠?」

그늘에서도 온도가 32도나 되는 상황에서 플로리의 이 말은 적절치 못한 것이었다. 그런데 놀랍게도 그녀는 기꺼이 그의 말을 받아 주었다. 그녀는 얼굴을 돌려 그를 보고 다시 미소 지었다.

「푹푹 찌고 있지 않아요?」

이것으로 그들은 마음이 풀렸다. 클럽에서의 자유로운 대화를 연상케 하는 이러한 어리석고 진부한 말이 마법처럼 그녀의 마음을 가라앉힌 것이다. 뒤에서 플로가 꼬리를 흔들고 침을 흘리며 그들을 향해 우쭐거리면서 따라오고 있었다. 바로 그때부터 그들은 집에 도착할 때까지 한 번도 쉬지 않고 개에 대해 이야기했다. 개는 맹목적인 종(種)이다. 개, 개! 그들이 언덕을 올라가고 있을 때 산에 걸린 태양 볕이 얇은 옷을 입은 그들의 어깨 위로 화염을 내뿜듯 따갑게 내리쬐고 있었다. 플로리는 생각했다. 우리는 왜 개 이야기 외에 다른 이야기는 하지 않는가? 개 이야기가 아니면 죽음기, 혹은 테니스 라켓에 대한 이야기뿐이었다. 하지만 이러한 시시한 이야기를 계속할 때, 얼마나 편안하고 다정하게 이야기할 수 있는가!

두 사람은 공동묘지의 반짝거리는 흰 담을 지나 래커스틴의 집 문 앞에 당도했다. 금화 나무가 대문 주변에서 자라고 있었고 불그레한 소녀의 얼굴처럼 둥글게 생긴, 높이가 2미터도 넘는 붉은 접시꽃이 무리 지어 피어 있었다. 플로리는 그늘로 들어와 모자를 벗어 얼굴에 부채질을 했다.

「기온이 올라가기 전에 돌아와서 다행입니다. 시장 구경이 유쾌하지 못해 미안할 따름이네요.」

「오, 절대 그렇지 않아요! 무척 재미있었어요.」

「아닙니다 —— 항상 왜 이렇게 불미스러운 일이 일어나는지 모르겠어요 —— 아, 그런데 우리가 모레 사냥 간다는 것은 잊어버리지 않았겠지요? 그날은 오로지 당신을 위한 날이 되기를 빌겠습니다.」

「예, 삼촌이 총을 빌려 줄 거예요. 환상적이겠군요! 사냥에 대해 많이 가르쳐 주세요. 무척이나 기대돼요.」

「나도 마찬가지예요. 사냥을 하기엔 좋지 않은 계절이지만 최선을 다해 보죠. 오늘은 이만 헤어집시다, 엘리자베스.」

「잘 가세요, 플로리 씨.」

그는 그녀를 엘리자베스라고 불렀지만 그녀는 여전히 그를 플로리 씨라고 불렀다. 그들은 헤어져 가면서 각자 사냥 여행에 대해 생각했다. 그리고 이번 사냥 여행이 어떤 면에서 그들 사이의 일을 잘 풀리게 해줄 것 같다고 느꼈다.

12

구슬발 때문에 어둑한 거실에는 끈적끈적하고 나른한 공
기가 퍼져 있었다. 우 포 킨은 득의양양해서 천천히 앞뒤로
왔다 갔다 하고 있었다. 가끔 한 손을 속옷 안에 집어넣어 뚱
뚱한 여자의 가슴만큼이나 큰, 땀에 젖은 자신의 가슴을 문
지르기도 했다. 마 킨은 돗자리에 앉아 가느다란 궐련을 피
우고 있었다. 조각된 티크 나무 기둥이 세워져 있는, 관대(棺
臺)처럼 생긴 우 포 킨의 커다랗고 네모난 침대의 한쪽 모서
리가 열린 침실 문틈으로 보였다. 그 침대에서 그는 수많은
여자를 겁탈했으리라.

마 킨은 베라스와미 의사를 공격하기 위한 〈다른 사건〉에
대한 이야기를 우 포 킨에게서 처음으로 듣고 있는 중이었
다. 우 포 킨은 아내의 머리가 둔하다며 무척 경멸하면서도,
곧잘 자신의 속내를 털어놓았다. 그녀는 그와 직접적으로 관
련된 사람들 중에서 그를 두려워하지 않는 유일한 사람이었
다. 그래서 우 포 킨의 입장에서는 그녀에게 모든 일을 털어
놓는 재미도 있었다.

「이봐, 킨 킨.」 그가 말했다. 「당신도 알다시피 우리 일이

계획대로 착착 진행되고 있어! 익명의 편지가 이미 열여덟 통이나 준비되어 있는데, 그게 또 죄다 걸작이거든. 당신이 편지 내용을 이해할 수 있다면 내가 몇 개 정도는 읽어 줄 텐데 말이야.」

「하지만 당신이 계획한 익명의 편지에 유럽인들이 관심을 보이지 않는다면 어떻게 하시겠어요?」

「관심을 보이지 않는다고? 아, 그런 걱정은 하지 마! 난 유럽인들의 심리를 잘 알고 있어. 내가 한 가지 말해 줄까? 킨 킨, 여기서 내가 할 수 있는 일은 단 하나뿐인데, 바로 익명의 편지를 쓰는 거야.」

그것은 사실이었다. 우 포 킨의 편지는 이미 효과를 발휘하기 시작했으며, 특히 주공격 대상인 맥그리거 씨에게 효과가 나타났다.

이틀 전에 맥그리거 씨는 정부에 대한 베라스와미의 배신 행위가 유죄인지 무죄인지를 따져 보면서 저녁 시간을 보내고 있었다. 물론 명백한 배신행위에 대해 고민하는 것은 아니었다. 그것과는 전혀 관계가 없었다. 그가 생각하는 것은 그 의사가 반역적일 수도 있는 사람인가 혹은 아닌가 하는 것이었다. 인도에서는 무엇을 하느냐가 아니라 어떤 사람이냐에 따라 판단을 내린다. 충성심에 대한 단 한 점의 의혹도 동양인 관리에게는 치명적인 것이다. 맥그리거 씨는 일을 공정하게 집행하는 성격의 소유자여서, 동양인이라 하더라도 즉시 내치지는 않았다. 그는 자신이 받은 익명의 편지 다섯 통과 웨스트필드가 받아 선인장 가시로 묶어 그에게 보낸 두 통의 다른 편지를 모아 놓고 밤새도록 생각하고 또 생각했다.

편지뿐만이 아니었다. 의사에 대한 나쁜 소문이 여기저기서 흘러나왔다. 우 포 킨은 의사를 반역자로 몰아붙이기만 하는 것은 적절치 않은 방법임을 잘 알고 있었다. 가능한 모든 각도에서 그의 명성을 추락시키는 것이 중요했다. 의사는 선동뿐만 아니라 갈취, 강간, 고문, 마취 대신에 술을 먹이고 수술하는 것과 같은 불법적인 의료 행위, 독살, 주술을 이용한 살인, 고기 먹기, 살인자들에게 살인 면허증 팔기, 사원 안에서 신발 신기, 군악대에서 북 치는 소년과의 동성애 등의 죄목으로 기소될 것이다. 그에 대한 이러한 이야기를 들으면, 사람들은 한결같이 그가 마키아벨리, 스위니 토드[50] 그리고 사드 백작을 모두 합쳐 놓은 자라고 생각할 것이다. 맥그리거 씨는 처음에는 별 관심을 두지 않았다. 이런 일에 너무 익숙해 있던 까닭이었다. 그러나 마지막으로 쓴 몇 통의 익명의 편지가 우 포 킨에게 놀랄 정도로 큰 행운을 안겨 주었다.

편지 내용은 카우크타다 감옥에서 탈출한 강도인 응가 쉐 오에 대한 이야기였다. 7년형을 선고받고 반쯤 징역을 살고 있던 응가 쉐 오는 몇 개월 전부터 탈옥을 준비하고 있었는데, 그 첫 작업으로 그의 친구들이 한 인도 간수에게 뇌물을 먹였다. 간수는 선금조로 1백 루피의 뇌물을 받은 후, 친척이 위독하다는 이유로 휴가를 받아 만달레이의 홍등가에서 여러 날을 보냈다. 시간은 흘러 계획된 탈옥 날짜는 여러 차례 연기되었고 그 간수는 홍등가에 또 가고 싶어졌다. 결국 그는 우 포 킨에게 응가 쉐 오의 탈옥 계획을 알리고 보상금을 타내기로 마음먹었다. 그러나 우 포 킨 역시 응가 쉐 오를 탈옥시키려던 터라, 함부로 발설하면 감옥에 처넣겠다고 간수를 위협했다. 그런 다음 우 포 킨은 응가 쉐 오가 탈옥한 바로 그날 밤 — 응가 쉐 오가 멀리 달아날 시간적 여유를 준 다음 — 맥그리거 씨에게 또 다른 익명의 편지를 보냈다. 탈옥이 기도되고 있

---

50 Sweeny Todd. 19세기 영국의 유명한 연쇄 살인범.

다는 내용이었다. 말할 필요도 없이 그 편지에는 교도소장인 의사 베라스와미가 뇌물을 받고 묵인해 주었다는 내용이 적혀 있었다.

응가 쉐 오의 탈옥으로 간수와 경찰관들은 아침부터 교도 소에서 부산스레 움직이며 한바탕 법석을 떨었다. 응가 쉐 오 는 우 포 킨이 제공한 거룻배를 타고 이미 강 아래쪽으로 멀 리 도망가 있었다. 맥그리거 씨는 허를 찔린 기분이었다. 그 는 분명 이 음모에 가담한 사람이 편지를 썼을 것이며, 의사 에 대한 이야기도 진실을 담고 있다고 생각했다. 이것은 매우 심각한 문제였다. 뇌물을 받고 죄수의 탈옥을 묵인해 준 교도 소장은 또 다른 잘못도 저지를 수 있다. 그래서 — 논리적 귀 결은 분명치 않지만 맥그리거 씨한테만은 분명했다 — 의사 를 기소하기 위한 주 죄목으로 선동죄가 훨씬 더 타당한 것이 되었다.

우 포 킨은 동시에 다른 유럽인들까지 공격했다. 우 포 킨 은 의사의 신망에 결정적 영향을 끼치는 그의 친구 플로리는 쉽게 겁을 내 의사를 저버릴 것이라고 예상했다. 웨스트필드 는 다소 벅찬 상대였다. 경찰관인 그는 자신에 대해 많은 것 을 알고 있으므로 계획을 무력화시킬지도 몰랐다. 경찰관과 치안 판사는 천적 관계였다. 그러나 우 포 킨은 이런 사실을 자신에게 유리하게 이용하는 방법을 알고 있었다. 그는 의사 가 몰염치한 악당이자 뇌물을 좋아하는 사람인 우 포 킨과 동맹을 맺고 있다며 익명으로 고소했다. 그것으로 웨스트필 드는 해결되었다. 엘리스의 경우에는 어떠한 익명의 편지도 필요치 않았다. 그는 이미 그 의사에 대한 안 좋은 감정으로 가득 차 있었기 때문이었다.

또한 유럽 여성들의 영향력을 알고 있는 우 포 킨은 래커스 틴 부인에게도 익명의 편지를 보냈다. 베라스와미 박사가 유

럽 여성들을 유괴하고 강간하도록 원주민들을 부추기고 있다
는 내용이었다 — 편지는 상세하지도 않았고 그럴 필요도 없
었다. 우 포 킨은 래커스틴 부인의 약점을 건드렸다. 〈선동〉,
〈민족주의〉, 〈반역〉, 〈내정 자치〉와 같은 말은 하얀 눈자위를
굴리는 새까만 원주민 노동자에 의해 그녀 자신이 강간당하
는 모습으로 전달되었다. 이 편지 때문에 래커스틴 부인은 밤
에 잠을 자다가 몇 번이나 깼다. 유럽인들이 한때 의사에 대
해 가졌던 좋은 감정은 이제 빠른 속도로 무너지고 있었다.

「이제 알겠어?」 득의에 찬 표정으로 우 포 킨이 말했다.
「내가 어떻게 그를 파멸시키는지 두고 보면 알 거야. 그는 밑
둥치가 잘려 나간 나무 같은 신세지. 톱질 한 번으로 쓰러질
거야. 3주 후 아니면 그 전에 완전히 베일 거라고.」

「어떻게요?」

「그렇게 돼 있어. 한번 들어 볼래? 당신은 이런 문제들에
대해, 다른 건 모르지만 입을 다물고 있어야 한다는 건 알고
있겠지. 통가 마을 근처에서 꾸미고 있다는 반란에 대해 들
어 봤겠지?」

「예, 그 마을 사람들은 매우 어리석은 자들이죠. 칼과 창을
가지고 인도 군대와 어떻게 맞서려고 그러는지 모르겠어요.
그러다 총에 맞아 야생 동물처럼 쓰러지고 말겠지요.」

「물론 만약 반란이 일어난다면 대량 학살이 일어날 거야.
하지만 그들은 단지 미신을 믿는 농부에 불과해. 게다가 지
급받은 엉터리 방탄조끼를 지나치게 믿고 있어. 난 그런 무
식함을 경멸한다고.」

「불쌍한 사람들이군요! 당신은 왜 그들을 말리지 않나요,
코 포 킨? 모든 사람들을 다 체포할 필요도 없어요. 당신이
그 마을에 가서 그들의 계획을 다 알고 있다고 말하면, 감히
반란을 일으키지 못하지 않겠어요?」

「이봐, 물론 내가 할 수 있다면 그렇게 하지. 하지만 그럴 수 없어. 나도 계획이란 게 있잖아. 당신도 알듯이, 킨 킨 ── 이 문제에 대해 입 다물고 있어야 해 ── 말하자면 이번 일은 내가 꾸민 반란이야. 내가 직접 꾸민 거라고.」

「뭐라고요!」

마 킨은 담배를 떨어뜨렸다. 그녀는 두 눈을 부릅뜨고는 떨면서 외쳤다.

「코 포 킨, 당신 대체 무슨 말이에요? 설마 진담은 아니겠지요! 당신이 반역을 꾀하다니요 ── 도저히 믿기지가 않아요!」

「죄다 사실이야. 그리고 일은 잘 진행되고 있어. 내가 랑군에서 데리고 온 마술사는 꽤 똑똑한 친구야. 그는 서커스 마술사로 인도 여기저기 안 돌아다닌 곳이 없어. 당신에게만 말하는 거지만 방탄조끼는 〈화이트어웨이 앤드 라이드로〉 가게에서 개당 1루피 8아나씩 주고 산 거야. 꽤 많은 돈이 들었어.」

「하지만 코 포 킨! 반란이라뇨! 끔찍하게도 싸움과 총질을 하면 불쌍한 사람들이 많이 죽을 거예요! 당신, 미치지 않았어요? 죽는 게 두렵지 않아요?」

우 포 킨은 걸음을 멈췄다. 놀란 기색이었다. 「저런, 이봐, 당신 지금 무슨 생각을 하고 있는 거야? 내가 정부를 상대로 반란을 꾀한다고 생각하는 모양이지? 난 30년 동안 공직 생활을 한 사람이야! 하늘에 맹세코 그렇게는 안 되지! 반란에 불만 지르고 직접 참여하지는 않을 거야. 죽음을 무릅쓰는 자들은 내가 아니라 저 바보 같은 마을 사람들이지. 바 세인과 한두 명의 사람을 제외하곤 내가 관여했다고 꿈도 꾸지 못할 거야.」

「하지만 반란을 일으키도록 부추긴 사람은 당신 자신이라고 당신 입으로 말했잖아요?」

「물론 그렇지. 하지만 베라스와미가 반란을 주동했다고 고소하는 거지. 내가 그저 보여만 주려고 반란을 모의하고 있는 줄 알아?」

「오, 여보, 알겠어요. 반란을 일으켜서 베라스와미 씨를 주모자로 몰 거라는 말이지요?」

「참 둔하군! 나는 진압할 목적으로 이 반란을 일으킨 거야! 아무리 바보라도 이건 알아야지. 난 — 맥그리거 씨가 사용하는 표현이 뭐더라? — 한마디로 〈아장 프로보카퇴르*agent provocateur*〉지. 당신은 잘 모르겠지만, 라틴어인데 〈공작원〉이란 뜻이야. 난 아장 프로보카퇴르야. 우선 통가의 바보들에게 반란을 일으키도록 부추긴 다음 그들을 반역자로 체포할 거야. 반역이 막 시작되는 순간, 주모자들을 덮쳐 쇠고랑을 채워 다 감옥으로 보내 버릴 거라고. 아마 싸움이 벌어질지도 몰라. 몇 사람이 죽을지도 모르고, 또 더 많은 사람들이 앤다만 유형지로 끌려갈지도 모르지. 하지만 그사이 내가 현장에 가장 먼저 도착하는 거지. 그렇게 되면 위험한 반란을 아슬아슬하게 진압한 사람은 바로 우 포 킨이 되는 거야. 난 그 지역의 영웅이 되는 거지.」

우 포 킨은 자신의 계획에 만족스러운 미소를 띠며 뒷짐진 채 다시 한 번 거실을 왔다 갔다 했다. 마 킨은 얼마 동안 그 계획에 대해 곰곰이 생각해 보았다. 마침내 입을 열었다.

「당신이 왜 그런 일을 하는지는 모르겠어요, 코 포 킨. 어떻게 감당하려고 그래요? 그런데 그게 베라스와미 박사님과 무슨 관계가 있어요?」

「더 이상 가르쳐 주지 못하겠군, 킨 킨! 베라스와미는 내 출세에 방해가 된다고 처음부터 말하지 않았어? 이번 반란은 그를 제거하기에 딱 좋은 기회야. 물론 그가 이 반란에 책임이 있다고 증명하지는 못하겠지. 하지만 그게 무슨 문제야? 어쨌거나 유럽인들은 당연히 그가 이번 사건에 깊숙이 관여했다고 믿을 테지. 이런 식으로 그들의 마음을 움직여야 해. 그는 영원히 파멸할 거야. 그리고 그의 몰락은 곧 나의 번영이지. 내가 그를 끌어내리는 만큼 나 자신의 명성은 그만큼 더 올라가지. 이제 알겠어?」

「예, 알겠어요. 비열하고 야비한 계획이로군요. 이런 말을 하면서도 부끄러워하지 않는 당신이 이상해요.」

「이봐, 킨 킨! 그런 바보 같은 소리는 하지 않는 게 좋아.」

「코 포 킨, 왜 당신은 남에게 사악하게 굴면서 희열을 느끼세요? 일만 벌였다 하면 왜 꼭 남들에게 화를 입히세요? 불쌍한 의사가 직위에서 박탈당하고, 마을 사람들이 총에 맞거나 대나무로 매를 맞거나 혹은 평생 동안 감옥에서 보낸다고 생각해 보세요. 그런 일을 꼭 해야만 돼요? 당신은 이미 부자인데, 더 바랄 게 뭐가 있어요?」

「돈? 누가 지금 돈을 벌자는 건가? 언젠가는 당신도 이 세상에 돈 말고 다른 게 있다는 사실을 이해하게 될 거야. 예를 들면 명성 같은 거지. 위대함 말이야. 이번 사건에서 내가 발휘한 충성스러운 행위의 대가로 버마 총독이 나의 어깨에 훈장을 달아 주는 모습을 상상해 봐. 당신도 그런 명성이 자랑스럽지 않겠어?」

마 킨은 대수롭지 않은 듯 고개를 흔들었다. 「코 포 킨, 당신은 천년 동안 살 수 없다는 걸 언제 깨달으시겠어요? 사악하게 사는 사람들에게 닥칠 일을 생각해 보세요. 예를 들어 쥐나 개구리로 다시 태어날 수 있지 않겠어요? 심지어 지옥에 떨어질 수도 있고요. 일전에 스님 한 분이 팔리어[51] 경전에 나온 지옥에 대해 들려준 적이 있어요. 매우 끔찍했어요. 〈새빨갛게 달아오른 두 개의 창이 천 세기에 한 번 당신의 가

---

51 불교 성전에 쓰인 고대 · 중세 인도어.

습속에서 만나게 될 것이고, 그러면 당신은 《천 세기의 고문이 이제야 끝났고, 지금까지 받았던 만큼의 고문이 남아 있구나》라고 중얼거리게 될 것입니다〉라고 그분이 말했답니다. 그런 일을 생각하면 너무 끔찍하지 않아요, 코 포 킨?」

우 포 킨은 웃으면서 〈탑〉을 의미하는 손짓을 아무렇게나 지어 보였다.

「글쎄요, 나는 당신이 웃으면서 죽기를 바라겠어요. 나는 그런 끔찍한 사후의 삶은 생각조차 하고 싶지 않아요.」

그녀는 다시 담배에 불을 붙이고 우 포 킨이 방 안에서 여러 번 왔다 갔다 하는 동안 불만스럽다는 표시로 가냘픈 어깨를 돌려 엉뚱한 곳을 쳐다보고 있었다. 그가 입을 열었을 때 그의 모습은 어느 때보다 진지했고 심지어 색다른 분위기를 풍겼다.

「킨 킨, 이 모든 문제 뒤에는 또 다른 목적이 있어. 누구한테도 말하지 않은 것이지. 바 세인조차 몰라. 하지만 당신에게만은 이야기해 주지.」

「더 사악한 것이라면 전 안 듣겠어요.」

「아니, 아니야. 당신은 이번 일에서 나의 진정한 목적이 무엇인지 물었지. 내가 뇌물을 싫어하고 사고방식이 마음에 안 든다는 이유만으로 베라스와미를 파멸시키려 한다고 생각하는 모양인데, 꼭 그 이유 때문만은 아니야. 더 중요한 게 있는데, 나는 물론이고 당신과도 관계가 있는 거야.」

「그게 뭔데요?」

「킨 킨, 당신은 보다 더 높은 것에 대한 욕구를 느껴 본 적이 없어? 성공을 다 거둔 후에도 — 말하자면 내 경우처럼 말이야 — 처음 출발했을 때와 같은 처지에 있다고 느껴 본 적 없어? 나는 20만 루피나 긁어모은 사람이야, 그런데 우리가 사는 모습을 한번 봐! 이 방을 보라고! 농부의 방과 다를 게 없어. 나는 손가락으로 밥을 먹고, 당신도 알다시피 가난하고 열등한 버마 사람들하고 어울려야 하지. 지방의 보잘것없는 공무원처럼 사는 것도 이제 지쳤어. 돈도 충분치 못해. 크게 한번 출세를 해야겠어. 당신도 가끔 — 뭐라고 할까 — 좀 더 나은 고상한 생활을 바라지 않아?」

「지금 우리가 가진 것보다 얼마나 더 많은 것을 당신이 원하는지 잘 모르겠어요. 처녀 때 저는 이렇게 좋은 집에서 살수 있으리라고는 꿈도 꾸지 못했어요. 저 영국산 의자를 보세요. 내 평생 저런 의자에는 앉아 본 적이 없었어요. 저 의자가 우리 것이라는 게 매우 자랑스러워요.」

「쯧! 당신은 왜 당신 마을을 떠났지, 킨 킨? 당신은 그저 우물가에 앉아 떠도는 동네 소문거리 정도에나 관심 있는 아낙네인지 모르지만, 난 고맙게도 야심이 아주 큰 사람이야. 이제 내가 왜 베라스와미를 파멸시키려고 하는지 말해 주지. 난 진짜로 거창한 일을 해보고 싶은 마음이 있어. 고귀하고 영광스러운 일 말이야! 동양인으로서 오를 수 있는 최고의 경지에 오르는 것 말이야. 이제 당신도 내 본심을 알겠지?」

「모르겠어요. 무슨 뜻이죠?」

「에이, 이봐! 내 인생에서 가장 위대한 성공 말이야! 짐작할 수 있지?」

「아, 이제 알겠어요! 자동차를 사고 싶어 하는군요. 하지만 코 포 킨, 제발 그 차에 저는 태우지 마세요!」

우 포 킨은 짜증이 나서 손을 흔들었다. 「자동차! 시장에서 땅콩 파는 상인들이나 할 생각을 하다니! 마음만 먹으면 자동차는 스무 대도 더 살 수 있어. 그리고 이런 곳에서 자동차가 뭐가 필요해? 아니야. 그보다 더 위대한 어떤 것이야.」

「무엇인데요, 그러면?」

「이런 거지. 한 달만 있으면 유럽인들은 그들의 클럽에 입회시킬 원주민 한 명을 선출할 거야. 그들은 그러고 싶어 하지 않지만, 국장으로부터 지시를 받았기 때문에 거역할 수도 없어. 당연히 그들은 이 지역에서 가장 명망 있는 원주민인 베라스와미를 뽑을 거야. 하지만 나는 베라스와미가 죽도록 싫어. 그래서…….」

「그래서요?」

우 포 킨은 잠시 말없이 마 킨을 쳐다보았다. 넓적한 턱과 빽빽하게 들어찬 치아를 드러내 보이는 그의 크고 누런 얼굴은 너무나도 부드러워 마치 어린애 같았다. 황갈색 눈에서는 눈물이 날 것 같기도 했다. 그는 자신이 말할 내용의 위대함에 압도당하기라도 한 것처럼 떨리는 목소리로 나직이 말했다.

「모르겠어, 여보? 베라스와미가 파멸되면 내가 클럽 회원으로 뽑힐 수 있다는 사실을 모르겠어?」

그 말의 효과는 엄청났다. 마 킨의 입장에서도 논쟁의 여지가 없는 말이었다. 우 포 킨이 꾸미고 있는 계획의 중요성이 그녀의 말문을 막았다.

말문이 막힌 데는 이유가 있었다. 우 포 킨이 지금까지 이루어 낸 모든 성취들은 그것에 비하면 아무것도 아니었기 때문이다. 한 하급 관리가 점점 출세해 마침내 유럽인 클럽에 들어가는 것, 그것이야말로 진정한 성공이다. 카우크타다에서의 엄청난 승리가 될 것이다. 들어가기가 열반보다 훨씬 더 어려운 가장 성스럽고 신비스럽고 머나먼 사원인 유럽인 클럽! 포 킨, 만달레이 빈민가의 벌거벗은 소년에서 도둑질하는 서기를 거친 부패한 관리가 이 성스러운 장소에 들어가 유럽인들을 〈친구〉라 부르고, 함께 위스키와 소다수를 마시며 당구를 친다! 지붕을 야자수 잎으로 이은 대나무 오두막집에서 태어난 시골 여인 마 킨은 실크 스타킹과 굽이 높은 구두를 신고(그래, 그녀는 분명 그 신발을 신고 있을 것이다)

높은 의자에 앉아 힌두스탄어로 영국 여자들과 유아용 옷에 대한 이야기를 나눌 것이다! 이것은 모든 사람들의 눈을 휘둥그레 만들 수 있는 일이었다.

오랫동안 마 킨은 입을 벌린 채 말이 없었다. 그녀는 유럽인 클럽과 그 위대함에 대해 생각하고 있었다. 그리고 평생처음으로 불만을 드러내지 않고 우 포 킨의 음모를 검토해 보았다. 아마 마 킨의 선한 마음에 야망의 씨앗을 심어 준 것이야말로 클럽의 가장 큰 위업이었으리라.

13

플로리가 병원 구내에 들어섰을 때 누더기 같은 옷을 걸친 네 명의 청소부가 죽은 노동자를 삼베로 둘둘 말아 메고 그의 곁을 지나, 정글에 있는 30센티미터 깊이의 무덤을 향해 가고 있었다. 플로리는 오두막 같은 두 병원 건물 사이에 벽돌색 흙이 깔려 있는 마당을 건넜다. 널찍한 베란다 아래, 시트도 없는 간이침대 위에서 잿빛 얼굴의 남자들이 움직이지도 않고 말없이 누워 있었다. 절단된 수족을 먹는다는, 혐오스러워 보이는 개 몇 마리가 꾸벅꾸벅 졸다가 가끔씩 건물 기둥 사이로 기어다니는 벼룩을 잡으려고 발을 날쌔게 움직이고 있었다. 병원 전체는 너저분하고 공기도 신선하지 않았다. 의사 베라스와미는 주변을 깨끗이 하려고 무척 신경을 썼지만, 먼지와 열악한 수도 시설 그리고 굼뜬 청소부와 제대로 교육받지 못한 보조 의사들은 어쩔 도리가 없었다.

플로리는 베라스와미가 지금 외래 환자를 진료하고 있는 중임을 알았다. 벽에 회반죽을 칠해 놓은 그의 방에 가구라고는 테이블과 의자 두 개, 그리고 삐딱하게 걸려 있는 빅토리아 여왕의 먼지 앉은 초상화가 전부였다. 색이 바랜 누더기 속에 쭈글쭈글한 근육이 드러나 보이는 농부들이 방에 가득 들어와 테이블 앞에 줄 서서 기다리고 있었다. 셔츠를 입은 의사는 연방 땀을 흘리고 있었다. 그는 반가워 탄성을 지르며 벌떡 일어서더니 습관대로 빈 의자를 급히 내밀고 테이블 서랍에서 양철 담배통을 끄집어냈다.

「정말 잘 오셨어요, 플로리 씨! 편히 여기 앉으세요 — 이런 장소에서 마음이 편할 수만 있다면 말이죠, 하하! 좀 있다가 저의 집에 가셔서 맥주도 마시고 정겹게 이야기도 나누자고요. 잠시 저 친구들을 살펴봐야 하니 이해하세요.」

플로리는 앉았다. 땀이 줄줄 흘러내려 셔츠를 적셨다. 방안은 열기로 가득 차 숨이 막힐 정도였다. 농부들의 모든 땀구멍에서 마늘 냄새가 솟아 나오고 있는 것 같았다. 환자가 테이블 앞에 오면 의사는 의자에서 일어나 환자의 등을 찔러보거나 청진기를 가슴에 갖다 대보고 버마어로 몇 마디 물어본 다음 다시 테이블로 돌아와 처방전을 썼다. 환자들은 처방전을 들고 마당을 가로질러 가서 약제사에게 물과 약초, 염료액이 혼합된 약을 받았다. 약제사는 마약을 팔아 생계를 유지했는데, 그 이유는 정부가 그에게 한 달에 기껏 25루피만 주기 때문이었다. 그러나 의사는 이에 대해 아무것도 몰랐다.

베라스와미는 아침 시간에는 보통 외래 환자를 진료하지 않고 보조 의사에게 맡겼다. 보조 의사의 진단 방식은 단순했다. 그는 각 환자에게 간단히 묻는다. 「어디가 아프죠? 머리, 등 아니면 배?」 대답을 들은 후 세 개의 서류함 중 하나에서 미리 적어 놓은 처방전을 꺼냈다. 환자들은 베라스와미의 진찰보다 보조 의사의 방식을 훨씬 더 좋아했다. 베라스와미는 무심코 성병이 걸렸는지 퉁명스럽게 물어보는가 하면, 때로는 수술을 해야 한다고 겁을 주기도 했다. 〈배를 갈라야 해요〉라는 말이 그의 단골 메뉴였다. 대부분의 사람들은 〈배를 갈라 수술을 받을〉 바에야 차라리 열두 번이라도 죽는 편이 낫다고 생각했다.

마지막 환자가 나가자, 베라스와미는 의자에 주저앉아 처방전 받침대를 흔들어 얼굴에 부채질을 했다.

「아, 지독하게 덥네요! 아침에는 마늘 냄새를 맡지 않을 거라고 생각했는데! 마늘 냄새가 그들의 피에까지 배어 있나 봅니다. 숨 쉬기 힘드셨지요, 플로리 씨? 당신네 영국 사람들은 후각이 매우 발달되어 있다지요. 우리 더러운 동양에서 모든 냄새를 다 맡고 사시다니, 참 괴롭겠습니다!」

「이곳 동양에 오는 사람들은 모두 코를 떼어 버리고 와야겠지요. 아니면 수에즈 운하 위에 코를 다 걸어 놓았을지도 모를 일이오. 그런데 오늘 아침은 바빠 보이는군요.」

「그저 그렇죠. 하지만 친구여, 이 나라에서 의사의 일이란 참 어렵습니다. 마을 사람들은 더럽고 무식하고 야만스럽죠! 심지어 이들을 병원으로 데리고 오는 것까지 우리가 해야 해요. 이곳 사람들은 몸에 괴저(壞疽)가 생겨 다 죽게 되어도 병원을 찾지 않고, 멜론만큼이나 큰 혹이 생겨도 칼로 오려 내는 대신 10년 동안 달고 다니죠. 그리고 민간요법을 다루는, 소위 의사라는 작자들이 엉터리 약을 먹입니다! 이를테면 초승달 아래에서 채집한 약초라든가 호랑이 얼굴에 난 털, 코뿔소의 뿔, 소변, 월경 때 나온 피 같은 것들이죠. 이런 것들을 먹다니, 구역질이 날 정도입니다.」

「그래도 참 구체적이군요. 그래도 당신은 버마의 약종(藥種)을 다 기록해야 하오, 의사 선생. 컬페퍼[52]가 정리한 약종만큼이나 훌륭할 테니.」

「야만스러운 소 떼, 야만스러운 소 떼 같아요.」 의사가 흰

---

52 Nicholas Culpeper(1616~1654). 영국의 식물학자이자 의사.

가운을 벗으면서 말했다. 「우리 집으로 가시겠어요? 맥주와 얼음이 있을 겁니다. 10시에 매우 급한 탈장 수술이 있는데, 그때까진 시간이 좀 있습니다.」

「좋습니다. 사실 당신과 이야기할 것도 좀 있고요.」

그들은 다시 마당을 가로질러 베라스와미 집의 베란다 계단을 올라갔다. 의사는 얼음통 안에 손을 집어넣고 더듬거렸지만 얼음은 녹아 있었다. 그는 맥주 한 병을 따고는 하인에게 짚으로 만든 젖은 바구니에 담겨 있는 맥주를 더 가져오라고 했다. 플로리는 모자를 벗지 않고 베란다 난간 너머를 쳐다보며 서 있었다. 사실 그는 사과를 하기 위해 이곳에 왔다. 그는 거의 2주 동안이나 의사를 피해 왔다. 클럽의 모욕적인 게시문에 그의 이름을 올려놓았던 그날 이후 베라스와미를 만나지 않았던 것이다. 그러나 사과의 말은 해야 했다. 우 포 킨은 매우 영리한 판사였지만, 익명의 편지 두 통으로 플로리와 베라스와미의 사이를 영원히 갈라놓을 수 있으리라는 그의 생각은 빗나갔다.

「보시오, 의사 선생, 내가 무슨 말을 하려는지 알겠지요?」

「저에 관한 것입니까? 아닌가요?」

「맞아요, 당신에 관한 것이오. 비겁하게도 내가 지난주에 당신을 속인 일에 대한 얘기지요. 엘리스가 클럽 게시판에 게시문을 붙이고 내가 거기에 서명을 했소. 분명히 당신도 알고 있을 테지요. 내가 말하려고……」

「아닙니다, 아니에요, 내 친구, 아닙니다, 아니에요!」 의사는 난처해하며 베란다를 급히 가로질러 가 플로리의 손을 잡았다. 「이야기할 필요 없습니다! 제발 말하지 마세요! 저는 충분히 이해하고 있습니다 ― 아니, 절대적으로 이해하고 있습니다.」

「아니오, 당신은 알지 못해요. 이해할 수 없어요. 이런저런 일을 처리하도록 우리에게 압력이 어떻게 가해지는지 당신은 깨닫지 못할 것이오. 나에게 그 게시문에 서명하도록 강요한 것은 아무것도 없었어요. 내가 거절했더라도 어떤 일도 일어나지 않았겠죠. 우리가 동양인들을 잔인하게 대해야 하는 법 따위는 없소 ─ 오히려 그 반대죠. 그러나 다른 백인들의 의견과 배치될 때는 감히 동양인을 감싸 주지 못해요. 감히 그렇게는 못하지요. 만일 내가 그 게시문에 서명하지 않았더라면 나는 한두 주 내내 클럽에서 치욕스럽게 따돌림을 받았을 것이오. 그래서 난 보통 때처럼 겁을 먹었던 거고요.」

「제발, 플로리 씨, 제발! 계속 말씀하신다면 제가 불편해집니다. 저는 당신의 입장을 충분히 이해합니다.」

「알다시피 우리의 좌우명은 〈인도에서도 영국식으로 하자〉라는 거죠.」

「물론, 물론이죠. 그리고 가장 성스러운 좌우명은 당신이 말했듯이 〈서로 뭉치자〉이고요. 그건 당신들이 우리 동양인들보다 우월하다는 것을 내포하는 말이지요.」

「미안하다고 해봐야 전혀 소용없을 줄은 알지만, 내가 이곳에 와서 말하는 것은, 다시는 이런 일이 일어나지 않을 것이라는 뜻이오. 사실……」

「이제 그만, 플로리 씨. 이제 이 문제는 더 이상 언급하지 않는 게 좋겠습니다. 이미 다 잊었습니다. 차처럼 뜨거워지기 전에 맥주 좀 드세요. 저 또한 당신께 말할 것이 있습니다. 아직 내 안부를 물어보지도 않으셨죠?」

「아, 당신 소식. 무엇이죠? 요즘 잘 지내고 있소? 대영 제국은 어때요? 여전히 빈사 상태인가요?」

「아, 기력이 많이 떨어졌어요! 하지만 저만큼은 아닙니다. 저는 매우 어려운 상황에 처해 있습니다, 내 친구여.」

「뭐라고요? 혹시…… 우 포 킨, 그자가 다시? 그자가 계속 당신을 비방하고 있소?」

「만일 그가 나를 비방한다면 이번에는 — 글쎄요, 극악무도한 어떤 것이 될 겁니다! 내 친구, 우리 지역에서 곧 일어날 것 같은 반란에 대해 들어 보셨습니까?」

「많은 이야기를 들었소. 웨스트필드가 다 죽여 버리겠다고 혈안이 되어 있지만, 아직 어떤 조짐도 찾아내지 못했다고 하더군요. 결국 세금 징수에 반대하는 햄던 마을 사람들만 있는 것 같더군요.」

「예, 그렇습니다. 불쌍한 바보들! 그들이 거부한 세금의 양이 전부 얼마인지 아십니까? 5루피죠! 하지만 그들은 지쳐서 곧 낼 것입니다. 우리는 이런 고통을 매년 겪고 있죠. 그런데 반란 말인데요 — 이른바 그 〈반란〉 말입니다, 플로리 씨 — 눈에 보이는 것보다 훨씬 더 많은 것이 있다는 사실을 아시기 바랍니다.」

「그래요? 그게 뭐지요?」

놀랍게도 의사는 화를 참지 못하고 격렬하게 손짓을 하다가 그만 맥주잔을 엎질러 버렸다. 그는 잔을 베란다 난간에 올려놓고 소리를 질렀다.

「또 우 포 킨입니다! 그는 입에 담을 수조차 없을 정도로 흉포한 악당입니다! 정상적인 감성이 메말라 버린 악어 같은 놈이죠! 그자는 — 그자는……」

「계속하시오. 〈음흉한 기질과 야수 같은 포악함을 가졌고, 두툼한 뇌물 봉투를 좋아하는 자〉이죠. 계속하시오. 그자가 지금 무슨 일을 꾀하고 있단 말이죠?」

「누구도 생각하지 못했던 사악한 일을 꾸미고 있습니다.」 의사는 우 포 킨이 마 킨에게 설명했던, 가짜 반란을 일으킨다는 음모를 개략적으로 설명했다. 그가 모르는 단 한 가지 사실은 우 포 킨이 유럽인 클럽에 들어가고자 하는 것이었다. 의사의 얼굴은, 정확히 말해서 붉어졌다고는 할 수 없지만, 분노에 차서 점점 어두워졌다. 플로리는 너무 놀라 그저 서 있을 뿐이었다.

「교활한 늙은 악마군! 그자가 그런 계략을 꾸밀 것이라고 누가 짐작이나 했겠소? 그런데 그 일을 어떻게 알았소?」

「아, 제게도 몇 명의 친구가 있죠. 이제는 당신도 알고 계시겠지만, 내 친구여, 그자는 나를 파멸시키기 위해 무엇을 꾀하고 있을까요? 그는 이미 나를 자기 마음대로 요리하고 있어요. 이번에 이 얼토당토않은 반란이 일어나면, 그는 모든 권력을 동원해 내가 이번 사건에 연루되어 있다고 주장할 겁니다. 내 충성에 티끌만큼의 의혹이 있어도 그것은 파멸의 빌미가 될 것입니다. 이번 반란에 동정적이라는 소문이 조금이라도 돌면 나는 끝장입니다.」

「그러나, 제기랄, 터무니없는 말이오! 어쨌든 당신은 그자를 충분히 막아 낼 수 있지 않겠소?」

「증거가 없는데 어떻게 막아 낼 수 있겠습니까? 이 모든 건 사실이지만 저한테는 뾰족한 수가 없습니다. 만일 제가 공개적인 조사를 요구한다면, 우 포 킨은 나보다 50배나 많은 증인들을 댈 것입니다. 당신은 이 지역에서 그자의 영향력을 잘 모릅니다. 어느 누구도 감히 그자에게 반기를 들지 못합니다.」

「하지만 왜 아무런 방어도 취하지 않으려고 하오? 맥그리거 씨한테 가서 상의할 수 있잖소? 그는 나름대로 매우 공정한 사람이오. 아마 당신의 말을 귀담아들어 줄 거요.」

「소용없는 일입니다. 당신은 음모자들의 마음을 잘 모르는 것 같습니다, 플로리 씨. 도둑이 제 발 저린 거라고 할 것 아닙니까? 음모가 있다고 외쳐 봐야 도움이 되지 않을 겁니다.」

「그럼, 어떻게 할 계획이오?」

「제가 할 수 있는 일은 아무것도 없습니다. 그저 기존의 명성이 나를 지켜 주기를 바랄 수밖에 없습니다. 원주민 관리의 평판이 걸린 이런 사건에는 증거나 증명이 전혀 필요치 않습니다. 모든 것은 그 사람과 유럽 사람들의 관계가 어떠한가에 달려 있습니다. 만일 내 명성이 높다면, 사람들은 나에 대한 비방을 믿지 않을 것이고, 그렇지 않으면 믿을 것입니다. 명성이 그 모든 것입니다.」

그들은 잠시 말이 없었다. 플로리도 〈명성〉이 모든 것을 해결해 줄 수 있다는 사실을 잘 알고 있었다. 그는 증거보다는 의심이, 수많은 목격자들보다는 명성이 더 중요한 이런 모호한 갈등 구조를 잘 알고 있었다. 3주 전까지만 해도 전혀 떠오르지 않았던 불편한 생각 하나가 그의 머리를 스쳐 지나갔다. 그것은 사람들이 모두 회피하고 싶어 하는 그 의무를 자신이 완수해야만 된다고 확신하는 순간 느끼는 그런 감정이었다.

「예컨대 당신이 클럽 회원으로 뽑힌다고 생각해 봅시다. 그렇다면 당신의 명성에 도움이 되지 않겠소?」 플로리가 말했다.

「내가 선출된다면! 오, 물론 그렇지요! 클럽! 그것은 결코 정복될 수 없는 요새지요. 일단 거기에 들어가기만 하면 당신, 아니 맥그리거 씨 혹은 다른 유럽 신사에 대한 소문을 믿지 않는 것 이상으로 누구도 나에 대한 이런 나쁜 소문을 믿지 않을 겁니다. 하지만 그들이 이미 나에 대해 나쁜 감정을 가지고 있는데, 과연 나를 선출할까요?」

「좋아요, 보세요, 의사 선생. 다음 정기 모임 때 내가 당신을 추천하겠소. 그때 원주민 입회 의제가 상정될 거요. 그리고 후보자가 추천되면 단언하건대, 엘리스를 제외한 사람들은 반대하지 않을 거요. 따라서 그때까지……」

「아, 내 친구여, 나의 소중한 친구여!」 의사는 감정이 북받쳐 거의 말을 잇지 못했다. 그는 플로리의 손을 잡았다. 「아, 내 친구여, 만일 그렇게만 된다면 그거야말로 정말 영광입니다! 하지만 그것은 어려운 일이 될 겁니다. 당신이 유럽 친구들과 다시 갈등이 생길까 봐 걱정되고요. 특히 엘리스 씨하고 말입니다. 나를 추천할 때 그가 과연 참고만 있겠습니까?」

「오, 물론 방해하겠지요. 그러니 당신이 확실히 선출될 수 있을 것이라고 내가 장담 못하는 것을 이해해야 하오. 그것은 맥그리거의 태도와 다른 사람들의 분위기에 달려 있죠. 일이 잘 안 될 수도 있어요.」

의사는 포동포동하고 축축한 두 손으로 플로리의 손을 여전히 잡고 있었다. 그의 눈엔 눈물이 고이기 시작해 안경을 통해 크게 보이는 두 눈은 개의 젖어 있는 눈처럼 반짝거렸다.

「아, 내 친구여! 만일 제가 선출만 된다면! 내 모든 고통은 끝이 날 겁니다! 하지만 내 친구여, 조금 전에도 말했지만, 이 문제를 너무 성급하게 처리하지 마세요. 우 포 킨을 조심하세요! 지금 그는 당신도 계산에 넣고 있을 것입니다. 그의 악의는 당신에게도 큰 위험이 될 수 있습니다.」

「오, 놀라운데요. 그자는 나를 건드리지 못할 거요. 그는 지금까지 나에게 아무 짓도 하지 않았소 — 몇 통의 말도 안 되는 익명의 편지 빼고는.」

「믿을 수 없습니다. 그는 주도면밀한 계획을 세울 겁니다. 그리고 내가 클럽 회원으로 선출되지 못하도록 수단과 방법을 가리지 않을 것입니다. 당신도 약점이 있다면 숨기세요, 친구여. 그자는 그 약점을 찾아낼 겁니다. 그는 항상 상대방의 약점을 노리는 자죠.」

「악어처럼.」 플로리가 말했다.

「악어처럼.」의사가 신중하게 동의했다. 「아, 내 친구, 제가 유럽인 클럽의 회원이 된다면 나에겐 정말 큰 영광입니다! 유럽 신사들과 어울린다는 것은 엄청난 영예죠! 그런데 아직 말하지 않은 것이 있습니다, 플로리 씨. 이해해 주시리라 믿습니다만, 저는 회원이 되어도 어떤 식으로든 클럽을 이용할 생각이 없습니다. 회원이 되는 것 자체는 저의 바람입니다만, 제가 선출되더라도 저는 클럽에 가지 않을 겁니다.」

「클럽에 오지 않겠다고요?」

「그렇습니다! 결단코 저는 유럽 신사들에게 우리 사회를 강요하지 않을 것입니다. 그저 내야 할 기부금만 내겠습니다. 그것만으로도 저에게는 충분한 특권이죠. 제 말 이해하시겠죠?」

「물론, 의사 선생, 물론이오.」

플로리는 언덕 위로 걸어 올라가면서 웃음을 참지 못했다. 그는 이제 꼼짝없이 의사를 선출하자고 제안해야 한다. 다른 유럽 사람이 이 제안을 들으면 또 언쟁이 일어날 것이다 — 아, 이 지긋지긋한 언쟁! 그러나 놀랍게도 그는 웃고 있었다. 한 달 전이었다면 이런 상황을 두려워했을 텐데, 지금은 오히려 마음이 즐거웠다.

왜? 왜 그는 이런 약속을 했을까? 이런 약속은 그에게 사소한 것이며, 신변에 위험스러운 정도의 것도 아니다 — 영웅시될 만한 것도 없다 — 그러나 그다운 일은 아니었다. 수년간 푸카 사히브로서 조심스럽게 지내다가 왜 이렇게 갑자기 모든 것을 깨뜨리려 하는가?

그는 그 이유를 알고 있었다. 그것은 바로 그의 삶에 깊숙이 파고든 엘리자베스가 그의 삶을 변화시키고 새롭게 만들어, 지금까지의 더럽고 비참한 세월을 바꿔 놓을지도 모른다는 생각 때문이었다. 그녀의 존재는 그의 정신적 궤도 전체를 바꾸어 놓았다. 그녀는 그에게 영국의 공기를 다시 가져다주었다 — 사고의 자유가 있고, 하층 인종의 교화를 위해 푸카 사히브의 춤을 추도록 운명 짓지 않는 다정한 영국. 내가 만년을 보낼 곳은 어디인가? 그는 생각했다. 그녀가 나타남으로써 그는 예의 바르고 관대하게 처신할 수 있었고, 심지어 그렇게 하는 것이 당연하기까지 했다.

내가 만년을 보낼 곳은 어디인가? 그는 정원 문을 통과하며 다시 생각해 보았다. 그는 행복하고, 행복했다. 왜냐하면 구원이 존재하며, 삶을 다시 시작할 수 있다는 신앙심 깊은 사람들의 말이 옳다고 생각되었기 때문이었다. 현관으로 이어지는 보도로 접어들자 자신의 집과 꽃나무들과 하인들이 생각났다. 그리고 조금 전까지만 해도 무기력하고, 고국 생각으로만 가득 찼던 그의 모든 삶이 생기가 돌고 더없이 의미심장하고 아름답게 보였다. 삶을 공유할 누군가가 곁에 있다면, 삶은 얼마나 즐겁겠는가! 혼자가 아니라면 이 나라를 얼마나 많이 사랑하겠는가! 싸움닭 네로는 정원사가 염소에게 먹이를 주다가 흘린 곡식 몇 알을 주워 먹기 위해 태양에 용감히 맞서며 도로 가에 서 있었다. 플로가 숨을 몰아쉬며 돌진하자 네로는 푸드덕거리며 공중으로 뛰어올라 플로리의 어깨에 가볍게 앉았다. 플로리는 작고 붉은 닭을 가슴에 안고 부드러운 목덜미와 다이아몬드 모양의 엉덩이 깃털을 쓰다듬으며 안으로 들어갔다.

베란다에 한 발 들여놓자마자 그는 마 흘라 메이가 집 안에 있다는 것을 알았다. 코 슬라가 놀란 얼굴로 나쁜 소식을 전하기 위해 급히 달려올 필요도 없었다. 플로리는 그녀가 내뿜는 백단향, 마늘, 코코넛 기름 냄새와 머리카락에서 나는 재스민 냄새를 맡았다. 그는 네로를 베란다 난간 위에 내려놓았다.

「그 여자가 돌아왔습니다.」코 슬라가 말했다.

플로리의 얼굴이 창백해졌다. 얼굴이 창백해질 때 그의 모반은 흉측하게 변했다. 그는 뾰족한 얼음에 창자를 찔린 듯 심한 통증을 느꼈다. 마 흘라 메이가 침실 문간에 나타났다. 그녀는 고개를 떨군 채 서서 눈썹을 치켜뜨고 그를 쳐다보았다.

「안녕하세요.」그녀가 반은 무뚝뚝하고 반은 절박한 목소리로 나직이 말했다.

「나가 있어!」플로리는 코 슬라에게 공포와 분노를 발산하려는 듯 화가 난 목소리로 말했다.

「안녕하세요.」그녀가 다시 말했다. 「방 안으로 들어오세요. 당신께 할 말이 있어요.」

그는 그녀를 따라 침실로 들어갔다. 일주일 만에 나타난 그녀는 엄청나게 망가져 있었다. 머리카락은 기름으로 번질번질했으며, 지니고 있던 목걸이나 반지 따위는 모두 사라져 버렸고, 2루피 8아나밖에 안 나가는 꽃무늬가 그려진 무명 맨체스터 롱지를 입고 있었다. 얼굴에는 파우더를 덕지덕지 발라 광대처럼 보였다. 파우더는 이마의 모근에까지 발려 있었고, 거기에 갈색 피부와 같은 색깔의 리본이 하나 매여 있었다. 매춘부처럼 보였다. 플로리는 그녀를 쳐다보지 않고 열린 문 사이로 보이는 베란다를 언짢은 듯 응시하며 서 있었다.

「이렇게 다시 돌아온 이유가 뭐야? 왜 고향으로 내려가지 않았지?」

「카우크타다에 있는 사촌 집에 있었어요. 이런 꼴로 어떻게 고향에 갈 수 있겠어요?」

「그러면 돈을 달라고 사람을 보낸 이유는 뭐지? 일주일 전에 1백 루피를 주었는데 어떻게 또 돈을 달라고 할 수 있어?」

「어떻게 제가 돌아갈 수 있겠어요?」그녀는 그의 말을 무시하고 말했다. 목소리가 너무 날카로워 그는 고개를 돌려 바라보지 않을 수 없었다. 그녀는 샐쭉한 표정을 지으며 똑바로 서 있었다. 미간을 찡그리자, 검은 두 눈썹이 서로 붙고 입은 삐죽 튀어나왔다.

「왜 돌아갈 수 없어?」

「그 일 다음에요! 당신이 나에게 그 일을 해결해 준 뒤에 가겠어요!」

갑자기 그녀는 격렬하고 장황하게 이야기를 늘어놓았다. 목소리는 시장의 여자 상인들이 싸울 때 내는 히스테릭하고 상스러운 비명 소리 같았다.

「내가 경멸하던 어리석은 하층 농부들한테 조롱당하고 손가락질을 받는데 어떻게 돌아가겠어요? 백인의 아내인 내가 고향의 아버지 집에 돌아가 너무 못생겨서 결혼도 못하고 있는 늙은 여자들과 함께 벼를 찧으란 말인가요? 아, 수치스러워요, 정말로 수치스러워요! 당신의 아내였던 2년 동안 당신은 나를 사랑하고 귀여워해 주었어요. 그런데 아무런 예고도 없이, 이유도 없이, 나를 마치 개처럼 대문 밖으로 내쫓았어요. 그리고 저는 돈도 보석도 없이, 실크 롱지도 못 입고 고향으로 내려가야 해요. 그러면 마을 사람들이 손가락질하며 〈잘난 체하던 마 흘라 메이가 왔네, 저 꼴 좀 봐, 백인 남자가 그녀를 버렸나 보지〉라고 말하지 않겠어요. 이젠 망했어요! 당신의 집에서 2년이나 살았는데 어떤 남자가 나와 결혼하겠어요? 당신은 내 젊음을 빼앗아 갔어요. 아, 정말 수치스러워요. 수치스러운 일이에요!」

그는 그녀를 쳐다보지 못하고 힘없이 축 늘어진 채 창백하고 처량하게 서 있었다. 그녀의 말이 모두 옳지만 해줄 것은 아무것도 없다고, 어떻게 이야기한단 말인가? 그녀를 정부로 계속 데리고 있는 것이 불법이며 죄악이라는 것을 어떻게 말

한단 말인가? 그는 어쩔 줄 몰라 몹시 당황했다. 그러자 모반이 마치 잉크 자국처럼 누런 얼굴에 더욱 선명해졌다. 그는 본능적으로 돈 ── 왜냐하면 그녀에게 가장 확실한 효과를 내는 것은 돈이었기 때문이다 ── 을 떠올리고 나직이 말했다.

「돈을 주겠어. 네가 요구한 50루피를 주겠다. 더 이상은 다음 달까지 어려워.」

사실이었다. 그는 이미 1백 루피를 주었고, 또 자신의 새 옷을 사는 데 대부분의 현금을 다 써버렸다. 그러나 놀랍게도, 그가 돈을 주겠다는 말을 하자 그녀는 큰 소리로 울기 시작했다. 흰 얼굴이 오므라들었고, 눈물이 얼굴을 타고 흘러 뺨 아래로 선을 그렸다. 그가 달래기도 전에 그녀는 무릎을 꿇고 엎드리고는, 극도로 비천한 모습으로 마룻바닥에 이마를 조아렸다.

「일어나, 일어나지 못해!」 그는 소리쳤다. 목을 조아리고 한 대 얻어맞은 것처럼 몸을 구부린, 초라하고 비천한 그녀의 모습이 그를 섬뜩하게 만들었다. 「더 이상 참을 수 없어, 당장 일어나.」

그녀는 다시 울부짖으며 그의 발목을 잡으려고 했다. 그는 급히 뒤로 물러났다.

「일어나, 당장, 그리고 끔찍한 소리 좀 내지 마. 대체 왜 우는 거야?」

그녀는 반쯤 일어나 무릎을 꿇고 앉아 그를 보며 다시 울기 시작했다. 「왜 나에게 돈을 주려하나요? 당신은 내가 다시 돌아온 게 돈 때문이라고 생각하나요? 당신이 나를 개처럼 쫓아낼 때 내가 바란 것이 단지 돈이었다고 생각하나요?」

「일어나!」 그는 계속 말했다. 그리고는 그녀가 잡지 못하도록 몇 발짝 뒤로 물러났다.

「돈이 아니면 원하는 게 뭐야?」

「왜 당신은 나를 미워하세요?」 그녀는 울부짖었다. 「내가 당신에게 피해라도 주나요? 내가 당신의 담배 케이스를 훔쳤을 때도 화를 내지 않았잖아요. 난 당신이 지금 저 백인 여자와 결혼하려 하는 걸 알고 있어요. 모든 사람이 다 알고 있지요. 하지만 그게 아무리 중요해도 그렇지, 왜 나를 쫓아내야 해요? 왜 나를 미워해요?」

「미워하지 않아. 설명해 줄 수 없어. 일어나, 제발 일어나.」

그녀는 계속 흐느끼고 있었다. 그녀는 어린애나 다름없었다. 울다가 그의 눈치를 살피며 자비를 베풀어 달라는 시늉을 했다. 그런 다음 끔찍스럽게도 얼굴을 바닥에 대고 대자로 엎드렸다.

「일어나, 일어나!」 그는 영어로 소리쳤다. 「더 이상 참을 수 없어 — 정말 지긋지긋해!」

그녀는 일어나지 않고 그의 다리가 있는 곳을 향해 벌레처럼 기어오고 있었다. 마치 먼지 낀 마룻바닥에 놓인 넓은 리본 같았다. 그녀는 제단 앞에 엎드리는 것처럼 얼굴을 파묻고 두 손을 벌린 채 그 앞에 엎드려 있었다.

「주인님, 주인님.」 그녀가 흐느끼며 말했다. 「저를 용서해 주실 수 없어요? 한 번만, 단 한 번만! 마 흘라 메이를 다시 받아 주세요. 누구보다 더 충성스러운 노예가 될게요. 쫓아내지만 않는다면 뭐든지 할게요.」

그녀는 양팔로 그의 발목을 잡고 발가락에 키스를 해댔다. 그는 호주머니에 손을 넣은 채 절망적으로 그녀를 내려다보았다. 플로가 한가로이 방 안으로 들어오더니 마 흘라 메이가 엎드려 있는 곳에 와서 그녀의 롱지 냄새를 맡았다. 그러곤 냄새의 주인을 알았다는 듯이 꼬리를 흔들어 댔다. 플로리는 참을 수 없었다. 그는 몸을 굽혀 마 흘라 메이의 어깨를 잡고 일으켜 앉혔다.

「일어나, 당장!」 그가 말했다. 「너의 이런 모습에 내 가슴도 아파. 너를 위해 최선을 다할게. 도대체 왜 우는 거야?」

이 말을 듣고 그녀는 희망이 솟아 곧바로 외쳤다. 「그러면 나를 다시 받아 주시겠다는 거예요? 오, 주인님, 마 흘라 메이를 다시 받아 주시는 거죠! 아무도 모를 거예요. 백인 여자가 와도 계속 머물러 있어도 되죠? 하인의 아내라고 말하면 되잖아요? 저를 다시 받아 주시는 거죠?」

「그럴 순 없어. 그건 불가능해.」 그는 고개를 돌리면서 말했다.

그의 단호한 말을 듣더니 그녀는 다시 거칠고 추한 소리로 울부짖었다. 그러고는 원주민 종처럼 그 앞에 엎드려 마룻바닥에 이마를 내리쳤다. 끔찍한 장면이었다. 그의 가슴을 아프게 한 끔찍한 것은, 그녀의 애원이 아니라, 그보다 더 비천한 감정인 극도의 비굴함이었다. 그녀의 이런 모습에는 그에 대한 단 한 가닥의 사랑도 없어 보였다. 이렇게 엎드려 기어 다니면서 흐느껴 우는 것은 오로지 나태한 생활을 하고 값비싼 옷을 입으며 다른 하인을 마음대로 부리던, 한때 그의 정부로서 누렸던 지위에 대한 아쉬움 때문이었다. 말할 수 없을 만큼 측은한 모습이었다. 만약 그녀가 그를 사랑했더라면 그는 양심의 가책을 훨씬 덜 받았을 것이다. 고귀함의 흔적이 없는 슬픔보다 쓰라린 슬픔은 없다. 그는 몸을 구부려 그녀를 일으켜 세웠다.

「들어 봐, 마 흘라 메이.」 그가 말했다. 「너를 미워하지 않아. 너는 나에게 나쁜 짓도 하지 않았어. 너에게 잘못한 사람은 나야. 그러나 지금으로선 어쩔 수 없어. 고향에 내려가 있으면 나중에 돈을 보내 줄게. 네가 원한다면 시장에 가게라도 얻어 주겠어. 그리고 넌 아직 젊어. 돈이 있으면 나하고 같이 지냈던 사실도 별문제가 되지 않을 거야. 남편감도 구할 수 있을 거고.」

「저는 망했어요!」 그녀는 다시 울부짖었다. 「죽고 말 거예요. 강물에 빠져 죽어 버릴 거예요. 창피스러워서 어떻게 살겠어요?」

그는 거의 포옹하듯이 두 팔로 그녀를 잡았다. 그녀가 바싹 다가왔다. 얼굴은 그의 셔츠 안으로 파고들었고 몸은 흐느낌으로 떨고 있었다. 백단향 냄새가 그의 콧구멍을 자극했다. 두 팔로 그를 붙잡고 몸은 그의 두 팔에 안겨 있으니, 아마 다시 그를 지배할 수도 있을 것이라고 그녀는 생각했다. 하지만 그녀가 더 이상 바닥에 엎드리지 않는 것을 알자 플로리는 부드럽게 몸을 빼고 옆으로 떨어져 섰다.

「그만하고 지금 가. 그리고 잘 들어. 약속한 50루피는 주겠어. 약속할게.」

그는 침대 밑에서 양철통을 끌어내 10루피짜리 다섯 장을 끄집어냈다. 그녀는 말없이 그것을 받아 앞섶에 집어넣었다. 울음이 갑자기 멈췄다. 그녀는 말없이 욕실로 가서 세수를 하고 머리와 옷을 단정히 하고 돌아왔다. 화장이 지워진 얼굴은 원래의 갈색을 띠었다. 침울해 보였지만 더 이상 히스테릭한 모습은 아니었다.

「마지막으로 묻겠어요. 당신은 나를 받아 주지 않을 거죠? 이게 당신의 마지막 말인가요?」

「그래, 어쩔 수 없어.」

「그러면 가겠어요.」

「좋아, 잘 가.」

그는 베란다 나무 기둥에 기대서서 그녀가 강한 햇빛 속으로 걸어가는 모습을 지켜보았다. 어깨를 꼿꼿이 세우고 걸어가는 그녀의 뒷모습은 상당히 공격적이었다. 그녀가 했던 말은 모두 사실이었으며, 그는 그녀의 젊음을 빼앗았던 것이다. 그의 무릎은 제어할 수 없을 정도로 떨리고 있었다. 코 슬라가 뒤에서 살금살금 걸어 들어왔다. 그는 플로리의 주의를 끌기 위해 헛기침을 몇 번 했다.

「무슨 일 있어?」

「아침 식사가 다 식겠습니다.」

「아무것도 먹기 싫어. 술이나 가져와 ― 진으로.」

내가 만년을 보낼 곳은 어디인가?

14

길고 굽은 바늘이 자수를 놓듯, 플로리와 엘리자베스를 실은 두 대의 카누는 이라와디 강의 동쪽 제방에서 내륙 쪽으로 이어지는 꼬불꼬불한 지류를 누비듯 나아가고 있었다. 사냥을 하기로 약속한 날이었다. 그들은 정글에서 밤을 보내지 않기 위해 짧게 오후 사냥 여행을 떠나는 중이었다. 상대적으로 시원한 저녁에 두 시간 동안 사냥한 뒤 저녁 식사 시간에 맞춰 집에 돌아올 예정이었다.

큰 나무둥치의 속을 파내 만든 카누는 흑갈색 물에 파문을 거의 일으키지 않고 빠르게 미끄러져 갔다. 흠뻑 젖은 부레옥잠과 푸른 꽃들이 강을 메워, 카누가 지나간 길은 마치 1미터 너비의 구불구불한 리본처럼 보였다. 이리저리 얽힌 나뭇가지를 뚫고 들어온 햇살은 초록색을 띠었다. 때때로 앵무새 울음소리가 머리 위에서 들리곤 했지만, 빠르게 헤엄쳐 부레옥잠 사이로 사라지는 뱀을 제외하면 야생 동물들은 거의 눈에 띄지 않았다.

「마을까지는 얼마나 남았지요?」 엘리자베스는 뒤돌아보며 플로리에게 외쳤다. 플로리는 플로와 코 슬라와 함께 누더기를 걸친 늙은 여자가 노를 젓는 큰 카누를 타고 엘리자베스가 탄 작은 카누를 쫓아가고 있었다.

「얼마나 남았어요?」 플로리는 노를 젓는 여자에게 물어보았다.

늙은 여자는 입에 물고 있던 담배를 손에 쥐고 노를 무릎위에 올려놓고서는 잠시 생각했다. 「남자들이 소리쳤을 때 희미하게 들리는 정도의 거리지요.」 그녀는 한참 후에 말했다.

「약 8백 미터 정도 남았어요.」 플로리가 통역해서 말했다.

그들이 배를 타고 나온 거리는 3킬로미터 정도 되었다. 엘리자베스는 등이 아파 오기 시작했다. 몸을 조금만 움직여도 카누가 전복될 것 같아, 죽은 새우가 어지러이 흩어져 있는 배의 둥근 밑바닥에 다리를 붙이고 등받이 없는 좁은 의자에 꼼짝 않고 똑바로 앉아 있었다. 엘리자베스가 탄 카누의 노를 젓는 버마인은 옷을 걸치긴 했으나 거의 벌거벗은, 나이가 예순 살 정도 되어 보이는 남자였다. 하지만 구릿빛 신체는 젊은이 못지않게 탄탄해 보였다. 얼굴은 세파에 찌들었지만 온화하고 낙천적으로 보였으며, 다른 버마 사람들보다 더 섬세하게 난 검은 머리카락을 한 쪽 귀 위로 느슨하게 묶었는데 한두 개의 머리카락이 뺨에 흘러내려 와 있었다. 엘리자베스는 삼촌의 사냥총을 무릎 위에 조심스럽게 올려놓고 있었다. 플로리가 그 총을 가지고 있겠다고 말했지만 거절했다. 지금까지 단 한 번도 총을 잡아 본 적이 없었기 때문에 총을 가지고 있는 즐거움을 느끼고 싶었던 것이다. 그녀는 질긴 치마와 남자들이 입는 실크 셔츠 차림에 투박한 가죽 구두를 신고 있었는데, 쓰고 있는 테라이 모자와 함께 이런 복장이 자신에게 잘 어울린다고 생각했다. 등이 아프고 얼굴에 땀이 흘러내려 간지러운 데다 커다랗고 얼룩덜룩한 모기떼들이 다리를 물어뜯었지만, 그래도 기분은 매우 좋았다.

강폭이 좁아지더니 이제 부레옥잠이 떠다니던 자리는 햇
빛에 반짝이는 초콜릿 같은 가파른 진흙 제방으로 바뀌었다.
쓰러질 것 같은 초가집들이 강 너머로 보였는데, 초가집의
한쪽 기둥은 강바닥에 박혀 있었다. 벌거벗은 소년 하나가
두 오두막집 사이에 서서 실에 풍뎅이를 묶어 연처럼 날리고
있었다. 그가 유럽 사람들을 보고 소리치자 어디선가 많은
어린이들이 나타났다. 나이 든 버마인이 야자수 밑둥치를 진
흙 속에 박아 넣어 만든 잔교 — 거기에는 조개삿갓 따위가
붙어 배에서 내릴 때 발을 디디는 발판 역할을 했다 — 에 카
누를 갖다 대고 먼저 뛰어내린 후 엘리자베스가 내리는 것을
도와주었다. 다른 사람들도 차례로 가방과 탄약을 가지고 내
렸다. 늘 그러하듯이 플로는 진흙 같은 물에 뛰어들어 어깨
와 머리만 내놓고 헤엄쳤다. 붉은색으로 물들인 빠소를 입은
깡마른 늙은이가 허리를 굽히며 앞으로 걸어 나와 잔교 주위
에 모여든 아이들의 머리에 알밤을 한 대씩 먹였다. 그의 뺨
에는 사마귀가 나 있었는데, 그 위에는 네 개의 기다란 털이
자라 삐죽 튀어나와 있었다.

「마을 촌장이에요.」 플로리가 말했다.

그는 영어 알파벳 L 자가 뒤집혀 있는 것처럼 이상할 정도
로 구부정한 걸음걸이 — 끊임없이 허리를 굽혀야 하는 말
단 관리의 처지에 관절염까지 생긴 결과였다 — 로 앞장서
걸으며 자기 집으로 안내했다. 한 떼의 어린이들이 유럽 사
람들 뒤를 웅성거리며 따라왔고, 점점 불어나는 개들이 모두
시끄럽게 짖어 대는 바람에 플로는 플로리의 발 옆에 움츠리
며 걸었다. 달처럼 소박하고 순한 얼굴들이 모두 오두막집의
문간에 서서 〈잉거레이크마〉를 멍하니 쳐다보고 있었다. 이
마을은 넓은 나뭇잎 그늘에 둘러싸여 어둡게 보였다. 우기
때는 개울물이 불어나, 마을의 저지대는 사람들이 현관문에

서부터 카누를 타고 다녀야 하는, 지저분한 목조 주택의 베네치아로 변한다.

촌장의 집은 다른 집들보다 약간 컸다. 비가 오면 시끄러운 소음을 견딜 수 없을 텐데, 지붕은 골함석으로 이어져 있었다. 골함석 지붕은 그의 삶에 있어 촌장이라는 자부심을 나타내는 것이었다. 그는 탑은 잊은 채 살아왔기 때문에 열반에 들 기회가 상당히 줄어들었다. 촌장은 계단을 급히 올라가 베란다에서 낮잠을 자고 있는 한 젊은이의 옆구리를 발로 가볍게 차서 깨운 뒤 백인들에게 다시 한 번 허리를 굽혀 안으로 들어오라고 요청했다.

「들어갈까요?」 플로리가 엘리자베스에게 말했다. 「30분쯤 기다려야 될 것 같습니다.」

「베란다로 의자를 가져오라고 할 수는 없어요?」 리 예이크의 집에 다녀온 이후, 그녀는 다시는 원주민의 집 안에 들어가지 않겠다고 다짐했었다.

집 안에서는 한바탕 야단법석이 있었다. 촌장, 젊은이 그리고 몇몇의 여자들이 붉은 히비스커스 꽃으로 이상하게 장식된 두 개의 의자와 베고니아 몇 송이가 꽂혀 있는 양철 기름통을 들고 나왔다. 플로리와 엘리자베스를 위해 두 개의 옥좌를 방 안에 준비해 놓았던 것이 틀림없었다. 엘리자베스가 의자에 앉자 촌장이 찻주전자와 푸른색의 긴 바나나 다발과 새까만 엽궐련 여섯 개를 들고 다시 나타났다. 그러나 엘리자베스는 그가 따라준 차가 리 예이크의 집에서 마신 것보다 더 형편없다는 것을 알고 고개를 절레절레 흔들었다.

촌장은 무안한 듯 코를 긁적거리더니 플로리를 쳐다보고 따킹마[53]의 차에 우유를 타야 할지 물었다. 그는 유럽 사람들

___
53 여주인. 엘리자베스를 가리킴.

은 차에 우유를 타 마신다는 말을 들어서 알고 있었다. 그렇게 하려면 마을 사람들이 소에게 가서 젖을 짜 와야 한다. 엘리자베스는 차를 마시지 않겠노라고 계속 거절했지만 목이 말라 코 슬라를 시켜 가방에 넣어 온 소다수 병을 가져오게 하라고 플로리에게 말했다. 이를 알아차린 촌장은 자신의 준비가 소홀한 것에 대해 죄책감을 느끼며 두 유럽인을 베란다에 남겨 두고 자리를 떴다.

엘리자베스는 총을 여전히 무릎 위에 소중하게 올려놓고 있었고 플로리는 베란다 난간에 기대서서 촌장의 엽궐련 하나를 피우겠다는 시늉을 했다. 엘리자베스는 빨리 사냥하러 나가고 싶었다. 그래서 계속해서 플로리에게 질문을 퍼부었다.

「왜 빨리 출발하지 않나요? 탄약도 충분히 가져왔는데요. 얼마나 많은 몰이꾼이 필요해요? 오, 지금이라도 당장 출발했으면 좋겠어요! 굉장한 것을 잡을 수 있겠지요?」

「아마 큰 것은 못 잡고 비둘기 몇 마리와 들꿩 정도는 잡을 수 있을 거예요. 제철이 아니지만 수탉도 사냥할 수 있을 거고요. 지난주 마을 황소 한 마리를 죽인 표범이 이곳 주변에 어슬렁거린다는 말도 들었어요.」

「오, 표범 말이에요? 그걸 잡으면 얼마나 좋을까요!」

「무척 어려울 거예요. 버마에서 사냥할 때 지켜야 할 유일한 규칙은 마음을 비우는 것이죠. 사냥은 항상 기대에 어긋나기 마련이에요. 정글에는 사냥감이 풍부하지만, 가끔은 총한번 쏘지 못할 때도 있어요.」

「왜 그렇죠?」

「정글이 너무 울창해서 그래요. 동물이 5미터 앞에 있는데도 보이지 않을 수 있고, 몰이꾼 뒤로 몸을 재빨리 피하는 경우도 흔하죠. 동물을 발견하더라도 그 순간은 10분의 1초도안 되지요. 그놈들은 그만큼 빨리 움직여요. 그리고 여기저기에 물이 있어서, 어떤 동물도 한 장소에만 머물러 있질 않아요. 예컨대 호랑이는 환경만 맞으면 행동반경이 수백 킬로미터나 되지요. 먹이가 있어도 의심스러운 것이 조금이라도 있으면 절대 나타나지 않아요. 어렸을 때 나는 죽은 소의 등에 앉아 지독한 냄새를 맡으며 밤낮으로 호랑이를 기다린 적이 있어요. 그런데도 호랑이는 오지 않았습니다.」

엘리자베스는 의자에 몸을 기댄 채 어깨를 으쓱해 보였다. 그녀가 상당히 즐거울 때 하는 동작이었다. 그녀는 플로리가 이런 식으로 이야기하는 것이 좋았으며, 그럴 때 진정 그를 사랑했다. 사냥에 대한 것이라면 아무리 사소한 것이라도 그녀는 전율을 느꼈다. 〈책과 예술과 시시껄렁한 시 이야기 대신 사냥 이야기만 하면 좋을 텐데!〉 그녀는 갑자기 존경심과 함께 플로리가 나름대로 잘생겼다는 생각이 들었다. 파그리 천으로 만든 목 앞부분이 파인 셔츠와 반바지를 입고 사냥 장화에 가죽 각반을 차고 있는 그의 모습은 늠름해 보였다. 얼굴은 윤곽이 잘 잡혀 있고 군인들처럼 햇볕에 그을어 있었다. 언제나 그렇듯 플로리는 그의 모반이 그녀 반대편에 있도록 서 있었다. 그녀는 이야기를 계속하라고 졸랐다.

「호랑이 사냥 이야기를 더 해주세요. 참 재미있어요!」

플로리는 몇 년 전에 늙은 원주민 노동자 한 명을 잡아먹은 식인 호랑이를 사냥한 이야기를 해주었다. 모기가 들끓는 호랑이 사냥 감시대에 앉아 있었던 일, 어두운 정글에서 손전등의 푸른 불빛처럼 다가오는 호랑이의 눈, 그 호랑이가 원주민 노동자의 몸을 아랫니로 꽉 물어서 뜯어 먹으며 헐떡거리던 소리…… 그는 이런 이야기를 기계적으로 내뱉었다 — 그는 호랑이 사냥에 대한 이야기에 늘 흥미를 느끼지 못했다 — 그러나 엘리자베스는 즐거워서 다시 한 번 어깨를 으쓱거렸다. 플로리는 자신의 이야기가 그녀를 즐겁게 해주고, 심지어는 얼마 전에 그녀를 재미없고 불안하게 만들었던 것들을 모두 다 벌충해 주고 있다는 사실을 알아차리지 못했다. 잿빛의 머리카락에 손등에는 핏줄이 툭툭 튀어나온 활기차 보이는 한 늙은 사람이 머리가 흐트러진 여섯 명의 젊은이들을 데리고 골목 아래쪽에 나타났다. 모두 어깨에 단검을 메고 있었다. 그들이 촌장의 집 앞에 멈춘 뒤 한 사람이 날카로운 함성을 지르자 촌장이 나타나 이들이 몰이꾼이라고 설명했다. 젊은 따킹마가 너무 덥다고 느끼지 않는다면 그들은 당장 출발할 수 있었다.

그들은 출발했다. 강에서 떨어진 마을 측면에는 높이가 2미터에 둘레가 4미터에 가까운 선인장으로 된 울타리가 쳐져 있었다. 선인장 사이의 좁은 길을 따라 올라가자 달구지 바퀴 자국이 나 있는 먼지 긴 길이 나왔다. 깃대만큼이나 큰 대나무가 길 양쪽에 빼곡히 자라고 있었다. 몰이꾼들은 저마다 폭이 넓은 단검을 팔뚝에 일자로 붙이고 한 줄로 빠르게 걸었다. 이들을 데리고 온 늙은 사냥꾼은 엘리자베스 바로 앞에서 걷고 있었다. 그의 롱지는 미개인들이 허리에 걸치는 옷처럼 몸에 감겨 있었고, 홀쭉한 넓적다리에는 검푸른 문신이 정교하게 새겨져 있어 흡사 푸른 레이스가 달린 바지를 입고 있는 듯 보였다. 두께가 사람 손목 정도 되는 대나무 하나가 그들이 가는 길 위에 가로로 넘어져 있었다. 앞서 가던 몰이꾼이 단검으로 위에서부터 탁 내리쳐 잘라 내자 대나무에 붙어 있던 물기가 다이아몬드처럼 반짝거리면서 흩어졌다. 8백 미터 정도 간 다음 들판에 접어들었다. 강렬한 햇빛 속에서 빨리 걸었기 때문에 모두들 땀을 흘리고 있었다.

「저곳이 우리가 사냥할 곳이에요.」 플로리가 말했다.

그는 그루터기 너머 희뿌옇고 넓은 들판을 가리키면서 진흙으로 경계 지어진 2에이커 정도의 땅을 손으로 동그라미

쳤다. 그곳은 평평했으며 해오라기 떼를 제외하곤 아무것도 없었다. 저 멀리 끝자락에 마치 검푸른 절벽이 튀어나온 것처럼 키 큰 나무들이 빽빽이 들어찬 정글이 갑자기 솟아올라 있었다. 몰이꾼들은 20미터 정도 떨어져 있는, 산사나무처럼 생긴 작은 나무 쪽으로 걸어갔다. 그들 중 한 명이 나무를 향해 무릎을 꿇고 지껄이자 늙은 사냥꾼이 병을 꺼내 흐릿한 액체를 땅에 부었다. 다른 이들은 교회에 모인 사람들처럼 진지하면서도 지루한 표정으로 쳐다보고 있었다.

「저 사람들은 지금 뭘 하는 거예요?」엘리자베스가 물었다.

「마을신들에게 빌고 있는 거예요. 저들은 신들을 〈낫〉이라고 부르지요 — 일종의 드리아스[54]라고 할까요. 우리에게 행운이 있기를 빌고 있는 중이지요.」

늙은 사냥꾼이 다시 돌아와, 정글로 들어가기 전에 오른쪽에 있는 작은 관목 숲부터 헤쳐야 한다고 날카로운 소리로 말했다. 분명 〈낫〉이라는 신이 지시했을 것이다. 그 사냥꾼은 단검을 들어 플로리와 엘리자베스가 서 있어야 할 지점을 지적해 주었다. 여섯 명의 몰이꾼들이 관목 숲 안으로 들어갔다. 그들은 빙 둘러서더니 논이 있는 쪽을 향해 거꾸로 사냥몰이를 했다. 관목 숲 끝자락에서 30미터 정도 되는 지점에 야생 덤불숲이 솟아 있었는데 플로리와 엘리자베스가 한쪽 덤불 뒤에 숨고, 코 슬라는 약간 떨어진 또 다른 덤불 뒤에서 플로의 목줄을 잡고 머리를 쓰다듬으며 쭈그리고 앉아 기다렸다. 플로리는 총을 쏠 때 코 슬라를 어느 정도 멀리 가 있도록 했다. 총알이 빗나가면 그는 혀를 차면서 안타까운 소리를 내기 때문이었다. 이윽고 멀리서 탁탁거리는 소리와 공허하게 울리는 메아리가 들려왔다. 드디어 몰이가 시작된 것이

54 dryad. 그리스 신화에 나오는, 나무와 숲의 요정.

다. 그 소리에 엘리자베스는 제어할 수 없을 정도로 몸을 부들부들 떨기 시작했고, 쥐고 있던 총의 총신도 덩달아 흔들거렸다. 지빠귀 새보다 약간 더 큰, 회색 날개에 불타는 듯한 진홍색 몸을 가진 아름다운 새 한 마리가 나무에서 후다닥 날아 급강하하면서 그들을 향해 돌진해 왔다. 덤불숲을 두드리는 소리와 외침이 점점 가까이 들려왔다. 정글 가장자리의 덤불 중 하나가 격렬하게 움직이더니 큰 동물 한 마리가 나타났다. 엘리자베스는 총을 치켜들고 겨누려 했다. 그러나 그것은 한 손에 단검을 쥔 벌거벗은 누런 몰이꾼이었다. 그는 덤불에서 나와 다른 사람들에게 따라오라고 소리쳤다.

엘리자베스가 총을 내려놓으며 말했다. 「무슨 일이에요?」

「아무 일도 아니에요. 몰이가 끝난 모양이지요.」

「저기엔 아무것도 없단 말이군요!」 그녀는 크게 실망해서 소리쳤다.

「신경 쓰지 마요, 원래 첫 번째에서는 아무 소득도 없는 법이에요. 다음번에는 운이 좋을 겁니다.」

그들은 울퉁불퉁한 그루터기를 지나 들판을 나누는 진흙 경계선 위로 올라가 벽처럼 높이 치솟아 있는 푸른 정글을 등지고 자리를 잡았다. 엘리자베스는 이미 총알을 장전하는 법을 터득했다. 다시 몰이가 시작되자, 코 슬라의 날카로운 비명이 들렸다.

「저길 봐요!」 플로리가 소리쳤다. 「이리로 와요!」

녹색비둘기 떼가 40미터 위에서 엄청난 속도로 이들을 향해 돌진하고 있었다. 고무줄 새총에 쓰이는 돌을 한 움큼 공중으로 휙 집어 던진 것처럼 보였다. 엘리자베스는 흥분해서 어쩔 줄 몰랐다. 순간 그녀는 꼼짝하지 않고 새들이 있는 공중으로 총을 들어 올려 방아쇠를 힘껏 당겼다. 그러나 아무 일도 일어나지 않았다 — 당황한 그녀가 방아쇠 대신 안전

장치를 잡아당긴 것이었다. 새들이 머리 위로 날아오르는 것을 본 그녀는 다시 방아쇠를 더듬어 두 개의 방아쇠를 동시에 당겼다. 귀가 먹먹할 정도의 굉음이 울려 퍼졌고 그녀는 한 발자국 뒤로 나자빠졌다. 쇄골이 부서질 정도로 아팠다. 그녀는 자신이 새 떼로부터 30미터 정도 떨어진 곳에 총을 발사했음을 알았다. 동시에 플로리가 고개를 돌려 총을 발사했다. 두 마리의 비둘기가 갑자기 비행을 멈추고 빙빙 선회하다가 화살처럼 땅에 떨어졌다. 코 슬라가 소리를 지르자 플로는 새가 떨어진 곳으로 쏜살같이 달려갔다.

「보세요!」 플로리가 말했다. 「저기 황제 비둘기 한 마리가 있으니 잡읍시다!」

머리 위에서 커다란 새 한 마리가 다른 새보다 훨씬 낮게 날고 있었다. 엘리자베스는 한 번 실수한 터라 총을 다시 쏘고 싶지 않았다. 그녀는 플로리가 탄약 한 발을 탄창에 밀어 넣고, 총을 들어 흰 연기를 피워 올리며 발사하는 모습을 보았다. 새는 날개가 부러져 아래로 급강하했다. 플로와 코 슬라가 흥분을 감추지 못하고 뛰어왔다. 플로는 황제 비둘기를 입에 물고, 코 슬라는 사냥감 부대에서 두 마리의 녹색비둘기를 끄집어냈다.

플로리는 작은 녹색비둘기 한 마리를 손에 쥐고 엘리자베스에게 보여 주었다. 「보세요. 참 귀엽죠? 아시아에서 가장 아름다운 새죠.」

엘리자베스는 손끝으로 부드러운 깃털을 만져 보았다. 그녀는 조금 전 플로리가 총을 멋지게 쏘는 것을 본 터라 그에게 질투를 느끼면서도 존경심이 들었다.

「가슴 털을 한번 보세요. 보석 같지요. 이들을 쏘아 죽이는 것은 살인 행위나 다름없어요. 이런 새들을 죽이면 이들은 〈보세요, 이것이 내가 가지고 있는 모든 것이에요. 당신 것을 빼앗지도 않는데, 당신은 왜 나를 죽이나요?)라는 뜻으로 배에 들어 있는 음식을 토해 낸다고 버마 사람들은 말하죠. 실제로 그렇게 하는 새는 지금까지 보지 못했지만요.」

「고기는 맛있나요?」

「예, 맛은 있지만 이들을 죽이는 것은 부끄러운 일이죠.」

「나도 당신처럼 멋지게 사냥할 수 있으면 좋겠어요!」 그녀가 부러운 듯이 말했다.

「요령만 잘 익히면 곧 잡을 수 있을 거예요. 총을 잡는 법은 알고 있군요. 처음 배우는 사람보다는 훨씬 나은 것 같네요.」

하지만 다음 두 번의 몰이에서도 엘리자베스는 아무것도 잡지 못했다. 플로리로부터 두 개의 총신을 한 번에 발사하지 않는 법을 배웠지만 흥분이 지나쳐 목표물을 제대로 겨냥할 수 없었던 것이다. 플로리는 큰 비둘기 몇 마리와 등이 녹청만큼 푸르고 날개는 황갈색인 작은 비둘기를 더 잡았다. 사방에서 〈꾸꾸꾸〉 하고 우는 소리와 날카로운 트럼펫 같은 수탉의 울음소리가 한두 번 들렸지만 정글의 새들은 너무 영리해 거의 눈에 띄지 않았다. 그들은 지금 정글 깊숙이 들어와 있었다. 햇빛을 받아 반짝이는 곳도 있었지만 대체로 희끄무레했다. 어떤 각도에서 보더라도 수많은 나무가 들어차 있고, 서로 얽혀 있는 덤불과 덩굴 식물이 마치 잔교 기둥 주위에서 사방으로 흩어지는 물결처럼 바닥 주위에서 이리저리 마구 뻗어 있어 앞이 잘 안 보였다. 정글은 수 킬로미터 뻗어 있는 검은 딸기나무처럼 울창해 그들의 눈은 압도당하고 말았다. 어떤 덩굴 식물은 거대한 뱀만큼 컸다. 플로리와 엘리자베스는 가시에 옷을 찢기면서도 사냥감이 다니는 좁은 길을 따라 힘겹게 나아갔다. 셔츠가 땀으로 흠뻑 젖었다. 숨 막힐 정도로 더웠고, 으깨진 풀잎 냄새가 진동했다. 보이지 않는 매미들이 이따금씩 몇 분 동안 기타의 쇠줄을 퉁기는 듯한 날카로운 금속성 소리로 깜짝 놀랄 정도로 크게 울다가 다시 쥐 죽은 듯 조용해지기를 반복했다.

다섯 번째 몰이를 위해 그들은 높은 곳에서 황제 비둘기가 울고 있는 거대한 보리수나무 아래까지 왔다. 울음소리는 저 멀리서 암소가 〈음매〉 하고 우는 소리 같았다. 한 마리가 날개를 퍼덕거리더니 날아가 가장 높은 가지에 앉았는데 잿빛의 작은 형체처럼 보였다.

「앉아서 쏴봐요.」 플로리가 엘리자베스에게 말했다. 「목표물이 조준되면 지체 없이 방아쇠를 당겨요. 왼쪽 눈을 감으면 안 돼요.」

엘리자베스는 총을 들었다. 조금 전처럼 몸이 떨리기 시작했다. 몰이꾼들은 잠시 서서 지켜보았는데, 몇몇은 끌끌 혀를 찼다. 그들에게 여자가 총을 쏜다는 것은 무척 신기하고 충격적인 일이었다. 그녀는 용기를 내어 1초 동안 총을 고정시킨 뒤 방아쇠를 잡아당겼다. 그녀는 총소리를 듣지 못했다. 목표물이 명중될 때, 총을 쏜 사람은 총소리를 듣지 못하는 법이다. 새는 위로 휙 날아오르더니 빙글빙글 돌면서 아래로 다시 내려와 10미터 높이의 나뭇가지에 떨어졌다. 몰이꾼 중 하나가 단검을 내려놓고 나무를 조심스럽게 살펴본 뒤 나뭇가지에 매달려 있는, 사람의 넓적다리만큼 굵고 꽈배기처럼 꼬여 있는 덩굴 식물 쪽으로 걸어갔다. 그러고는 사다리를 타는 것처럼 손쉽게 덩굴을 타고 올라가 널찍한 가지 위를 꼿꼿이 서서 걸어가더니 비둘기를 잡아서 내려왔다. 그는 축 처져 있지만 아직 온기가 남아 있는 비둘기를 엘리자베스의 손에 쥐어 주었다.

새의 감촉이 너무 황홀해 그녀는 남에게 넘겨줄 수 없었다. 새를 가슴에 꼭 껴안고 키스까지 할 수 있었을 것이다. 플로리와 코 슬라, 몰이꾼 등 모든 남자들은 그녀가 죽은 새를 좋아하는 것을 보고 서로 미소 지었다. 얼마 후, 그녀는 마지못해 하며 코 슬라에게 새를 자루 가방에 넣도록 했다. 그녀는 두 팔로 플로리의 목을 껴안고 키스하고 싶은 욕망을 느꼈다. 어쨌든 그녀에게 이런 감정을 불러일으킨 것은 바로 비둘기 사냥이었다.

다섯 번째 몰이를 끝낸 뒤 사냥꾼들은 플로리에게 파인애플을 재배하기 위해 만들어 놓은 개간지를 가로질러 그 너머에 있는 또 다른 조그만 정글에서 사냥 몰이를 해야겠다고 설명했다. 그들은 어두침침한 정글에서 나와, 눈이 부실 정도로 햇살이 따가운 개간지로 들어갔다. 2에이커 정도 되는 개간지는 풀을 베어 낸 밭뙈기처럼 정글을 파헤쳐 갈아 놓은 직사각형 모양으로, 그 위에는 선인장처럼 가시가 난 파인애플이 줄을 지어 자라고 있었는데 거의 잡초에 뒤덮여 있었다. 가시나무로 만든 낮은 산울타리가 들판 중간에 뻗어 있었다. 플로리와 일행이 들판을 거의 다 건너갔을 때 뻐꾸기 한 마리가 산울타리 너머에서 날카롭게 울어 댔다.

「오, 들어 보세요!」엘리자베스가 멈추어 서며 말했다. 「저 새가 〈정글 수탉〉인가요?」

「예, 이 시간쯤 되면 먹이를 구하러 나오죠.」

「다가가서 총으로 잡을 수 없나요?」

「원한다면 한번 해보죠. 하지만 영리한 녀석들이라 잡으려면 산울타리까지 기어가 저 반대쪽으로 가야 해요. 쥐 죽은 듯 조용히 다가가야 합니다.」

그는 코 슬라와 몰이꾼들을 먼저 보내고 엘리자베스와 단둘이 들판을 포위하듯 산울타리를 따라 기어갔다. 그들은 안 보이도록 땅에 바싹 붙었다. 엘리자베스는 앞쪽에 있었다. 땀이 그녀의 얼굴을 간질이면서 윗입술로 떨어졌고 가슴은 격렬하게 요동치고 있었다. 그녀는 뒤따라오는 플로리의 앞발이 자신의 뒤꿈치를 치는 것을 느꼈다. 둘은 허리를 펴고 산울타리를 쳐다보았다.

10미터 정도 떨어진 곳에 작은 수탉 한 마리가 열심히 땅을 쪼고 있었다. 부드럽고 긴 목털, 주름진 볏, 구부정한 녹색 꼬리가 무척이나 아름다웠다. 그 주변에는 뱀 껍질 같은 다이아몬드 모양의 깃털을 지닌, 덩치 작은 갈색 암탉 여섯 마리가 있었다. 엘리자베스와 플로리를 보자마자 이들은 꽥꽥 소리를 지르며 총알처럼 정글로 휙 날아가 버렸다. 거의 동시에 엘리자베스는 총을 들어 발사했다. 그것은 손에 총을 들고 있다는 의식도 없이 거의 조준도 하지 않은 그런 발사였다. 그런 경우 총을 쏜 사람은 흔히 총알이 과녁에 명중되었을 것이라는 식으로 생각하는 경향이 있다. 그녀는 방아쇠를 당기는 순간 맞힐 수 있으리라 직감했다. 수탉은 공중회전을 하더니 30미터 전방에 깃털을 흩날렸다. 「명중이야, 명중!」 플로리가 외쳤다. 그들은 흥분하여 총을 내려놓고 가시나무 울타리를 헤집고 들어가 새가 떨어진 곳으로 나란히 뛰어갔다.

「명중이야!」 플로리는 그녀만큼 흥분해서 외쳤다. 「놀라워요. 사냥을 처음 하는 사람이 하늘에 나는 새를 총으로 명중시키는 것은 처음 봤어요. 번개처럼 총을 쏘았네요. 정말 놀라운 일이에요.」

그들은 죽은 새를 가운데 둔 채 무릎을 꿇고 서로를 쳐다보았다. 그리고 놀랍게도 그의 오른손과 그녀의 왼손이 서로 꽉 잡혀 있는 것을 알았다. 의식하지 못한 채 서로 손을 잡고 이리로 뛰어왔던 것이다.

갑작스러운 적막이 그들 사이에 흘렀다. 뭔가 중요한 일이 일어날 것 같은 순간이었다. 플로리는 왼손을 뻗어 그녀의 다른 손도 잡았다. 그녀는 자신의 손을 그에게 순순히 맡겼다. 그 순간 그들은 손을 잡은 채 땅에 무릎을 꿇었다. 태양이 그들 위에서 이글거렸고 몸에서는 뜨거운 열기가 솟아올랐다. 그들은 흥분과 즐거움의 구름 위를 떠다니는 것 같았다. 그는 그녀의 팔을 잡고 자기 쪽으로 끌어당겼다.

그러다가 그는 갑자기 머리를 딴 곳으로 돌리고 일어난 뒤 엘리자베스를 당겨 일으켜 세웠다. 그러고는 그녀의 팔을 놓았다. 갑자기 자신의 모반이 생각난 것이었다. 게다가 감히 어찌할 용기가 없었다. 대낮에 여기서는 안 된다! 잘못하다가 퇴짜라도 맞으면 큰일이었다. 순간의 어색함을 모면하기 위해 그는 몸을 구부려 죽은 정글 수탉을 집어 들었다.

「정말 화려하군요.」 그가 말했다. 「이제 당신에게 아무것도 가르치지 않아도 될 것 같군요. 총을 잘 쏘니까요. 다음 몰이를 하는 데로 갑시다.」

총을 다시 집어 들고 산울타리를 빠져나왔을 때 정글 가장자리에서 고함 소리가 들려왔다. 두 명의 몰이꾼이 손을 공중으로 격렬하게 흔들면서 엄청난 속도로 달려왔다.

「무슨 일일까요?」 엘리자베스가 물었다.

「나도 잘 모르겠네요. 아마 동물을 보았는지도 모르죠. 그들의 모습으로 봐서 무슨 좋은 일이 있는 것 같군요.」

「오, 서둘러요! 어서 가요!」

그들은 비탈을 지나 들판을 가로질러 파인애플 나무와 가시덤불을 뚫고 뛰어갔다. 코 슬라와 다섯 명의 몰이꾼들이 무리를 지어 웅성거리고 있었고, 다른 두 명은 플로리와 엘리자베스에게 흥분한 표정으로 손짓을 했다. 가까이 다가가 보니 무리 가운데 한 늙은 여자가 서서 한 손에 누더기 같은 롱지를 들고 다른 손에는 큰 담배를 든 채 손짓하고 있었다. 엘리자베스는 〈짜르〉라는 소리를 반복해서 들었다.

「그들이 뭐라는 거지요?」 엘리자베스가 말했다.

몰이꾼들이 웅성거리면서 플로리 주위에 몰려들어 지껄이며 진지하게 정글 쪽을 가리켰다. 몇 마디 묻고 난 뒤 플로리는 조용히 하라고 손을 젓고 엘리자베스에게 고개를 돌렸다.

「저기에 큰 놈이 있어요! 이 늙은 여자가 정글에서 나왔는데 당신이 조금 전에 쏜 총소리를 듣고 표범 한 마리가 오솔길을 가로질러 뛰어가는 것을 보았다는군요. 몰이꾼들은 표범이 숨을 만한 곳을 알고 있지요. 도망치기 전에 서두른다면 놈을 포위해 밖으로 쫓아낼 수 있을 거예요. 한번 해볼까요?」

「오, 그렇게 해요! 얼마나 스릴 넘치는 일이 되겠어요! 우리가 표범을 잡는다면 얼마나 좋을까요!」

「위험하다는 건 알고 있겠죠? 우리는 서로 바싹 붙어 있어야 해요. 그래야 안전하죠. 한 발자국이라도 떨어지면 안 돼요. 준비됐어요?」

「물론, 물론이에요! 조금도 놀라지 않아요. 어서 출발해요!」

「너희 중 하나는 우리와 함께 가서 길 안내를 해.」 플로리가 몰이꾼에게 말했다. 「코 슬라, 플로를 줄에 묶어 두고 다른 몰이꾼을 따라가. 우리와 함께 있으면 조용히 있지 않을 테니까. 자, 서두릅시다.」

코 슬라와 몰이꾼들은 정글 가장자리를 따라 서둘러 이동했다. 그들은 정글을 급습해 점점 깊숙이 몰이를 할 것이다. 조금 전 나무에 올라가 총에 맞은 비둘기를 꺼내 왔던 젊은 몰이꾼이 정글 속으로 잽싸게 들어갔고, 플로리와 엘리자베스도 그의 뒤를 따랐다. 그는 잰걸음으로 거의 뛰다시피 동물이 다니는 미로 같은 길로 안내했다. 이따금씩 기어가야 할 정도로 길에는 덤불이 낮게 자라고 있었고 덩굴 식물이 덫처럼 길을 가로막고 있었다. 먼지가 이는 땅은 적막했다. 젊은 몰이꾼이 정글 안 경계표 앞에 멈추더니 바로 이 지점이라는 듯 손으로 땅을 가리키고는 손가락을 입에 갖다 댔다. 플로리는 호주머니에서 네 발의 SG 탄약을 끄집어내 엘리자베스의 총에 조용히 장전해 주었다.

뒤에서 바스락거리는 소리가 희미하게 들려 그들은 깜짝 놀랐다. 거의 벌거벗은 한 젊은이가 돌팔매 활을 손에 쥐고 덤불을 가르며 어딘가에서 나타났다. 그가 몰이꾼을 쳐다보고 머리를 흔들어 좁은 길을 가리키자 몰이꾼은 알았다는 시늉을 했다. 그들 네 사람은 다시 출발했다. 두 명의 유럽인이 앞서고 버마 사람들이 뒤를 따르며 말없이 좁은 길을 따라 40미터쯤 가서 멈추었다. 그때 플로의 짖는 소리에 간간이 끊기긴 했지만 소스라치게 놀랄 정도의 함성 소리가 수십 미터 밖에서 들려왔다.

엘리자베스는 몰이꾼의 손이 자신의 어깨를 잡고 아래로 누르는 것을 느꼈다. 그것을 신호로 네 사람은 모두 따끔거리는 덤불 아래 급히 엎드렸다. 유럽인들은 앞에, 버마인들은 뒤에 엎드려 있었다. 멀리서 들리는 떠들썩한 함성은 몰이꾼들이 단검으로 나무줄기를 때리는 소리였다. 여섯 명이라고 하기에는 믿을 수 없을 만큼 시끄러웠다. 몰이꾼들은 표범이 그들에게 달려들지 못하도록 상당히 조심하고 있었다. 엘리자베스는 연한 노란색의 개미 떼가 군인들처럼 열을 지어 덤불의 가시 위를 행진하는 것을 보았다. 한 마리가 그녀의 손에 떨어져 팔뚝으로 기어 올라왔다. 그러나 그녀는 감히 소리를 내거나 움직일 수 없었다. 그저 마음속으로 〈제발, 표범아, 와라! 오 제발, 와라!〉 하며 간절히 바라고 있었다.

갑자기 잎을 내리치는 시끄러운 소리가 들렸다. 엘리자베스는 총을 들었지만, 플로리가 머리를 날카롭게 흔들며 총신을 아래로 당겼다. 정글 조류들이 시끄럽게 성큼성큼 걸으면서 좁은 길을 가로질러 사방으로 흩어졌다.

몰이꾼들의 외침이 더 이상 가까이 들려오지 않아 정글의 이쪽 끝은 죽은 듯이 고요해졌다. 엘리자베스의 팔 위에 있던 개미는 그녀를 아프게 깨물더니 땅으로 떨어졌다. 엄청난 절망감이 그녀의 가슴속에 쌓이기 시작했다. 표범은 나타나지 않았다. 그놈은 어딘가로 숨어 놓쳐 버린 것이다. 몰이꾼들이 표범의 소리를 더 이상 듣지 못한 것이라고 생각하니, 그녀의 실망감은 괴로움으로 바뀌었다. 그런데 순간 그녀는 몰이꾼이 자신의 팔꿈치를 치는 것을 느꼈다. 그는 목을 길게 빼 전방을 살피고 있었는데, 그의 부드럽고 무딘 누런 뺨은 그녀의 뺨과 단지 몇 센티미터 정도밖에 떨어져 있지 않았다. 그녀는 그의 머리카락에서 나는 코코넛 기름 냄새를 맡을 수 있었다. 그의 거친 입술은 휘파람을 불 때의 모습처럼 오므리고 있었다. 뭔가 소리를 들은 것이다. 플로리와 엘리자베스 역시 그 소리를 들었다. 그것은 덩치 있는 동물이 다리로 바닥을 스치며 정글을 미끄러지듯 빠져나가는, 희미하게 속삭이는 듯한 소리였다. 그 순간 표범의 머리와 어깨가 그들이 엎드려 있는 좁은 길로부터 15미터 전방의 덤불 속에서 보였다.

그놈은 앞발을 좁은 길에 올려놓고 움직이지 않고 있었다. 그들은 표범의 낮고 평평한 귀와 머리, 입 밖으로 드러난 송곳니, 두껍고 끔찍하게 생긴 앞발을 보았다. 그늘에서 놈은 노란색이 아닌 회색으로 보였다. 조심스럽게 뭔가를 듣고 있는 것 같았다. 엘리자베스는 플로리가 일어서서 총을 들어 본능적으로 방아쇠를 당기는 것을 보았다. 굉음을 내는 것과 거의 동시에 그놈은 잡초 더미 위에 납작하게 쓰러지면서 〈쿵〉 하는 소리를 냈다. 「저길 봐!」 플로리가 외쳤다. 「아직 안 죽었어!」 그는 다시 발사했다. 총알이 급소를 찌르자 다시 한 번 〈쿵〉 하는 소리가 났다. 표범은 숨을 몰아쉬었다. 플로리는 총의 약실을 열어젖히고 주머니에서 탄약을 더듬어 찾다가 모두 땅에 던지고 무릎을 꿇은 채 다른 탄약을 급히 찾았다.

「빌어먹을, 제기랄!」 그가 소리쳤다. 「SG 탄약이 없어. 제기랄, 내가 어디에 두었지?」

표범은 상처 입은 큰 뱀처럼 덤불 바닥을 뒹굴면서 흐느끼는 듯 처량한 울음소리를 냈다. 그 소리는 점점 가까이 들려오는 듯했다. 플로리가 거꾸로 세워서 본 탄약 끝에는 6 혹은 8이라는 숫자가 적혀 있었다. 나머지 대형 탄약을 코 슬라에게 모두 맡겨 놓은 것이었다. 으르렁거리며 쓰러진 그놈은 이제 5미터도 떨어져 있지 않았지만, 정글이 너무 울창해 이들은 아무것도 볼 수 없었다.

두 버마인이 소리쳤다. 〈쏘세요! 쏘세요! 쏘세요!〉, 〈쏘세요! 쏘세요!〉 하는 소리가 멀리까지 퍼져 나갔다. 이들은 근처 나무 위에 올라가 있었다. 덤불에서 몸부림치던 표범이 가까이 다가와 이제 엘리자베스가 서 있는 덤불까지 흔들어 댔다.

「이런, 저놈이 우리 가까이 왔어!」 플로리가 말했다. 「어쨌든 저놈을 다른 곳으로 가게 해야 해요. 숨통을 끊어야겠군요.」

엘리자베스는 총을 들었다. 두 무릎이 캐스터네츠처럼 흔들렸지만 손은 전혀 움직이지 않았다. 그녀는 빠르게 한 방씩 차례로 발사했다. 으르렁거리는 소리가 멈추었다. 표범은 땅에 붙어 기어갔지만 재빨리 사라져 보이지 않았다.

「잘했어요! 충분히 놈을 위협했어요.」 플로리가 말했다.

「하지만 사라졌잖아요! 그놈이 사라졌어요!」 엘리자베스가 초조한 듯 발을 구르며 외쳤다. 그녀는 표범을 따라갈 생각이었다. 플로리가 벌떡 일어서서 그녀의 등을 잡았다.

「걱정할 것 없어요! 여기서 그대로 기다려요!」

그는 급히 두 발의 작은 탄약을 총 안에 집어넣고 표범의 으르렁거리는 소리를 뒤쫓아 뛰었다. 이제 그녀는 표범과 플로리 모두 볼 수 없었다. 이들은 30미터 떨어진 나무가 없는 공터에 다시 나타났다. 표범은 배를 드러낸 채 땅에 뒹굴고 숨을 헐떡거리며 죽어 가고 있었다. 플로리는 4미터쯤 떨어진 곳에서 총을 겨누어 발사했다. 놈은 마치 주먹으로 쳐 올린 베개가 떨어지는 것처럼 공중으로 튀어 올랐다가 떨어져 바닥에서 구르더니 웅크리고 누워 더 이상 꼼짝하지 않았다. 플로리가 총신으로 배를 찔러 보았으나 움직이지 않았다.

「이제 다 됐군. 완전히 죽었어.」 그가 외쳤다. 「여기 와서 이놈을 보게.」

두 명의 버마인이 나무에서 뛰어내려 엘리자베스와 함께 플로리가 서 있는 지점으로 건너갔다. 표범 — 수컷이었다 — 은 머리를 앞발 사이에 집어넣고 웅크린 채 누워 있었다. 놈은 살아 있을 때보다 훨씬 작아 보였다. 차라리 죽은 고양이처럼 불쌍해 보였다. 엘리자베스는 무릎을 계속 떨고 있었다. 그녀와 플로리는 바싹 붙어 서서 표범을 내려다보았지만 이번에는 서로 손을 잡지 않았다.

그때 코 슬라와 다른 몰이꾼들이 오더니 환호성을 올렸다. 플로는 죽은 표범에게 다가가 킁킁거리며 냄새를 맡더니 이내 꼬리를 내리고 50미터나 도망쳐 깽깽거렸다. 그리고 두 번 다시 표범 근처에 얼씬도 하지 않았다. 모든 사람들이 표범 주변에 웅크려 앉아 놈을 쳐다보았다. 그들은 토끼 복부처럼 부드러운 흰 배를 쓰다듬었다. 또 앞발을 들어 날카로운 발톱을 살펴보고 검은 입술을 위로 당겨 송곳니를 조사했다. 이윽고 두 명의 몰이꾼이 큰 대나무를 잘라 거기에 네 발을 묶었다. 표범의 긴 꼬리가 아래로 축 처졌다. 그들은 표범을 묶은 대나무를 어깨에 메고 승리감에 도취되어 마을로 행진했다. 누구도 사냥을 더 하자고 말하지 않았다. 날은 아직 어두워지지 않았지만 유럽인들을 포함해 이들 모두는 빨리 마을에 도착해 자랑하고 싶었다.

플로리와 엘리자베스는 나무 그루터기만 남은 들판을 가로질러 나란히 걷고 있었다. 다른 사람들은 총과 표범을 메고 30미터 앞에서 걷고 있었다. 플로는 멀찌감치 떨어져서 살금살금 그들을 따라갔다. 이라와디 강 너머 지는 태양이 들판을 온통 붉게 물들이고 있었다. 그루터기 줄기는 황금색이 되었고 표범을 메고 가는 이들의 얼굴도 부드러운 햇빛을 받아 노랗게 변해 있었다. 엘리자베스와 플로리는 어깨가 거의 닿을 정도로 나란히 걸었다. 땀으로 흠뻑 젖었던 그들의 셔츠가 다시 말랐다. 그들은 이야기를 많이 하지 않았다. 피로감과 성취감에서 오는 극도의 행복에 젖어 있었다. 인생에서 어떤 것도 ― 육체적 즐거움이나 정신적 즐거움, 그 어떠한 즐거움이라도 ― 이 행복에 비견될 수 없었다.

「표범 가죽은 당신 거예요.」 마을에 다가오자 플로리가 말했다.

「오, 하지만 당신이 잡았잖아요!」

「신경 쓰지 마요. 당신이 표범 가죽을 무척 좋아한다는 걸 알고 있어요. 정말이지, 이 나라에서 당신만큼 침착한 사람은 없을 겁니다. 카우크타다 감옥에 있는 죄수에게 가죽을 무두질하도록 시킬 겁니다. 짐승 가죽을 벨벳처럼 부드럽게 만드는 죄수가 거기에 있거든요. 그는 7년의 징역형을 살고 있는데 감옥에서 무두질하는 법을 배웠죠.」

「오, 너무 고마워요.」

얼마 동안 서로 아무 말이 없었다. 그들은 땀과 먼지를 씻어 내고 간식을 먹으며 휴식을 취했다. 며칠 후 그들은 클럽에서 다시 만나리라. 약속은 하지 않았지만 다시 만나리라고 그들은 생각하고 있었다. 또한 이들 둘 사이에는 어떤 말도 오가지 않았지만, 플로리가 엘리자베스에게 청혼을 하리라는 것도 분명했다.

마을에서 플로리는 몰이꾼들에게 각각 8아나씩 주고 표범 가죽 벗기는 것을 감독했다. 그리고 촌장에게는 맥주 한 병과 황제 비둘기 두 마리를 주었다. 가죽과 두개골은 카누에 실었다. 코 슬라가 지켰지만 표범의 수염은 어느새 누군가가 다 떼어 가버렸다. 마을의 젊은 사람들은 음식으로 쓰기 위해 심장과 다른 장기들을 떼어 갔다. 이런 것을 먹으면 표범처럼 강해지고 날렵해진다고 버마 사람들은 믿고 있었다.

15

클럽에 온 플로리는 래커스틴 부부가 이상하게 시무룩해 있는 것을 보았다. 래커스틴 부인은 평소대로 천장에 달린 큰 부채 아래 가장 좋은 자리에 앉아서 버마의 귀족 연감이라 할 수 있는 공무원의 봉급 목록을 보고 있었다. 그녀는 남편에게 기분이 상해 있었다. 남편은 클럽에 오자마자 위스키 한 잔을 갖다 달라고 해서 아내의 성미를 자극했고, 게다가 『펀컨』까지 읽음으로써 아내에게 도전하고 있었다. 엘리자베스는 숨 막히는 작은 도서실에 혼자 앉아 오래된 『블랙 우즈』를 이리저리 뒤적이고 있었다.

플로리와 헤어진 후 그녀는 매우 불쾌한 일을 경험했다. 그녀가 욕실에서 나와 디너용 드레스를 입고 있는데, 삼촌이 갑자기 방에 나타나 — 그날의 사냥 이야기를 더 많이 들으려는 척하면서 — 분명히 어떤 의도가 있는 사람처럼 그녀의 다리를 꼬집었던 것이다. 그녀는 도저히 이해할 수가 없었고 무척 놀랐다. 간혹 들리는, 질녀를 좋아하는 남자들에 대한 소문이 사실일 수도 있다고 처음으로 깨달은 순간이었다. 사람은 살면서 배우게 된다. 래커스틴 씨는 농담으로 이

상황을 모면해 보려 했지만 워낙 우둔한 데다 또 술에 취해 있어 성공하지 못했다. 아내에게 소리가 들리지 않는 곳에 있어 다행이었지, 그렇지 않았더라면 일급 스캔들이 되었을 것이다.

이 일이 있고 나서 저녁 식사는 완전히 모래를 씹는 맛이었다. 래커스틴 씨는 부루퉁해 있었다. 여자들이 분위기를 망치고 자신을 피하면서 즐거운 시간을 날려 보내니, 얼마나 짜증나는 일인가! 엘리자베스는 『라 비 파리지엔』에 실려 있는 아름다운 여성의 사진을 떠올리게 할 만큼 예뻤다. 그런데 제기랄! 그녀를 집으로 데려오기 위해 값을 치른 건 그가 아니었던가! 반면 엘리자베스의 입장은 매우 심각했다. 그녀는 무일푼에다 삼촌의 집이 아니면 머물 곳도 없었다. 그녀는 1만 2천 킬로미터나 떨어진 이곳에 왔다. 2주밖에 지나지 않았는데, 삼촌 집에서 더 이상 머물 수 없으면 큰일이었다.

그렇게 되면 그녀가 마음에 두고 있던 한 가지 일이 확실해질 것이다. 플로리가 그녀에게 청혼을 한다면(그가 청혼하리라는 것은 의심의 여지가 없었다), 그녀는 승낙할 것이다. 평소 같으면 그녀의 생각은 달랐을지도 몰랐다. 하지만 오늘 오후의 영광스럽고 짜릿하고 멋진 모험에 홀려 그녀의 마음은 플로리를 사랑하는 쪽으로 기울었고, 주변의 특별한 상황을 고려하면 그 마음은 더 커질 소지가 다분했다. 그러나 마음 한구석엔 여전히 의심이 남아 있었다. 왜냐하면 나이, 모반, 이상할 정도로 왜곡해서 말하는 투 — 이해할 수 없고 불안한 지적인 말솜씨 — 등과 같이 그에게는 미심쩍은 무언가가 있기 때문이었다. 분명 그녀는 그를 싫어했던 때가 있었다. 그러나 지금 삼촌의 행동이 상황을 바꿔 버렸다. 어떤 일이 있어도 그녀는 삼촌의 집에서 벗어나야 하며, 그것도 되도록 빨리 해야 한다. 그렇다, 플로리가 청혼을 하면 분명히 그녀는 그와 결혼할 것이다!

그가 도서실에 들어왔을 때 그는 그녀의 얼굴에서 그것을 읽을 수 있었다. 그녀는 어느 때보다도 부드러웠고 고분고분했다. 그녀는 처음 만났을 때 입었던, 눈에 익은 바로 그 라일락색 드레스를 입고 있어 그는 더욱 용기가 났다. 때때로 그의 용기를 잃게 만들었던 그녀의 낯설고 우아한 몸가짐은 사라져, 그는 그녀와 더 가까워지는 것 같았다.

그는 그녀가 읽고 있던 잡지를 집어 들며 이야기를 시작했다. 한동안 그들은 시시한 이야기를 지껄였는데, 대화는 그럭저럭 이어져 갔다. 시간만 낭비하는 이런 시시한 대화가 끊이지 않고 이어진다는 게 이상했다. 하지만 대화를 나누면서 그들은 자신들도 모르게 밖으로 나가 테니스장 근처의 인도 재스민 나무 밑으로 갔다. 보름달이 떠 있었다. 뜨겁고 흰 동전처럼 이글거려 눈을 해칠 법한 밝은 달이 노란색 구름 몇 조각이 떠다니는 짙푸른 하늘 저 너머를 향해 재빨리 흘러가고 있었다. 별은 거의 보이지 않았다. 낮에는 황달에 걸린 월계수처럼 섬뜩해 보이던 파두 덤불이 밤에는 달빛을 받아 환상적인 목판화처럼 들쭉날쭉한 흑백의 모습으로 바뀌었다. 구내 울타리 근처에 두 명의 드라비다인 노동자들이 도로를 걷고 있었는데, 그들의 누더기 옷도 달빛에 반짝거렸다. 자동판매기에서 나는 달콤한 냄새처럼 인도 재스민 나무에서 나오는 향기가 나른한 공기 속으로 스며들었다.

「달을 보세요. 한번 쳐다보세요!」 플로리가 말했다. 「하얀 태양 같군요. 영국의 겨울 낮보다 밝은데요.」

엘리자베스는 고개를 들어 달빛을 받아 온통 은색으로 변해 버린 인도 재스민 나뭇가지를 쳐다보았다. 달빛이 땅과 거친 나무껍질에 반짝거리는 소금처럼 두껍게 내려앉아 있어 손으로 만질 수 있을 것 같았고, 모든 이파리 위에 눈처럼 하얗고 투명한 물체가 붙어 있는 것처럼 보였다. 이런 것에 무관심했던 엘리자베스조차 감탄했다.

「정말 아름답군요! 영국에서는 이런 달빛을 볼 수 없어요. 너무나…… 너무나……」〈밝은〉이라는 단어를 제외하곤 어떤 형용사도 생각나지 않았다. 그녀는 말이 없었다. 똑같은 이유에서는 아니지만, 그녀는 『데이비드 코퍼필드』의 로사 다틀처럼 문장을 다 끝내지 않는 버릇이 있었다.

「예, 달이 기울어 갈 때의 모습은 이 나라에서 가장 아름다운 광경이지요. 그런데 저 나무에서 악취가 나지 않나요? 지겹게도 열대성이군요! 나는 1년 내내 피어 있는 꽃은 싫어해요.」

그는 노동자들이 사라질 때까지 시간을 때우기 위해 두서없이 이야기했다. 그들이 사라지자 그는 엘리자베스의 어깨에 팔을 올렸다. 그러고는 그녀가 아무 말도 하지 않고 가던 길을 멈추어 서자 그녀 앞쪽으로 몸을 돌려 그녀를 끌어당겼다. 그녀의 머리가 그의 가슴팍에 와 닿고 짧은 머리카락이 그의 입술을 살짝 스쳤다. 그는 손으로 그녀의 턱을 들어 올려 자신의 얼굴과 마주치게 했다. 그녀는 안경을 쓰고 있지 않았다.

「괜찮겠어요?」

「예.」

「내 말은 나의 이것에 대해 괜찮은지 물어보는 거예요.」그는 머리를 약간 흔들어 모반을 보여 주었다. 이런 질문을 하지 않고서는 그녀와 키스할 수 없었다.

「예, 예, 물론 괜찮아요.」

두 입술이 서로 닿는 순간, 그는 그녀의 팔이 자신의 목을 감싸고 있는 것을 느꼈다. 그들은 인도 재스민 나무에 기대서로 껴안고 키스하면서 1~2분 정도 서 있었다. 끈적끈적한 나무 냄새가 엘리자베스의 머리카락 냄새와 어우러졌다. 그 냄새는 그의 품 안에 있는 그녀가 멀리 있고 그 자신은 바보가 된 것처럼 느끼도록 만드는 것 같았다. 낯선 나무가 그에게 상징하는 모든 것들, 이를테면 이주, 비밀, 헛된 세월은 그들 사이에 놓인 건널 수 없는 바다 같아 보였다. 그가 그녀로부터 원하는 것이 무엇인지 그녀에게 어떻게 이해시킬 수 있을까? 그는 긴장을 풀고 그녀의 어깨를 나무에 부드럽게 밀어붙인 다음 그녀의 얼굴을 내려다보았다. 달이 그녀 뒤에 떠 있었지만 그는 그녀를 똑바로 쳐다볼 수 있었다.

「당신이 나에게 어떤 존재인지 당신에게 말해 봐야 소용없겠지요.」 그가 말했다. 「〈당신이 나에게 어떤 존재인지!〉 이 무뚝뚝한 말! 내가 당신을 얼마나 사랑하는지 당신은 모를 겁니다. 아니, 알 수 없을 거예요. 당신에게 해야 할 말이 있어요. 할 말이 많아요. 클럽으로 다시 돌아갈까요? 우리를 찾을지도 모르니까요. 베란다에서 이야기하면 됩니다.」

「내 머리가 헝클어졌나요?」 그녀가 말했다.

「아름답소.」

「하지만 헝클어지지 않았나요? 좀 매만져 주시겠어요?」

그녀가 머리를 숙였고 그는 그녀의 짧고 시원하게 생긴 머리카락을 손으로 빗겨 주었다. 그는 그녀가 자신에게 머리를 숙이는 것을 보고 이미 그녀의 남편이 된 것인 양 키스할 때보다도 더 친근한 묘한 감정을 느꼈다. 아, 그녀를 잡아야 한다. 그것은 분명했다. 그녀와 결혼하는 것만으로도 해도 그의 삶은 구원받을 수 있을 것이다. 곧 그는 그녀에게 청혼을 할 것이다. 그는 손으로 여전히 그녀의 어깨를 감싼 채 덤불 사이를 천천히 걸어 클럽으로 다시 돌아왔다.

「베란다로 가서 이야기합시다.」 그가 재차 말했다. 「그러고 보니 우리끼리만 이야기를 나눈 적이 없군요. 나는 대화

나눌 상대를 오랫동안 기다려 왔습니다. 내가 당신과 계속 대화를 나눌 수 있다면 얼마나 좋을까요! 내 이야기가 지루하게 들릴지도 모르지만 잠시만 참아 주세요.」

그녀는 〈지루하다〉는 말에 동의하지 않았다.

「아니요, 지루할 겁니다. 난 알고 있어요. 인도에 거주하는 영국인들은 항상 남을 지겹게 하는 사람처럼 보이지요. 그리고 실제로 우리는 남을 지루하게 하는 사람들이에요. 하지만 어쩔 수 없어요. 말하자면 — 뭐랄까 — 우리에게 말하도록 강요하는 어떤 악마가 몸속에 있는 거죠. 우리는 대화를 공유하기를 원하지만 결코 그렇게 할 수 없게 만드는 기억의 짐을 안고 걸어다니죠. 이것이 이 나라에 온 것에 대해 우리가 지불하는 대가입니다.」

그들은 내부와 직접 연결되는 문이 없는 클럽 옆면의 베란다에 있었기 때문에 누구에게도 방해받지 않았다. 엘리자베스는 버들 세공 테이블에 양손을 얹고 앉아 있었다. 반면 플로리는 두 손을 겉옷 주머니에 집어넣은 채 베란다의 동양식 처마 아래 쏟아지는 달빛 속으로 들어갔다가 다시 그늘 속으로 들어갔다 하면서 베란다를 어슬렁거리고 있었다.

「난 당신을 사랑한다고 말했습니다. 사랑! 이 말은 너무 흔해 의미가 별로 없는 것이기도 하죠. 그러나 설명해 보겠습니다. 그래요! 당신과 함께 사냥을 했던 오늘 오후에, 나는 삶을 함께 나눌 사람을 드디어 이곳에서 찾았구나 하고 생각했습니다. 내 삶을 진정으로 함께 나누고 공유할 사람 말입니다……. 알다시피…….」

그는 그녀에게 청혼을 할 참이었다. 실제로 그는 더 이상 지체하지 않고 그녀에게 말할 생각이었다. 그러나 말이 나오지 않았다. 대신 그는 자기 본위의 말만 되풀이했다. 어쩔 수 없었다. 이 나라에서 그의 삶이 어떠했는지를 그녀가 이해하는 것이 너무 중요했다. 또한 그녀가 씻어 줬으면 하는 그의 본질적인 외로움도 그녀는 이해해야 한다. 그것을 그녀에게 설명하기가 쉽지 않았다. 알 수 없는 고통을 받는다는 것은 비교할 대상이 그 무엇도 없다는 뜻이다. 규명될 수 있는 질병에 걸린 사람은 그나마 다행이다! 가난한 자, 병든 자, 사랑으로 버림받은 자도 다행이다. 왜냐하면 적어도 다른 사람들이 그들에게 무슨 일이 일어났는지를 이해하고, 동정심을 가지고 그들의 가슴 아픈 이야기를 들어 주기 때문이다. 그러나 마음의 고통을 받지 않은 자들이 과연 이주의 아픔을 이해할 수 있겠는가? 엘리자베스는 플로리가 앞뒤로 움직이면서 달빛 속에 들어갔다 나왔다 하는 모습을 지켜보았다. 그의 실크 코트가 은빛으로 변했다. 키스 때문에 그녀의 가슴은 계속 뛰고 마음이 산만해 그가 말하고 있을 때도 다른 생각이 떠올랐다. 〈그가 과연 나에게 청혼을 할까? 그가 너무 질질 끌고 있는 것은 아닐까?〉 그녀는 그가 외로움에 대한 어떤 말을 하리라고 어렴풋이 짐작하고 있었다. 〈아, 물론! 그는 우리가 결혼하면 내가 정글에서 감내해야 하는 외로움에 대해 이야기할 것이다. 걱정할 필요 없다. 아마 우리들은 때때로 정글에서 외롭겠지. 어디에서도 수 킬로미터 떨어져 있고, 영화관도 없고, 춤도 없고, 이야기할 상대도 별로 없고, 저녁을 먹은 뒤 독서를 제외하곤 할 일이 없는 곳이니 말이야 — 틀림없이 외롭겠지. 그러나 축음기 소리는 들을 수 있다. 새 휴대용 라디오가 버마에 오면 큰 변화를 만들 수 있을 것이다!〉 그녀가 그 생각을 입밖에 내려는 순간 그가 다음과 같이 덧붙였다.

「내 말을 이해할 수 있습니까? 우리가 이곳에서 살아가는 모습이 마음속에 그려집니까? 외국인들, 고독함, 울적함 말입니다! 익숙지 못한 나무와 꽃, 낯선 경치, 낯선 얼굴들. 이곳은 다른 행성만큼이나 낯선 곳입니다. 바로 이런 것들을 당신이 이해해 주길 바라는 것이지요. 다른 행성에서 사는 것이 나쁘지 않을지도 모릅니다. 당신이 이런 생활을 나와 함께 나눌 수 있다면, 상상할 수 있는 가장 흥미로운 삶이 될 수도 있다고 생각합니다. 이 나라는 나에게 고독한 곳입니다 — 대부분의 우리들에게 그렇습니다 — 그러나 혼자가 아니라면 천국이 될 수 있습니다. 내 말이 모두 무의미한 소리 같습니까?」

그는 테이블 옆에 멈추어 서서 그녀의 손을 잡아 올렸다. 그녀의 얼굴은 희미한 어둠 속에서 꽃처럼 창백한 타원형으로 보일 뿐이었지만, 그는 자신이 내뱉은 말을 그녀가 단 한 마디도 이해하지 못하고 있음을 손의 감촉만으로도 즉시 알아차렸다. 실제로 그녀는 어떻게 이해하고 있을까? 그녀에게는 종잡을 수 없이 무의미한 이야기란 말인가! 그는 즉시 그녀에게 말할 참이었다. 〈나와 결혼해 주겠소?〉 평생 동안 이 말을 하지 못하는 건 아닐까? 그는 그녀의 또 다른 손을 잡고 부드럽게 끌어당겨 일으켜 세웠다.

「두서없는 이야기를 용서해 주십시오.」

「괜찮아요.」 그녀는 그가 키스해 주기를 바라면서 무심코 중얼거렸다.

「아니에요, 하찮은 이야기입니다. 이치에 맞는 이야기도 있지만 말도 안 되는 것도 있습니다. 게다가, 무례하게도 나 자신에 대한 불평만 늘어놓은 것 같군요. 본론을 이야기하겠습니다. 보세요, 이것이 내가 하고 싶은 말입니다. 당신……」

「엘리-자-베스!」

클럽 안에서 래커스틴 부인의 높고 구슬픈 소리가 들려왔다.

「엘리자베스! 어디 있니, 엘리자베스?」

래커스틴 부인은 분명 입구 어딘가에 있었다. 아마 그 순간 베란다에 있을지도 몰랐다. 플로리는 엘리자베스를 자기 쪽으로 끌어당겼다. 그들은 급히 키스를 하고 떨어져 상대방의 손만 잡고 있었다.

「급해요, 이제 시간이 다 됐어요. 나에게 대답해 주십시오. 당신, 나와……」

그러나 더 이상 말이 나오지 않았다. 거의 동시에 이상한 일이 그의 발밑에서 벌어졌기 때문이다 — 마룻바닥이 삐걱 거리면서 마치 물결처럼 일렁거렸다 — 그는 비틀거리다가 넘어지기 직전에 간신히 팔을 마루에 짚으며 쿵 하고 부딪쳤다. 그는 마치 거대한 짐승이 아래에서 등으로 집 전체를 흔드는 것처럼 자신의 몸이 앞뒤로 격렬하게 요동치는 것을 느꼈다.

마룻바닥은 술에 취한 듯 흔들리다가 즉시 제자리로 다시 돌아왔다. 플로리는 멍하니 일어나 앉았다. 크게 다친 데는 없었다. 그는 엘리자베스가 옆에 엎드려 있는 것을 보았고, 클럽 안에서 날카롭게 외치는 소리를 들었다. 대문 너머에서 버마인 두 명이 긴 머리카락을 흩날리며 달빛 속으로 뛰어가고 있었다. 그들은 목청껏 외치고 있었다.

「응가 윈이 흔들고 있어요! 응가 윈이 흔들고 있어요!」

플로리는 무심코 이들을 보고 있었다. 응가 윈이 누구인가? 응가는 범죄자 이름 앞에 붙이는 접두사이다. 응가 윈은 강도임이 틀림없다. 왜 그가 몸을 흔들까? 순간, 그는 기억해 냈다. 응가 윈은 티폰[55]처럼 지각 아래에 묻혀 있다고 버마 사람들이 믿는 거인이었다. 그렇다! 그것은 지진이었다.

「지진이야!」 그가 소리쳤다. 그러고는 엘리자베스를 떠올리고 그녀를 잡아 주기 위해 몸을 움직였다. 그러나 그녀는 이미 다친 데 없이 일어나 앉아 뒤통수를 긁적거리고 있었다.

55 Typhon. 그리스 신화에 나오는 반인반수(半人半獸)의 거대한 동물, 티폰이라고도 함.

「지진이었어요?」 그녀가 다소 놀란 목소리로 말했다.

래커스틴 부인의 육중한 몸이 베란다 구석에서 기어 나와 축 늘어진 도마뱀처럼 벽에 달라붙었다. 그녀는 발작적으로 소리쳤다.

「오, 여보, 지진이 났어요! 오, 끔찍한 충격이었어요! 참을 수 없어요 ― 심장이 터질 것 같아요! 오 여보, 오 여보! 지진이라니요!」

술을 마신 데다 지진이 겹쳐, 래커스틴 씨는 운동 실조증에 걸린 사람처럼 비틀거리며 그녀 뒤를 따라 걸었다.

「지진이라니, 빌어먹을!」 그가 말했다.

플로리와 엘리자베스는 천천히 일어섰다. 그들이 안으로 거의 다 들어섰을 때, 해안가에 정박해 놓은 배 위에서 걸음을 내디딜 때처럼 발바닥에 이상한 감촉이 느껴졌다. 늙은 주방장이 터번을 머리에 눌러쓰고 하인 방에서 급하게 뛰어나왔고, 하인들도 몸을 부들부들 떨며 그의 뒤를 따라 우르르 몰려나왔다.

「지진입니다, 나리, 지진이 일어났어요.」 그가 입에 거품을 물고 외쳤다.

「빌어먹을 지진이 일어나다니!」 의자 밑에 조심스럽게 엎드리며 래커스틴 씨가 말했다. 「여기, 술 좀 가져와, 주방장. 제기랄, 지진이 멈추었으니 이제 술을 좀 마셔야겠어.」

그들 모두는 술을 약간 마셨다. 주방장은 상기되어 있었지만 밝은 얼굴로 한 손에 접시를 들고 테이블 옆에 서 있었다. 「지진입니다, 나리, 큰 지진이었어요!」 그는 심각하게 되풀이해서 말했다. 말을 하고 싶어 못 견디는 사람처럼 보였다. 다른 사람들도 모두 마찬가지였다. 다리가 더 이상 비틀거리지 않자 그들은 엄청난 〈삶의 기쁨 *joie de vivre*〉을 다시 느꼈다. 지진이라는 것은 사라지고 난 뒤에는 재미있는 것이다.

대부분 그렇겠지만, 잔해 더미에 깔려 죽지 않고 살아남은 것을 생각하면 정말 기분 좋은 일이었다. 그들은 일제히 말하기 시작했다. 〈여러분, 전에는 이런 충격을 결코 받아 본 적이 없습니다.〉, 〈바닥에 납작하게 엎드렸어요.〉, 〈나는 빌어먹을 들개가 마룻바닥을 긁는 줄 알았지요.〉, 〈나는 어딘가에서 폭발이 일어난 줄 알았어요…….〉 이런 식으로 지진에 대한 이야기를 한마디씩 다 했다. 주방장까지 대화에 끼어들었다.

「당신은 많은 지진을 겪었을 것 같은데, 안 그래요, 주방장?」 래커스틴 부인이 우아하게 말했다.

「예, 사모님, 많은 지진을 경험했답니다! 1887년, 1899년, 1906년, 1912년……. 기억이 많이 납니다, 사모님!」

「1912년 지진이 가장 심했지요.」 플로리가 말했다.

「오, 나리, 1906년 지진이 더 심했답니다! 엄청 무서운 충격이었지요, 나리! 사원의 큰 이교도 탑이 무너졌지요, 사모님. 대승려이신 타타나바잉[56] 머리 위로 무너져 내렸다고 합니다. 이것은 버마 사람들에게 흉작이 들고 아구창이 생긴다는 매우 불길한 징조였죠. 그리고 제가 어린 하인이었을 때인 1887년에 처음으로 지진을 경험했는데, 그때 맥라간 소령님께서는 테이블 밑에 엎드려 내일부터는 절대 술을 마시지 않겠다고 맹세하시기까지 했죠. 그분께서는 그게 지진인 줄 몰랐어요. 또 암소 두 마리가 지붕에 깔려 죽었답니다.」

유럽 사람들은 자정까지 클럽에 머물렀고 주방장은 새로운 일화를 들려주기 위해 여섯 번이나 방에 들어왔다. 유럽인들은 그를 무시하기는커녕 이야기를 계속하라고 재촉했

56 버마 불교에서 왕이 임명하는 최고 승려인 대승려를 가리킴. 승단을 통솔하고 승려들의 교육과 질서 유지를 담당했다. 영국은 버마에서 승려들이 갖고 있는 사회적 영향력을 우려해 1885년 타타나바잉을 폐지했다.

다. 지진만큼 사람들의 관심을 하나로 모으는 것은 없었다. 만약 한두 번 더 지진이 일어났다면, 그들은 함께 테이블 밑에 숨자고 주방장에게 말했을 것이다.

그러는 사이 플로리의 청혼은 물 건너 가버렸다. 지진이 난 직후 청혼을 할 순 없는 노릇이었다. 여하튼, 그는 그날 지진이 있고 난 뒤 저녁 내내 엘리자베스가 혼자 있는 것을 보지 못했다. 그러나 그것은 문제가 안 되었다. 이제 그는 그녀가 자기 것이라는 것을 알았다. 내일 아침에도 말할 시간이 충분히 있을 것이다. 이렇게 생각하니 마음이 한결 편해졌다. 그는 오후의 사냥으로 피곤해진 몸을 침대에 뉘었다.

16

공동묘지 옆의 커다란 핀카도 나무에 앉아 있던 독수리들이 자신들의 배설물로 하얗게 변해 버린 나뭇가지에서 날개를 퍼덕거리더니 거대하고 안정적인 나선형을 그리며 공중으로 치솟았다. 이른 시간이었지만 플로리는 이미 집 밖에 나와 클럽으로 내려가고 있었다. 엘리자베스가 클럽에 오면 정식으로 청혼할 참이었다. 그는 자신도 이해할 수 없는 어떤 본능에 의해 다른 유럽인들이 정글에서 돌아오기 전에 청혼해야 한다는 압박감을 느꼈다.

클럽 입구에 당도했을 때 그는 카우크타다에 새로운 사람이 나타났다는 것을 알았다. 바늘 모양의 긴 창을 든 젊은이가 흰 조랑말을 타고 광장을 가로질러 천천히 오고 있었다. 인도 토민병처럼 생긴 시크교도들이 각각 적갈색과 밤색인 두 필의 조랑말 고삐를 쥐고 뛰면서 그를 뒤따라왔다. 그와 플로리가 나란히 서게 되었을 때 플로리는 걸음을 멈추고 큰 소리로 인사했다. 그는 젊은이가 누구인지 몰랐지만, 이방인을 환영하는 것은 이 작은 백인 주둔지에서 흔한 일이었다. 인사를 받은 이방인은 심드렁하게 조랑말의 머리를 도로 쪽으로 돌렸다. 그는 스물다섯 살 정도에 호리호리하지만 매우 건장해 보이는 기병대 장교였다. 연푸른 눈과 약간 세모꼴로 생긴 앞니가 입술 사이로 보이는, 영국 군인들 중에 흔한 토끼 같은 얼굴이다. 그러나 자유분방한 태도에서는 강인하고 용감하고 심지어 야수적인 면모가 배어 나왔다 — 토끼지만 강인하고 군인다운 토끼였다. 더구나 말과 한 몸인 것처럼 말에 앉아 있는 모습은 눈에 거슬릴 정도로 젊고 세련되어 보였다. 그의 신선한 얼굴은 햇볕에 적절히 그을어 밝은 두 눈과 조화를 잘 이루고 있었다. 그리고 흰 사슴 가죽 토피를 쓰고 오래된 메르샤움 파이프처럼 반짝이는 폴로용 장화를 신고 있어 그림처럼 우아해 보였다. 플로리는 그의 모습을 보면서부터 기분이 좋질 않았다.

「안녕하시오?」 플로리가 말했다. 「방금 도착했소?」

「어제, 마지막 기차를 타고 왔소.」 그가 퉁명스럽지만 활달하게 말했다. 「지역 악당들이 소란을 피울 경우를 대비해 1개 중대가 이곳에 급파되었소. 내 이름은 베랄……. 헌병이오.」 그가 덧붙였다. 하지만 플로리의 이름은 물어보지 않았다.

「오, 그래요. 누군가 올 거라는 이야기는 들었소. 어디에 머물고 있소?」

「당분간은 역참의 방갈로에서 머물 거요. 내가 지난밤에 도착했을 때 거기에 거지 같은 검둥이 하나가 머물고 있기에, 세관 관리인지 뭣인지는 잘 모르겠소만, 쫓아내 버렸소. 이곳은 오물 구덩이 같군요, 안 그렇습니까?」 그는 카우크타다 전체가 그렇다는 듯 머리를 뒤로 젖히면서 말했다.

「다른 곳도 마찬가지일 거요. 이곳에 오래 머물 거요?」

「다행스럽게도 한 달 정도만. 우기가 끝날 때까지만 말이오. 이곳 광장은 참 지저분하군요. 잔디도 전혀 안 깎았군.」 그가 창끝으로 마른 잔디를 휙 내리치면서 덧붙였다. 「폴로를 하기에는 절망적이군요.」

「안됐지만 여기서는 폴로 같은 것은 할 수 없소.」 플로리가 말했다. 「할 수 있는 가장 좋은 게임은 테니스뿐이오. 우리 모두 다 합쳐 봐야 여덟 명밖에 안 되고. 게다가 대부분의 시간을 정글에서 보내고 있소.」

「빌어먹을! 지옥이 따로 없군요!」

둘 사이에 침묵이 흘렀다. 키가 크고 턱수염이 난 시크교도들이 말 머리 옆에 서서 호의적이지 않은 눈빛으로 플로리를 쳐다보았다. 베랄은 플로리와의 대화에 별 재미를 느끼지 못하고 빠져나가고 싶어 하는 눈치가 역력했다. 플로리는 여태까지 대화를 하며 이렇게 스스로가 성가신 사람이라고 느껴 본 적이 없었다. 자신이 너무 늙고 초라해 보였다. 그는 베랄의 조랑말이 미끈한 목과 활 모양으로 휜, 깃털 모양의 꼬리가 있는 아름다운 아랍종이라는 것을 알아차렸다. 이 멋진 우윳빛 말은 수천 루피를 주어야 살 수 있으리라. 베랄은 이미 많은 이야기를 나누었다고 생각해서인지 고삐를 잡아당겨 방향을 틀고 있었다.

「참 멋진 말이군요.」 플로리가 말했다.

「나쁘진 않소. 버마 잡종보다는 낫지요. 텐트 페깅[57] 연습을 하러 나왔소. 이런 진흙땅에서 폴로 공을 때린다는 생각은 꿈에도 할 수 없겠소. 이봐, 히라 싱!」 그가 외치며 말 머리를 돌렸다.

적갈색 조랑말을 잡고 있던 토민병이 동료에게 고삐를 넘겨주고 40미터 정도 떨어진 곳으로 달려가 좁은 회양목 말뚝을 땅에 꽂았다. 베랄은 플로리에게 더 이상의 관심을 보이지 않았다. 그는 창을 들고 말뚝을 겨냥하는 듯한 자세를 취

---

57 천막 말뚝 빼기. 말을 타고 달리면서 긴 창으로 천막의 고정 말뚝을 빼는 인도의 기마술.

했다. 인도인들은 말을 뒤로 몰고 진지하게 지켜보았다. 베랄은 두 무릎으로 말의 양 허리를 힘차게 찔렀다. 말은 발사기에서 나오는 총알처럼 앞으로 돌진했다. 호리호리하고 허리가 곧은 젊은이는 켄타우로스처럼 쉽게 안장에서 몸을 굽혀 창을 땅으로 낮추더니 창끝을 말뚝 속에 정확히 찔러 넣었다. 인도인들 중 한 명이 거친 목소리로 〈샤바!〉라고 외쳤다. 베랄은 정통적인 방식으로 창을 몸 뒤로 세우고 고삐를 당겨 느린 구보로 말뚝 주위를 한 바퀴 돈 다음 창에 꽂힌 말뚝을 토민병에게 건네주었다.

베랄은 페깅 연습을 두 번 더 했는데 그때마다 성공했다. 그의 이런 모습에서는 비길 데 없는 우아함과 범상치 않은 엄숙함이 묻어 나왔다. 영국인들과 인도인들 모두 마치 종교적인 의식을 치르기라도 하듯 베랄의 페깅 연습 장면을 진지하게 쳐다보고 있었다. 플로리도 서서 계속 쳐다보았다 ― 베랄은 반갑지 않은 낯선 사람을 무시하기 위해 일부러 지어보이는 그런 얼굴을 하고 있었다 ― 베랄에게 무시당하고 있다는 사실 때문에 그는 그 자리를 벗어날 수 없었다. 어쨌든 베랄은 플로리에게 끔찍한 열등감을 심어 주었다. 플로리는 대화를 재개할 구실에 대해 생각하고 있었다. 그때 언덕배기에 엘리자베스가 나타났다. 그녀는 연푸른빛의 옷을 입고 삼촌의 집에서 막 나서고 있는 중이었다. 틀림없이 베랄의 세 번째 페깅 연습을 보았을 것이다. 그의 가슴이 심하게 두근거렸다. 어떤 생각이 그의 머리를 스쳐 지나갔다. 항상 문제가 뒤따르는 경솔한 생각 중 하나였다. 그는 몇 미터 떨어져 있는 베랄을 불러 지팡이로 가리키며 물었다.

「다른 두 필의 말도 이걸 하는 법을 알고 있소?」

베랄은 퉁명스럽게 어깨 너머로 그를 쳐다보았다. 그는 플로리가 무시당한 후 이미 갔을 것이라고 짐작했던 것이다.

「뭐라고요?」

「다른 두 필의 말도 이것을 할 수 있소?」 플로리가 재차 물었다.

「적갈색 말도 나쁘지는 않소. 하지만 당신이 시키면 도망칠 거요.」

「괜찮다면 내가 한번 폐깅 연습을 해봐도 되겠소?」

「좋아요.」 베랄이 불쾌한 듯 말했다. 「가서 말의 입이나 자르지 마시오.」

토민병이 조랑말 한 필을 가져오자 플로리는 재갈 사슬을 살펴보는 체했다. 사실 그는 엘리자베스가 30~40미터 정도 더 가까이 올 때까지 머뭇거리고 있었다. 그는 그녀가 지나치는 순간 말뚝을 정확히 뽑은 뒤(빠르게 똑바로만 달려 준다면 작은 버마 조랑말로도 충분히 가능했다), 그녀를 향해 말을 몰고 가리라 마음먹었다. 그것은 뭔가를 보여 주기 위한 묘수였다. 그는 저 핑크 빛 얼굴의 젊은 놈만 말을 탈 줄 아는 게 아니라는 걸 그녀에게 보여 주고 싶었다. 그는 말을 타기에는 다소 불편한 반바지 차림이었지만, 말을 탄 모든 사람들이 그렇듯 자신 역시 말을 타면 멋있어 보인다는 것을 알고 있었다.

엘리자베스가 다가오자 플로리는 안장에 올라타 인도인으로부터 창을 건네받고는 엘리자베스에게 인사차 흔들어 보였다. 그러나 그녀에게선 아무런 응답이 없었다. 아마 베랄 앞이라 부끄러운 모양이었다. 그녀는 고개를 돌려 공동묘지 쪽을 쳐다보았다. 그녀의 뺨이 붉어졌다.

「가자!」 그는 인도인에게 말하고 두 무릎으로 말의 양 허리를 찔렀다.

그 다음 순간, 말이 뛰어오르기도 전에 플로리는 허공으로 붕 떠올랐다가 어깨뼈가 거의 빠진 듯 딱 하는 소리와 함께 땅에 떨어져 떼굴떼굴 굴렀다. 다행히 창은 그에게서 멀리 날아갔다. 그는 땅에 반듯이 누웠다. 푸른 하늘과 거기서 날고 있는 독수리들이 흐릿하게 보였다. 그리고 카키색 터번을 두른 시크교도의 검은 얼굴이 눈에 들어왔다. 그는 누워 있는 플로리의 얼굴을 내려다보고 있었다.

「어떻게 된 일이오?」 플로리가 영어로 말한 뒤 팔꿈치로 땅을 짚으며 고통스럽게 몸을 일으켰다. 시크교도는 퉁명스럽게 대답을 하고 손으로 저쪽을 가리켰다. 플로리는 안장을 배 밑에 매단 채 광장 너머로 달아나는 적갈색 말을 보았다. 안장의 줄을 꽉 조이지 않아 미끄러져 떨어지고 만 것이었다.

일어서려고 몸을 움직이자 어깨 쪽에 엄청난 통증이 몰려왔다. 오른쪽 어깨 부분이 찢어져 이미 피에 젖어 있었다. 뺨에서는 더 많은 피가 흐르고 있었다. 딱딱한 땅에 찰과상을 입은 것이다. 모자는 온데간데없었다. 통증이 이만저만 아니었지만 플로리는 엘리자베스를 기억하고 그녀 쪽을 쳐다보았다. 그녀는 단지 10미터 앞에서 창피하게 땅에 주저앉아 있는 그를 향해 똑바로 걸어오고 있었다. 〈제기랄, 제기랄!〉 그는 생각했다. 〈오 이런, 내가 얼마나 어리석어 보일까!〉 이렇게 생각하니 떨어질 때의 고통은 온데간데없이 사라져 버렸다. 상처를 입은 뺨은 다른 쪽이었는데도 불구하고 그는 한 손을 모반 위에 갖다 댔다.

「엘리자베스! 이봐요, 엘리자베스! 안녕하세요!」

자신이 바보로 비치는 것을 의식할 때 흔히 하는 것처럼 그는 친근하고 애원하는 조로 그녀를 불렀다. 그녀는 아무 대답이 없었다. 오히려 아무것도 보거나 듣지 못한 사람처럼 믿을 수 없을 정도로 초연하게 걸어왔다.

「엘리자베스!」 그가 깜짝 놀라 다시 불렀다. 「내가 떨어지는 걸 보지 못했소? 안장이 헐거웠소. 저 바보 같은 토민병이 그만······.」

그녀가 그의 말을 들은 것은 분명했다. 그녀는 잠시 그를 향해 고개를 돌렸지만 그가 거기에 없다는 듯 쳐다보았다. 그러고는 공동묘지 너머 먼 곳을 응시했다. 끔찍한 일이었다. 그는 절망적으로 그녀를 다시 불러 보았다.

「엘리자베스! 엘리자베스!」

그녀는 말 한마디 하지 않고, 눈길도 한 번 주지 않고, 묵묵히 지나쳤다. 그녀는 그에게 등을 돌리고 딸깍딸깍 구두 소리를 내면서 길 아래쪽으로 빠르게 걸어갔다.

토민병들이 주위로 몰려왔고 베랄도 플로리가 누워 있는 곳으로 말을 타고 왔다. 몇몇 토민병들은 엘리자베스에게 인사를 건네기도 했다. 베랄은 보지 못했는지 그녀를 무시했다. 플로리는 어렵게 일어섰다. 심한 타박상을 입기는 했지만 뼈는 부러지지 않았다. 인도인들이 그에게 모자와 지팡이를 가져다주었으나 자신들의 부주의에 대해선 아무 말도 없었다. 그들은 플로리가 벌 받을 만한 짓을 했다는 듯 거만한 표정을 지었다. 마치 의도적으로 말안장의 고삐를 느슨하게 해놓은 것 같아 보였다.

「말안장이 미끄러졌소.」 이런 순간에 흔히 하듯, 힘없고 어이없다는 표정을 지으며 플로리가 말했다.

「타기 전에 말안장을 살펴보지 않았소?」 베랄이 간단히 말했다. 「이 거지 같은 놈들을 믿으면 안 되오.」

그는 일이 마무리되었다고 생각했는지 그 말을 남기고 고삐를 낚아채 다른 데로 가버렸다. 토민병들은 플로리에게 인사도 하지 않고 그의 뒤를 따라갔다. 플로리가 집 앞에 도착해 뒤를 돌아보니 적갈색 말은 이미 잡혀 와 다시 안장이 매이고 있었고, 베랄은 텐트 페깅을 계속하고 있는 것이 보였다.

낙마의 충격으로 플로리는 생각을 가다듬을 수 없었다. 왜 그녀는 그렇게 행동했을까? 그녀는 피를 흘리면서 고통스러워하는 그의 모습을 보고도 죽은 개를 대하듯 거들떠보지도 않고 그냥 지나쳤다. 어찌 이런 일이 일어날 수 있단 말인가? 이게 정말인가? 그는 믿을 수가 없었다. 그녀가 어떻게 그에게 화를 낼 수 있단 말인가? 도대체 그가 그녀에게 어떤 무례를 범했는가? 모든 하인들이 클럽 울타리에서 기다리고 있었다. 그들은 텐트 페깅을 보기 위해 나온 것이었다. 모두 그의 심한 굴욕을 보았다. 코 슬라가 언덕 중간쯤에서 뛰어 내려와 걱정스러운 모습으로 그를 맞이했다.

「많이 다치셨습니까? 제가 업고 가겠습니다.」

「괜찮아.」 플로리가 말했다. 「가서 위스키와 깨끗한 셔츠를 가져와.」

집에 들어와 코 슬라는 플로리를 침대에 앉히고 피가 엉겨 붙은 찢어진 셔츠를 벗겼다. 코 슬라는 혓바닥을 쯧쯧 하고 찼다.

「아, 이런! 상처에 먼지가 많이 들어갔어요. 이상한 말을 타고 어린애나 하는 게임을 하다니요, 나리. 나이에도 맞지 않아요. 너무 위험해요.」

「안장이 미끄러졌어.」 플로리가 말했다.

「그런 게임은…….」 코 슬라가 말했다. 「젊은 장교에게나 어울려요. 나리는 이제 젊지 않아요. 나리 나이 정도 되면 심하게 다칠 수 있어요. 더 조심하셔야 해요.」

「지금 나를 늙은이 취급하는 거야?」 플로리가 화를 내며 말했다. 어깨가 참을 수 없을 정도로 쑤시고 아파 왔다.

「나리는 이제 서른다섯입니다.」 코 슬라가 공손하지만 분명하게 말했다.

창피스러운 일이었다. 당분간 서로 화해한 마 푸와 마 위가 상처에 좋다며 뭔가를 섞어 놓은 끔찍한 덩어리가 들어 있는 항아리를 들고 왔다. 플로리는 코 슬라에게 그것을 창밖으로 던져 버리고 대신 붕소 연고를 가져오라고 조용히 말했다. 코 슬라가 스펀지로 상처 난 곳의 먼지를 닦아 내는 동안 미지근한 욕조 물에 앉아 그는 절망감에 사로잡혀 어찌할 줄 몰랐다. 조금 전의 일에 대해 엄청나게 낙담했지만 정신만은 더욱 또렷해졌다. 그가 그녀의 감정을 무척 상하게 한 것이었다. 그건 분명했다. 하지만 지난밤 이후 그녀를 보지도 못했는데, 어떻게 그녀의 감정을 상하게 할 수 있단 말인가? 아무리 생각해도 그럴 만한 이유가 없었다.

그는 코 슬라에게 낙마는 안장이 미끄러졌기 때문이었다고 여러 번 설명했다. 비록 동정은 했지만 코 슬라는 그의 말을 믿으려 하지 않았다. 플로리는 자신의 낙마가 말 타는 솜씨가 서툴렀기 때문이었다는 것을 나중에 가서야 인정했다. 생각해 보면 그는 2주 전 아무런 위험도 없는 물소를 쫓아내 그녀로부터 바라지도 않았던 존경을 받았다. 운명이란 그럭저럭 참 공평한 것이다.

17

플로리는 식사를 마치고 클럽으로 내려가서야 엘리자베스를 다시 볼 수 있었다. 그의 성격으로 보아 충분히 짐작할 수 있듯이, 그는 굳이 엘리자베스를 밖으로 불러내 그녀의 행동에 대해 물어보지 않았다. 하지만 얼굴에는 당황한 기색이 역력했다. 모반이 난 반대편 뺨에 찰과상까지 입은 터라 얼굴 전체가 수심이 가득하고 또 소름이 끼칠 정도로 암울해 보여, 그는 낮 시간 동안에는 외출할 엄두도 못 냈다. 클럽 라운지에 들어가며 그는 모기한테 이마를 물린 척하면서 손으로 모반을 가렸다. 모반을 감추지 않는다면 그는 이런 순간을 결코 감당하지 못할 것이다. 하지만 엘리자베스는 거기에 없었다.

대신 그는 예기치 않은 싸움에 휘말리게 되었다. 엘리스와 웨스트필드가 정글에서 막 돌아와 좋지 않은 분위기에서 술을 마시고 있었다. 맥그리거 씨를 비방한 「버마의 애국자」의 편집인이 단 4개월의 징역형을 받았다는 소식이 랑군으로부터 날아온 것이었다. 엘리스는 이런 가벼운 처벌에 잔뜩 화가 나 있었다. 플로리가 들어오자 엘리스는 〈저 비열한 검둥이 녀석〉에 대해 언급하면서 그에게 집적이기 시작했다. 플로리는 또 그와 싸울 생각에 진절머리를 내면서도 무심코 대꾸를 해버려 싸움이 시작되었다. 싸움이 뜨겁게 달아오르자 엘리스는 플로리를 〈검둥이와의 동성애자〉라고 불렀고, 플로리가 이를 맞받아치자 웨스트필드 또한 이성을 잃었다. 그는 천성적으로 좋은 사람이었지만 플로리의 급진적 사고에 때때로 화를 냈다. 자신은 옳고 그름이 분명한데, 왜 플로리가 잘못된 의견을 고수하며 즐거워하는지 결코 이해할 수 없었다. 그는 플로리에게 〈하이드 공원의 빌어먹을 선동자처럼 말하지 마!〉라고 말한 뒤 푸카 사히브의 다섯 가지 주요 규칙을 본문으로 삼아 귀가 따가운 설교조의 말을 늘어놓기 시작했다.

1. 우리의 특권을 고수하자!
2. 겉으로도 부드럽지 않은 강인한 모습을 보이자!
3. 우리 백인들은 뭉쳐야 한다!
4. 그들은 한 치를 주면 한 자를 달라고 한다!
5. 단결하자!

엘리자베스를 보고 싶은 열망이 너무나 강했기 때문에 플로리는 웨스트필드가 하는 말을 거의 귀담아듣지 않았다. 게다가 그는 이 규칙을 너무 자주 들었다 — 랑군에 도착한 첫 주 이래 수백 번, 아니 수천 번도 더 들었다. 플로리가 랑군에 머물렀을 때 한 원주민의 장례식을 우연히 보게 되어 토피를 벗자, 위대한 사히브 — 경마업을 가리켜 한 필의 말에 두 개의 다른 이름을 붙여 벌이는 부도덕한 사업이라고 경고했던, 술을 무척 좋아하는 스코틀랜드 출신의 경마용 조랑말 종축 업자 — 가 그에게 훈계조로 말한 적이 있었다. 「이봐 젊은이, 우리는 사히브이고 저들은 먼지라는 것을 항상 명심하게!」

이런 쓰레기 같은 이야기를 다시 들으니 구역질이 날 것 같았다. 그래서 그는 모욕적인 투로 말하면서 웨스트필드의 이야기를 끊어 버렸다.

「아, 그 입 좀 다물어! 그런 이야기라면 이제 신물이 나. 베라스와미는 매우 좋은 친구야 — 내가 생각하는 몇몇의 백인보다 더 좋단 말이야. 어쨌든, 난 정기 모임 때 클럽의 새 회원으로 그를 추천할 생각이야. 아마 그는 이 지독한 장소를 정화시켜 줄 거야.」

이들의 언쟁이 계속되었다면 대부분의 언쟁이 클럽 내에서 끝나는 것과 달리, 매우 심각한 양상으로 발전되었을 것이다. 고성을 듣고 주방장이 들어왔다.

「부르셨습니까, 나리?」

「아니야, 당장 꺼져!」 엘리스가 신경질적으로 말했다.

주방장은 물러났고, 그것으로 논쟁은 중단됐다. 그 순간 바깥에서 발소리와 음성이 들렸다. 래커스틴 부부와 엘리자베스가 클럽에 도착한 것이다.

그들이 라운지에 들어섰을 때 플로리는 엘리자베스를 똑바로 쳐다볼 용기가 없었다. 그러나 이들 세 명이 여느 때보다 옷을 잘 차려입었다는 것은 알아차릴 수 있었다. 턱시도 — 계절상 흰색을 입고 있었다 — 를 입은 래커스틴 씨는 사뭇 진지한 태도였다. 그의 몸을 갑옷의 가슴받이처럼 똑바로 받치고 있는 풀 먹인 셔츠와 피케 천으로 된 조끼가 그의 도덕성을 높이는 듯했다. 래커스틴 부인은 붉은 드레스를 입고 있어 우아해 보였으나 뱀같이 구불구불해 보이기도 했다. 이들 세 사람은 중요한 손님이라도 기다리는 듯 미묘한 분위기를 풍겼다.

술을 갖다 달라고 외치는 소리가 있었고 래커스틴 부인은 재빨리 천장의 부채 아래 자리를 차지했으며 플로리는 바깥쪽에 있는 의자에 앉았다. 그는 아직 엘리자베스에게 다가갈 수 없었다. 래커스틴 부인은 뮤지컬에서 공작 부인 역할을 하는 쇼걸의 어투로 존경하올 황태자에 대해 굉장히 예의에 어긋나는 말을 했다. 다른 사람들은 도대체 래커스틴 부인에게 무슨 일이 일어난 건지 궁금했다. 플로리는 엘리자베스 뒤에 앉아 있었다. 그녀는 유행하는 노란색 미니 원피스를 입고 있었는데, 샴페인 색 스타킹과 샌들이 서로 조화를 이루고 있었다. 손에는 큰 타조 깃털 부채를 들고 있었다. 옷을 현대풍으로 세련되게 입고 있는 그녀는 그에게 어느 때보다 더 두려워 보였다. 그가 그녀와 키스를 했다니, 믿을 수가 없었다. 그녀는 의자에 앉자마자 다른 사람들과 자연스럽게 대화를 이어 나갔다. 플로리는 이들이 나누는 일상적 대화에 끼려 했지만 그녀는 그의 말에 직접 대답을 하지 않았다. 그리고 그녀가 그를 무시할 의도가 있든 없든 간에, 그는 그녀에게 말을 건넬 수 없었다.

「좋아요.」 래커스틴 부인이 말했다. 「루바 할 사람 없어요?」

그녀는 〈루바〉를 매우 또렷이 발음했다. 그녀가 내뱉는 모든 단어의 어투는 귀족스러움을 풍겼다. 믿을 수 없었다. 엘리스, 웨스트필드 그리고 래커스틴 씨는 〈루바〉를 할 생각이었다. 플로리는 엘리자베스가 게임을 하지 않으려는 것을 알고 거절했다. 지금이 아니면 그녀와 둘이 있을 기회를 결코 얻지 못할 것이다. 그들이 카드실로 이동할 때 그는 문간 쪽으로 가 그녀를 가로막았다. 그녀는 긴장한 듯 얼굴이 하얗게 질려 뒤로 움찔 물러섰다.

「실례해요.」 그들은 동시에 말했다.

「잠시만.」 그가 말했다. 그는 자신의 목소리를 떨게 만드는 바로 그 문제에 대해 말할 참이었다. 「당신과 이야기를 좀 해도 될까요? 괜찮다면 ─ 할 말이 있습니다.」

「길 좀 비켜 주세요, 플로리 씨.」

「제발! 제발! 여기엔 지금 우리밖에 없어요. 내 부탁을 거절하지 마십시오.」

「좋아요, 무슨 말이죠?」

「내가 할 말은 이 말밖에 없습니다. 내가 당신에게 무례한 짓을 했다면, 그게 무엇인지 말해 주십시오. 내가 고치도록 말입니다. 내가 당신에게 무례를 범했다면 차라리 내 손을 자르겠습니다. 말해 주십시오. 무슨 영문인지도 모르고 정글로 돌아갈 순 없습니다.」

「지금 무슨 말씀을 하시는지 모르겠군요. 〈어떤 무례한 짓을 했는지 말하라〉고요? 당신이 나에게 무례한 짓을 했다고요?」

「난 알아야 되겠습니다! 당신이 하는 행동으로 보아, 화난 게 확실하니까요!」

「〈내가 행동하는 걸〉봐서요? 무슨 말을 하는지 모르겠네요. 도대체 왜 이런 식으로 말하시는지 모르겠군요.」

「하지만 당신은 오늘 나에게 말 한마디 하지 않고 있습니다! 오늘 아침 나를 비참하게 만들었고요.」

「강요받지 않고 내 마음대로 할 수 있잖아요?」

「그러나 제발! 이렇게 갑자기 무시당하는 내 기분이 어떤지 모르시겠습니까? 결국 지난밤에…….」

그녀의 얼굴이 붉어졌다. 「그런 이야기를 꺼내다니, 정말로 ─ 정말로 신사답지 못하시군요!」

「압니다, 압니다. 모든 것을 알고 있습니다. 그러나 달리 내가 무엇을 할 수 있겠습니까? 당신은 오늘 아침에 나를 그저 굴러다니는 돌 취급하면서 내 곁을 그냥 지나쳐 버렸습니다. 내가 무언가 당신에게 무례한 짓을 했기 때문이겠죠. 내가 저지른 일이 무엇인지 알고 싶습니다.」

그가 말을 할 때마다 상황은 점점 악화되어 갔다. 그는 자기가 무슨 말을 해도 그녀의 마음이 풀리지 않을 것임을 알았다. 그녀는 설명을 하려고 하지 않았다. 그저 암흑 속에 그를 혼자 내버려 두고 냉대해서 아무 일도 일어나지 않은 것처럼 행동할 뿐이었다. 여성들이 흔히 하는 행동이었다. 그러나 그는 그녀에게 다시 재촉했다.

「제발 말해 주세요. 이렇게 우리 사이를 끝내고 싶지 않아요.」

「우리 사이를 끝낸다고요? 우리가 끝낼 것이 뭐가 있나요?」 그녀가 냉담하게 말했다.

이 천박한 말이 그를 고통스럽게 했다. 그가 재빨리 말했다.

「당신답지 않군요, 엘리자베스! 친절을 베풀다가 무참히 잘라 버리고 그 이유도 말하지 않는다는 것은 너그럽지 못한 행동이에요. 나에게 솔직해 봐요. 제발 내가 무슨 짓을 했는지 말해 주세요.」

그녀는 그가 했던 행동 때문이 아니라, 말을 하도록 강요하는 데 화가 나 신랄한 눈길로 삐딱하게 그를 쳐다보았다. 그러고는 이 상황을 벗어나고 싶은 마음에 말했다.

「좋아요, 당신이 말하라고 강요한다면……」

「뭐라고요?」

「당신이 거짓말을 했던 바로 그날 들었어요 — 당신이 나와 같이 있던 그날 — 오, 너무 끔찍해요! 말할 수 없어요.」

「계속하시오.」

「당신이 버마 여자를 데리고 있다는 소리를 들었어요. 자, 이제 지나가도록 길 좀 비켜 주시겠어요?」

말이 끝나기 무섭게 그녀는 — 더 이상 할 말이 없었기에

— 짧은 치마로 휙 소리를 내며 그에게서 빠져나가 카드실로 사라졌다. 그리고 그는 가슴이 철렁 내려앉아 할 말을 잊은 채 바보처럼 그녀의 뒤를 멍하니 바라보았다.

너무 끔찍한 일이었다. 그녀를 똑바로 쳐다볼 수 없었다. 그는 서둘러 클럽을 빠져나오려 했다. 하지만 그녀에게 보이지 않고서는 카드실의 문을 통과할 수 없었다. 그는 어떻게 이곳을 빠져나갈까 생각하다가 결국 라운지의 베란다 난간을 뛰어넘어 이라와디 강 아래로 통하는 작은 잔디밭에 떨어졌다. 이마에서 땀이 줄줄 흘러내렸다. 분노와 비통함으로 고함을 치고 싶었다. 이 저주받을 운명! 이런 것에 사로잡히다니. 〈버마 여자를 데리고 있다.〉 — 하지만 그것은 사실이 아니다! 그럼에도 부인해 봐야 아무 소용이 없다. 아, 빌어먹을, 그녀의 귀에 들어가다니, 운이 없었다.

그러나 사실 그녀의 이런 행동은 우연이 아니었다. 분명한 원인이 있었다. 그것은 또한 오늘 저녁 클럽에서 래커스틴 부인이 보여 준 묘한 행동의 원인이기도 했다. 전날 밤 지진이 있기 전, 래커스틴 부인은 봉급 목록을 보고 있었다. 봉급 목록(버마에 있는 모든 관리들의 정확한 수입이 적혀 있다)은 그녀에게 최고의 흥밋거리였다. 그녀는 한때 만달레이에서 교제했던 산림 감시 위원의 봉급과 수당을 계산해 보았다. 그리고 내일 헌병 1백 명을 데리고 카우크타다에 올 것이라고 맥그리거 씨가 말했던 장교 베랄의 이름을 우연히 보게 되었다. 그녀가 그 이름을 보았을 때, 그녀는 그 이름 앞에 쓰인 두 글자를 보고 어쩔 줄 몰라 했다.

그 글자는 〈각하Honourable〉라는 경칭이었다!

각하! 장교 각하는 어디에 가도 드물었다. 인도 군대에서는 다이아몬드처럼, 버마에서는 도도새처럼 희귀했다. 그리고 결혼 적령기에 있는 젊은 여자의 숙모로서, 장교 각하가 내일 이곳에 도착한다는 말을 들었을 때 ─ 그렇다! 래커스틴 부인은 엘리자베스가 실망스럽게도 플로리와 함께 정원에 있다는 것을 상기했다 ─ 한 달에 7백 루피밖에 안 되는 봉급으로 술을 퍼마시는 보잘것없는 플로리! 그는 이미 그녀에게 청혼했을지도 몰랐다. 래커스틴 부인이 엘리자베스를 클럽 안으로 급히 불러들인 바로 그 순간, 지진이 일어난 것이었다. 그러나 집으로 가는 길에 그녀는 말할 기회가 생겼다. 래커스틴 부인은 엘리자베스의 팔을 다정하게 잡고 그녀가 낼 수 있는 최고의 부드러운 목소리로 말했다.

「물론 너도 알겠지, 엘리자베스? 플로리가 버마 여자를 데리고 있다는 것을 말이야.」

이 치명적인 이간질은 잠시 동안은 엘리자베스를 폭발시키지 못했다. 그녀는 이 나라의 방식이 너무 낯설어 그 말의 뜻을 금세 알아차리지 못했다. 〈앵무새를 기르다〉는 말과 별반 차이가 없어 보였다.

「버마 여자를 데리고 있다고요? 무슨 뜻이죠?」

「무슨 뜻이냐고? 이런! 남자가 여자를 데리고 있는 것이 무슨 말인지 모르니?」

그리고 물론, 그것으로 끝이었다.

오랫동안 플로리는 강둑에 서 있었다. 달이 떠올라 전자의 넓은 막처럼 수면 위에서 반사되었다. 바깥의 시원한 공기가 플로리의 기분을 씻어 주었다. 그는 이제 더 이상 화낼 기운도 없었다. 왜냐하면 이런 상황에서 흔히 나타나는 끔찍한 자기 인식과 자기혐오를 느꼈을 뿐 아니라 그 일로 인해 결정적인 치명타를 맞았다고 깨달았기 때문이었다. 버마 여인들의 끝없는 행진, 다시 말해 유령들이 달빛을 받으면서 끝없이 그 옆을 스쳐 지나가는 듯했다. 천국, 저들 중 얼마나 천국에 갈까? 1천 명 ─ 아니, 기껏해야 1백 명밖에 안 될 것이다. 〈똑바로 봐!〉그는 풀이 죽어 생각했다. 그들의 머리가 그에게로 향했지만, 그들은 얼굴 없는, 형상 없는 원판들뿐이었다. 그는 사방에 푸른색 롱지와 루비 귀고리가 있는 것을 기억했지만 얼굴이나 이름은 거의 기억하지 못했다. 정의로운 신들은 우리가 유쾌하게 저지른 악(정말로 유쾌한!)에 대해 우리를 고문시킬 형틀을 만들고 있었다. 플로리는 회복 가능성이 없을 만큼 고문을 당했다. 그것은 정당한 형벌이었다.

그는 파두 덤불을 지나 클럽 하우스 주변을 천천히 걸어갔다. 슬픔이 너무 커서 이 엄청난 사건이 준 고통을 아직까지 완전히 느낄 수 없었다. 깊은 상처가 그렇듯이 그는 오랫동안 고통스러워할 것이다. 그가 대문을 통과하자 무언가가 뒤에서 나뭇가지를 흔들었다. 그는 깜짝 놀랐다. 수군거리는 듯한 버마 말이었는데 상당히 귀에 거슬렸다.

「빠잇상 뻬 라잇! 빠잇상 뻬 라잇!」

그는 재빨리 고개를 돌렸다. 〈빠잇상 뻬 라잇(돈 좀 주세요!)〉이라는 말이 계속 들려왔다. 그는 한 여자가 금화 나무 아래 서 있는 것을 보았다. 마 흘라 메이였다. 자신을 때릴지도 모른다고 생각했는지 그녀는 그와 거리를 유지하며 적의 어린 표정을 지은 채 달빛 속으로 걸어 나왔다. 파우더로 덕지덕지 화장한 그녀의 얼굴은 달빛을 받아 허여스름해 보였고, 해골처럼 추하고 도전적인 모습이었다.

그녀의 모습에 그는 충격을 받았다. 「빌어먹을, 여기서 지금 뭐 하는 거야?」그가 화를 내면서 영어로 말했다.

「돈 주세요!」

「무슨 돈? 도대체 왜 그래? 왜 이렇게 나를 따라오는 거야?」

「돈 주세요!」그녀는 거의 절규하듯 되풀이했다. 「당신이 약속한 돈 말이에요, 나리! 나에게 돈을 더 준다고 말했잖아요. 저는 그 돈이 필요해요, 지금 즉시!」

「지금 어떻게 줄 수 있어? 다음 달에 준다고 말했잖아. 그리고 이미 150루피를 주었어.」

놀랍게도 그녀는 더욱 날카로워지기 시작했다. 「돈 주세요!」 애걸하는 투의 말을 찢어질 듯한 목소리로 수도 없이 되풀이했다. 그녀는 히스테리 상태인 것 같았다. 그녀가 질러 대는 째질 듯한 소리는 온몸을 오싹하게 만들었다.

「조용히 해! 클럽 사람들이 듣겠다!」 그는 버럭 소리쳤지만, 이 말을 듣고 그녀가 또 엉뚱한 일을 저지를까 봐 금방 후회했다.

「난 이제 당신이 얼마나 당황해 할지 알고 있어요! 즉시 저에게 돈을 주세요. 아니면 소리를 질러 사람들을 불러 모으겠어요. 지금 빨리 주세요. 아니면 소리치겠어요!」

「이 갈보 같으니라고!」 그는 그녀 앞으로 한 발짝 걸어 나갔다. 그녀는 재빨리 뒤로 물러서더니 슬리퍼를 벗어 들고 호전적인 자세를 취했다.

「빨리요! 지금 50루피를 주고 나머지는 내일 주세요. 다 해결해 주세요. 아니면 시장에까지 들리도록 큰 소리를 지르겠어요!」

플로리는 욕을 했다. 여기서 그녀와 옥신각신할 때가 아니었다. 결국 그는 지갑에서 25루피를 꺼내 땅에 던져 버렸다. 마 흘라 메이는 지폐를 주워 모아 세기 시작했다.

「50루피라고 말했어요, 나리!」

「가지고 있는 게 그게 전부야. 내가 수백 루피씩 가지고 다닌다고 생각해?」

「50루피라고 말했어요!」

「썩 꺼져!」 그가 영어로 말하고 그녀를 뒤로 밀었다.

그러나 이 비참한 여자는 그를 혼자 내버려 두지 않았다. 그녀는 말 안 듣는 개처럼 도로 위까지 그를 졸졸 따라오면서, 그저 소리만 치면 돈이 생길 줄 알고 〈돈 주세요! 돈 주세요!〉라고 외치고 있었다. 그는 그녀를 클럽에서 멀어지게 하고 다른 한편으로는 그녀를 따돌릴 심산으로 서둘러 걸었지만 그녀는 집에까지 따라올 기세였다. 그는 더 이상 참을 수 없어 돌아서며 그녀의 등을 떠밀었다.

「즉시 꺼져 버려! 계속 나를 따라오면 단 1아나도 줄 수 없어.」

「돈 주세요!」

「바보 같으니라고.」 그가 말했다. 「이렇게 해봐야 아무 소용이 없잖아? 더 이상 한 푼도 없는데 어떻게 준단 말이야?」

「거짓말이에요!」

그는 절망에 차서 지갑 속을 더듬어 보았다. 그는 너무 지쳐 그녀를 따돌릴 수만 있다면 모든 것을 다 주고 싶었다. 손가락이 금으로 만든 담배 케이스에 닿았다. 그는 그것을 끄집어냈다.

「여기, 이것을 주면 가겠어? 전당포에 가면 30루피는 받을 거야.」

마 흘라 메이는 잠시 생각하더니 퉁명스럽게 말했다. 「주세요.」

그는 담배 케이스를 도로 옆 잔디밭에 던졌다. 그녀는 혹시 그가 다시 빼앗지 않을까 염려스러워 줍자마자 자신의 잉지에 꼭 붙이고 뒤로 한 발짝 물러났다. 그는 그녀가 더 이상 소란을 피우지 않는 것이 다행이라 생각하고 몸을 돌려 집으로 향했다. 담배 케이스는 그녀가 열흘 전에 훔친 것과 똑같은 것이었다.

집에 도착한 그는 문 앞에서 뒤를 돌아다보았다. 마 흘라 메이는 달빛 속에서 희미한 형상으로 여전히 언덕 기슭에 서 있었다. 그녀는 의심스러운 사람이 시야에서 사라질 때까지 멍하니 쳐다보는 개처럼 언덕 위로 올라가는 플로리를 지켜보았다. 묘한 일이었다. 그는 그녀가 협박 편지를 보냈던 며칠 전부터 그녀의 행동이 평소와 달리 이상하다는 생각이 언뜻 떠올랐다. 그녀가 그렇게 할 수 있으리라고는 추호도 생각해 보지 못한 고집스러운 행동이었다 ── 분명 누군가가 그녀를 부추기고 있는 것 같았다.

18

지난밤 소동이 있은 후 엘리스는 플로리와 한바탕 하려고 일주일 내내 별렀다. 그는 플로리를 동성애자 — 〈검둥이와의 동성애자〉의 줄임말이지만 여자들은 잘 몰랐다 — 라 불렀고 이미 그에 대한 나쁜 소문을 꾸미고 있었다. 엘리스는 누군가와 싸우게 될 때 늘 상대방에 대해 나쁜 소문 — 작은 이야기를 계속 부풀려 결국 주체할 수 없는 큰 추문거리가 된다 — 을 꾸며 댄다. 플로리가 베라스와미를 두고 무심코 한 〈괜찮은 친구〉라는 말은 곧 「데일리 워커」를 신성 모독과 선동이라는 단어들로 가득 채울 정도로 엄청난 파장을 일으켰다.

「존경하는 래커스틴 부인.」 엘리스가 말했다 — 래커스틴 부인은 베랄에 대한 큰 비밀을 알고 난 뒤 플로리가 갑자기 싫어진 터라 엘리스의 이야기에 관심을 보이기 시작했다. 「만약 부인께서 지난밤에 플로리가 말한 것을 들으셨다면……. 글쎄요, 부인은 아마 치를 떨었을 것입니다!」

「그래요! 아시다시피 저는 그 사람이 항상 이상한 생각을 하고 있다는 걸 잘 알고 있어요. 그가 무슨 이야기를 했는데요? 설마 사회주의는 아니겠지요?」

「그보다 더한 얘기죠.」

엘리스는 이야기를 장황하게 늘어놓았다. 그러나 분통 터지게도, 공격당해야 할 플로리는 지금 카우크타다에 없었다. 그는 엘리자베스로부터 퇴짜를 맞은 다음 날 캠프로 돌아간 것이었다. 엘리자베스는 그에 대한 소문을 모두 들었고, 이제 그의 성격을 잘 알게 되었다. 그녀는 자신이 그와 함께 있을 때 왜 그렇게 자주 답답하고 짜증스러웠는지를 깨달을 수 있었다. 그는 지식인이었다 — 이것이 가장 정확한 말이다. 레닌, A. J. 쿡 그리고 몽파르나스 카페의 누추한 시인들과 동일 선상에 있는 지식인이었다. 지식인만 아니었더라면 그녀는 그에게 버마인 정부가 있다고 해도 쉽게 용서해 줄 수 있었을 것이다. 사흘 후에 플로리가 인편으로 보낸 편지가 도착했다. 아무 감동도 주지 못하는, 형식적으로 쓴 편지였다. 그의 캠프는 카우크타다에서 하루 정도 걸리는 곳에 있었다. 엘리자베스는 답장을 보내지 않았다.

정글 생활이 너무 바빠 생각할 시간이 없다는 것이 플로리에겐 오히려 다행스러웠다. 그가 오랫동안 자리를 비운 사이에 캠프 전체가 엉망진창이 되어 있었다. 거의 서른 명에 달하는 노동자들이 사라졌고, 병든 코끼리는 상태가 더 나빠졌으며, 열흘 전에 수송했어야 했던 티크 목재 더미는 엔진이 고장 나 그대로 쌓여 있었다. 기계엔 젬병인 플로리는 온몸이 기름칠로 뒤범벅되어 복잡한 엔진을 고치려고 안간힘을 써보았다. 코 슬라가 〈노동자들이 하는 일〉을 백인이 해서는 안 된다고 야단스레 굴었다. 결국 엔진은 비틀비틀 천천히 돌아갔다. 촌충 때문에 누워 버렸던 코끼리도 다시 일어섰다. 노동자들에 대해 말하자면, 평소에 지급받던 아편이 끊기자 캠프를 이탈한 것이었다 — 그들은 열병 예방 명목으로 나오는 아편을 지급받지 못하면 정글에 머물지 않는다. 사실 이 일은 우 포 킨의 음모였다. 그가 플로리를 궁지에 몰아넣기 위해 세무관에게 정보를 줘 현장을 급습해 아편을 몰수하도록 했던 것이다. 플로리는 베라스와미에게 편지를 보내 도움을 요청했다. 의사는 코끼리 치료 약과, 조심스럽게 사용하라는 염려의 말과 함께 불법적으로 구한 아편을 보내왔다. 길이가 6미터도 넘는 촌충이 코끼리 몸에서 나왔다. 플로리는 하루에 열두 시간씩 바쁘게 일했다. 저녁이 되어 할일이 없으면 땀방울이 눈을 찌를 때까지 정글 속을 돌아다니다가 들장미 가시에 무릎이 찔려 피가 나기도 했다. 하지만 밤은 더욱 견디기 힘든 시간이었다. 지금까지 있었던 모든 일들이 습관처럼 그의 뇌리에 되살아나 그를 괴롭혔다.

그럭저럭 일주일이 지나갔다. 엘리자베스는 아직까지 1백미터 이내에서 베랄을 본 적이 없었다. 베랄이 카우크타다에 도착했던 첫날 저녁에 클럽에 나타나지 않아 그녀는 크게 실망했다. 래커스틴 씨는 억지로 입은 턱시도가 빛을 발하지 못하게 되자 엄청 화를 냈다. 다음 날 아침, 래커스틴 부인은 남편을 시켜 역참 방갈로에 편지를 보내게 해 공식적으로 베랄을 클럽에 초대했다. 하지만 답장이 없었다. 여러 날이 지났다. 베랄은 지역 사회에 참여할 생각이 전혀 없어 보였다. 그는 공식 초대도 거절했으며, 심지어 맥그리거 씨의 사무실에 들르는 것도 귀찮아 했다. 그의 방갈로는 유럽인 클럽의 반대쪽인 읍의 끝, 기차역 근처에 있었다. 그는 그곳이 편했다. 기한이 지나면 방을 비워야 한다는 규칙이 있었지만, 베랄은 그것을 조용히 무시해 버렸다. 유럽인들은 아침과 저녁에만 광장에서 그를 볼 뿐이었다. 그가 도착한 다음 날, 50여 명의 남자들이 낫을 들고 광장의 잡초를 베었다. 그 일이 끝나자 베랄은 말을 몰고 달리면서 폴로 연습을 했다. 그는 도로 아래를 지나가는 어떤 유럽인에게도 알은체하지 않았다. 웨스트필드와 엘리스는 머리끝까지 화가 났으며, 맥그리거 씨까지도 베랄의 행동이 〈무례〉하다고 말했다. 만약 베랄이 최소한의 예의를 보였더라면 그들 모두는 장교 각하의 발밑에 엎드렸을 것이다. 사실 두 여자를 제외한 모든 사람들이 처음부터 그를 싫어했다. 작위가 있는 사람들은 늘 그런 식이어서 존경받든가 아니면 미움받든가 둘 중 하나였다. 만약 그들이 이런 사실을 인정한다면 매력적이면서도 소박한 것이라 여기고, 이것을 무시한다면 혐오스러울 정도의 속물이라 여기는 것이다. 어중간한 것은 없다.

베랄은 젊은 귀족 자제로 부자는 아니었지만 독촉장이 날아올 때까지 청구액을 결제하지 않고 그가 중요하게 여기는 것들, 이를테면 옷과 말에 돈을 쓰며 그럭저럭 생활하고 있었다. 그는 영국 기병 연대 소속으로 인도에 왔는데 봉급은 적지만 폴로를 할 기회가 더 많다는 이유로 인도군으로 자리를 옮겼다. 2년이 흘러 그의 부채가 자꾸 불어나자 그는 돈 모으기가 쉽다고 알려진 버마 헌병대에 들어왔다. 그러나 그는 버마가 싫어 ─ 버마는 기병한테는 어울리지 않는 곳이다 ─ 연대로 다시 돌아가려고 이미 신청해 놓은 상태였다. 그는 자신의 지위 덕택에 마음만 먹으면 언제나 자리를 바꿀 수 있었다. 카우크타다에는 단 한 달만 머물 예정이었기 때문에 이 지역의 하찮은 사히브들과 어울릴 의도가 애초부터 없었던 것이다. 그는 이런 작은 버마 주둔지의 사회를 잘 알고 있었다. 잘난 체하고 말도 많고 구역질 나는 별 볼일 없는 인간들, 그는 이들을 경멸했다.

베랄이 경멸하는 사람들은 그들만이 아니었다. 그의 다양한 경멸의 대상은 오랜 시간에 걸쳐 상세하게 목록화되어 있었다. 그는 폴로를 즐길 줄 아는 소수를 제외하고는 인도에 주둔하는 백인 모두를 경멸했다. 군인들 중에서도 기병대만 빼고 다 싫어했다. 또 인도인들로 구성된 군대, 보병대 및 기병대도 경멸했다. 그 자신이 원주민 연대에 소속되어 있는 것은 사실이지만, 그건 오직 자신의 편리함 때문이었다. 그는 인도 사람들에게 관심이 없었으며 그가 알고 있는 우르두어는 모두 욕이었고, 그것도 모든 동사를 3인칭 단수로 사용했다. 그는 모든 헌병 대원들을 노동자나 다름없이 취급했다. 칼을 들고 뒤에서 따라오는 늙은 인도 중대장과 함께 검열을 할 때면 〈제기랄, 타락한 돼지 새끼들 같으니라고!〉라는 말을 종종 했다. 베랄은 원주민 군대에 대한 직설적인 언사 때문에 한때 곤경에 처하기도 했었다. 언젠가 어느 사열에서 베랄은 다른 장교들과 함께 장군 뒤에 서 있었고, 한 인도인 보병 연대가 행진을 하며 다가오고 있었다.

「소총 부대군.」어떤 사람이 말했다.

「저 꼬락서니 좀 봐.」베랄이 어린애 같은 목소리로 퉁명스럽게 말했다.

머리카락이 센 소총 부대 연대장이 옆에 서 있었다. 그는 목덜미까지 빨개졌으며 장군에게 그 사실을 보고했다. 베랄은 질책을 받았지만 역시 영국 군대 장교인 장군은 심하게 나무라지 않았다. 상관이 있는 자리에서 무례한 말을 했는데도 심각한 사태로는 발전하지 않은 것이었다. 주둔했던 인도의 여러 지방에서 그는 다른 사람들에게 심한 모욕을 주고 의무를 게을리 했으며 외상값도 제때 갚지 않았다. 그럼에도 불구하고 그는 마땅히 받아야 할 어떠한 망신도 당하지 않았다. 그는 불사신이나 다름없었다. 그를 구해 주는 것은 그의 이름만이 아니었다. 그의 눈빛에는 말[馬], 백인 여성, 심지어 중령들조차 움찔거리게 만드는 어떤 힘이 있었다.

약간 돌출되어 있지만 담청색의 굉장히 맑은, 상대방을 찔

쩔매게 하는 눈이었다. 그의 두 눈이 5초 동안 차가운 눈초리로 아래위로 훑어보면 상대는 완전히 압도되고 위축되어 버렸다. 만약 상대가 괜찮은 사람이라면 — 다시 말해 기병대장교나 폴로 선수라면 — 베랄은 그 사람을 무뚝뚝하게나마 정중히 대할 것이다. 상대가 다른 종류의 사람이라면, 그는 상대를 철저히 무시했고, 그런 감정은 숨기려 해도 숨길 수 없었다. 대체로 그는 사회적 견지에서 볼 때 속물에 불과했기 때문에 상대가 부자든 그렇지 않든, 그것은 별문제가 되지 않았다. 물론 다른 부유한 가문의 사람들처럼 그 역시 가난이란 역겨운 것이고 가난한 사람들은 혐오스러운 습관을 더 좋아하기 때문에 가난하다고 생각하고는 있었다. 하지만 그는 편안한 생활도 경멸했다. 옷을 사는 데 큰 돈을 소비했지만 그 외에는 수도승처럼 거의 금욕적인 생활을 했다. 무자비할 정도로 열심히 훈련했고 술과 담배를 절제했으며 야전 침대에서 잠을 자고(실크 잠옷 차림으로) 혹독하게 추운 겨울에도 찬물로 목욕을 했다. 승마술과 체력 단련이 그가 알고 있는 유일한 우상이었다. 광장에서의 말발굽 소리, 말안장과 일체가 된 반인반마인 켄타우로스와 같은 자신의 육체에 대한 강하고 자신만만한 태도, 손에 쥔 탄력 있는 폴로 스틱 — 이 모든 것들이 그의 종교이며 삶의 활력이었다. 그는 버마에 있는 유럽인들 — 술만 퍼마시고 계집질이나 하는 누런 얼굴의 놈팡이들 — 의 습관을 생각하면 구역질이 났다. 모든 종류의 사회적 의무에 대해서도, 여자들의 비위만 맞추는 것이라 여기고 그것들을 무시했다. 그는 여자도 혐오스러운 존재라고 생각했다. 그의 견해로는, 여자들이란 오로지 폴로 경기를 하는 남자들을 유혹해 그저 티 파티나 테니스 게임에 끌어들이려고 하는, 일종의 바다 요정 세이렌이라고 생각했다. 그렇다고 여자들의 유혹에 넘어가지 않는 사람은 아니었다. 그는 젊었고 거의 모든 여자들이 그에게 접근했기에 가끔 유혹에 넘어간 적도 있었다. 그러나 그는 곧 타락에 싫증을 느꼈다. 유혹의 위기가 다시 찾아와도 그는 너무나 무감각하게 타락에서 쉽게 빠져나올 수 있었다. 그는 인도에 머무는 2년 동안 타락의 위기에서 벗어난 경우가 열두 번도 더 되었다.

일주일이 지나갔다. 엘리자베스는 아직까지 베랄과 인사를 나눌 기회가 없었다. 그들은 애타게 기다렸다. 매일 아침 저녁으로 그녀와 그녀의 숙모는 광장을 지나 클럽으로 걸어 갔다가 다시 올라왔다. 그러나 토민병이 던져 주는 폴로 공을 치고 있던 베랄은 두 여자를 철저히 무시했다. 물리적으로는 가까이 있었지만 그의 마음은 너무 멀리 있었다. 더 비참한 것은 베랄이 그들을 무시했다고 그에게 따지는 것은 예의에 어긋나는 짓이라고 두 사람 모두 생각하고 있었다는 점이었다. 어느 날 저녁 베랄이 세게 친 폴로 공이 훅 하고 잔디밭을 지나 그들 앞 도로에 떨어졌다. 엘리자베스와 그녀의 숙모는 본능적으로 멈추어 섰다. 하지만 공을 가지러 뛰어온 사람은 토민병이었다. 베랄은 여자들을 보고 그들과 거리를 유지했다.

다음 날 아침, 래커스틴 부인과 엘리자베스는 문밖으로 나와 잠시 멈추었다. 래커스틴 부인은 최근에는 인력거를 타지 않았다. 광장 아래에서 엷은 다갈색의 군복을 입은 헌병들이 번쩍거리는 총검을 꽂고 무리 지어 도열해 있었다. 베랄은 이들 앞에 서 있었지만 제복 차림이 아니었다 ─ 그는 헌병대 안에서는 그럴 필요성을 못 느껴, 아침 분열 때 제복을 입지 않았다. 두 여자는 베랄을 제외한 모든 것들을 살펴보는 척했지만 동시에 어떤 식으로든 그를 유심히 관찰하고 있었다.

래커스틴 부인이 말했다 ─ 이 말은 그녀가 툭하면 던지는 말이었기에, 그 주제에는 새삼스러운 서론이 필요 없었다.
「안타까운 것은 네 삼촌이 곧 캠프로 돌아가야 한다는 거야.
참 걱정이 되는구나.」

「정말 돌아가야 해요?」

「그렇단다. 캠프는 연중 이맘때가 가장 견디기 힘들단다!
오, 모기들!」

「좀 더 머물면 안 돼요? 일주일 정도요.」

「그렇게 할 수 없을 것 같구나. 그는 지금 카우크타다 사무
실에서 벌써 한 달 정도 머무르고 있어. 회사에서 이 사실을
안다면 난리가 날 거야! 물론 우리도 함께 가야 될 거야. 정
말 지겨워! 모기 — 정말 끔찍스러워!」

정말로 끔찍스럽다! 엘리자베스가 베랄과 인사도 나누기
전에 떠나야 한다니! 그러나 래커스틴 씨가 간다면 그들은 반
드시 따라가야 한다. 남편 혼자 떠나도록 할 수는 없었다. 악
마는 정글에서조차 장난감을 찾는 법이다. 토민병들이 도열
해 있는 곳에서 잔물결이 불처럼 일었다. 그들은 행진에 앞서
총검을 총에서 빼고 있었다. 엷은 다갈색 무리가 고개를 왼쪽
으로 돌려 경례를 하며 4열 종대로 행진해 나갔다. 당번병들
이 조랑말을 데리고 폴로 스틱을 쥐고 경찰 초소에서 걸어오
고 있었다. 래커스틴 부인이 문득 모험적인 결심을 했다.

「광장을 가로질러 지름길로 가자.」 그녀가 말했다. 「도로
로 둘러 가는 것보다 그게 훨씬 더 빨라.」

약 50미터 정도 더 짧은 거리이긴 했지만 스타킹에 달라붙
는 잔디 씨앗 때문에 어느 누구도 그 길로 가지 않았다. 하지
만 래커스틴 부인은 과감하게 잔디밭으로 걸어 들어가 클럽
으로 가는 체하면서 베랄 쪽으로 똑바로 나아갔다. 엘리자베
스가 뒤따라갔다. 그들은 지름길을 택해 걸어가고 있다는 사
실 외에 어떤 의도를 가지고 그렇게 하고 있다고 인정하기가

죽기보다 싫었다. 베랄은 이들이 다가오는 것을 보고 욕을 하면서 말고삐를 잡아당겼다. 그들이 자신을 향해 거리낌없이 다가왔기 때문에 오히려 대놓고 따돌릴 수가 없었다. 빌어먹을 여자들! 그는 귀찮다는 듯 스틱으로 폴로 공을 살살 치며 그들 쪽으로 말을 천천히 몰고 갔다.

「안녕하세요, 베랄 씨!」 래커스틴 부인이 베랄과 20미터쯤 떨어진 곳에서 달콤한 목소리로 외쳤다.

「안녕하세요!」 그는 그녀의 얼굴을 쳐다보고 인도 기차역 앞에서 남자들을 유혹하는 늙은 여자 정도로 간주하면서 무뚝뚝하게 대답했다.

그 순간 엘리자베스가 숙모 옆에 나란히 섰다. 안경은 끼고 있지 않았고 테라이 모자를 벗어 손에 쥐었다. 일사병이 무슨 문제일까? 그녀는 자신의 머리카락이 매력적임을 분명히 알고 있었다. 한바탕의 바람 — 오, 숨 막히게 무더운 날 어디선가 불어오는 저 축복의 바람 — 이 면직 드레스를 휘감아 몸에 착 달라붙게 하자, 그녀의 몸매가 뚜렷이 드러났다. 그녀의 몸매는 나무처럼 가늘고 강렬해 보였다. 햇볕에 탄 나이 든 여자 옆에 나타난 엘리자베스는 베랄에겐 뜻밖이었다. 그가 갑자기 움찔하자 아랍종 말이 신호로 알고 뒷발을 살짝 움직였다. 그는 고삐를 꽉 쥐었다. 굳이 묻지 않았기에, 그는 이 순간까지 카우크타다에 젊은 여자가 있는지 몰랐다.

「제 질녀예요.」 래커스틴 부인이 말했다.

그는 대답 없이 폴로 스틱을 멀리 던지고 토피를 벗었다. 한동안 그와 엘리자베스는 서로를 쳐다보았다. 그들의 싱그러운 얼굴은 살인적인 햇볕 속에서도 전혀 위축되지 않았다. 잔디 씨앗이 엘리자베스의 정강이를 따끔거리게 해 고통스러웠다. 안경을 끼지 않은 터라 엘리자베스는 베랄과 그의 말을 희미하게밖에 볼 수 없었지만, 기분이 너무 좋았다! 가슴이 뛰고 피가 쏠려 얼굴이 마치 수채화에 엷게 색칠한 것처럼 붉게 물들었다. 〈이런, 얼굴이 복숭아 같군!〉 하는 생각이 베랄의 마음을 격렬하게 파고들었다. 조랑말을 잡고 있던 무뚝뚝한 인도인들은 두 젊은이의 아름다움에 깊은 인상이라도 받은 것처럼 이들의 모습을 호기심 어린 눈으로 쳐다보았다.

래커스틴 부인이 30여 초 동안 지속된 이들 사이의 침묵을 깼다.

「베랄 씨, 아시겠지만……」그녀가 다소 아부하는 투로 말했다. 「당신이 우리 가련한 사람들을 무시하셔서 우린 기분이 약간 상했답니다. 클럽에서는 새 얼굴을 무척 기다렸어요.」

그는 계속 엘리자베스를 쳐다보며, 조금 전과는 매우 다른 목소리로 말했다.

「조만간 방문할까 하고 생각하던 중이었습니다. 너무 바빴습니다 — 대원들을 막사에 배치하는 것을 포함해 이런저런 일들이 많았습니다. 미안합니다.」그가 덧붙였다 — 그는 사과하는 습관은 없었지만 이 숙녀의 경우에는 예외라고 생각했다 — 부인의 편지에 답장을 못해 미안합니다.」

「오, 괜찮아요! 다 이해해요. 하지만 오늘 저녁에는 클럽에서 만났으면 좋겠어요! 왜냐하면 당신도 아시다시피…….」그녀는 보다 더 아부하는 투로 말했다. 「당신이 우리를 더 이상 실망시킨다면, 당신을 정말 예의 없는 젊은이로 생각할거니까요!」

「미안합니다.」그가 말했다. 「오늘 저녁에 가겠습니다.」

더 이상 말이 없자 두 여자는 클럽으로 갔다. 그러나 그들은 겨우 5분 정도만 머물렀다. 잔디 씨앗 때문에 정강이가 따끔거리는 바람에 서둘러 집으로 가 즉시 스타킹을 바꿔 신어야만 했다.

베랄은 약속한 대로 클럽에 나타났다. 그는 다른 사람들보다 일찍 도착했는데, 클럽에 들어간 지 채 5분도 되기 전에 자신의 존재감을 과시했다. 엘리스가 클럽에 들어오자마자 나이든 주방장이 카드실에서 뛰어나와 그에게로 달려왔다. 눈물이 뺨을 타고 흘러내렸고, 무척 슬픈 표정을 짓고 있었다.

「나리! 나리!」

「무슨 일이야?」 엘리스가 말했다.

「나리, 새로 오신 주인님이 나를 때렸어요, 나리!」

「뭐라고?」

「나를 때렸어요, 나리!」 그는 눈물을 줄줄 흘리면서 〈때렸어요〉라는 말에 힘을 주었다. 「때ー렸ー어ー요!」

「너를 때려? 이렇게 잘하는 너를? 누가 때렸어?」

「새로 오신 주인님이요, 나리. 헌병 나리가 그랬어요. 그분이 나를 발로 찼어요. 여기를 말입니다!」

그는 몸 뒤를 문질렀다.

「개자식!」 엘리스가 말했다.

그는 라운지로 들어갔다. 베랄은 『필드』를 읽고 있었는데, 팜비치 바지 끝자락과 반짝거리는 흑갈색 구두만 보일 뿐이었다. 그는 다른 사람이 방에 들어오는 소리에도 신경 쓰지 않았다. 엘리스가 멈추어 섰다.

「이봐, 당신 ─ 이름이 뭐더라 ─ 베랄!」

「뭐라고?」

「당신이 주방장을 발로 찼소?」

갑각류 동물의 눈이 바위 주변을 탐색하듯, 베랄이 푸른 눈동자를 『필드』 구석으로 굴렸다.

「뭐라고요?」 그가 날카롭게 되풀이했다.

「불쌍한 우리 주방장을 발로 찼느냐고 말했소.」

「그렇소.」

「빌어먹을, 무슨 이유로 그랬소?」

「그놈이 나에게 무례한 짓을 했소. 위스키 한 잔과 소다수를 달라고 했는데, 미지근한 것을 가져왔기에 얼음을 타 가지고 오라고 했소. 그런데 저놈이 내 말을 듣지 않고 마지막 얼음을 아껴야 한다는 둥 헛소리만 늘어놓았소. 그래서 궁둥이를 걷어찼소. 똑바로 시중들라고.」

엘리스의 얼굴이 잿빛으로 변했다. 그는 화가 머리끝까지 났다. 주방장은 일종의 클럽 재산으로, 낯선 사람한테 얻어맞을 수는 없었다. 그러나 엘리스를 더욱 화나게 만든 것은 자신이 주방장을 딱하게 여기고 — 아까처럼 발로 걷어차는 것을 반대한다고 베랄이 의심한다는 점이었다.

「똑바로 시중들라고? 그 사람은 우리 시중을 잘 들고 있었단 말이야. 그런 사람한테 왜 빌어먹을 짓을 했어? 주방장을 발로 걷어찬 자넨 도대체 뭐 하는 사람이야?」

「웃기지 마시오, 친구. 걷어찰 필요가 있으니까 그렇게 하지 않았겠소. 당신은 여기 있는 하인들이 제멋대로 굴게 내버려 두는가 보죠?」

「이런 빌어먹을, 건방진 어린놈 같으니라고, 하인이 맞을 필요가 있다 해도 자네하고 무슨 상관이 있어? 자넨 이 클럽의 회원이 아니야. 하인을 때리는 것은 자네가 아니라 우리가 할 일이야.」

베랄은 『필드』를 내려놓고 한쪽 눈을 치켜떴다. 그의 무뚝뚝한 목소리는 바뀌지 않았다. 그는 어떤 유럽인 앞에서도 이성을 잃지 않았다. 아니, 그럴 필요가 없었다.

「친구, 내 성질을 건드리는 놈이 있으면 누구든 엉덩이를 걷어차 버릴 거요. 내가 당신 엉덩이를 차길 바라시오?」

후끈 달아올랐던 엘리스는 갑자기 기가 죽었다. 그는 인생에서 두려움을 느껴 본 적이 없었다. 그런데 베랄의 눈은 그로선 감당하기에 벅찼다. 베랄의 눈은 상대방을 나이아가라

폭포 아래에 있는 것처럼 만들 수 있었다. 엘리스의 입에서 나오는 욕설이 잦아들었다. 목소리도 작아졌다. 그는 불평하듯이, 심지어 하소연하듯이 말했다.

「그러나 제기랄, 그놈이 자네에게 마지막 남은 얼음을 주지 않은 건 잘한 일이야. 우리가 자네에게 주려고 얼음을 샀다고 생각해? 이곳에서는 일주일에 두 번만 얼음을 구할 수 있단 말이야.」

「이곳의 클럽 관리는 엉망이군요.」 베랄이 말하고는 이 문제에 대해 더 이상 언급하지 않겠다는 듯『필드』를 다시 훑어보기 시작했다.

엘리스로서는 어쩔 수 없었다. 엘리스의 존재를 깡그리 무시하고 다시 잡지로 눈을 돌리는 베랄의 침착하고 냉정한 태도는 무서울 정도였다. 이 젊은 느림보를 한바탕 걷어찰 수는 없을까?

그러나 엉덩이를 걷어차는 일은 일어나지 않았다. 베랄은 그의 인생에서 얻어맞을 행동을 많이 했지만 결코 얻어맞은 적이 없었고, 앞으로도 그럴 것이다. 엘리스는 어쩔 도리가 없어 베랄을 혼자 남겨 두고 카드실로 돌아가 주방장에게 화풀이를 했다.

맥그리거 씨는 클럽 입구에 도착했을 때 음악 소리를 들었다. 전등의 노란 불빛이 테니스장을 덮고 있는 덩굴 식물 사이로 스며 나왔다. 맥그리거 씨는 오늘 저녁 기분이 아주 좋았다. 그는 래커스틴 양 ── 무척이나 지적인 소녀 아닌가! ── 에게 들려줄, 1913년 사가잉에서 일어났던 약탈 사건에 대한 재미있는 이야기를 준비해 놓았다(사실 그것은 『블랙우즈』에 조그맣게 실렸던 글로, 맥그리거 씨가 모아 놓은 기사 중 하나였다). 그녀는 무척 좋아할 것이다. 그는 기대에 차서 테니스장 주위를 걸었다. 기우는 달과 나뭇잎 사이로 스며 나오는 전등 불빛이 어우러진 테니스장에선 베랄과 엘리자베스가 춤을 추고 있었다. 하인들이 의자와 테이블을 가져다 놓았는데 테이블 위에는 축음기가 놓여 있었다. 테이블 주위에는 다른 유럽인들이 앉거나 서 있었다. 맥그리거 씨가 테니스장 모퉁이에 나타났을 때 베랄과 엘리자베스는 그와 1미터도 떨어지지 않은 거리에서 주변을 빙글빙글 돌고 있었다. 그들은 몸을 밀착한 채 춤을 추었다. 그녀의 몸이 베랄 앞에서 뒤로 젖혀졌다. 둘 다 맥그리거 씨를 보지 못했다.

맥그리거 씨는 테니스장을 빙 돌아 걸었다. 싸늘하고 황량한 느낌이 창자까지 스며들었다. 그렇다면 그가 래커스틴 양에게 할 수 있는 이야기란 〈잘 가세요〉라는 말뿐인가! 테이블로 다가갔을 때, 그는 평상시처럼 유머러스한 표정을 보이려고 억지웃음을 지었다.

「오늘 밤 무용의 여신이 오셨군!」 그는 무심코 슬픔에 잠긴 어조로 말했다.

아무도 대답이 없었다. 모두 테니스장에서 춤을 추는 두 사람을 주시하고 있었다. 엘리자베스와 베랄은 다른 사람들을 본체만체하면서 계속 빙글빙글 돌고 있었다. 그들의 신발은 매끈한 바닥에서 쉽게 미끄러졌다. 베랄은 말을 탈 때와 마찬가지로 비할 데 없이 우아하게 춤을 추었다. 이제 전염병처럼 세계적으로 유행되어 이곳 버마까지 흘러 들어온 「집으로 가는 길을 가르쳐 주오」라는 곡이 축음기에서 흘러나오기 시작했다.

집으로 가는 길을 나에게 가르쳐 주오,
나는 심신이 지쳐 자러 가고 싶소.
한 시간 전에 술을 약간 했다오,
그래서 약간 취해 있다오!

축음기 바늘이 중간쯤 왔을 때 래커스틴 부인이 바늘을 다시 처음으로 되돌려 놓았기 때문에 단조롭고 우울한 음악은 그늘진 나무와 흘러 다니는 꽃향기 사이로 계속 떠다녔다. 달은 마치 병약한 여인이 침대에서 일어나 기어 나오는 것처럼 지평선 너머의 암흑 같은 검은 구름 속에서 나와 점점 하늘 높이 노랗게 올라가고 있었다. 베랄과 엘리자베스는 어둑한 분위기에서 요염한 모습으로 지칠 줄 모르고 계속해서 춤을 추었다. 그들은 한 마리의 동물처럼 완벽히 하나가 되어 있었다. 맥그리거 씨, 엘리스, 웨스트필드, 래커스틴 씨 등은 호주머니에 손을 찔러 넣은 채 말없이 그들을 지켜볼 뿐이었다. 모기가 그들의 발목을 물었다. 어떤 사람은 술을 달라고도 했지만 위스키도 그들의 입안에서는 재처럼 느껴졌다. 나이 든 네 남자들의 뱃속은 시기심으로 온통 비틀려 있었다.

베랄은 래커스틴 부인에게 춤을 같이 추자고 청하지 않았고, 엘리자베스와 함께 의자에 앉아 있을 때도 다른 유럽 사람들에게는 관심조차 두지 않았다. 그는 30분 이상 다른 사람하고는 말 한마디 하지 않고 엘리자베스를 독점하더니, 래커스틴 부부와 잠시 대화를 나눈 후 클럽을 나가 버렸다. 베랄과의 긴 춤은 엘리자베스를 일종의 꿈속에 빠뜨렸다. 그는 그녀에게 함께 승마를 하자고 요청했다. 그녀는 그에게 조랑말 한 필을 빌릴 것이다! 그녀는 화난 엘리스가 자신에게 대놓고 무례한 짓을 하려고 했다는 사실도 눈치채지 못했다. 늦게 집에 돌아왔지만, 엘리자베스와 래커스틴 부인은 자정이 될 때까지 래커스틴 씨의 승마용 바지를 엘리자베스에게 맞도록 줄이고 늘이는 데 여념이 없었다.

「애야, 말을 잘 탈 수 있겠지?」 래커스틴 부인이 말했다.

「오, 물론이에요! 영국에서 많이 타봤어요.」

그녀는 열여섯 살 때 열두 번 정도 말을 타본 경험이 있었다. 아무 문제 없다. 그녀는 잘할 것이다! 더군다나 베랄이 동행한다면 그녀는 호랑이 등에라도 탈 수 있을 것이다.

마침내 수선을 마치고 엘리자베스가 바지를 입었을 때 래커스틴 부인은 그녀를 쳐다보고 숨을 삼켰다. 승마용 바지를 입은 엘리자베스는 황홀해 보였다. 너무 매력적이었다. 하루나 이틀 후면 카우크타다와 매력적인 젊은 장교를 놔두고 다시 캠프로 돌아가 몇 주, 아니 몇 개월 동안 머물러야 한다니! 너무 가련하지 않은가! 그들이 2층으로 올라갔을 때 래커스틴 부인은 문 앞에 잠시 서 있었다. 위대하고 고통스러운 희생을 멈추어야겠다는 생각이 그녀의 머리에 떠올랐다. 그녀는 엘리자베스의 어깨를 잡고 어느 때보다도 더 애정을 보이면서 그녀에게 키스했다.

「얘야, 네가 지금 당장 카우크타다를 떠난다는 것은 안타까운 일이 될 거다!」

「그럴지도 모르죠.」

「그렇다면 너에게 할 말이 있단다, 얘야. 우리는 저 끔찍스러운 정글에 다시 돌아가지 않아도 되잖니! 너의 삼촌만 혼자 가게 하고, 나와 너는 이곳 카우크타다에 그냥 머무는 거야.」

19

날씨는 점점 더 뜨거워지고 있었다. 4월이 거의 끝나 가고 있었지만 앞으로 3주, 아니 5주 안에 비가 올 가능성은 거의 없어 보였다. 그럭저럭 견딜 만한 짧은 아침 시간도 곧 닥칠 한낮의 끔찍한 더위를 생각하면 즐겁지 않았다. 한낮에는 뜨거운 햇살이 몸을 꿰뚫어, 머리가 어질어질하고 눈꺼풀은 아교 칠을 한 것처럼 자꾸만 감겼다. 동양인들 유럽인들 할 것 없이 어느 누구도 끈기 없이는 한낮의 더위에 제정신을 유지할 수 없으며, 밤에는 귀찮을 정도의 개 짖는 소리와 화끈거리는 열기에 줄줄 흘러내리는 괴로운 땀방울 때문에 잠을 제대로 잘 수 없었다. 클럽의 모기들은 너무 지독해 모든 모퉁이마다 모기향을 피워 놓아야 했고, 여자들은 베개 커버로 다리를 덮고 앉아 있어야 했다. 베랄과 엘리자베스만이 더위를 초월해 있는 듯했다. 그들은 젊었고 그들의 피는 신선했다. 베랄은 너무 냉정한 사람이었고 엘리자베스는 너무 행복해, 이곳의 기후 따위에는 신경 쓸 겨를이 없었다.

요즈음 클럽에는 상대방을 비방하는 언쟁과 논쟁이 심하게 오가고 있었다. 베랄이 거의 주인 노릇을 하고 있었다. 그는 저녁 한두 시간만 클럽에 머물면서 다른 회원들을 무시하고 그들이 권하는 술도 마시지 않았으며 남의 말에도 무뚝뚝하게 겨우 대답만 할 뿐이었다. 그는 예전에 래커스틴 부인이 앉았던 천장의 부채 바로 아래 있는 의자에 앉아 흥미를 끄는 신문 따위를 읽으면서 엘리자베스를 기다렸다. 그리고 그녀가 나타나면 그녀와 함께 한두 시간 춤을 추거나 대화를 나눈 뒤, 다른 사람한테는 인사도 하지 않고 클럽을 나가 버렸다. 이즈음 래커스틴 씨는 캠프에 혼자 가 있었다. 카우크타다로 흘러 들어오는 소문에 따르면, 그는 정글에서 외로움을 달래기 위해 여러 명의 잡다한 버마 여자들과 시간을 보내고 있다는 것이었다.

엘리자베스와 베랄은 거의 매일 아침 승마를 했다. 사열이 끝나면 베랄은 폴로 연습을 하면서 아침 시간을 보냈지만 저녁 시간은 엘리자베스와 함께 보냈고, 그럴 가치가 충분하다고 생각했다. 그녀는 사냥에서와 마찬가지로 즉시 승마에 빠져들었다. 그녀는 〈고국에서 말을 타고 사냥을 많이 했어요〉라고 베랄에게 자신 있게 말했다. 그는 곧바로 그녀의 거짓말을 눈치챘지만 그녀는 적어도 그가 눈살을 찌푸릴 만큼 말을 못 타지는 않았다.

그들은 말을 타고 홍토가 깔린 도로를 달리다가 정글로 들어갔다. 난초로 뒤덮인 핀카도 나무 옆 개울을 지나 흙먼지가 두껍게 깔려 있어 말들이 질주하기에 좋은, 달구지가 다니는 오솔길을 따라 달렸다. 먼지 이는 정글의 더위는 지독했다. 마른하늘에 나는 천둥소리처럼 낮게 으르렁거리는 소리가 멀리서 항상 들려왔다. 달리는 말발굽 주변에 작은 제비들이 윙윙거리는 파리 떼를 잡기 위해 말과 같은 속도로 날아다녔다. 엘리자베스는 적갈색 말을, 베랄은 흰색 말을 타고 있었다. 집으로 오는 길에 그들은 더 이상 달리지 않고 땀으로 뒤범벅이 된 말을 나란히 걷게 했다. 말이 너무 가까이 붙어 있어 가끔 베랄의 무릎이 엘리자베스의 무릎을 스쳤다. 베랄은 마음만 먹으면 공격적인 태도를 버리고 다정하게 말할 수 있었다. 그는 바로 엘리자베스와 함께 있기를 선택한 것이었다.

아, 그와 함께하는 승마는 얼마나 즐거운지! 말을 타고 말들의 세계 속에 있는 즐거움 — 사냥과 경마의 세계, 폴로와 멧돼지 사냥의 세계! 만약 엘리자베스가 단 한 가지 이유로 그를 사랑했다면, 그 이유는 오로지 그가 그녀의 인생에 말을 가져다주었다는 사실 때문일 것이다. 그녀는 한때 플로리에게 사냥 이야기를 해달라고 귀찮게 굴었던 것처럼 이번에는 베랄에게 말에 대한 이야기를 해달라고 졸라 댔다. 그러나 베랄은 대화를 즐기는 사람이 아니어서 폴로 게임과 멧돼지 사냥에 대한 무미건조한 이야기를 무뚝뚝하게 할 뿐이었다. 그에게는 인도 주둔지와 연대 이름 따위가 최고의 이야깃거리였다. 어쨌든 플로리와 마찬가지로 그의 이야기 역시 엘리자베스를 감동시킬 수 없었다. 그러나 말을 타고 있는 그의 모습 자체만으로도 그녀는 충분히 감동했다. 승마술과 군대 생활의 매력적인 기운이 그를 둘러싸고 있었다. 엘리자베스는 햇볕에 그을은 그의 얼굴과 단단하고 곧은 몸을 통해 모든 낭만, 다시 말해 기병대 생활의 활기차고 당당한 태도를 보았다. 그녀는 그를 통해 북서 변방과 기병대 클럽을 보았다 — 폴로 운동장과 바싹 마른 광장과 긴 창을 들고 터번을 흩날리며 말을 타고 달리는 기병 대대를 보았고, 나팔 소리와 딸랑거리는 박차 소리를 들었고, 장교들이 빳빳하고 화려한 제복을 입고 식사를 하는 동안 식당 밖에서 연주하는 군악대의 음악 소리도 들었다. 기병대의 세계란 얼마나 멋진가! 얼마나 웅장한가! 그것은 바로 그녀의 세계였으며, 그녀는 거기에 속했고, 그것을 위해 태어났던 것이다. 요즈음 그녀는 베랄과 마찬가지로 말에 대해 생각하고 말에 대해 꿈꾸면서 살고 있었다. 그녀에게 이제 〈사냥을 많이 했었다〉라는 말이 거짓말만은 아닌 게 되었다. 심지어 그녀 스스로도 거의 믿을 뻔했다.

시간 날 때마다 그들은 함께 지냈다. 그는 플로리와 달리 그녀를 지루하게 하거나 초조하게 만들지 않았다(사실 그녀는 요즈음 플로리를 거의 잊고 지냈는데, 그녀가 그를 기억할 때 생각나는 것은 어떤 이유에서인지 그의 모반뿐이었다.) 베랄이 〈지식인〉 냄새가 나는 모든 것을 그녀보다 더 싫어한다는 사실이 아마 그들 사이를 묶어 주는 일종의 끈이 되었을 것이다. 그는 열여덟 살 이후로 책 같은 것은 읽지 않고 있으며, 사실 조록스와 같은 작가들의 소설을 제외하고는 책을 〈혐오〉한다고 말한 적이 있었다. 세 번째 혹은 네 번째 만났던 날 저녁 그들은 래커스틴 씨의 집 문 앞에서 헤어졌다. 베랄은 래커스틴 부인의 저녁 식사 초대를 교묘하게 거절했었다. 그는 래커스틴 씨의 집에 발을 들여놓지 않았고, 그렇게 할 생각도 없었다. 마부가 엘리자베스가 타고 있는 조랑말의 고삐를 잡고 있을 때 베랄이 말했다.

「할 말이 있소. 다음에 당신은 벨린다를 타게 될 거요. 내가 적갈색 말을 타겠소. 내 생각에 당신은 이제 벨린다를 잘 다룰 만큼 노련하니까.」

벨린다는 아랍종 암말이었다. 베랄은 그 말을 2년 전부터 소유하고 있었는데, 지금까지 누구에게도 그 말을 타도록 허락한 적이 없었다. 심지어 마부도 절대 탈 수 없었다. 이것은 그가 보여 줄 수 있는 최대의 호의였다. 엘리자베스는 베랄의 의견을 완전히 받아들였고, 그가 보여 준 큰 호의에 고마움을 표시했다.

다음 날 저녁 그들이 나란히 말을 타고 집으로 돌아올 때,

베랄은 자신의 팔로 엘리자베스의 어깨를 잡고 그녀를 안장에서 들어 올려 가까이 잡아당겼다. 그는 힘이 무척 세었다. 그는 고삐를 내려놓고 자유로워진 손으로 그녀의 얼굴을 치켜세워 자기 얼굴과 서로 맞추었다. 그들의 입술이 서로 만났다. 그는 잠시 동안 그녀를 껴안고 있다가 땅에 내려놓고 자신도 말에서 내렸다. 그들은 서로 껴안은 채 서 있었다. 땀으로 흠뻑 젖은 얇은 셔츠가 서로 달라붙었다. 두 개의 말고삐가 그의 팔뚝에 걸려 있었다.

그들이 뜨거운 키스를 나누던 시간에 40킬로미터 가까이 떨어져 있던 플로리는 카우크타다로 다시 돌아가겠다고 마음먹고 있었다. 그는 말라 버린 시내의 둑 옆 정글 가장자리에 서 있었다. 전에 그는 키 큰 잔디의 씨앗을 쪼아 먹는 이름 모를 작은 새들을 보며 기진맥진할 때까지 이곳을 돌아다닌 적이 있었다. 수컷은 연황색이고 암컷은 참새처럼 보였다. 구부릴 수 없을 정도로 작은 다리를 가진 수컷이 휙 날아가 도망치는 암컷을 공중에서 붙잡았다. 수컷이 몸에 찰싹 달라붙자 암컷은 무게를 견디지 못하고 땅에 내려앉았다. 플로리는 우두커니 새들을 지켜보았지만 흥미를 느끼지 못했고, 심지어는 그들이 싫어졌다. 심심해진 그가 새들에게 단검을 던지자 녀석들은 퍼드덕거리며 사방으로 흩어졌다. 만일 그녀가 이곳에 있다면, 그녀가 이곳에 같이 있다면! 그녀가 이곳에 없기 때문에 모든 것들 — 새, 나무, 꽃, 모든 것들 — 은 그에게 죽어 있는 것들이나 다름없이 아무 의미가 없었다. 시간이 흐를수록 그녀를 놓쳐 버렸다는 생각이 점점 사실로 다가와 현실화되었고, 그는 매 순간 깊은 좌절감에 빠져들었다.

그는 단검으로 덩굴나무를 자르면서 정글 속으로 약간 들어가 거닐었다. 힘없는 다리에 무거움을 느꼈다. 그는 덤불을 휘감고 있는 야생 바닐라 나무를 보고 엎드려 향기를 내뿜는 얇은 나무껍질에 코를 대고 냄새를 맡아 보았다. 그 향을 맡으니 자신이 무기력하고 정체되어 있다는 느낌이 들었다. 그는 고립된 삶의 바다에 혼자, 혼자 있는 것이다! 그는 비탄에 빠져 주먹을 쥐고 나무를 쳤다. 팔과 손가락 관절이 아팠다. 카우크타다로 돌아가야 한다. 그녀와 불미스러운 일로 헤어진 지 겨우 2주밖에 지나지 않았기 때문에 다시 돌아간다는 것은 어리석은 짓일지도 모른다. 그리고 그가 할 수 있는 최선은 그녀가 그 일을 잊도록 충분한 시간을 주는 것이었다. 그러나 다시 돌아가야 한다. 그는 사색할 줄 모르는 이 무수한 나뭇잎 속에서 잡다한 생각으로 외로움에 빠지는, 이 죽음 같은 장소에 더 이상 머물 수가 없었다.

다행히 좋은 생각 하나가 그의 머리에 떠올랐다. 그는 그녀를 위해 지금 교도소에서 무두질하고 있는 표범 가죽을 가져다줄 수 있을 것이다. 이것은 그녀를 만나기 위한 좋은 구실이 될 것이다. 선물을 받은 사람은 대체적으로 선물을 준 사람에게 관심을 보이기 마련이니, 이번만은 그녀로부터 말 한마디 없이 외면당하지는 않을 것이라고 생각했다. 그는 그녀가 자신에게 부당하게 대했다는 것을 설명하고 변명할, 아니 이해시킬 것이다. 엘리자베스를 위해 마 흘라 메이를 쫓아냈는데, 그것 때문에 그녀가 그를 비난하는 것은 옳지 못했다. 솔직한 이야기를 들으면 그를 용서해 주지 않을까? 그녀는 이런 사정을 꼭 들어야만 한다. 그렇게 할 필요가 있다면, 그녀의 팔을 잡고 강제로라도 이야기를 듣도록 해야 한다.

그는 그날 저녁에 카우크타다로 돌아갔다. 40킬로미터나 되는, 그것도 덜커덩거리는 달구지를 타고 가는 여정이지만 시원하다는 이유 때문에 밤에 가기로 마음먹었다. 하인들은 밤 여행을 한다는 말을 듣고 야단을 피워 댔다. 떠나기 직전에는 늙은 사미가 경련을 일으키고 쓰러져서 독한 술을 먹여야 했다. 하늘에는 달도 보이지 않았다. 그들은 등불로 길을 찾았다. 등불에 비친 플로의 두 눈이 에메랄드처럼 반짝거렸고, 달구지를 끄는 황소의 두 눈은 월장석처럼 빛이 났다. 아침이 되어 태양이 뜨자 하인들은 밥을 짓기 위해 가던 길을 멈추고 나뭇가지를 주워 모았지만 플로리는 카우크타다에 한시라도 빨리 가고 싶어 앞장서 서둘렀다. 그는 피곤함도 몰랐다. 표범 가죽에 대한 생각이 그에게 엄청난 희망을 불러일으켰다. 그는 거룻배를 타고 눈부실 정도로 반짝거리는 강을 건너 10시경 베라스와미의 방갈로에 도착했다.

의사는 그를 위해 아침 식사를 준비하고 — 그는 여자들을 숨어 있을 장소로 보냈다 — 세수와 면도를 할 수 있도록 자신의 욕실로 안내했다. 아침 식사 때 의사는 크게 흥분해 또다시 〈악어〉를 비난하기 시작했다. 우 포 킨이 꾸민 반란이 곧 일어날 조짐이 보였기 때문이었다. 플로리는 아침을 먹고 난 뒤에야 표범 가죽에 대한 이야기를 할 수 있었다.

「오, 그런데 의사 선생, 내가 무두질시키려고 교도소로 보낸 표범 가죽은 어떻게 되었소? 아직 덜 되었소?」

「아……!」 의사가 코를 긁적거리면서 다소 당황한 표정을 지었다. 그는 집 안으로 들어가 — 플로리가 집 안에 들어오는 것을 의사의 아내가 완강히 반대했기 때문에 그들은 베란다에서 아침 식사를 했다 — 다발로 말아 놓은 표범 가죽을 들고 돌아왔다.

「사실은……」 그는 가죽을 펼치면서 말했다.

「오, 의사 선생!」

가죽은 완전히 망가져 있었다. 털은 변색되었고, 심지어 부분적으로 빠져 있기도 한 데다. 찢어진 가죽은 마분지 조각처럼 뻣뻣했다. 게다가 역겨운 냄새까지 났다. 무두질은커녕 쓰레기 조각으로 만들어 놓은 것이다.

「오, 의사 선생! 왜 이렇게 엉망이 되었소! 도대체 어찌 된 일이지요?」

「정말 죄송하게 되었습니다, 친구! 안 그래도 사과할 참이 었습니다. 최선을 다했지만 가죽을 무두질할 사람이 교도소 에 없었습니다.」

「하지만 제기랄, 가죽을 멋지게 무두질하는 죄수가 있지 않았소?」

「아, 그렇죠. 그러나 그는 아쉽게도 3주 전에 떠나 버렸습 니다.」

「떠나 버렸다고요? 그자는 7년 징역형을 살고 있는 자가 아니오?」

「몰랐습니까? 듣지 못했습니까, 친구? 나는 당신이 그 죄 수의 이름을 알고 있다고 생각했는데요. 그가 바로 응가 쉐 오입니다.」

「응가 쉐 오?」

「우 포 킨의 도움으로 탈옥한 강도 말입니다.」

「오, 빌어먹을!」

이 불행한 사건으로 말미암아 플로리의 기세는 엄청나게 꺾여 버렸다. 그럼에도 불구하고 그는 오후에 목욕을 하고 깨끗한 셔츠로 갈아입은 뒤 4시경 래커스틴 씨의 집으로 갔 다. 방문하기에는 이른 시간이었지만 엘리자베스가 클럽으 로 가기 전에 그녀를 붙들고 이야기하고 싶었던 것이다. 낮 잠을 자고 있던 중이라 방문객을 맞이할 준비가 되어 있지 않았던 래커스틴 부인은 그를 냉랭한 태도로 맞아들이고는 앉으라는 말도 하지 않았다.

「엘리자베스가 아래층에 내려와 있는지 모르겠군요. 아마 승마를 하기 위해 옷을 갈아입고 있을 거예요. 전할 말이 있 으면 제가 전해 주어도 될까요?」

「괜찮다면 직접 만나 보고 싶습니다. 얼마 전에 함께 사냥한 표범 가죽을 그녀에게 주려고 가져왔습니다.」

이런 상황에서 흔히 그렇듯이 래커스틴 부인은 그를 응접실에 그대로 세워 둠으로써 멍청하고 비참한 인간으로 만들었다. 그러고는 엘리자베스를 문밖으로 불러내 귓속말로 말했다.「보기 싫은 저 사람을 될 수 있는 대로 빨리 보내렴, 애야. 이 시간에 우리 집에 찾아오다니, 참을 수가 없어.」

엘리자베스가 응접실에 들어왔을 때 플로리의 심장은 격렬하게 뛰었고, 불그스레한 안개 같은 것이 그의 눈 뒤로 스쳐 지나갔다. 그녀는 실크 셔츠와 승마용 바지 차림으로, 햇볕에 약간 그을어 있었다. 그의 기억에 그녀가 이보다 더 아름다워 보인 적은 없었다. 그는 움츠러들었다. 순식간에 모든 것이 사라져 버렸다 ── 억지로 냈던 모든 용기가 다 달아나 버렸다. 그는 앞으로 나아가 그녀를 맞이하기는커녕 오히려 뒤로 물러났다. 뒤에서 뭔가 깨지는 소리가 들렸다. 그가 테이블을 넘어뜨려 화병에 꽂아 놓은 백일홍이 바닥에 흩어졌다.

「정말 죄송합니다!」그는 겁에 질려 소리쳤다.

「오, 괜찮아요! 신경 쓰지 마세요!」

그녀는 그가 테이블을 바로 세우는 것을 도와주면서 아무 일도 없었던 것처럼 시종 유쾌하고 허물없이 이야기했다.「당신은 오랫동안 떠나 계셨지요, 플로리 씨! 매우 낯선 느낌이에요! 클럽에서 우리는 당신을 보고 싶어 했어요!」여자들이 도덕적 책임감을 회피할 때 그러는 것처럼, 그녀 역시 끔찍할 정도로 쾌활한 체하며 한 마디 한 마디 또박또박 말했다. 그는 전율을 느꼈다. 그녀의 얼굴을 똑바로 쳐다볼 수조차 없었다. 그녀가 담배 케이스를 집어 한 대 권했지만 그는 거절했다. 손이 심하게 떨려 집을 수 없었기 때문이었다.

「표범 가죽을 가져왔어요.」그가 나직이 말했다.

그는 그들이 함께 사냥한 표범 가죽을 테이블 위에 펼쳐
놓았다. 너무 초라하고 비참해 가져온 것이 몹시 후회되었
다. 그녀는 가죽을 살펴보기 위해 그에게 가까이 다가왔다.
꽃처럼 화사한 그녀의 뺨까지의 간격이 채 30센티미터도 되
지 않아, 그는 그녀의 체온까지 느낄 수 있었다. 하지만 공포
심이 너무 커 그는 급히 뒤로 물러나 버렸다. 그리고 그 순간
그녀 또한 가죽의 역겨운 냄새를 맡고 뒤로 움찔 물러났다.
그녀의 이런 모습을 보자 그는 쥐구멍에라도 들어가고 싶을
만큼 부끄러웠다. 악취를 풍기는 것이 표범 가죽이 아니라
자신인 것 같았다.

「정말 고마워요, 플로리 씨!」그녀는 가죽과 그녀 사이에 다
시 1미터 정도 거리를 두었다. 「참 아름다운 가죽이네요.」

「그렇긴 하지만 망가졌어요.」

「오, 아니에요! 표범 가죽을 가지게 되어 무척 기뻐요! 카
우크타다에 오랫동안 머물 건가요? 캠프 날씨는 더 지독하
지요?」

「예, 무척 덥습니다.」

그들은 몇 분 동안 날씨에 대해서만 이야기를 했다. 절망
적이었다. 그가 말하겠다고 스스로에게 약속한 모든 것, 그
의 모든 주장과 하소연은 그의 목구멍에서 시들어 버렸다.
〈바보, 멍청이!〉그는 생각했다. 〈나는 지금 무엇을 하고 있
는가? 이 말을 하기 위해 40킬로미터를 달려오지 않았던가?
용기를 내서 하고자 했던 말을 해! 그녀를 팔로 껴안아. 강제
로라도 듣도록 만들어. 그녀를 발로 차고 때려. 그녀가 쓸데
없는 말로 너를 질식시키기 전에 준비한 말을 빨리 하란 말
이야!〉그러나 절망적이었다. 너무 절망적이었다. 하찮고 사
소한 말을 제외하고는 하고자 했던 단 한 마디도 목구멍에서

293

나오질 않았다. 그녀의 밝고 여유 있는 태도와 클럽에서 나누었던 잡담 수준의 하찮은 말들이 그의 입을 막아 버리니, 어떻게 해야 자신의 심정을 하소연하고 주장할 수 있을까? 소름 끼칠 정도로 킬킬 웃고 유쾌하게 떠드는 것은 어디서 배운 것일까? 분명 활기찬 현대식 여학교에서일 것이다. 또한 테이블 위에 놓인 썩은 고기 조각은 그를 매 순간 점점 더 수치스럽게 만들었다. 그는 밤을 지새워 초췌하고 누렇게 뜬 얼굴로 말없이 멍청하게 서 있었다. 그의 모반은 먼지 긴 얼룩처럼 보였다.

그녀는 단 몇 분 만에 그의 존재를 없애 버렸다.「그리고 이제 플로리 씨, 괜찮다면 저는 이제 그만…….」

플로리가 중얼거리는 투로 말했다.「다음에 다시 저와 함께 나가시겠습니까? 산책, 사냥…… 이런 것 말입니다.」

「요즈음엔 시간이 별로 없어요! 저녁 시간은 모두 꽉 차 있거든요. 오늘 저녁엔 승마하러 가요. 베랄 씨와 함께요.」

그녀가 이 이름을 덧붙인 것이 그에게 상처를 주기 위함이라는 것은 충분히 짐작할 수 있었다. 플로리는 그녀와 베랄의 관계에 대해 처음 들었다. 그는 질투를 감추지 못하고 어조에 그대로 나타냈다.

「베랄과 승마를 자주 하나요?」

「거의 저녁마다 해요. 그분은 정말로 말을 잘 타요! 게다가 최고급의 폴로용 조랑말도 가지고 있고요!」

「아, 물론 나는 폴로용 조랑말이 없소.」

이것이 그가 한 말 중에서 그나마 진지하게 내뱉은 최초의 말이었다. 하지만 그 말은 그녀의 기분만 상하게 했을 뿐이었다. 그녀는 조금 전과 마찬가지로 똑같이 명랑한 분위기로 그의 말에 대꾸하더니 그만 나가 달라는 동작을 취했다. 래커스틴 부인은 응접실로 들어와 킁킁거리며 냄새를 맡더니,

즉시 하인들에게 악취를 풍기는 표범 가죽을 태워 버리라고 명령조로 말했다.

플로리는 비둘기에게 먹이를 주는 체하면서 정원 입구 주위를 어슬렁거렸다. 엘리자베스와 베랄이 함께 말을 타고 출발하는 것을 본 그는 고통을 억누를 수 없었다. 그녀는 그에게 얼마나 잔인하고 비열했던가! 싸워서라도 시비를 가릴 예의조차 없는 사람은 정말 끔찍하다. 베랄은 흰색 말을 타고 래커스틴 씨의 집을 향해 달려갔으며, 마부가 적갈색 말을 타고 그 뒤를 따랐다. 그 뒤 얼마 있다가 그들은 함께 나타났다. 베랄이 적갈색 말을, 엘리자베스는 흰색 말을 타고 언덕 위로 재빨리 올라갔다. 그들은 뭔가를 이야기하면서 웃고 있었다. 실크 셔츠를 입은 그녀의 어깨는 그의 어깨에 닿을 듯 가까웠다. 둘 중 어느 누구도 플로리 쪽으로는 고개를 돌려 쳐다보지 않았다.

그들이 정글 속으로 사라졌을 때, 플로리는 여전히 정원을 거닐고 있었다. 햇빛이 황금색으로 바뀌기 시작했다. 정원사가 따가운 햇볕을 받아 대부분 죽어 버린 영국산 꽃을 뽑아 버리고 향나무, 맨드라미, 백일홍 따위를 심고 있었다. 한 시간이 지나갔다. 옷을 대충 걸치고 연어 색깔의 터번을 쓴, 우울해 보이는 흙빛 얼굴을 한 또 다른 인도인이 세탁물 광주리를 머리에 이고 균형 있게 도로를 걷고 있었다. 그는 광주리를 내려놓고 플로리에게 허리를 굽혀 인사를 했다.

「누구시오?」

「책을 파는 사람입니다, 나리.」

그는 상 버마의 여러 주둔지를 돌아다니면서 책을 파는 행상이었다. 그가 책을 파는 방식은 다른 책 한 권과 4아나를 받고 광주리에 들어 있는 책 한 권과 바꾸는 것이었다. 그러나 모든 책이 교환 가능한 것은 아니었다. 비록 글은 못 읽지만 그는 성경만은 가려내 받기를 거절했다.

「아닙니다, 나리.」 성경을 받으면 그는 애처롭게 말하곤 했다. 「아닙니다. 이 책(그는 납작한 갈색 손으로 불만스러운 듯이 책장을 넘겼다), 검은 표지 위에 황금색 글자가 적힌 이 책은 제가 가질 수 없는 책이죠. 무슨 영문인지 잘 모르지만, 나리들은 나에게 이 책을 주려고만 하고 가져가지는 않습니다. 이 검은 책 안에는 무엇이 적혀 있습니까? 분명히 어떤 악마에게 홀린 책 같아요.」

「잡동사니를 펼쳐 보게.」 플로리가 말했다.

그는 읽을 만한 추리 소설이 있나 뒤적거렸다. 에드거 월러스 혹은 애거사 크리스티의 작품 따위가 보였다. 이런 책들은 그의 가슴에 내재하는 치명적인 불안을 가라앉혀 줄 것이다. 그는 머리를 숙여 책을 살피던 중 두 명의 인도인이 정글 가장자리 쪽을 가리키면서 소리치는 것을 들었다.

「저기를 보세요!」 정원사가 어눌한 목소리로 말했다.

두 필의 조랑말이 정글에서 나타났다. 그러나 말에는 사람이 타고 있지 않았다. 말들은 배 아래에서 앞뒤로 등자를 딸랑거리며, 주인에게서 도망친 말이 보여 주는, 어리석고 떳떳하지 못한 발걸음으로 언덕 아래로 달리고 있었다.

플로리는 가슴에 책 한 권을 움켜쥐고 멍하니 서 있었다. 베랄과 엘리자베스가 말에서 떨어진 것이었다. 이것은 단순한 사고가 아니었다. 베랄이 말에서 떨어지는 것은 어느 누구도 상상할 수 없었다. 그들은 말에서 떨어졌으며, 조랑말은 도망친 것이었다.

그들이 말에서 떨어졌다. 무엇 때문에? 아, 그러나 그는 그 이유를 깨달았다! 그것은 의심할 여지가 없었다. 그는 알았다. 너무나 완벽하고 타락하고 외설적이라 참을 수 없는 환각 상태에서 벌어진 모든 것을 볼 수 있었다. 그는 책을 바닥에 힘껏 내팽개쳐 버리고 집으로 갔다. 책 행상은 무슨 영문인지 몰라 어쩔 줄 몰라 했다. 하인들은 그가 집 안으로 들어오는 소리를 들었다. 그는 곧 위스키 한 병을 갖다 달라고 해 작은 잔으로 마시기 시작했다. 그러나 양에 차지 않자 큰 컵에다 위스키를 3분의 2쯤 따르고, 마시기 좋게 물을 충분히 타서 그대로 삼켜 버렸다. 더럽고 역겨운 한 모금이 그의 목구멍 아래로 내려가자마자 연거푸 마셔 댔다. 몇 년 전 치과 의사에게서 5백 킬로미터나 떨어진 정글의 캠프에서 치통이 심했을 때 이런 식으로 술을 마신 적이 있었다. 7시경에 코 슬라가 여느 때처럼 목욕물이 준비되었다고 말하려고 들어왔다. 플로리는 외투를 벗고 셔츠의 윗단추만 풀어 놓은 채 긴 의자에 드러누워 있었다.

「목욕물이 준비되었습니다, 나리.」 코 슬라가 말했다.

아무 대답이 없자 코 슬라는 플로리가 자고 있나 싶어 그의 팔을 흔들어 보았다. 플로리는 술에 너무 취해 움직일 수 없었다. 빈 술병은 마룻바닥에서 뒹굴고 있었고 거기에서 위스키 몇 방울이 뚝뚝 떨어졌다. 코 슬라는 바 페를 부르고 병을 집어 들며 혀를 쯧쯧 찼다.

「이것 좀 봐! 나리가 위스키 한 병을 거의 다 마셨어!」

「뭐라고, 또? 술을 끊으셨다고 생각했는데.」

「그 못된 여자 때문일 거야. 조심해서 옮겨야겠어. 너는 나리의 발을 잡아. 난 머리를 잡을 테니까. 그래, 좋아. 나리를 들어 올려!」

그들은 플로리를 다른 방으로 옮겨 침대에 조심스럽게 눕혔다.

「나리께서 정말 〈잉거레이크마〉와 결혼을 하실까?」 바 페가 물었다.

「누가 알겠어. 그녀는 요새 여기 와 있는 젊은 장교의 정부라고 들었어. 그들의 스타일은 우리와 달라. 나는 나리께서 오늘 밤 무엇을 원할지 알고 있어.」 그가 플로리의 멜빵을 풀면서 덧붙였다 — 코 슬라는 독신 남자의 하인이라면 반드시 알아야 하는, 주인의 잠을 깨우지 않고 옷을 벗기는 기술이 뛰어났다.

하인들은 플로리가 결혼하지 않고 독신남으로 살아가기를 더 바랐다. 그는 자정 무렵 온몸이 땀에 젖어 깨어났다. 크고 날카로운 쇠붙이가 머리 안에서 이리저리 부딪치는 것처럼 골치가 아파 왔다. 모기장이 쳐져 있고 한 젊은 여자가 침대 옆에 앉아 버들 세공 부채를 들고 그에게 부채질을 해주고 있었다. 그녀는 온화한 흑인종의 얼굴이었는데 마치 황금색 촛불처럼 보였다. 그녀는 본인을 창녀라고 소개한 뒤 코 슬라에게서 10루피를 받았다고 말했다.

머리가 깨질 듯 아팠다. 「제발 마실 것 좀 가져와.」 플로리는 그 여자에게 애원조로 말했다. 그녀는 코 슬라가 미리 시원하게 준비해 놓은 소다수를 그에게 주고, 타월을 물에 적셔 압박 붕대를 만들어 그의 머리에 둘러 주었다. 그녀는 뚱뚱하고 성격이 좋아 보였다. 그녀는 자신의 이름이 마 세인 갈레이라고 말하면서 리 예이크의 가게 근처 시장에서 쌀장사도 하고 있다고 덧붙여 말했다. 두통이 한결 나아지자 그는 담배를 달라고 했다. 그리고 담배를 가지러 가는 마 세인 갈레이를 보고 순진하게 말했다. 「내 옷 좀 벗겨 주겠소?」

일은 자연스럽게 흘러갔다. 그는 몽롱한 생각에 잠겨 있었다. 그는 그녀가 눕도록 침대 한쪽으로 몸을 움직였다. 그러나 코에 익숙한 마늘과 코코넛 오일 냄새를 맡았을 때, 고통스러운 무언가가 그의 몸속에서 솟아 올라왔다. 그는 마 세인 갈레이의 포동포동한 어깨를 베개 삼아 누워 흐느꼈다. 절실하게. 그는 열다섯 살 이후 단 한 번도 울어 본 적이 없었다.

20

다음 날 아침 카우크타다에서 하나의 큰 사건이 일어났다. 오랫동안 소문만 무성했던 반란이 마침내 일어난 것이었다. 플로리는 그것에 대해 어렴풋한 이야기만 들었을 뿐이었다. 그는 술에 취해 밤을 보낸 후, 외출할 만큼 몸이 회복되자마자 캠프로 다시 돌아가야 했다. 그리고 며칠이 지난 뒤에야 베라스와미의 편지를 받고 반란의 구체적인 내막을 알 수 있었다.

의사의 편지투는 이상했다. 글의 짜임이 엉성했으며 17세기 신학자처럼 대문자를 마음대로 쓰고 있었다. 그리고 이탤릭체의 사용은 빅토리아 여왕과 비견될 정도였다. 어쨌든 작은 손으로 휘갈겨 쓴 편지가 여덟 쪽이나 되었다.

친애하는 친구에게 — 유감스럽게도 악어가 계략을 실행에 옮겼다는 것을 알려 드리려 합니다. 반란 — 소위 그 〈반란〉 말입니다 — 은 거의 끝나 가고 있습니다. 그리고 슬프게도 우려했던 것보다 더 심각한 사건이 되었습니다.

당신에게 그렇게 될 것이라고 말했던 모든 것이 현실로

드러났습니다. 당신이 카우크타다로 돌아온 그날, 우 포 킨의 첩자들은 그가 매수한 가련하고 불쌍한 사람들이 통가 근처의 정글에 모여 있다고 그에게 전했습니다. 그날 저녁 그는 자기만큼 악랄한 우 루갈 경위와 열두 명의 순경과 함께 비밀리에 출발했죠. 그들은 통가로 급히 달려가던 일곱 명의 반란자들만이 모여 있던 정글의 황폐한 오두막집을 급습했습니다! 또 반란 소식을 접한 맥스웰 씨가 소총을 들고 자신의 캠프에서 나와 오두막집을 공격하는 우 포 킨과 경찰에 합류했습니다. 다음 날 아침 우 포 킨의 앞잡이이자 비열한 심복인 바 세인이 명령을 받고 반란에 대해 그럴 법한 소문을 파다하게 퍼트리자 맥그리거 씨, 웨스트필드, 베랄 중위 등 모든 사람들이 민간 경찰뿐 아니라 소총으로 무장한 50여 명의 토민병을 이끌고 통가로 달려갔습니다. 그러나 도착해 보니 모든 것이 종료되어 있었고 우 포 킨은 마을 한가운데에 있는 큰 티크 나무에 앉아 거드름을 피우면서 마을 사람들에게 훈시를 하고 있었습니다. 마을 사람들은 잔뜩 겁을 집어먹고 있었으며 머리를 땅에 조아리고 정부에 충성을 다할 것을 다짐하고 있었습니다. 반란은 이미 끝나 있었던 것입니다. 서커스 마술사인 주술사와 우 포 킨의 앞잡이는 어디론가 몰래 사라져 버리고 여섯 명만 붙잡혔습니다. 이렇게 해서 반란은 끝이 났습니다.

또한 유감스러운 사망 소식을 하나 전해야겠습니다. 내 생각에는 맥스웰 씨가 총을 무척 쏘고 싶어 했던 것 같습니다. 반란자들 중 한 명이 도망을 치자 맥스웰 씨가 소총을 발사해 그는 복부에 총을 맞고 죽어 버렸습니다. 그래서 마을 사람들이 맥스웰에게 심한 적대감을 가지게 된 것 같습니다. 그러나 법률적으로 보자면, 그자들은 명백히 정부를 전복하려고 기도했기 때문에 맥스웰 씨의 행동이 잘못된 것은 아닙니다.

아, 그러나 친구여, 이 모든 것이 나에게는 얼마나 큰 타격이었는지 당신이 알지 모르겠습니다! 당신은 이번 사건이 우 포 킨과 나 사이의 경쟁에 어떤 영향을 끼칠지 깨달을 수 있을 겁니다. 틀림없이 그에게 유리한 쪽으로 작용할 겁니다. 악어의 승리가 될 게 분명합니다. 우 포 킨은 지금 그 지역의 영웅이 되어 유럽인들의 특별한 신임을 받고 있습니다. 심지어 엘리스 씨도 그의 공적을 칭찬한다는 말을 했습니다. 일곱 명이 아니라 2백 명의 반란자들이 있었고, 권총으로 그들 모두를 진압했다는 그의 거짓말과 가증스러울 정도로 으스대는 모습을 당신이 본다면 — 경찰과 맥스웰 씨가 오두막에 잠입하는 동안 그는 안전한 곳에서 모든 것을 조종했습니다 — 분명 구역질을 느낄 겁니다. 그는 뻔뻔스럽게도 이 문제에 대해 〈저의 신속함과 앞뒤를 가리지 않는 용감함으로〉라고 시작하는 공식 보고서까지 제출했습니다. 이 거짓 보고서는 이번 사건이 일어나기 며칠 전에 미리 작성해 놓은 것이죠. 정말로 역겨운 일입니다. 그리고 절정의 승리감에 도취되어 있는 지금, 그는 이용할 수 있는 모든 수단을 동원해서 다시 한 번 나를 비방할 것입니다.

반란자들이 가지고 있던 모든 무기들은 압수되었다. 그들이 모여 있을 당시에 가지고 있던 무기들은 카우크타다로 보내질 예정이었다. 압수된 무기들은 다음과 같았다.

항목 1 왼쪽 총신이 망가진 산탄총 1정, 3년 전 산림 공무원으로부터 탈취한 것임.

항목 2 총신이 아연으로 된 6정의 버마산 총, 기차에서 탈취한 것들임. 점화 구멍에 못을 찔러 넣어 돌로 때리면 그럭저럭 발사되는 구식 총임.

항목 3 각 12발씩 들어가는 39개의 탄약통.

항목 4 티크 나무로 조각된 11정의 모조 총.

항목 5 남을 위협할 때 사용되는 중국산 폭죽.

반란이 끝나고 얼마 후 반란자 중 두 명은 15년의 유배형에, 세 명은 3년의 징역형과 25대의 곤장형에, 그리고 한 명은 2년간의 징역형에 처해졌다.

형편없는 반란은 완전히 끝나 유럽인들에게는 이제 어떤 위험도 없었다. 맥스웰은 무장을 해제한 채 다시 캠프로 돌아갔다. 플로리는 우기가 시작될 때까지, 혹은 적어도 클럽 총회 전까지는 캠프에 머물 작정이었다. 의사의 선출을 제안하기 위해 클럽 총회에는 참석해야 했다. 하지만 지금은 자신의 고달픈 처지에다 우 포 킨과 의사 사이의 암투까지 겹쳐 머리가 욱신욱신 아팠다.

몇 주가 느릿느릿 지나갔다. 더위는 맹위를 떨치고 있었다. 이미 내렸어야 할 비를 머금은 구름이 공기 속에 뜨거운 열기를 풀어 놓고 있는 것 같았다. 건강이 별로 좋지 않았음에도 감독관에게 맡겨도 될 사소한 일까지 챙기면서 열심히 일하자, 노동자들과 하인들은 플로리를 싫어하게 되었다. 그는 하루 종일 진을 마셨지만 기분은 좀처럼 나아지지 않았다. 베랄의 팔에 안겨 있던 엘리자베스의 모습이 뇌리에서 떠나지 않고 신경통이나 귀앓이처럼 그를 괴롭혔다. 구역질 나는 생각이 끊임없이 그를 따라다녀 정신이 혼란스러웠고 밤에는 잠을 설쳤으며 아침 식사는 모래를 씹는 것처럼 맛이 없었다. 그의 분노는 가끔 야만스러운 수준까지 도달해 코 슬라를 때리기까지 했다. 그러나 그를 가장 참기 힘들게 만든 것은 그가 상상해서 그려 낸 구체적인 모습들 — 항상 역겨울 정도의 구체적 모습 — 이었다. 그가 완벽하게 그려 낸 그 모습은 사실처럼 보였다.

결코 가질 수 없는 여자를 그리워하는 것보다 더 비참하고 불명예스러운 일이 이 세상에 또 있을까? 이 기간 동안 플로리의 마음은 상상할 수 없을 만큼 외설적인 쪽으로 흘러갔다. 그것은 질투의 일반적인 결과였다. 한때 그는 육체적 접촉보다는 공감대를 함께 형성하기를 원하면서 정신적이고 감성적으로 엘리자베스를 사랑했었다. 그러나 그녀를 잃은 지금, 그는 저급하고 육체적인 갈망으로 괴로워하고 있었다. 그는 그녀를 더 이상 이상화하지 않았다. 이제 그녀를 있는 그대로 — 어리석은 속물에 무정한 그녀 — 보게 되었으며, 따라서 그녀를 육체적으로 갈망하더라도 아무 문제가 없었다. 그런 생각이 뭐가 문제인가? 밤에 잠이 안 올 때면 그는 더위를 식히기 위해 침대를 텐트 밖으로 끌어다 놓고 우단 같은 암흑을 응시했다. 그곳에선 가끔 들개의 짖는 소리가 들려왔다. 그는 마음속에 자리 잡은 복잡한 모습 때문에 자신이 싫었다. 그것은 바로 자신을 무참히 깔아뭉갠, 자기보다 더 나은 인간에 대한 저급한 시기심 — 아니, 정확히 말해 질투심 — 이었다. 질투심을 가질 권리가 있을까? 그는 자신이 감당하기에 너무 젊고 예쁜 여자에게 청혼했지만 곧바로 거절당하고 말았다. 그는 당연히 받아야 할 모욕을 받았다. 그리고 그녀의 그런 결정에 대해 어떤 말도 하지 못했다. 어떤 것도 그의 젊음을 다시 돌려 놓을 수 없었고, 그의 모반과 외롭고 방탕한 십여 년의 과거를 지우지 못했다. 그는 자신보다 더 나은 사람이 그녀를 차지하는 것을 그저 지켜보고 질투하는 것밖에 별 도리가 없었다. 뭐랄까 — 적절한 비유를 찾을 수가 없었다. 질투심은 끔찍한 것이다. 그것은 감출 수도 없고 또 비극으로 승화될 수도 없다는 점에서 다른 모든 고통과는 다르다. 그것은 단순한 고통 이상이다. 역겨운 일이었다.

그런데 그의 의심이 사실일까? 베랄이 진짜 엘리자베스의 애인이 되었을까? 알 길은 없지만 전체적인 상황을 고려해 볼 때 아닐 수도 있었다. 만약 정말로 베랄의 애인이 되었다면 카우크타다 같은 곳에서 그것을 숨기지는 못할 것이다. 그리고 비록 다른 사람들은 모른다 해도, 적어도 래커스틴 부인은 눈치챌 수 있을 것이다. 어쨌거나 한 가지는 확실했는데, 그것은 베랄이 아직까지 그녀에게 청혼을 하지 않았다는 것이었다. 일주일이 흘러가고 2주일, 3주일이 지나갔다. 작은 인도 주둔지에서 3주는 긴 시간이다. 베랄과 엘리자베스는 매일 저녁 말을 타고 매일 밤 춤을 추었다. 그러나 베랄은 래커스틴의 집을 한 번도 방문하지 않았다. 자연히 엘리자베스에 대한 소문만 무성했다. 이 도시의 모든 동양인들은 그녀가 베랄의 정부라고 당연히 믿고 있었다. 우 포 킨의 해석(구체적인 것은 속속들이 모르더라도 자신의 생각이 반드시 옳다고 하는 것이 그의 방식이었다)은, 엘리자베스가 플로리의 내연의 처였는데 베랄이 그녀에게 더 많은 돈을 주었기 때문에 플로리를 버렸다는 것이었다. 엘리스 또한 엘리자베스에 대한 이야기를 꾸며 내 맥그리거 씨를 괴롭게 만들었다. 친척인 래커스틴 부인은 이러한 추문에 귀를 기울이지는 않았지만 신경이 상당히 날카로워져 있었다. 엘리자베스가 승마를 마친 후 집으로 돌아오는 매일 저녁, 그녀를 맞이하면서 래커스틴 부인은 〈오, 숙모! 무슨 생각을 하세요!〉 같은 말로 시작되는 좋은 소식을 기대했다. 그러나 좋은 소식은 결코 오지 않았으며 엘리자베스의 얼굴을 찬찬히 뜯어봐도 아무것도 추측할 수 없었다.

3주가 지나갔을 때, 래커스틴 부인은 초조해진 나머지 결국 화까지 냈다. 캠프에 혼자 있는 — 혼자가 아니었지만 — 남편을 생각하니 마음이 아팠다. 그녀는 엘리자베스와 베랄이 잘될 수 있는 기회를 만들어 주기 위해 남편 혼자만 정글로 보냈었다(이 이유가 아니라면 그녀는 남편을 혼자 정글로 보낼 만큼 매정한 여자가 아니다). 어느 날 저녁, 그녀는 에두른 방법으로 엘리자베스를 꾸짖고 닦달하기 시작했다. 그러나 엘리자베스는 한마디 대답도 하지 않았고, 래커스틴 부인 혼자 오랫동안 말하면서 깊은 한숨을 내쉬었다.

우선 래커스틴 부인은 『태틀러』에 실린 한 장의 사진에 대해 얘기하기 시작했다. 그 그림은 잠옷 같은 수영복을 입고 남자들에게 값싼 모습을 드러내면서 해변을 걸어 다니는 현대풍의 여자들에 대한 것이었다. 래커스틴 부인은 여자란 남자에게 값싸게 굴어서는 안 된다고 말했다 — 그러나 하고 보니 이 말은, 여자란 〈값싼〉 대신 〈비싸게〉 굴어야 한다는 것처럼 오해될 수도 있고 옳게 들리지도 않는다는 생각이 들었다. 그래서 래커스틴 부인은 말의 방향을 바꾸었다. 그녀는 고국에서 받은 편지 한 통에 대해 이야기를 시작했다. 그 편지에는 버마에 머물고 있을 때 결혼을 등한시하다가 결국 아무도 거들떠보지 않아 불쌍하고 가련한 처지가 된 여성에 대한 내용이 실려 있었다. 그 여자의 고통은 이루 말할 수 없는 것이었다. 그녀의 이런 처지는 여자란 그저 아무 남자하고라도 결혼해야 좋다는 것을 단적으로 보여 주었다. 이 불쌍하고 가련한 여자는 버마에 오기 위해 하던 일도 포기했기 때문에 결국 무일푼으로 전락해 굶어 죽을 판이 되었다. 지금은 바퀴벌레가 들끓는 부엌에서 그녀를 끔찍이도 괴롭히는, 성질 고약하고 저속한 주방장 밑에서 하녀로 일자리를 얻어야만 할 처지에 놓여 있다는 것이었다. 부엌에 돌아다니는 바퀴벌레라니, 정말 믿을 수 없는 것이었다. 엘리자베스는 바퀴벌레라면 정말 몸서리쳐지는 곤충으로 생각하지 않았던가? 바퀴벌레!

래커스틴 부인은 바퀴벌레에 대한 생각이 가라앉기를 바라면서 잠시 침묵을 지켰다가 덧붙여 말했다.

「우기가 시작되면 베랄 씨가 이곳을 떠난다고 하니, 참 섭섭하구나. 그가 없다면 카우크타다는 정말로 텅 비어 있는 기분일 거야!」

「우기는 보통 언제 시작되지요?」 엘리자베스가 짐짓 무관심한 듯 물어보았다.

「이곳에서는 6월이 접어들면 시작되지. 지금부터 1∼2주 후에 말이야……. 애야, 얘기를 되풀이하고 싶진 않지만, 바퀴벌레가 들끓는 주방에서 일하는 불쌍하고 가련한 여자 생각이 내 머리에서 떠나질 않는구나!」

바퀴벌레라는 말은 그날 저녁 래커스틴 부인의 대화에서 한 차례 더 반복되었다. 다음 날 그녀는 하찮은 소문거리를 무심코 얘기하는 투로 말했다.

「그런데, 플로리가 6월 초에 카우크타다로 돌아온다지. 클럽 총회에 참석하기 위해서라는구나. 언제 한번 그를 저녁 식사에 초대해야겠어.」

플로리가 엘리자베스에게 표범 가죽을 갖다준 이래 이들 중 한 명이 그에 대해 언급한 것은 처음이었다. 그는 몇 주 동안 사실상 잊혀 있다가 반갑지 않은 최후의 수단으로서 두 사람의 머릿속에 다시 들어간 것이었다.

사흘 후에 래커스틴 부인은 그녀의 남편에게 카우크타다로 돌아오라는 편지를 보냈다. 캠프에 오래 머무른 덕에 그는 카우크타다에서 지낼 짧은 휴가를 얻을 수 있었다. 그는

얼굴이 붉게 타서 돌아왔는데 — 그에 따르면, 햇볕에 그을
었다는 것이었다 — 두 손이 떨려 담뱃불을 겨우 붙일 수 있
을 정도였다. 그럼에도 불구하고 그날 저녁 그는 래커스틴
부인을 교묘히 집 밖으로 몰아내고 용기 있게 엘리자베스의
방으로 잠입해 그녀를 겁탈하려고 시도하면서 카우크타다로
돌아온 것을 자축했다.

이때 또 다른 반란이 아무도 모르게 진행되고 있었다. 우
포 킨이 조종하는 〈주술사〉(지금은 멀리 떨어져서 마르타반
에 살고 있는 마을 사람들에게 〈현자의 돌〉을 팔고 있다)는
애초에 의도했던 것보다 더 치밀하게 일을 추진했었다. 또다
시 헛되이 끝나기는 하겠지만, 어쨌든 새로운 문제가 야기되
었다. 우 포 킨조차 아직 모르고 있었다. 그러나 운명의 신들
은 그의 편에 있었다. 왜냐하면 뒤따라 일어나는 반란은 첫
째 반란을 더 심각하게 부각시킬 것이며, 결국 첫째 반란을
진압한 그의 영광을 더 크게 만들어 줄 것이기 때문이었다.

21

오 서풍이여, 그대가 불어올 때 조금이라도 비를 뿌릴 수 없는가? 클럽 총회가 열리는 6월 1일이었다. 아직도 비 한 방울 내리지 않고 있었다. 플로리가 클럽에 당도했을 때 모자챙 아래로 비스듬히 내리쬐는 오후의 햇볕은 여전히 맹렬하여 그의 목덜미는 참을 수 없을 정도로 따끔거렸다. 정원사가 양쪽 끝에 물통을 단 멜대를 어깨에 메고 좁은 길을 따라 비틀거리며 걸어오고 있었는데, 가슴 근육이 땀에 젖어 번질거렸다. 그가 호리호리한 갈색 발에 물을 약간 튀기면서 물통을 내려놓고 플로리에게 인사를 했다.

「이보게, 정원사, 비가 올 것 같은가?」

정원사는 서쪽으로 손을 희미하게 가리켰다. 「저 산들이 비를 다 움켜쥐고 있네요, 나리.」

카우크타다는 사면이 산으로 둘러싸여 있어 6월 초에 발생한 소나기구름이 산을 넘지 못하면 6월 말까지 비가 내리지 않는 경우도 있었다. 꽃밭의 흙을 파보면 잿빛 흙이 콘크리트처럼 딱딱했다. 클럽 라운지에 들어간 플로리는 둘둘 말린 대나무 발 사이로 웨스트필드가 베란다 주변을 어슬렁거리며 강 너머를 내다보고 있는 것을 보았다. 하인은 베란다 밑에서 햇볕에 드러누워 넓은 바나나 잎으로 얼굴을 가린 채 천장 부채의 줄을 발목에 묶어 당기고 있었다.

「이보게, 플로리! 많이 말랐군.」

「자네도 마찬가지야.」

「그래, 지독한 날씨 때문이지. 술 빼고는 식욕이 좀체 나질 않아. 제기랄, 개구리의 우는 소리를 들으면 기분이 좋을 텐데 말이야. 다른 사람들이 오기 전에 한잔하지. 주방장!」

「오늘 총회에 누구누구가 참석하는지 알아?」 주방장이 위스키와 미지근한 소다수를 가지고 들어왔을 때 플로리가 물었다.

「거의 모든 회원들이 올 거야. 래커스틴도 사흘 전에 캠프에서 돌아왔어. 마나님과 떨어져 즐거운 시간을 보냈지. 그가 캠프에서 어떻게 지냈는지 내 부하가 다 말해 주었는데, 매춘부와 놀아났다더군. 매춘부들을 특별히 카우크타다에서 부른 것 같아. 그의 부인이 클럽 계산서를 보면 아마 까무러치고 말 걸. 2주 동안 위스키가 열한 병이나 그의 캠프로 갔으니까.」

「젊은 베랄도 오나?」

「아니, 그는 임시 회원에 불과하잖아. 어쨌든 오라고 해도 오지 않을 거야, 어린 녀석. 그리고 맥스웰도 못 와. 그는 바빠서 캠프에서 나올 수 없다는군. 만약 투표를 해야 할 일이 생기면 엘리스가 대신 해달라는 전갈을 보내왔지. 하지만 투표할 일은 없을 거야, 안 그래?」 이 문제 때문에 얼마 전에 다툰 일을 기억하고 있었기 때문에 그는 플로리를 곁눈질로 보면서 덧붙였다.

「그건 맥그리거에게 달려 있지 않겠어.」

「내 말은 맥그리거 씨는 원주민을 회원으로 받아들이는 소동을 원치 않을 거라는 뜻이야. 지금은 안 돼. 반란이 끝난 다음이라면 몰라도.」

「그런데 반란은 어떻게 됐지?」 플로리가 말했다. 그는 의사의 선출에 대해 웨스트필드와 입씨름을 하고 싶지 않았다. 몇 분 동안 그들 사이에 어색한 기류가 흘렀다. 「그 밖의 다른…… 그들이 또 반란을 일으킬 것 같은가?」

「아니, 다 끝났어. 겁쟁이처럼 다 항복했지. 이제 그 지역은 여학교처럼 조용해. 너무 실망스러워.」

플로리의 심장이 순간 멈췄다. 옆방에서 엘리자베스의 목소리가 들렸기 때문이다. 그때 맥그리거 씨가 들어왔고, 엘리스와 래커스틴 씨도 뒤따라 들어왔다. 클럽의 여자 회원들은 투표권이 없기 때문에 정족수가 다 모인 셈이었다. 맥그리거 씨는 실크 양복을 입고 클럽 회계 장부를 겨드랑이에 끼고 있었다. 그는 클럽 모임과 같은 사소한 일에서도 공적인 일을 처리할 때에 버금가는 자세를 보이려고 했다.

「우리 모두 여기 모인 이유를 알고 있으니……」 그는 의례적인 인사말을 한 뒤 말했다. 「이제…… 에…… 본론으로 들어가 볼까요?」

「계속하세요, 맥더프.」 웨스트필드가 앉으면서 말했다.

「주방장이나 누굴 좀 불러 줘.」 래커스틴 씨가 말했다. 「주방장을 부르는 내 목소리를 아내가 듣게 하고 싶진 않아.」

「안건을 처리하기 전에……」 술 마시기를 거절한 맥그리거 씨는 다른 사람들이 술 한 잔씩 하고 있을 때 다시 말했다. 「6개월 동안의 회계 내역을 한번 훑어보겠습니다.」

그들은 별로 좋아하지 않았지만, 이런 일을 좋아하는 맥그리거 씨는 꼼꼼하게 회계 장부를 살펴보고 있었다. 플로리의 생각은 오락가락했다. 〈곧 시끄러운 싸움 ─ 오, 끔찍한 싸움 ─ 이 벌어질 것이다! 결국 내가 의사를 추천하면 이들은 극도로 분노할 것이다. 그리고 엘리자베스는 옆방에 있다. 그녀가 이 시끄러운 소동을 듣지 않으면 좋으련만. 다른 사람들이 나를 모욕하는 소리를 들으면 그녀는 나를 더욱더 경멸할지도 몰라. 오늘 저녁 그녀를 볼 수 있을까? 그녀가 나에게 말을 걸까? 그는 반짝이는 강물을 바라보았다. 저 멀리 제방 끝에 일단의 사람들이 보였는데, 그들은 거룻배 옆에서 웅성거리고 있었으며 그들 중 한 명은 녹색 가운바운을 쓰고 있었다. 크고 조잡하게 생긴 인도 바지선 한 척이 제방 가까이에서 강의 흐름을 가로질러 천천히 힘겹게 나아가고 있었다. 깡마른 드라비다인들로 구성된 열 명의 노 젓는 사람들이 몸을 앞으로 굽혀 끝이 하트 모양으로 된 긴 나무 노를 물속에 첨벙 찔러 넣고 젓고 있었다. 그들이 여윈 몸에 힘을 주고 고통스럽게 몸부림치면서 검은 고무 인형 같은 몸을 뒤로 젖혀 팽팽하게 긴장시키자 육중한 선체가 1~2미터 정도 앞으로 꿈틀거렸다. 그리고 이들은 물살에 배가 멈추기 전에 몸을 앞으로 재빨리 굽혀 숨을 헐떡거리며 다시 노를 물속에 집어넣었다.

「이제……」 맥그리거 씨가 보다 엄숙하게 말했다. 「의제를 다룰 시간이 되었습니다. 물론 그것은…… 에…… 원주민 한 명을 우리 클럽에 받아들여야만 하는 불유쾌한 문제입니다. 우리가 전에 이 문제에 대해 논의했을 때…….」

「도대체 무슨 소릴 하는 겁니까!」

맥그리거 씨의 말에 끼어든 사람은 엘리스였다. 그는 너무 흥분해 벌떡 일어섰다.

「무슨 소릴 하는 겁니까! 그 문제를 또 얘기해야 됩니까? 빌어먹을 원주민 입회 문제에 대해서는 더 이상 우리 클럽에서 말하지 맙시다! 세상에, 플로리조차 지금까지 입을 다물고 있지 않소!」

「우리의 친구 엘리스가 놀란 모양입니다. 그래, 전에도 이 문제에 대해 이야기를 했었지요.」

「이 빌어먹을 문제는 전에 다 끝났다고 생각하오! 그리고 우리 모두 의견을 말하지 않았소! 제기랄…….」

「우리의 친구 엘리스는 의자에 다시 앉아 주셨으면…….」 맥그리거 씨가 화를 참으며 말했다.

엘리스는 다시 의자에 털썩 앉으면서 〈쓰레기만도 못한 일이야!〉라고 소리쳤다. 플로리는 강 건너편에서 배를 타는 버마 사람들의 모습을 볼 수 있었다. 그들은 이상한 모양의 길쭉한 꾸러미를 거룻배에 싣고 있었다. 맥그리거 씨가 서류철에서 편지 한 장을 끄집어냈다.

「아마 우선 제가 이 문제에 대해 설명하겠습니다. 국장께서는 정부가 원주민 회원이 없는 클럽에 적어도 한 명의 원주민을 선출하라는, 다시 말해 자동적으로 입회시키라는 회람장을 보내왔다고 말씀하셨습니다. 회람장에 따르면…… 아, 예! 여기 있군요! 〈높은 지위의 원주민 관료에게 사회적으로 모욕감을 준다는 것은 잘못된 정책이다.〉 물론 제가 단호하게 반대할 수도 있었습니다. 분명히 우리는 그렇게 할 수 있습니다. 정부의 실질적 업무를 담당해야 하는 우리는 여러 상황을 위에서 우리 일을 간섭하는 패짓에 걸린 하원 의원들과는 매우 다른 시각으로 볼 수 있습니다. 하지만…….」

「그러나 이번 일은 말도 안 되는 짓입니다!」 엘리스가 끼어들었다. 「이것이 국장이나 다른 사람하고 무슨 관계가 있습니까? 우리는 우리들의 빌어먹을 클럽에서 우리 마음대로 할 수 있습니다. 우리가 비번일 때 그들은 우리에게 이래라저래라 간섭할 권리가 없어요.」

「맞는 말이오.」 웨스트필드가 거들었다.

「제가 할 말을 당신이 다 하는군요. 그런 이유 때문에 나는 이 문제를 다른 회원들과 상의해야 한다고 국장에게 이야기 했습니다. 그리고 그분이 제의한 절차는 다음과 같습니다. 만약 이 제안이 우리 클럽에서 모두의 지지를 받는다면 원주민 회원을 선출하는 것이 좋고, 반대로 모든 회원이 반대한다면 제안을 철회할 수 있다고 했습니다. 다시 말해 만장일치제로 정하라는 것입니다.」

「빌어먹을 만장일치.」 엘리스가 말했다.

「그럼 원주민 입회 문제는 우리에게 달려 있다, 이 말입니까?」 웨스트필드가 말했다.

「말한 바 그대로입니다.」

「그렇다면 우리 모두 반대한다고 말합시다.」

「그리고 맹세코 분명히 말합시다. 우리는 이 문제에 대해 절대적으로 단호한 태도를 취해야 합니다.」

「들어 봐, 내 말 좀 들어 봐!」 래커스틴 씨가 무뚝뚝하게 말했다.「검둥이 느림보를 우리 클럽에 들여놓지 맙시다. 정말로 단결이니 뭐니 하는 것을 한번 해봅시다.」

래커스틴 씨는 이런 일에는 항상 제정신을 차리기 때문에 클럽에서 신뢰받는 사람이었다. 그는 영국 통치 문제에 대해서는 예전부터 전혀 상관하지 않았다. 백인들하고만큼이나 동양인하고도 즐겁게 술을 마시는 사람이었다. 그러나 그는 어떤 사람이 말 안 듣는 하인을 위한 대나무 회초리와 민족주의자들을 벌주기 위한 끓는 기름을 제안하면 〈맞아, 맞아!〉라고 큰소리칠 준비가 항상 되어 있었다. 비록 술을 많이 마시고, 실수도 좀 하지만 자신이 의리 있는 사람이라는 데 자부심을 가지고 있었다. 그것은 그가 상대를 존경함에 있어 기준으로 삼는 나름의 잣대였다. 맥그리거 씨는 회원들의 통일된 의견에 내심 안심했다. 만약 원주민 회원이 선출된다면 그 사람은 베라스와미가 될 것인데, 그는 응가 쉐 오가 탈옥한 이후 베라스와미를 매우 불신하고 있던 터였다.

「그러면 여러분 모두 다 동의한다고 결론지어도 좋겠습니까?」 그가 말했다. 「그렇다면 국장께 통지하겠습니다. 그렇지 않으면 우리는 후보자 선출을 토의해야됩니다.」

그때 플로리가 일어섰다. 그는 자신의 의견을 말해야 했다. 그러나 용기가 목구멍 속으로 기어 들어가 질식할 것 같았다. 맥그리거 씨가 말한 것으로 볼 때 의사의 선출 문제는 그에게 달려 있는 것이 분명했다. 그러나 오, 얼마나 귀찮은 일인가, 또 얼마나 성가신 일인가! 무시무시한 소동이 벌어질 게 분명하다! 의사에게 약속하지 않았더라면 얼마나 좋았을까! 그러나 약속을 한 이상 깰 수도 없는 노릇이었다. 얼마 전까지만 해도 그는 약속을 깰 수 있었다. 타고난 푸카 사히브였으니까. 얼마나 쉬운가! 그러나 지금은 아니다. 그는 이 문제를 면밀히 살펴봐야 했다. 그는 다른 사람들이 그의 모반을 쉽게 보지 못하도록 몸을 비스듬히 돌렸다. 그는 벌써부터 의기소침했고, 자신의 목소리가 떨리는 것까지 느낄 수 있었다.

「우리의 친구 플로리 씨가 제안할 게 있는 모양이죠?」

「예, 저는 의사 베라스와미를 우리 클럽의 회원으로 추천하는 바입니다.」

다른 세 명으로부터 터져 나온 절망적인 고함 소리를 듣고 맥그리거 씨는 테이블을 세게 치면서 옆방에 여자들이 있음을 상기시켰다. 엘리스는 한마디도 하지 않았다. 그는 다시 일어났는데 코 주변이 잿빛으로 변해 있었다. 그와 플로리는 주먹질이라도 할 태세로 서로 마주 보았다.

「이 새끼야, 네가 한 말, 당장 취소 못해?」

「그래, 취소 못하겠어.」

「이 비열한 새끼! 검둥이와 붙어먹는 놈, 벌레만도 못한
놈…….더러운 새끼!」

「조용히!」맥그리거 씨가 소리쳤다.

「하지만 저 녀석을, 저 녀석을 좀 보시오!」엘리스는 거의
실성할 정도로 소리를 질렀다. 「배불뚝이 원주민 하나를 위
해 우리 모두를 짓밟으려 하고 있잖소! 결국 저 녀석에게 이
렇게까지 말해야 한다니! 우리 클럽에 마늘 냄새가 영원히
나지 못하도록 우리가 뭉치고 있을 때, 빌어먹을, 네가 더러
운 배설물을 토해서 우리 모두를 이런 식으로 행동하도록 만
들 필요는 없잖아!」

「도로 집어삼켜, 플로리, 늙은 친구!」웨스트필드가 말했
다. 「멍텅구리 바보짓 좀 하지 마!」

「철저한 볼셰비즘이군, 제기랄!」래커스틴 씨가 말했다.

「당신 말에 내가 신경 쓸 것 같은가요? 당신 일이나 신경
쓰시오. 맥그리거 씨가 결정할 문제요.」플로리가 말했다.

「그렇다면 당신…… 에…… 결심을 고수하겠다는 말이
오?」맥그리거 씨가 우울하게 물었다.

「그렇습니다.」

맥그리거 씨는 한숨을 내뱉었다. 「이런! 좋아, 이런 경우
어떤 선택도 없어…….」

「아니, 아니, 아니!」극도의 분노에 사로잡힌 엘리스가 소
리쳤다. 「그에게 무릎 꿇지 마시오! 투표로 결정합시다. 그리
고 갈보 자식 같은 저 녀석이 우리처럼 검은 돌을 넣지 않는
다면 먼저 저놈부터 우리 클럽에서 쫓아냅시다, 그러고 난
뒤…… 좋아! 주방장!」

「나리!」주방장이 들어오면서 말했다.

「투표함과 돌을 가지고 와. 빨리! 서둘러!」그가 더 신경질
적으로 말하기 전에 주방장은 이미 지시를 따르고 있었다.

실내의 공기는 착 가라앉아 있었다. 어찌 된 일인지 천장의 부채도 움직이지 않았다. 맥그리거 씨는 언짢지만 엄숙한 태도로 일어나 투표함에서 흰 돌과 검은 돌이 들어 있는 두 개의 서랍을 꺼냈다.

「순서대로 진행해야 합니다. 플로리 씨가 공직 의사인 베라스와미를 우리 클럽 회원으로 추천했습니다. 내 생각이긴 하지만, 그것은 실수, 큰 실수인 것 같습니다. 하지만…… 이 문제를 투표에 부치기 전에……」

「오, 이 문제에 대해 왜 그리 딴소리가 많소?」 엘리스가 말했다. 「내 표는 여기 있소! 그리고 맥스웰 것도 여기 있소.」 그는 두 개의 검은 돌을 투표함에 넣었다. 그러더니 분노를 참지 못하고 흰 돌이 들어 있는 서랍을 바닥에 던져 버렸다. 흰 돌 몇 개가 사방으로 흩어졌다. 「자! 흰 돌을 넣고 싶은 사람은 흰 돌을 집으시오!」 그러고는 플로리를 향해 쏘아붙였다. 「너 이 바보 같은 자식! 그렇게 생각한다고 너한테 무슨 득이 돼?」

「나리!」

갑작스러운 소리에 그들 모두가 놀라 주위를 둘러보았다. 하인 하나가 눈알을 부라리며 베란다 난간 위로 기어 올라오고 있었다. 그는 앙상한 한 팔로 베란다 난간을 잡고 다른 팔로 강을 가리켰다.

「나리! 나리!」

「무슨 일이야?」 웨스트필드가 말했다.

그들 모두 창문으로 갔다. 조금 전에 플로리가 보았던, 강을 가로지른 거룻배가 풀밭 밑 쪽 제방 아래 있었고, 한 사람이 그 배를 고정시키려고 덤불에 서 있었다. 녹색 가웅바웅을 쓴 버마인이 배 안에서 기어 나오고 있었다.

「저 사람은 맥스웰 밑에 있는 산림 감시원 중 한 명인데!」

엘리스가 다소 의아한 투로 말했다. 「제기랄! 무슨 일이 터졌군!」

산림 감시원은 맥그리거 씨를 보자 허리를 굽혀 급히 인사를 하고는 무언가에 정신이 팔린 듯 다시 거룻배로 돌아갔다. 농부들로 보이는 네 명의 다른 사람들이 그를 따라 배에서 내려 플로리가 멀리서 보았던 이상한 다발을 물가에 힘겹게 내려놓았다. 그것은 미라처럼 천으로 싸인, 길이가 2미터쯤 되어 보이는 물건이었다. 모든 사람들이 당황해 하고 있었다. 산림 감시원은 베란다를 힐끗 쳐다보고는 위쪽에 길이 없다는 것을 알았다. 그래서 그는 농부들에게 클럽 앞에 나있는 도로 쪽으로 돌아가도록 했다. 그들은 상여꾼들이 관을 들고 가는 것처럼 꾸러미를 어깨 위에 얹었다. 주방장이 다시 라운지로 뛰어 들어왔는데 그의 얼굴은 나름대로 하얗게 질려 있었다 ― 말하자면 잿빛이 되어 있었다.

「주방장!」 맥그리거 씨가 날카롭게 불렀다.

「나리!」

「빨리 가서 카드실 문을 닫아. 마님들이 보지 못하도록 해.」

「예, 나리!」

버마 사람들은 짐을 어깨에 메고 길 아래로 무겁게 걸어왔다. 라운지에 들어오는 순간에는 앞서 오던 사람이 휘청거리더니 거의 넘어질 뻔했다. 바닥에 어지럽게 널려 있는 흰 돌을 밟았던 것이다. 버마인들은 무릎을 꿇어 짐을 바닥에 내려놓은 뒤 어색하리만큼 엄숙한 태도로 두 손을 모아 배에 대고 머리를 약간 숙이면서 그 앞에 서 있었다. 웨스트필드가 무릎을 꿇고 천을 걷어 보았다.

「오! 이런, 여기를 좀 봐!」 그가 말했지만 크게 놀라워하지는 않았다. 「이 불쌍한 녀석을 좀 봐!」

래커스틴 씨가 우는 듯한 소리를 지르면서 방의 반대편 끝으로 물러났다. 꾸러미가 물가에서 들어 올려졌던 순간부터 그들 모두 그것이 무엇인지 알고 있었다. 그것은 맥스웰의 시체였다. 그가 총을 쏘아 죽였던 자의 친척 두 명이 단검으로 그의 몸을 거의 두 동강 내버린 것이었다.

22

맥스웰의 죽음은 카우크타다에 엄청난 충격을 주었다. 곧 버마 전역에 걸쳐 파장이 일 것이며, 사건이 잊힌 후에도 ─ 〈카우크타다의 사건을 기억하고 계십니까?〉 ─ 불쌍한 젊은이의 이름은 몇 년 동안 계속 입에 오르내릴 것이다. 그러나 순전히 개인적 관계에서 봤을 땐, 누구도 그렇게 비탄에 잠기지 않았다. 맥스웰은 크게 주목받지 못했던 보잘것없는 사람 ─ 버마에 거주하고 있는 수많은 다른 좋은 백인들처럼 그저 〈좋은 친구〉─ 이었으며 가깝게 지내는 친구도 없었다. 클럽 회원 중에서도 그를 진정으로 애도하는 사람은 없었다. 그렇다고 그들이 분노를 느끼지 않았다는 것은 아니다. 오히려 그 순간 그들은 분노로 거의 이성을 상실할 정도였다. 왜냐하면 도저히 용서할 수 없는 일 ─ 백인이 살해되었다는 사실 ─ 이 벌어졌기 때문이었다. 이런 사건이 일어나면 동양에 살고 있는 영국인들 사이에는 일종의 공포감이 퍼진다. 매년 8백 명 정도의 사람들이 버마에서 살해되지만, 그것은 별로 중요하지 않다. 하지만 단 한 명이라도 백인이 살해된다면 그것은 끔찍한 행위로 신성 모독에 비견되는 일이 된다. 불쌍한 맥스웰은 분명 보복을 당했던 것이다. 그러나 맥스웰의 시체를 운반해 온 두 명의 하인과 평소에 그를 잘 따랐던 산림 감시원만이 그의 죽음에 눈물을 흘렸을 뿐이었다.

반면 우 포 킨은 기뻐하고 있었다.

「이거야말로 하늘이 주신 선물이야!」그가 마 킨에게 말했다.「내가 하려고 했어도 이보다 더 잘하지는 못했을 거야. 반란을 심각하게 만들기 위해 필요한 것이 바로 약간의 유혈이었거든. 그런데 바로 그런 일이 일어났단 말이야! 마 킨, 더 높은 권력이 나에게 다가오고 있음을 날마다 더 확실히 느낄 수 있어.」

「코 포 킨, 당신은 참 뻔뻔스러워요! 어떻게 그런 말을 할 수 있는지 저는 잘 모르겠어요. 영혼이 죽는 것이 겁나지 않나요?」

「뭐라고! 나 말이야? 내 영혼이 죽는다고? 당신 무슨 말을 하는 거야? 나는 지금까지 병아리 한 마리 죽이지 않았어.」

「하지만 당신은 불쌍한 젊은이의 죽음에서 이득을 챙기려 하고 있잖아요.」

「이득을 챙긴다고? 그래, 물론 나는 이득을 챙길 거야! 그게 왜 안 된다는 거야? 다른 사람이 살인을 저질렀는데도 그것이 내 책임인가? 고기를 잡는 어부가 비난을 받는다고, 그 고기를 먹는 우리까지 비난받아야 되는 거야? 분명히 아니야. 죽은 물고기를 먹는 게 어때서 그래? 이봐 킨 킨, 당신은 경전을 좀 더 주의 깊게 읽어 봐야겠어.」

장례식은 다음 날 아침 식사 전에 거행되었다. 교회 묘지 맞은편에 위치한 광장에서 열린 장례식에는, 여느 때처럼 승마를 즐기고 있는 베랄을 제외한 모든 유럽인들이 참석했다. 맥그리거 씨가 장례식을 주관했다. 작은 클럽의 영국인들은 옷상자 깊숙이 묻어 두었던 검은 양복을 꺼내 입고 토피를 벗어 손에 든 채 땀을 흘리며 묘 옆에 서 있었다. 무자비한 아침 햇살이 그들의 얼굴에 떨어졌다. 그들의 얼굴은 초라하고 흉한 검은 양복과 대조되어 더욱 누렇게 보였고 엘리자베스를 제외한 모든 사람들의 얼굴에 주름살이 져 있었다. 나이 든 베라스와미와 여섯 명의 다른 동양인들도 참석해 뒤쪽에 예의 바르게 서 있었다. 조그만 교회 묘지에는 묘비가 열여섯 개 있었다. 목재 회사의 주재원들, 관리들 그리고 잊힌 전투에서 죽은 군인들의 묘비들이었다.

묘비에는 〈불철주야 업무에 힘쓰시다가 콜레라에 걸려 운명하신 인도 제국 경찰이신 고(故) 존 헨리 스패그널을 추모합니다〉 등과 같은 내용이 적혀 있었다.

플로리는 어렴풋이 스패그널에 대한 기억이 났다. 그는 두 번째 발작이 있고 난 뒤 캠프에서 갑자기 죽었다. 한쪽 구석에는 나무 십자가가 땅에 박힌 유라시아인들의 묘가 몇 개 있었다. 거기에는 잘라 놓은 오렌지 모양의 꽃잎을 가진, 땅에 퍼져 자라는 재스민이 울창하게 우거져 있었다.

맥그리거 씨는 엄숙하고 경건한 목소리로 장례식을 끝마친 후 잿빛 토피를 배에 갖다 대고 교회 묘지에서 먼저 걸어 나왔다. 플로리는 엘리자베스가 혹시나 말을 걸지 않을까 싶어 문에서 머뭇거렸지만 그녀는 그를 쳐다보지도 않고 지나쳐 버렸다. 아니, 그녀뿐만 아니라 오늘 아침에는 모든 사람들이 그를 피했다. 그는 수치스러웠다. 어젯밤에 있었던 그의 배신행위는 맥스웰의 죽음으로 인해 더 끔찍한 것이 되어 있었다. 엘리스가 웨스트필드의 팔을 끌어당겨 묘 옆에 서더니 담배 케이스를 꺼냈다. 플로리는 막말처럼 지껄이는 그들의 대화가 아직 흙을 덮지 않은 맥스웰의 묘를 가로질러 들려오는 것을 들을 수 있었다.

「빌어먹을, 웨스트필드, 제기랄, 저 불쌍한 작은 녀석 ― 저기 누워 있는 녀석을 생각하면……. 오, 제기랄, 피가 거꾸로 솟는 줄 알았어! 밤새 한숨도 못 잤어. 화가 치밀어 미치겠어.」

「당연히 그랬겠지. 신경 쓰지 마. 그 두 놈을 교수형에 처하겠다고 내가 약속하지. 한 명에 대한 두 명의 시체 ― 우리는 최선을 다할 거야.」

「두 명이라! 한 50명은 되어야지! 지옥 끝까지라도 쫓아가 그놈들을 목매달아야 해. 그놈들 이름은 알고 있어?」

「물론! 누구의 소행인지 마을 전체가 다 알고 있어. 우리는 이런 사건에서 누가 범인인지 늘 알고 있지. 빌어먹을 마을 사람들에게 자백시키는 것 ― 그것만 하면 끝이야.」

「좋아, 부디 이번에는 자백을 받아 내도록 해. 빌어먹을 법은 신경 쓰지 마. 그들에게 법을 적용시킬 필요는 없어. 고문을 해도 좋지 ― 어떤 것이라도. 만일 자네가 목격자를 매수하고 싶으면 내가 2백을 내겠어.」

웨스트필드는 한숨을 지었다. 「그런 식으로는 할 수 없을 거야. 그렇게 되면 얼마나 좋겠어. 물론 명령만 내리면 내 부하들은 목격자들에게 압박을 가하는 방법을 찾을 거야. 흙더미에 머리 처박기와 고춧가루 뿌리기 등이 있지. 하지만 요즈음에는 그렇게 할 수 없어. 우리의 어리석은 법을 지켜야하니까. 그러나 걱정하지 마, 그놈들을 반드시 목매달 테니까. 우리는 모든 증거를 다 갖고 있어.」

「좋아! 그리고 그놈들을 체포할 때, 유죄라는 증거가 없다면 그냥 쏘아 버려. 반드시 쏘아 죽여야 해! 도주하려 했다고 꾸미면 될 테니까. 그놈들을 풀어 주는 것보다 훨씬 빠른 방법이지.」

「그놈들은 꼭 잡힐 거야. 겁날 게 뭐야? 우린 그들을 잡을 수 있어. 어떤 놈이라도 잡을 거야. 아무도 안 잡는 것보다 나쁜 놈을 잡아 교수형에 처하는 게 훨씬 낫지.」그는 무심코 본심을 드러내며 덧붙였다.

「바보 같은 소리! 나는 그 새끼들이 교수형을 당하는 걸 볼 때까지는 두 다리 뻗고 편히 잘 수 없을 거야.」 묘에서 걸어 나오면서 엘리스가 말했다. 「제기랄! 빨리 햇볕이나 피하자! 갈증이 나 죽겠어.」

모두가 다소간 기분이 울적했지만, 장례식 직후부터 술을 마시러 클럽으로 내려갈 수는 없었다. 백인들은 각자의 집으로 뿔뿔이 흩어졌다. 그러는 동안 인부 네 명이 딱딱한 잿빛의 흙을 묘 안에 다시 던져 넣어 흙무더기를 대충 쌓고 있었다.

아침 식사 후 엘리스는 지팡이를 짚고 사무실로 내려가고 있었다. 날씨가 숨 막힐 정도로 더웠다. 그는 조금 전 목욕을 하고 셔츠와 반바지로 갈아입었지만 한 시간 동안 두꺼운 양복을 입고 있었기 때문에 몸은 더위에 이미 축 처져 있었다. 웨스트필드는 살인자들을 체포하기 위해 한 명의 경위와 여섯 명의 순경을 데리고 대형 모터보트를 타고 벌써 떠났다. 그는 베랄에게 같이 가자고 말했다. 그가 필요해서라기보다는, 현장에 데리고 가면 그 젊은 얼간이에게 뭔가 도움이 되지 않을까 싶어서였다.

엘리스는 어깨를 꿈틀거렸다 ─ 따갑게 내리쬐는 햇볕을 더 이상 참기 어려웠다. 분노가 쓰디쓴 액체처럼 몸 안에서 끓어올랐다. 그는 이번 사건에 대해 밤새도록 곰곰이 생각해 보았다. 그들이 백인을 살해했다. 백인을 죽인 것이다. 더러운 놈들, 비열한 새끼들, 겁쟁이 돼지 같은 놈들! 오, 돼지 같은 놈들, 돼지 같은 새끼들, 그놈들에게 어떻게 복수를 하지? 왜 빌어먹을 우리 법은 이렇게나 미온적인가! 왜 우리는 매사 딱 부러지게 처리하지 못했는가! 이런 사건이 전쟁 전에 독일에서 일어났다면 어떻게 되었을까? 독일 선배들이 옳았어! 그들은 검둥이들 다루는 법을 알고 있었지. 보복! 코뿔소는 채찍을 숨기는 법이지! 마을을 습격해서 가축을 죽이고 농작물을 불태우고 몇몇을 총으로 간단히 죽이면 그만이야.

엘리스는 나뭇잎 사이로 폭포수처럼 내리쬐는 햇빛을 응시하고 있었다. 그의 커다란 녹색 눈은 우울해 보였다. 중년쯤 돼 보이는 한 온화한 버마인이 큰 대나무를 한 어깨에서 다른 어깨 위로 균형 있게 옮기며 걸어오다가 엘리스 옆을 지나가며 투덜거리는 소리를 냈다. 엘리스는 지팡이를 꽉 움켜쥐었다. 만약 저 돼지 같은 놈이 나를 공격한다면! 아니, 나에게 모욕이라도 준다면 ─ 무슨 짓이라도 한다면, 저놈의 골통을 부숴 놓겠다! 저 배알 없는 개새끼들이 어떤 방법으로든 싸움을 걸어온다면! 저놈들은 굽실거리며 우리 옆을 지나가기는 커녕 법의 테두리 안에서 무례하게 행동해, 우린 저놈들에게 앙갚음할 기회를 한 번도 얻지 못했어. 아, 진짜 반란이라도 일어난다면 군법을 발동해서 누구도 용서치 않을 텐데! 잔인한 장면들이 기분 좋게 그의 머리를 스쳐 지나갔다. 군인들이 그놈들을 살육해 시체를 산더미처럼 쌓아 놓을 것이다. 그들을 쏘아 죽이고 창자가 튀어나오도록 말발굽으로 짓밟아 버리자. 채찍질을 해서 얼굴을 두 동강 내버리자!

고등학교 남학생 다섯 명이 나란히 도로를 내려오고 있었다. 엘리스는 사악한 누런 얼굴들이 일렬로 다가오는 것을 보았다. 끔찍할 정도로 부드럽고 어리고 계집애처럼 생긴 얼굴들은 그를 보고 의도적으로 건방지게 씩 웃었다. 백인인 그를 놀려 먹으려고 하는 것 같았다. 아마 그들도 살인 사건 이야기를 듣고 ─ 모든 학생들처럼 민족주의자라도 된 듯이 ─ 그것을 하나의 승리로 간주했을 것이다. 엘리스 옆을 지나칠 때 그들은 얼굴을 쳐다보고 다시 웃음을 지어 보였다. 법이 그들 편에 있다는 것을 알고 있기 때문에 그들은 대놓고 그를 약 올리려 했다. 엘리스는 화가 부글부글 끓어오르는 것을 느꼈다. 그를 놀려 대는 누런 얼굴은 일렬로 늘어선 누런 형상이 되어 그를 미치게 했다. 그는 갑자기 걸음을 멈추었다.

「이봐! 왜 그렇게 비웃는 거야?」

소년들이 고개를 돌렸다.

「빌어먹을! 뭘 보고 그리 비웃느냐고 내가 물었잖아.」

소년 중 한 명이 건방지게 대꾸했다. 서툰 영어 때문에 소년의 말은 더욱더 건방지게 들렸다.

「아저씨가 관여할 일 아니에요.」

순간 엘리스는 이성을 잃었다. 그는 있는 힘을 다해 지팡이로 그 녀석의 눈을 쳤다. 딱 하는 소리와 함께 지팡이는 그의 눈에 정통으로 맞았다. 소년은 비명을 지르며 뒤로 자빠졌고, 그와 동시에 다른 네 명이 엘리스에게 달려들었다. 그러나 그의 기세가 너무도 강해 그들로선 역부족이었다. 그는 그들을 이리저리 밀치면서 지팡이를 마구 휘둘러 댔다. 어느 누구도 감히 더 이상 가까이 다가오지 못했다.

「가까이 다가오지 마, 너희들······! 당장 꺼져 버려! 그렇지 않으면 한 명씩 갈겨 줄 테다!」 비록 1대 4였지만 그의 힘이 너무 세 그들은 겁에 질려 뒤로 물러났다. 한 대 얻어맞은 소년은 두 손으로 얼굴을 감싼 채 무릎을 꿇고 엎어져 비명을 지르고 있었다. 「눈이 안 보여, 눈이 안 보여!」 갑자기 다른 네 명이 몸을 돌려 20미터 떨어진, 도로 보수용으로 쌓아 둔 붉은 흙더미로 달려갔다. 엘리스의 사무실에서 일하는 서기하나가 사무실 베란다에 나타나 겁에 질려 발을 동동 굴렸다.

「빨리 오세요, 나리, 서두르세요! 그들이 나리를 죽일 거예요!」

엘리스는 뛰는 게 수치스러웠지만 베란다 계단을 향해 몸을 움직였다. 흙 한 움큼이 공중에서 날아오더니 서기가 망을 보고 있던 기둥을 때리곤 사방으로 흩어졌다. 엘리스는 베란다에 올라 아래에 서 있는 소년들을 향해 몸을 돌렸다. 소년들은 각각 손에 한 움큼의 흙을 움켜쥐고 있었다. 그는 재미있다는 듯 낄낄대며 웃었다.

「빌어먹을 새끼들! 더러운 검둥이 새끼들!」 그는 그들을 내려다보며 소리쳤다.「조금 전에는 놀랐던 모양이지? 베란다로 오면 너희 네 명 모두를 상대해 주지! 4대 1이면 겁나지 않을 텐데! 그러고도 너희들이 남자야? 치사하고 더러운 쥐새끼들!」

그는 그들에게 후레자식들이라고 버마어로 지껄였다. 한동안 소년들은 흙덩어리를 계속 던졌지만 팔 힘이 약해 별 소용이 없었다. 그는 흙덩어리를 요리조리 피하면서 의기양양하게 약을 올렸다. 곧 길에서 고함이 터져 나왔다. 그 소리는 파출소에서도 들을 수 있을 만큼 커서 순경 몇몇이 무슨 일인지 알아보려고 도로로 나왔다. 순경의 모습을 본 소년들은 겁이 나 도망을 쳤고, 엘리스는 승리감에 도취되었다.

엘리스는 한바탕 소동에 내심 기뻐했지만, 정작 그 소동이 끝나자 화가 치밀었다. 그는 곧바로 이유 없는 공격을 당한 데 대한 복수를 해야겠다는 격렬한 내용이 담긴 편지 한 장을 맥그리거 씨에게 썼다. 이 소동을 목격한 두 명의 서기와, 한 명의 사환이 이 사실을 입증하기 위해 맥그리거 씨의 사무실로 보내졌다. 그들은 입을 맞추어 똑같은 거짓말을 했다.〈소년들이 아무 이유 없이 엘리스 씨를 공격했으며, 그분은 방어만 했습니다.〉엘리스는 사태를 자기에게 유리하도록 말하는 서기의 증언이 그대로 받아들여질 것이라 믿은 모양이었지만, 신중한 맥그리거 씨는 다소 미심쩍다고 생각해 경찰에게 네 명의 소년들을 찾아 심문해 보라고 명령했다. 그러나 소년들은 자신들을 찾을 것이라고 미리 예상했는지 어딘가로 깊이 숨어 버렸다. 경찰은 하루 종일 시장을 헤맸지만 그들을 찾을 수 없었다. 눈을 다친 소년은 저녁 무렵에 한 버마인 의사를 찾아갔다. 그 의사는 잎을 짓이겨 만든 독한 물약을 얻어맞은 왼쪽 눈에 넣어 주었는데 소년은 그만 실명하고 말았다.

아직 돌아오지 않은 웨스트필드와 베랄을 제외한 유럽 사람들은 그날 저녁 평소처럼 클럽에 모였다. 모두의 기분이 우울했다. 맥스웰의 죽음에 이어 엘리스가 아무 이유 없이 공격당했다는 이야기(이것이 이번 사건에 대한 일반적인 해석이었다)를 듣자 모두들 화를 내면서도 다른 한편으로는 겁을 내기도 했다. 래커스틴 부인은 〈우리 모두 침대에서 살해당할 거예요〉라고 떨면서 말했다. 맥그리거 씨는 그녀를 안심시키기 위해, 폭동이 일어날 경우 유럽 여성들은 모두 안전하게 교도소 안에 들어가 있게 될 것이라고 말했지만, 그녀의 떨리는 가슴은 진정되지 않았다. 엘리스는 플로리에게 공격적이었으며, 엘리자베스 역시 여전히 그를 보고도 모르는 체했다. 플로리는 엘리자베스와 화해하리라는 어리석은 희망을 품고 클럽으로 내려왔다가 그녀의 태도에 너무 비참해져서 그날 저녁 내내 도서실에 처박혀 있었다. 모두 8시까지 많은 술을 마시고 난 뒤에야 분위기가 다소 진정되었다. 엘리스가 말했다.

「하인을 집으로 보내 여기로 저녁을 가져오게 하면 어떨까요? 카드놀이라도 할까요? 집에서 빈둥빈둥 시간을 보내는 것보다 낫겠지요.」

집에 가는 게 무서웠던 래커스틴 부인이 그 제안에 맞장구를 쳤다. 유럽인들은 그동안 밤늦게까지 클럽에 머물고 싶을 때면 가끔 그곳에서 식사를 하기도 했다. 그런데 하인 두 명에게 식사를 가져오라고 하자, 그들이 갑자기 울음을 터뜨렸다. 언덕 위로 올라가면 분명 맥스웰의 유령을 만나게 될 거라는 것이었다. 그래서 정원사가 대신 가게 되었다. 정원사가 출발할 때, 플로리는 하늘에 보름달이 다시 떴다는 사실을 알았다 — 인도 재스민 나무 아래에서 엘리자베스와 키스했던 그날 저녁으로부터 정확히 4주가 흐른 것이다. 이제 그녀와의 사이는 너무 벌어져 있었다.

그들이 테이블에 앉아 카드놀이를 즐기고 있을 때, 지붕에서 쿵 하는 둔탁한 소리가 났다. 래커스틴 부인은 그 소리에 너무 놀라 엉뚱한 패를 내버렸다. 모든 사람들이 놀라 머리 위를 쳐다보았다.

「코코넛 열매가 떨어졌나 보군요!」 맥그리거 씨가 말했다.

「이곳에는 코코넛 나무가 없소.」 엘리스가 말했다.

다음 순간 많은 일들이 동시에 벌어졌다. 쾅 하는 더 큰 소리가 들렸고 고리에 걸려 있던 석유램프 하나가 래커스틴 씨 바로 옆 바닥에 떨어졌다. 그는 〈윽!〉 하고 소리를 지르면서 벌떡 일어섰고, 래커스틴 부인은 놀라 고함을 질렀다. 그리고 주방장은 얼굴이 흙빛이 되어 모자도 쓰지 않은 채 방으로 뛰어 들어왔다.

「나리, 나리! 나쁜 사람들이 몰려오고 있습니다! 우리 모두를 죽이려 하고 있어요, 나리!」

「뭐라고? 나쁜 사람들? 무슨 말이야?」

「나리, 마을 사람들이 죄다 밖에 모여 있습니다! 손에 몽둥이와 단검을 들고 이리저리 날뛰고 있어요! 주인님의 목을 자르려고 해요, 나리!」

래커스틴 부인은 의자 깊숙이 몸을 움츠리고 앉았다. 그녀의 찢어질 듯한 비명에 주방장의 목소리가 들리지 않을 정도였다.

「오, 조용히 좀 해요!」엘리스가 그녀 쪽으로 고개를 돌리면서 날카롭게 말했다.「들어 보세요, 여러분! 무슨 말인지 끝까지 들어 봅시다!」

폭동이라도 일어난 것처럼 위험스럽고 소란스러운 굵직한 소리가 화난 거인의 울음처럼 바깥에서 들려왔다. 서 있던 맥그리거 씨는 굳은 얼굴로 심각한 표정을 지으며 안경을 코 위로 밀어 올렸다.

「이건 일종의 소요 사태입니다! 주방장, 이 램프를 치워. 래커스틴 양, 숙모를 돌봐 드리고 다쳤는지 살펴보세요. 그리고 나머지 분들은 나를 따르시길 바랍니다!」

그들 모두는 주방장이 닫아 놓은 앞문으로 향했다. 돌멩이가 우박처럼 지붕 위에 떨어졌다. 래커스틴 씨는 그 소리에 놀라 뒤로 주춤주춤 숨었다.

「제기랄, 누구라도 빗장을 질러서 빌어먹을 문을 잠가야 되겠어!」그가 말했다.

「아닙니다, 아니에요!」맥그리거 씨가 말했다.「우리는 밖으로 나가야 해요. 그들과 맞서지 않으면 치명적으로 당할 수 있어요!」

그는 문을 열고 계단 끝에 과감하게 모습을 드러냈다. 클럽 앞 도로에는 20여 명의 버마 사람들이 손에 단검과 몽둥이를 들고 모여 있었다. 울타리 바깥에는 수많은 군중이 도로를 꽉 메우고 저 멀리 광장 너머까지 운집해 있었다. 그야말로 인산인해였다. 족히 2천 명은 되어 보였다. 굽은 단검이 달빛 속 여기저기에서 번쩍거려 흑과 백이 서로 뒤엉켰다. 엘리스는 맥그리거 씨 옆에 서서 손을 주머니에 찔러 넣고 냉정한 태도를 취했다. 래커스틴 씨는 어디론가 사라지고 없었다.

맥그리거 씨가 손을 들고는 조용히 하라고 근엄하게 소리쳤다.「무슨 일이오?」

그와 함께 크리켓 공 크기 정도의 붉은 흙덩어리가 도로에서 날아왔다. 다행히 아무도 맞지 않았다. 무리 중 한 사내가 아직 던지면 안 된다고 소리치면서 다른 사람들에게 팔을 내저었다. 그런 다음 유럽인들과 대화하기 위해 앞으로 한 발짝 걸어 나왔다. 그는 아래로 처진 코밑수염을 길렀고, 셔츠를 걸치고 롱지를 무릎까지 걷어 올려 입은 서른 살쯤 되어 보이는 강인하고 활달한 사람이었다.

「도대체 무슨 일이오?」 맥그리거 씨가 다시 물었다.

그 사람은 쾌활하게 미소를 지으면서 큰 소리로 말했는데 무례해 보이지는 않았다.

「우리는 당신들과 싸울 의향이 없습니다, 나리. 우리는 목재 상인 엘리스를 만나러 왔습니다(그는 엘리트라고 발음했다). 오늘 아침 그가 때린 소년이 그만 눈이 멀어 버렸습니다. 벌을 받도록 엘리스를 내놓으셔야 합니다. 그러시면 나머지 분들에겐 아무런 피해도 없을 겁니다.」

「저놈 얼굴을 똑똑히 기억해 둬.」 엘리스가 어깨 너머로 플로리에게 이야기했다. 「끝까지 쫓아가 잡고 말겠어.」

순간 맥그리거 씨의 얼굴이 자줏빛으로 변했다. 그는 극도의 분노로 거의 숨도 쉬지 못했으며 말도 할 수가 없었다. 한동안 숨을 고르고 난 뒤, 그가 영어로 말했다.

「도대체 너희들은 누구에게 말하고 있는 건지 알고나 있어? 20년 동안 이런 무례함은 본 적이 없어! 이 무례한 놈들! 당장 나가지 못해! 안 그러면 헌병을 부르겠어!」

「우리 요구를 빨리 들어주세요, 나리. 당신네들의 법정에 가면 우리에게 정의란 있을 수 없다는 걸 잘 압니다. 그래서 엘리트를 우리 스스로 벌주겠다는 말입니다. 그를 보내세요. 안 그러면 당신들 모두가 피해를 입을지도 모릅니다.」

맥그리거 씨는 못으로 망치질을 하는 것처럼 주먹을 쥐어 앞뒤로 격렬하게 흔들어 댔다.「꺼져, 개새끼들!」그는 몇 년 만에 처음으로 욕설을 내뱉었다.

도로에서 엄청난 고함이 터지더니 이내 돌팔매질이 시작되었다. 돌멩이가 우박처럼 쏟아져, 길에 서 있는 버마인들까지 모든 사람들이 맞았다. 맥그리거 씨는 얼굴에 정통으로 맞고 쓰러졌다. 유럽인들은 급히 안으로 들어가 문을 닫아걸었다. 맥그리거 씨의 안경이 박살 났고 코에서는 피가 흐르고 있었다. 그들은 라운지로 다시 들어가 래커스틴 부인을 찾았다. 그녀는 긴 의자에 앉아 발광한 뱀처럼 축 늘어져 있었다. 래커스틴 씨는 빈 병을 손에 들고 방 한복판에 멍하니 서 있었고, 주방장은 방 한구석에 무릎을 꿇고 앉아 성호를 긋고 있었다(그는 로마 가톨릭 신자였다). 하인들은 울음을 터뜨렸다. 반면 엘리자베스는 창백해 보이긴 했지만 떨지 않고 침착했다.

「무슨 일이에요?」그녀가 소리쳤다.

「우리는 지금 곤경에 빠져 있소, 그것이 전부요!」엘리스는 돌멩이로 얻어맞은 목덜미에 통증을 느끼면서 분노에 차 말했다.「버마인들이 사방에 모여 돌팔매질을 하고 있소. 하지만 진정하시오! 문을 부수고 쳐들어올 용기는 없을 거요.」

「빨리 경찰을 부르시오!」맥그리거 씨는 손수건으로 코피를 막으면서 나직이 말했다.

「그럴 수 없소!」엘리스가 말했다.「당신이 저놈들과 이야기하는 동안, 내가 사방을 둘러봤소. 저 빌어먹을 놈들이 길을 완전히 차단했소. 누구도 경찰 초소로 갈 수 없소. 베라스와미의 집도 사람들로 꽉 들어차 있소.」

「그렇다면 기다릴 수밖에 없군. 저들이 자발적으로 물러나기를 기대해 봅시다. 진정하세요, 래커스틴 부인, 제발 진정하세요! 큰 위험은 아닙니다.」

하지만 사태는 심상치 않아 보였다. 시끄러운 소리가 밖에서 끊임없이 들려왔고 수백 명의 버마인들이 이미 마당으로 들어온 것 같았다. 고함을 치지 않으면 서로의 말이 안 들릴 정도로 바깥의 소음은 커졌다. 라운지의 모든 창문이 닫혔고, 곤충이 들어오지 못하도록 설치한, 구멍이 뚫린 함석 덧문들까지 모두 닫아걸었다. 날아온 돌에 창문이 부서지고 유리창이 깨지는 소리가 연방 들려왔다. 그리고 사방에서 돌멩이 부딪치는 소리가 끊임없이 들려왔다. 흔들거리는 얇은 나무 벽은 금세라도 부서질 것 같아 보였다. 엘리스는 문을 열고 군중을 향해 빈 병을 던졌지만 수많은 돌이 날아와 급히 문을 닫을 수밖에 없었다. 버마인들은 돌을 던지고 고함치고 몽둥이로 벽을 내리치는 것 외에는 아무런 계획이 없어 보였지만 소음의 강도는 좀체 누그러지지 않았다. 유럽인들은 이 소란에 반쯤 멍해 있었다. 그럼에도 어느 누구도 이 사건의 원인을 제공한 엘리스를 비난하지는 않았다. 똑같이 위험에 처해 있었으므로 한동안은 서로 뭉치려는 듯했다. 안경이 깨져 앞이 잘 안 보이는 맥그리거 씨가 방 가운데로 가서 래커스틴 부인에게 위로하듯이 오른손을 내밀자 그녀는 손을 잡았다. 흐느끼고 있던 하인은 그의 왼쪽 다리를 붙잡았다. 래커스틴 씨는 다시 사라졌다. 엘리스는 분노가 극에 달해 발걸음을 이리저리 떼다가 경찰 초소가 있는 방향으로 주먹을 흔들어 보였다.

「경찰은 대체 어디 있는 거야, 이 개…… 멍청한 새끼들!」 그는 여자들은 신경도 쓰지 않고 소리쳤다. 「왜 안 오는 거야? 제기랄, 1백 년 동안 이런 꼴을 당한 적은 한 번도 없었는데! 단 열 정의 총만 있어도 저놈들의 허파에 바람구멍을 내줄 수 있는데!」

「경찰이 곧 올 거요!」 맥그리거 씨가 다시 소리쳤다. 「군중을 뚫는 데 시간이 좀 걸리겠지요.」

「그런데 경찰은 왜 총을 사용하지 않는 거지? 멍텅구리 자식들 아니야? 그냥 발포만 해도 시체를 산더미처럼 쌓을 수 있을 텐데 말이야. 오, 제기랄, 이처럼 좋은 기회를 놓치다니!」 엘리스가 소리쳤다.

돌멩이 하나가 함석 덧문 중 하나를 찢고 안으로 들어왔다. 이어 다른 돌멩이가 찢어진 덧문을 통해 날아와 〈본조〉 그림에 맞은 뒤 튀어 올라 엘리자베스의 팔꿈치를 치고 테이블 위에 떨어졌다. 밖에서 환호성이 울리더니 지붕에서 〈쿵!〉 하는 엄청난 소리가 연달아 들렸다. 몇몇 아이들이 나무 위로 기어올라 엉덩이로 지붕을 타고 내려오며 어느 때보다도 신나게 놀고 있었다. 래커스틴 부인은 바깥의 소음을 압도할 만큼 큰 비명을 질렀다.

「제발 누가 저 마귀 같은 노파의 입 좀 막아!」 엘리스가 외쳤다. 「돼지라도 잡는 줄 알겠어. 무슨 조치라도 취해야 해. 플로리, 맥그리거 씨, 이리 좀 오시오! 이곳을 빠져나갈 방법을 궁리해야겠어!」

엘리자베스는 갑자기 힘이 빠져 울기 시작했다. 돌에 맞은 부위가 아파 오기 시작했다. 놀랍게도 플로리는 그녀가 자신의 팔에 매달려 있는 것을 보았다. 순간 그는 가슴이 벌렁거렸다. 사실 그는 이 사건에 초연하게 대처하고 있던 중이었다 — 함성에는 당황했지만 크게 놀란 것은 아니었다. 플로리는 동양인들이 실제로 위험한 존재라고 믿지 않았다. 하지만 엘리자베스의 손이 그의 팔을 잡았을 때, 비로소 그는 사태의 심각성을 알아차렸다.

「오, 플로리 씨, 제발, 제발 무슨 방법이라도 찾아 주세요! 당신은 할 수 있어요, 당신은 할 수 있어요! 저 끔찍한 사람들이 이곳에 들어오기 전에 어서 어떻게 좀 해보세요!」

「우리 중 한 명이 경찰 초소까지 갈 수 있다면!」맥그리거 씨가 신음하듯 말했다. 「영국 장교가 경찰을 이끌고 올 거요! 최악의 상황이지만 내가 한번 시도해 보겠소.」

「바보 같은 짓 하지 마시오! 목만 달아날 거요!」엘리스가 소리쳤다. 「저놈들이 안으로 쳐들어올 것 같으면 내가 가겠소. 하지만 오, 돼지 같은 저 녀석들에게 죽을지도 몰라! 나를 죽이려고 덤빌 거야! 이곳에 경찰이 있다면 저 새끼들을 다 죽여 버릴 텐데!」

「강 제방을 따라갈 수 있지 않겠어?」플로리가 절망적으로 소리쳤다.

「희망이 없어! 수백 명이 아래위로 쫙 깔려 있어. 우리는 완전히 고립되었어 — 삼면은 물론 강까지도 온통 버마인들이 지키고 있어!」

「강!」

너무 뻔해 지나치고 있던, 깜짝 놀랄 만한 생각 하나가 플로리의 머릿속에 떠올랐다.

「강! 물론 강이라면 손쉽게 경찰 초소에 도착할 수 있지 않겠소?」

「어떻게?」

「강 아래로 — 물속으로! 수영으로 말이야!」

「오, 참 좋은 생각이야!」엘리스가 외치고는 플로리의 어깨를 찰싹 때렸다. 엘리자베스도 기뻐하며 그의 팔을 꽉 잡고 깡충깡충 뛰었다. 「좋아, 내가 가겠어!」엘리스가 소리쳤지만 플로리는 고개를 가로저었다. 그는 이미 신발을 벗고 있었다. 한시라도 서둘러야 했다. 버마인들이 지금은 바보처럼 행동하지만 문을 부수고 안으로 들어온다면 무슨 일이 벌어질지 모를 일이었다. 처음과는 달리 다소 진정된 주방장이 잔디밭으로 통하는 창문을 열고 좌우를 살폈다. 무장하지 않은 스무 명 남짓의 버마인들이 클럽 뒤쪽을 지키고 있었다. 그들은 강쪽으로는 도망치지 못할 것이라고 생각해, 클럽 뒤쪽은 크게 신경 쓰여 않고 있었다.

「있는 힘을 다해 잔디밭으로 뛰어가!」 엘리스가 플로리의 귀에 대고 외쳤다. 「자네를 보면 저놈들은 틀림없이 흩어져 버릴 거야.」

「경찰에게 즉시 발포하라고 명령하게!」 맥그리거 씨가 반대편에서 말했다. 「내 권한을 자네에게 위임하네.」

「그리고 낮게 겨냥하라고 말해! 저들의 머리 위를 쏘면 안돼. 쏘아 죽여야 해. 되도록 창자가 튀어나오게 말이야!」

플로리는 베란다를 뛰어넘을 때 딱딱한 땅에 부딪쳐 상처를 약간 입었지만 멈출 수 없었다. 바로 뒤에 강둑이 있었다. 엘리스가 말했던 대로, 버마인들은 그가 뛰어내리는 순간 뒤로 주춤거렸다. 돌을 던지긴 했지만 따라오는 사람은 아무도 없었다. 그들은 그가 도망치는 것이라고 생각했다. 게다가 밝은 달빛 덕분에 그가 엘리스가 아니라는 것도 분명히 알수 있었다. 어쨌거나 다음 순간 그는 덤불 속으로 몸을 던진 다음 물에 뛰어들었다.

그는 물속 깊숙이 들어갔다. 끔찍한 강바닥의 진흙에 무릎까지 빠져, 몇 초가 지난 다음에야 자유롭게 수영을 할 수 있었다. 수면 위로 떠오르자 미지근한 거품이 스타우트 맥주의 거품처럼 입 주위로 밀려왔고, 물렁한 무언가가 그의 목을 감싸 거의 질식할 것만 같았다. 부레옥잠의 잔가지였다. 그는 그것을 겨우 뱉어 냈다. 빠른 조류 때문에 그는 이미 상당한 거리까지 떠내려가 있었다. 버마인들이 고함을 치면서 강둑을 따라 무턱대고 뒤쫓고 있었다. 강물 높이에서는 클럽을 포위하고 있는 군중들을 볼 수 없었지만 악마같이 포악한 함성은 들을 수 있었다. 소리는 강가에서 들었을 때보다 더욱 크게 들렸다. 그가 경찰 초소 반대편에 도착할 때쯤 제방 위에는 사람들이 거의 없었다. 그는 있는 힘을 다해 조류에서 빠져나와 진흙탕 속을 몸부림치며 나아갔다. 양말에 진흙이 가득 찼다. 나이 든 남자 둘이 제방 아래쪽 울타리 옆에 앉아 기둥을 깎고 있었다. 그들은 주변 1백 킬로미터 안에 폭동이라곤 없는 것처럼 태연스레 일하고 있었다. 플로리는 강가로 조심조심 기어가 울타리를 넘어 달빛으로 환한 광장을 가로질러 힘겹게 뛰어갔다. 젖은 바지는 축 처져 있었다. 그는 목청껏 외쳐 보았지만 초소는 비어 있었고, 마구간에 매여 있는 베랄의 말들만 놀라 뛰어 오르고 있었다. 플로리는 도로 쪽으로 뛰어가 그곳에 무슨 일이 일어났는지 살펴보았다.

경찰, 군인, 민간인 등 다 합쳐 150여 명이 곤봉만 들고 후미에서 군중을 공격하고 있었다. 하지만 그들은 완전히 파묻혀 버렸다. 군중은 너무 밀집해 있어 마치 한데 모여 소용돌이치는 거대한 벌 떼 같아 보였다. 경찰은 우왕좌왕하는 버마인들 틈새를 필사적으로 파고들려 했지만 몸이 서로 꽉 붙어 곤봉을 사용할 수도 없었다. 무리 지어 있는 사람들 전부 풀린 터번에 서로 감겨 라오코온[58]처럼 뒤엉켜 있었다. 알아들을 수 없는 서너 개의 단어로 된 끔찍스러운 욕설이 터져 나왔으며 먼지가 자욱했고 지독한 땀 냄새와 금잔화 냄새가 뒤섞여 코를 찔렀다 ─ 그러나 심하게 다친 사람은 없었다. 아마 버마인들은 경찰이 발포할까 봐 두려워 단검은 사용하지 않은 모양이었다. 플로리는 군중 속으로 파고 들어갔지만 다른 사람들처럼 이내 파묻혀 버렸다. 그는 수많은 사람들의 틈바구니에 끼여 이리저리 휩쓸렸다. 갈빗대가 그들과 부딪쳤고, 그들의 몸에서 나는 열기로 숨이 탁탁 막혔다. 그는 꿈을

---

58 Laokoon. 그리스 신화에 나오는 커다란 뱀에 친친 감겨 죽은 인물.

꾸는 것처럼 아무 생각 없이 몸부림치면서 앞으로 나아갔다. 이 사태는 아무리 생각해도 터무니없고 비현실적이었다. 소란은 처음부터 우스꽝스러워 보였는데, 가장 우스운 장면은 플로리를 죽일 수도 있었던 버마인들이 막상 그가 자신들과 함께 있자 그를 어떻게 대해야 할지 몰라 한다는 점이었다. 어떤 사람들은 그의 얼굴에 대고 욕을 퍼붓기도 하고 어떤 사람들은 그를 밀쳐 발을 밟기도 했으나, 백인인 그에게 길을 비켜 주는 사람들도 있었다. 그래서 그는 목숨을 걸고 싸워야 할지 아니면 그저 군중을 헤치면서 앞으로 나아가야 할지 확신이 서지 않았다. 그는 오랫동안 옴짝달싹 못한 채 군중 속에 끼여 있었다. 얼마 후 그는 자신보다 훨씬 큰 한 버마인과 엉키게 되었고 십여 명의 남자들이 물결처럼 밀려와 그를 군중 속으로 더 밀어 버렸다. 그때 갑자기 오른쪽 엄지발가락에서 심한 통증을 느꼈다 — 누군가 군화로 그의 발을 밟은 것이었다. 그 사람은 뚱뚱하고 콧수염을 기르고 터번은 벗겨져 달아나 버린, 라즈푸트[59] 출신의 헌병 중대장이었다. 그는 한 버마인의 목을 잡고 얼굴을 가격하려 했다. 머리털 하나 없는 그의 정수리에서 땀이 줄줄 흘러내렸다. 플로리는 중대장의 목에 팔을 뻗어 가까스로 두 사람을 떼어 낸 뒤 그의 귀에 대고 소리쳤다. 그의 우르두어 실력이 형편없어 플로리는 버마어로 외쳤다.

「왜 발포를 안 하는 거야?」

플로리는 한참 동안 그 사람의 말을 들을 수가 없었다. 얼마 후 다음과 같은 대답이 들려왔다.

「후큼 네 아야 — 명령을 받지 못했습니다!」

「바보 같으니라고!」

---

59 8세기부터 13세기 초에 걸쳐 가장 번영한 인도의 종족.

그 순간 또 다른 무리가 몰려들어 그들은 몇 분 동안 옴짝 달싹할 수 없었다. 플로리는 중대장의 주머니에 호루라기가 있는 것을 알고 그것을 꺼내려고 시도했다. 겨우 끄집어내 열 번 정도 힘껏 불어 보았지만 빈터에 들어설 때까지는 군 인들을 정렬시킬 수 없었다. 군중 속에서 빠져나오는 데 엄 청난 힘이 들었다 ─ 목만 내놓은 채 끈적끈적한 물속을 걷 는 것 같았다. 이따금씩 그는 다리 힘이 완전히 풀려 군중이 밀치면 미는 대로 이리저리 옮겨 다녔다. 심지어 뒤로 물러 나기도 했다. 마침내 자기 힘에 의해서라기보다는 군중이 형 성하는 자연스러운 소용돌에 의해 밖으로 튕겨 나왔다. 중대 장을 포함해 10여 명 이상의 토민병과 버마인 경위 한 명이 나타났다. 토민병들은 대부분 지쳐 짓밟힌 다리를 절뚝절뚝 절면서 엉덩이를 땅에 풀썩 붙이고 거의 쓰러질 듯 앉았다.

「이봐, 일어나! 초소로 빨리 달려가! 총을 집어 들고 탄환 을 장전해.」

플로리 역시 힘이 빠져 버마어가 잘 나오지 않았지만 다행 히도 토민병들은 그의 말을 알아듣고 초소로 어정어정 걸어 갔다. 플로리는 사람들이 다시 몰려오기 전에 군중에게서 빠 져나와 그들을 따라갔다. 초소 입구에 도착해 보니, 토민병 들이 소총을 메고 돌아와 발사 준비를 하고 있었다.

「나리께서 명령하실 거다!」 중대장이 헐떡거리며 말했다.

「이봐, 자네!」 플로리는 경위에게 소리쳤다. 「힌두스타니 어로 말할 수 있어?」

「예, 나리!」

「그러면 저들에게 군중의 머리 위를 겨냥해 발사하라고 말 해. 그리고 무엇보다 동시에 발사해야 해. 내 말 똑바로 전해.」

힌두스타니어 실력이 플로리보다 더 엉망인 뚱뚱한 경위 가 몸짓 손짓을 사용하여 그대로 전달했다. 토민병들은 소총을 집어 들고 발사했다. 굉음이 나자마자 그 메아리가 언덕에서 굴러 내려오듯이 들려왔다. 순간 플로리는 자신의 명령이 별 효과가 없다고 생각했다. 왜냐하면 토민병들에게서 가장 가까이 있던 군중만이 일제히 건초 더미처럼 땅에 납작 엎드렸기 때문이다. 그들은 공포에 질려 땅에 몸을 던졌다. 토민병들은 두 번째로 일제 사격을 했는데, 이미 그럴 필요도 없었다. 군중은 즉시 물줄기가 바뀐 강물처럼 클럽에서 밖으로 썰물처럼 빠져나가고 있었던 것이다. 도로 아래로 쏟아져 나온 그들은 무장 군인들이 길을 막고 있는 것을 보고 다시 후퇴하면서 앞쪽과 뒤쪽이 뒤엉켜 다시금 난장판이 되어 버렸다. 마침내 군중은 사방으로 흩어져 천천히 광장 쪽으로 빠져나가기 시작했다. 플로리와 토민병들도 퇴각하는 그들 뒤에서 클럽으로 서서히 움직였다. 군중 속에 갇혔던 경찰관들이 하나둘씩 비틀거리며 나타났다. 그들의 터번은 온데간데없고 각반은 끈이 풀려 질질 끌렸지만 타박상 정도뿐 심한 상처는 입지 않았다. 그 뒤에서 민간 경찰이 농성자들을 몇 명 끌고 왔다. 그들이 클럽 구내에 당도했을 때, 버마인들은 여전히 빠져나가고 있는 중이었다. 산울타리의 갈라진 틈새로 끊임없이 뛰어가는 젊은이들의 줄이 가젤 행렬처럼 보였다. 플로리는 날이 꽤 어둑해지고 있음을 느꼈다. 그때 흰옷을 입은 작은 사람이 마지막 무리에서 벗어나 플로리의 팔을 힘없이 잡았다. 베라스와미였다. 그의 넥타이는 찢겨 있었지만 다행히 안경은 깨지지 않았다.

「의사 선생!」

「아, 내 친구! 아, 쓰러질 것 같아요!」

「여기서 뭐하고 있소? 군중 속에 있었소?」

「그들을 막으려고 했어요, 내 친구. 당신이 올 때까지 나로선 어떻게 할 도리가 없었어요. 그러나 적어도 이번 사건에 대해 염두에 둘 사람이 한 명 있습니다.」

그는 다친 손가락 관절을 플로리에게 보여 주기 위해 작은 주먹을 펼쳐 보였지만 너무 어두워 보이지 않았다. 동시에 플로리는 그의 뒤에서 비웃음 같은 것을 들었다.

「플로리 씨, 이미 상황은 다 끝났소! 또 용두사미가 되어 버렸군요! 당신과 내가 힘을 합치니 저들은 당할 재간이 없었나 봅니다. 하하하!」

우 포 킨이었다. 그는 큰 곤봉을 들고 벨트에는 권총을 찬 호전적인 모습으로 다가왔다. 집에서 다급하게 뛰쳐나왔다는 인상을 풍기기 위해 실내복 — 내의와 샨 바지 — 을 입고 있었다. 사실 그는 위험한 상황이 끝날 때까지 납작 엎드려 있다가, 이제야 어떤 공적이라도 나눠 가질 게 있나 싶어 서둘러 나온 것이었다.

「참 깔끔한 작전이오, 선생!」 그가 위엄 있게 말했다. 「언덕 위로 도망치는 저들을 좀 보시오! 우리는 저들을 만족스럽게 퇴각시켰소.」

「우리!」 의사가 불쾌한 투로 헐떡거리며 말했다.

「아, 친애하는 의사 선생! 당신도 거기 있었는지 미처 몰랐소. 당신 또한 폭동을 진압하러 나온 걸 몰랐군요. 당신 — 당신의 고귀한 생명을 걸다니! 이런 일이 벌어지리라고 누가 생각했겠소?」

「오는 데 시간이 좀 걸렸군요!」 플로리가 화를 내며 우 포 킨에게 말했다.

「좋소, 선생, 우리는 저들을 완전히 쫓아냈소. 비록…….」 플로리의 말투를 눈치챈 그는 만족감을 드러내며 덧붙여 말했다. 「비록, 당신도 보고 있듯이 저들이 지금 유럽인 거주 지역 쪽으로 가고 있지만 말이오. 가는 도중에 약탈을 할 것 같기도 하군.」

누구라도 그의 뻔뻔스러움에 탄복했을 것이다. 그는 커다란 곤봉을 겨드랑이에 끼고 거만한 태도로 플로리 옆에서 걸었다. 반면 뒤에 처져 걷고 있던 의사는 자기도 모르게 부끄러운 생각이 들었다. 이들 세 명은 클럽 앞에서 걸음을 멈추었다. 달이 사라져 무척 어두웠다. 머리 위에 낮게 깔린 검은 구름이 마치 사냥개 무리처럼 동쪽으로 흘러가고 있었다. 차가운 바람이 언덕 아래에서 불어와 먼지 구름과 미세한 수증기를 날려 버렸다. 갑자기 짙은 습기 냄새 같은 것이 났다. 바람이 휙 불자 나뭇잎이 살랑거리더니 나뭇가지 전체가 격렬하게 흔들렸다. 테니스장 옆의 큰 인도 재스민 나무에 달린, 성운처럼 흐릿한 꽃이 펄럭거렸다. 세 남자는 몸을 돌려 비를 피할 곳을 찾다가 동양인들은 집으로, 플로리는 클럽 안으로 들어갔다. 비가 오기 시작했다.

23

다음 날 도시는 월요일 아침의 성당보다도 조용했다. 흔히 폭동이 있고 난 뒤의 모습은 그렇다. 몇몇 죄수들을 제외하고 클럽 공격에 가담했으리라 간주되는 사람들은 모두 완벽한 알리바이를 가지고 있었다. 클럽의 정원은 물소 떼가 짓밟아 놓은 것처럼 쑥대밭이 되어 있었지만 집은 약탈당하지 않았다. 모든 것이 끝난 후 래커스틴 씨가 당구대 밑으로 기어 들어가 위스키 한 병을 몽땅 마시고 취한 채 발견된 것을 제외하면, 유럽인들 사이에선 새로운 일도 없었다. 웨스트필드와 베랄은 맥스웰의 살인자, 어쨌든 맥스웰을 죽인 죄로 곧 교수형에 처해질 두 버마인을 데리고 아침 일찍 돌아왔다. 웨스트필드는 폭동 소식을 듣고 우울해 했지만 곧 체념해 버렸다. 다시 폭동이 일어났다니 ― 진짜 폭동이. 그러나 그는 거기에 없었고, 진압하지 못했다! 실망스럽다. 실망이 크다. 사람을 죽이지 못한다는 것이 그의 운명 같았다. 베랄은 딱 한마디만 했다. 플로리(민간인)가 헌병에게 명령을 내린 것은 〈주제넘게 나선 꼴〉이라는 것이었다.

그사이 비는 쉬지 않고 내렸다. 플로리는 비가 지붕을 때

342

리는 소리를 듣자마자 잠에서 깨어나 옷을 입고 서둘러 밖으로 나갔다. 플로가 뒤를 따랐다. 집들이 안 보이는 곳까지 나간 그는 옷을 벗고 비를 맞았다. 놀랍게도 그는 지난밤에 입은 타박상으로 온몸에 멍이 든 것을 알았다. 그러나 빗물이 몇 분 안에 견디기 힘든 더위와 고통을 가시게 했다. 빗물의 치유력은 경이로웠다. 그는 신발을 찌그려 신고 베라스와미의 집으로 향했다. 모자챙에서부터 목 아래로 빗물이 규칙적으로 흘러내렸다. 하늘은 잿빛처럼 흐렸고 소용돌이치는 수많은 폭풍우가 기병대처럼 광장을 가로질러 차례차례 지나갔다. 버마 사람들은 커다란 도롱이를 쓰고 걸어가고 있었지만 그들의 몸은 분수대에 놓인 황동 인형처럼 온통 물에 젖어 있었다. 빗물이 이미 도로를 흠뻑 적셔 자갈은 완전히 물에 잠겼다. 플로리가 도착했을 땐 의사도 집에 막 들어와 있었다. 플로리는 베란다 난간 너머로 젖은 우산을 흔들어 물을 털어 냈다. 의사는 환호하며 플로리를 맞이했다.

「들어오세요, 어서 오세요, 플로리 씨, 알맞은 때 오셨군요. 올드 토미 진 한 병을 따려던 참이었습니다. 이리 오셔서 카우크타다를 구한 당신의 건강을 위해 건배합시다!」

그들은 오랫동안 이야기를 나누었다. 의사는 승리감에 젖어 있었다. 지난밤에 일어났던 사건으로 그의 걱정거리는 거의 기적적으로 해결된 듯 보였다. 우 포 킨의 계획은 달성되지 못했다. 그는 의사를 더 이상 마음대로 하지 못했다 — 오히려 상황은 반대로 흐르게 되었다. 의사가 플로리에게 설명했다.

「당신도 아시다시피, 내 친구, 이번 폭동은 — 아니, 이번 폭동에서 가장 고귀한 당신의 행동은 — 우 포 킨이 예상하지 못한 것이었습니다. 그는 소위 반란을 일으키고 그것을 진압해 영예를 획득하려 했었죠. 더 큰 소요 사태가 일어나면 더 큰 영예가 생긴다고 계산했던 거예요. 맥스웰 씨가 죽었다는 소식을 듣고 그가 기뻐했다는 말을 들었어요 — 의사는 그의 엄지손가락과 집게손가락을 서로 붙였다 — 그에게 무슨 말이 적당할까요?」

「음흉한?」

「아, 예, 음흉! 바로 그겁니다. 실제로 그가 춤을 추면서 — 그의 추한 꼴을 한번 상상해 보세요 — 환호성을 지르려 했다는 소문을 들었습니다. 〈이제 그들은 내가 꾸미는 반란을 심각하게 취급할 거야!〉 인간사에 대한 그의 관심은 바로 이런 것들이죠. 하지만 이제 그의 승리도 끝입니다. 이번 폭동이 그의 출셋길을 중간에서 꽉 막아 버렸습니다.」

「어떻게요?」

「보시다시피 이번 폭동 진압의 영예는 그의 것이 아니라 당신의 것이기 때문입니다! 게다가 나는 당신의 친구라고 알려져 있습니다. 다시 말해, 당신의 영예로 내가 덕을 보고 있다는 말입니다. 당신은 이번 사태의 영웅이 아닙니까? 어젯밤 클럽에 돌아갔을 때 유럽인 친구들이 두 팔 벌려 당신을 환영하지 않았습니까?」

「그렇소, 인정하오. 그건 나에겐 전혀 새로운 경험이었소. 래커스틴 부인은 나에게 홀딱 반했어요. 〈친애하는 플로리 씨!〉 지금 그녀는 나를 이렇게 부르고 있소. 그리고 엘리스에게 칼날을 곤두세우고 있죠. 그가 그녀를 〈마거 같은 노파〉라고 부르고, 돼지처럼 꽥꽥거리는 소리 좀 그만두라고 말했던 걸 잊지 않고 있는 것이오.」

「아, 엘리스 씨의 표현이 가끔 지나치게 직설적이라는 것은 알고 있습니다.」

「내가 경찰에게 그들을 향해 똑바로 쏘지 말고 머리 위로 쏘라고 말한 것이 유일한 옥에 티요. 그게 정부 규칙을 위반한

것인 모양이오. 엘리스도 그것에 약간 불만이었소. 〈기회가 있
었는데도 왜 검둥이들에게 직접 총을 쏘지 않았어?〉라고 나에
게 물었소. 나는 저들에게 발포하면 군중 속에 섞여 있는 경찰
이 총에 맞을 수도 있다고 말했소. 엘리스는 어쨌든 그들 또한
검둥이가 아니냐고 하더군요. 하지만 나의 모든 과실은 다 용
서받았다오. 게다가 맥그리거 씨는 라틴어로 이런 말까지 했
소. 〈호라티우스, 나는 믿네〉[60]라고 말이오.」

플로리는 30분쯤 머물다가 클럽으로 향했다. 그는 맥그리
거 씨를 만나 의사의 선출 문제를 매듭짓겠다고 얼마 전에
베라스와미에게 약속한 바 있었다. 지금 그 문제를 해결하려
한다면 별 어려움이 없을 것이다. 터무니없는 이번 사건이
잊힐 때까지 다른 사람들은 자기 목소리를 내지 않고 그의
의견을 그대로 따를 것이다. 그가 클럽으로 들어가 강경한
어조로 말을 하더라도 그들은 참고 받아들일 것이다. 유쾌한
비가 머리부터 발끝까지 그의 몸을 적셨고, 지난 몇 달간의
가뭄으로 맡지 못했던 대지의 흙냄새가 코를 자극했다. 그는
짓밟혀 어수선해진 정원으로 걸어 올라갔다. 정원사가 허리
를 굽혀 꽃삽으로 백일홍 심을 구멍을 파고 있었다. 옷을 걸
치지 않은 그의 등에 빗물이 후드득 튀었다. 꽃들은 짓밟혀
흔적조차 없었다. 클럽 옆쪽 베란다에 엘리자베스가 서 있었
다. 플로리를 기다리고 있는 것 같았다. 그는 모자를 벗고 흔
들어 챙에 고여 있는 물을 버리고 베란다로 올라가 그녀를
만났다.

60 이 말은 프랑스의 화가 다비드가 1785년 완성한 「호라티우스 형제의
맹세」라는 그림에서 유래한 것인 듯하다. 이 그림은 기원전 7세기경 한 전투
에 참가하기 전 호라티우스 3형제 셋이 부친 앞에서, 적을 무찌르지 못하면
죽음을 택하겠다고 맹세하는 긴박한 장면을 그린 것이다. 오늘날 이 대사는
긴박하고 절박한 순간에 어떤 임무를 띠고 출정하는 자를 절대적으로 신뢰
한다는 뜻으로 해석된다.

「안녕하세요!」낮은 지붕을 때리는 빗소리 때문에 그는 목소리를 높여 말했다.

「안녕하세요! 비가 좀 그쳐야 되지 않을까요? 퍼붓는군요!」

「오, 이건 비도 아니에요. 7월까지 계속될 거예요. 벵골 만 전체의 물이 여러 번 나뉘어서 우리에게 쏟아져 내리는 거죠.」

그들은 만나기만 하면 날씨 이야기를 하는 것 같았다. 하지만 오늘 그녀의 얼굴은 생기발랄해 보였다. 지난밤 이후로 그녀의 태도는 확 달라졌다. 그는 용기가 생겼다.

「돌에 맞은 데는 괜찮습니까?」

그녀는 팔을 뻗어 그가 잡도록 했다. 그녀는 온화했으며 심지어 복종적이기까지 했다. 플로리는 지난밤의 일로 그녀의 눈에 자신이 거의 영웅처럼 보인다는 것을 알았다. 그녀는 어젯밤의 위험이 정말로 심각한 것이었다고 인식하고 있었고, 따라서 그가 그 순간에 보여 준 용기 때문에 그에 관한 모든 것, 심지어 마 흘라 메이에 대한 것도 다 용서했다. 그것은 다시 한 번 물소이고, 표범이었다. 그의 심장이 쿵쿵거렸다. 그는 팔에서 손을 살짝 빼 그녀의 손을 잡았다.

「엘리자베스…….」

「누가 봐요!」그녀는 말하면서 손을 뒤로 약간 뺐지만 화는 내지 않았다.

「엘리자베스, 당신에게 할 말이 있소. 몇 주 전에 내가 정글에서 보낸 편지, 기억하고 있나요?」

「예.」

「거기에 내가 쓴 말도 기억하고 있나요?」

「예, 답장을 못해서 죄송해요. 나는 단지…….」

「그때 답장을 기대하지는 않았어요. 단지 내가 했던 말을 상기시켜 주고 싶을 뿐이었어요.」

물론 그는 그 편지에서 그녀를 사랑한다는 말만 ── 무슨

346

일이 있어도 항상 그녀를 사랑할 것이라고 ― 힘없이 적었을 뿐이었다. 그들은 얼굴을 서로 마주한 채 매우 가까이 서 있었다. 충동적으로 ― 너무 빨리 일어난 일이라, 후에 그는 그 일이 어떻게 일어났는지도 알 수 없었다 ― 그는 자신의 두 팔로 그녀를 잡고 끌어당겼다. 그녀는 그가 키스하도록 순순히 있었다. 그러더니 갑자기 뒤로 주춤거리며 머리를 흔들었다. 다른 사람이 보지 않을까 겁이 난 것인지, 아니면 비에 젖은 그의 수염 때문이었는지 알 수 없었다. 그녀는 더 이상 아무 말도 하지 않고 그에게서 빠져나와 클럽 안으로 허둥지둥 들어가 버렸다. 얼굴에는 어쩔 줄 모르는 기색과 죄책감이 역력했지만 화는 나지 않은 것 같았다.

그는 그녀를 따라 클럽 안으로 천천히 들어가 기분 좋아 보이는 맥그리거 씨를 만났다. 그는 플로리를 보자마자 온화하게 외쳤다. 「아! 우리의 영웅께서 오시는군!」 그러고는 보다 진지하게 축하의 말을 건넸다. 플로리는 이 기회를 이용해 의사에 관해 몇 마디 했다. 사건 현장에서 의사의 영웅적 행위를 생생한 표현으로 이야기한 것이다. 〈그는 군중 속에서 호랑이처럼 싸웠습니다.〉 그것은 결코 과장된 표현이 아니었다 ― 왜냐하면 의사는 확실히 생명의 위협을 무릅썼기 때문이었다. 맥그리거 씨는 감동을 받았고, 그 이야기를 들은 다른 사람들도 마찬가지였다. 한 유럽인이 한 명의 동양인에 대해 말하는 내용은 수천 명의 동양인들이 말하는 것보다 훨씬 더 큰 힘을 발휘한다. 게다가 이 시점에서 플로리의 의견은 더욱 무게가 있었다. 실제로 의사에 대한 이미지는 다시 좋게 원상 복구되었다. 그가 클럽 회원으로 선출되는 건 이제 시간문제 같았다.

그러나 플로리가 캠프로 다시 돌아가야 했기 때문에 이 문제는 완전히 통과되지 않았다. 그는 그날 저녁에 출발했는데,

떠나기 전 엘리자베스를 만나지 못했다. 이제 별 볼일 없는 반란 따위는 다 끝났기 때문에 정글로 가는 길은 안전했다. 우기가 시작된 후 반란에 대해 이야기하는 사람은 아무도 없었다 — 버마 사람들은 쟁기질하는 데 눈코 뜰 새 없이 바쁘며 물에 잠긴 논은 많은 사람들이 들어가 일하기에 불가능하다. 플로리는 열흘 후 카우크타다로 돌아올 예정이었다. 그날은 신부가 6주에 한 번씩 방문하는 날이었다. 사실 그는 엘리자베스와 베랄이 같이 있는 동안에는 카우크타다에 있고 싶지 않았다. 그러나 이상하게도, 이제 그녀에게 용서받았다는 사실을 알았기 때문인지 모든 고통 — 전에 그를 괴롭혔던 음란한 시기심 — 은 완전히 사라졌다. 그들 사이를 가로막은 자는 베랄뿐이었지만, 베랄의 품에 그녀가 안겼다고 생각해도 그는 더 이상 마음이 흔들리지 않았다. 그들의 연애 사건이 결국에는 끝날 것이라는 사실을 알고 있기 때문이었다. 베랄은 그녀와 결혼하지 않을 것이 분명했다. 베랄과 같은 타입의 젊은이는 이름 없는 인도의 주둔지에서 만난, 돈 한 푼 없는 여자와 결혼하지 않는다. 그는 엘리자베스와 즐길 뿐이었다. 그는 곧 그녀를 버릴 것이고, 그녀는 그 — 플로리 — 에게 다시 돌아올 것이다. 그것으로 충분했다 — 그것은 그가 상상했던 것보다 훨씬 나은 상황이었다. 진정한 사랑은 어떤 면에서는 다소 유쾌하지 못한, 비굴한 면이 있기 마련이다.

우 포 킨의 분노는 극에 달해 있었다. 저 빌어먹을 폭동이 그에게 최악의 습격을 안겨 주었다. 그의 계획이라는 기계에 폭동이라는 한 움큼의 모래가 던져진 격이었다. 의사를 파멸시키는 일은 처음부터 다시 시작해야 했다. 흘라 페는 이틀이나 결근해 가면서 — 이번에는 기관지염에 걸렸다고 둘러댔다 — 수많은 익명의 편지를 다시 써야만 했다. 의사가 소년 성추행에서부터 정부 인지 대금 횡령에 이르기까지 다양한 범죄를 저질렀다는 내용이었다. 웅가 쉐 오가 탈출하도록 묵인해 준 교도소 간수는 최근에 재판을 받았다. 우 포 킨이 목격자들에게 2백 루피의 뇌물을 먹인 덕에 그는 의기양양하게 풀려났다. 대신, 탈출을 도와준 장본인인 베라스와미가 힘없는 하급 관리에게 죄를 전가시켰다는 증거가 상세히 적힌 더 많은 편지가 맥그리거 씨에게 배달되었다. 그럼에도 불구하고 결과는 참담했다. 맥그리거 씨가 폭동에 대해 국장에게 보고하기 위해 쓴 비밀 편지의 내용은 놀랄 만한 것이었다. 폭동이 일어나고 우 포 킨이 전쟁 위원회 소집을 요청했던 그날 밤 〈가장 신뢰할 수 있는 행동〉을 한 사람이라고 의사를 치켜세웠던 것이다.

「결정적인 조치를 할 때가 됐어!」 우 포 킨은 다른 사람들에게 말했다 — 그들은 아침 식사를 하기 전에 모여 앞 베란다에서 비밀회의를 하고 있었다. 마 킨, 바 세인 그리고 흘라 페가 모여 있었다 — 흘라 페는 미래가 확실히 보장된 듯 보이는, 예의 바르고 얼굴이 맑은 열여덟 살 정도의 젊은이였다.

「우리는 지금 벽돌담을 무너뜨리고 있는 중이야.」 우 포 킨은 계속했다. 「그리고 그 담은 바로 플로리야. 빌어먹을 겁쟁이가 그의 친구를 유리하게 만들 줄 누가 예상이나 했겠어? 하지만 그것은 현실이 되었어. 플로리가 계속 베라스와미를 도와준다면 우리는 끝장이야.」

「저는 클럽 주방장하고 이야기를 나누어 보았습니다. 나리.」 바 세인이 말했다. 「엘리스 씨와 웨스트필드 씨는 여전히 의사를 클럽 회원으로 뽑는 것을 원치 않는다고 하더군요. 이번 폭동이 잊히면 다시 이 문제에 대해 플로리와 싸우지 않겠습니까?」

「물론 싸우겠지, 그들은 항상 싸우니까. 하지만 어쨌든 나는 피해를 입겠지. 그자가 선출된다고 가정해 봐! 만약 그런 일이 일어난다면 나는 화병으로 죽을 거야…… 아니야, 남아 있는 한 가지 작전이 있어. 바로 플로리를 치는 거야!」

「플로리를 말입니까, 나리? 하지만 그는 백인이 아닙니까?」

「겁날 게 뭐가 있어? 전에도 백인을 파멸시킨 적이 있어. 일단 플로리의 명예를 깎아내리면 그놈의 의사도 끝장낼 수 있단 말이야. 그자의 명예를 실추시키는 거야! 큰 망신을 당하면 두 번 다시 클럽에 얼굴을 내밀지 못할 거야!」

「하지만, 나리! 백인을 어떻게, 무슨 방법으로 욕보이겠습니까? 백인에 대한 소문을 누가 믿겠습니까?」

「자넨 전략이 없구먼, 코 바 세인. 자네 말대로 우리는 백인을 비난할 수 없어. 그러니까 현장에 있는 그를 잡아야 해. 현행범으로 대중들 앞에서 수치스럽게 만들어야 해. 내가 그 방법을 알고 있어. 생각 좀 할 테니까 조용히 해.」

잠시 침묵이 흘렀다. 우 포 킨은 조그만 양손을 뒷짐 지어 툭 튀어나온 엉덩이 위에 얹고 빗속을 뚫어져라 쳐다보았다. 다른 세 명은 백인을 공격하자는 이야기에 놀라움을 감추지 못한 채 베란다 끝에서 그를 지켜보고 있었다. 그들은 자신들로선 도저히 감당할 수 없는 이 상황을 타개할 번쩍이는 방안을 기다리고 있었다. 이들의 모습은 흡사 모스크바에서 나폴레옹이 지도를 골똘히 쳐다보는 동안 장교들이 삼각모를 손에 들고 침묵 속에서 기다리고 있는, 눈에 익은 그림(메소니에[61]의 그림인가?)과 비슷했다. 그러나 물론 우 포 킨은 나폴레옹보다 상황을 더 잘 알고 있었다. 그의 계획은 2분 만에 완벽하게 세워졌다. 몸을 돌렸을 때, 그의 커다란 얼굴에는 미소가 가득 퍼져 있었다. 우 포 킨이 춤을 추려 했다고 묘사한 의사의 말은 틀린 것이었다. 그의 부자연스러운 몸매는

---

61 Jean-Louis-Ernest Meissonier(1815~1891). 프랑스의 화가. 나폴레옹을 회고한 작품으로 많이 알려졌다.

춤과는 거리가 멀었다. 그러나 만일 춤출 생각이 있었다면 그는 바로 이 순간 기뻐하며 춤을 추었을 것이다. 그는 바 세인을 손짓으로 부른 뒤 몇 초 동안 그의 귀에 대고 속삭였다.

「그래, 완벽한 방법이라고 생각해.」 그는 결론적으로 말했다.

믿을 수 없다는 듯한 미소가 바 세인의 얼굴에 서서히 퍼졌다.

「50루피면 다 해결돼.」 우 포 킨이 희색이 만면하여 덧붙여 말했다.

그는 계획을 상세히 설명했다. 그리고 그 계획을 충분히 이해하고 난 뒤 그들 모두는, 심지어 결코 웃지 않는 바 세인과 남편이 하는 일을 항상 못마땅해 하는 마 킨마저 참을 수 없는 웃음을 터뜨렸다. 계획은 너무 훌륭해 실패할 염려가 결코 없었다. 가히 천재적이었다.

비는 계속해서 내렸다. 플로리가 캠프로 돌아간 다음 날까지 비는 서른여덟 시간째 쉬지 않고 내리고 있었다. 때로는 영국의 비처럼 오락가락하기도 하고, 인도양 전체의 물이 구름 속으로 빨려 올라간 것처럼 엄청나게 쏟아 붓기도 했다. 몇 시간 동안 지붕 위에 떨어지는 요란한 빗물 소리는 사람을 돌아버리게 했다. 비가 멈추고 주기적으로 햇볕이 사납게 내리쬘 때도 있었다. 그럴 때면 진흙이 갈라져 그 속에서 수증기가 솟아 올라왔으며, 따끔거리는 햇빛이 사람들의 몸을 뒤덮었다. 그러다가 다시 비가 내리기 시작하면 알을 깨고 곤충들이 나타났다. 지독한 냄새가 나는 노린재라는 곤충이 집으로 엄청나게 많이 기어들어 와서는 주방 테이블 위를 마음대로 돌아다녀 음식을 거의 먹지 못하도록 만들었다. 베랄과 엘리자베스는 저녁에 비가 심하게 내리지 않을 때면 승마하러 밖으로 나갔다. 베랄에게는 모든 기후가 비슷하게 느껴졌다. 그래도

말이 진흙으로 뒤범벅되는 것은 싫었다. 거의 일주일이 지나
갔다. 그들 사이에는 어떤 변화도 일어나지 않았다 — 예전보
다 더 친한 것도 덜 친한 것도 아니었다. 여전히 예상만 할 뿐,
청혼이라는 말은 없었다. 그런데 놀랄 만한 소식이 들려왔다.
그 소식은 맥그리거 씨를 통해 클럽에 알려졌는데, 베랄이 카
우크타다를 떠난다는 것이었다. 헌병들은 카우크타다에 계속
주둔하겠지만 베랄을 대신해 다른 장교가 부임할 거라고 했
다. 그날이 언제인지는 아무도 몰랐다. 엘리자베스는 마음이
착잡했다. 떠날 때가 됐다면 뭔가 이야기를 해야 하는 것 아닌
가? 엘리자베스는 그에게 물어볼 수 없었다 — 정말 떠나는
거냐고 감히 묻지 못했다. 그저 기다리는 수밖에 없었다. 하지
만 그는 아무 말도 하지 않았다. 어느 날 저녁 그는 아무 이야
기도 없이 클럽에 나타나지 않았고, 이틀 동안 엘리자베스는
그를 전혀 보지 못했다.

　그것은 너무나 불쾌한 일이었지만 그녀는 달리 어떻게 할
도리가 없었다. 베랄과 엘리자베스는 몇 주 동안 붙어 다녔
지만 어떤 면에서는 서로 낯선 관계였다. 베랄은 엘리자베스
의 가족 모두와 거리감을 두고 있었다 — 그는 래커스틴 부
부의 집 안에 한 번도 발을 들여놓지 않았다. 역참 방갈로에
찾아가 만날 만큼, 혹은 편지를 주고받을 만큼 친분을 쌓지
도 못했다. 게다가 그는 아침 사열 때 광장에 잘 나타나지도
않았다. 그가 다시 나타날 때까지 기다리는 것 외에 엘리자
베스에게는 뾰족한 수가 없었다. 다시 나타날 때 그는 청혼
을 할까? 확실히, 반드시 그래야 한다! 엘리자베스와 그녀의
숙모는 그가 청혼해야 한다는 것을 신조로 삼고 있었다 —
그러나 이들 둘 중 어느 누구도 이것을 대놓고 말하지 않았
다. 엘리자베스는 비통한 심정으로 다음 만남을 학수고대했
다. 제발 일주일 안에 그가 떠나지 않기를 신에게 비옵나이

다! 앞으로 그녀가 그와 함께 승마를 네 번, 아니 세 번만 ─ 단 두 번이라도 ─ 더 한다면 모든 것이 잘 풀릴 텐데. 제발 그가 그녀에게 돌아오게 해주소서! 그가 다시 나타나서 작별 인사를 할 가능성은 생각조차 하지 않았다! 두 여자는 매일 저녁 클럽으로 내려가 베랄의 발소리를 듣지 않을까 싶어 밤 늦게까지 앉아 있었다. 그러나 그는 결코 오지 않았다. 이 상황을 잘 알고 있던 엘리스는 고소하다는 눈빛으로 엘리자베스를 바라보고 있었다. 제일 나쁜 것은 래커스틴 씨가 엘리자베스를 끊임없이 난처하게 만들고 있다는 점이었다. 사려 깊지 못하고 무모한 그는 하인들이 보는 앞에서도 그녀에게 살금살금 다가가 붙잡고는 구역질 나게도 구석에 몰아넣고 더듬었다. 그녀의 유일한 방어는 숙모에게 말하겠다고 위협하는 정도뿐이었다. 다행히 그는 너무 어리석어 그녀가 감히 숙모에게 이야기하지 못하리라는 사실을 깨닫지 못했기 때문에 그 말은 그럭저럭 효과가 있었다.

사흘째 되던 날 아침, 엘리자베스와 그녀의 숙모는 격렬한 폭우를 피해 클럽에 막 도착했다. 그들은 몇 분 동안 라운지에 앉아 있었는데, 누군가 신발을 바닥에 쿵쿵 내리치면서 빗물을 털어 내는 소리가 들렸다. 두 여자는 심장이 뛰었다. 혹시 베랄일지도 모르기 때문이었다. 이윽고 한 젊은이가 긴 레인코트의 단추도 풀지 않고 라운지로 들어왔다. 좀 조심성 없고 멍청해 보이는 스물다섯 살 정도의 뚱뚱한 젊은이였다. 뺨은 통통하고 건강해 보였으며, 머리카락은 버터 색깔이었고 이마는 좁았다. 그는 신이 나서 귀청이 찢어질 정도로 호탕한 웃음을 터뜨리면서 들어왔다.

래커스틴 부인은 알아들을 수 없는 신음 소리를 냈다 ─ 실망에 차 무심코 낸 소리였다. 그러나 그 젊은이는 그들을 본 순간 허물없이 지낼 만큼 친한 사이라도 된 것처럼 기분 좋게 환호성을 질러 댔다.

「안녕하시오, 안녕하시오!」 그가 말했다. 「우아한 왕자님께서 들어가십니다! 여러분 모두에게 폐가 안 되었으면 합니다! 제가 들어가면 가족적인 분위기를 깨뜨리게 되는 건가요?」

「아니에요!」 래커스틴 부인이 놀라서 대답했다.

「제가 말하고자 하는 것은…… 아시다시피 제가 갑자기 클럽에 들어오자 여러분이 주위를 흘끗 살펴본 것 같아서요. 그렇지 않습니까? 지역 특산품으로 만든 위스키를 좀 마셨습니다. 어젯밤에 이곳에 도착했죠.」

「이곳에 주둔하시나요?」 래커스틴 부인이 당황해서 물었다. 새로운 사람의 등장을 전혀 예상치 못했기 때문이었다.

「예, 별말씀을 다 하시네요. 분명히 그렇습니다.」

「하지만 듣지 못했는데……. 오, 알겠어요! 당신은 산림국에서 오신 거군요? 불쌍한 맥스웰 씨 대신 말이에요.」

「무슨 말씀이죠? 산림국? 아닙니다! 저는 새로 부임한 헌병입니다.」

「뭐 — 뭐라고요?」

「새로 부임한 헌병이라고요. 베랄의 후임으로 왔습니다. 친애하는 그 친구는 연대로 돌아오라는 명령을 받았습니다. 급하게 떠났죠. 그가 무슨 언짢은 일이라도 저질렀나 보군요.」

젊은 헌병은 멍청하긴 했지만, 엘리자베스의 얼굴이 갑자기 흙빛으로 변한 것을 알아차렸다. 그녀는 거의 말을 할 수 없었다. 몇 초가 흐른 다음에야 래커스틴 부인이 겨우 소리쳤다.

「베랄 씨가…… 떠난단 말입니까? 아직까지는 떠나지 않았겠지요?」

「떠날 예정이냐고요? 그는 벌써 갔습니다!」

「갔어요?」

「예, 기차는 30분 후에 출발할 예정이죠. 지금쯤 역에 도착했을 겁니다. 제가 그를 배웅하기 위해 사역병들을 보냈죠. 그의 말과 모든 짐도 기차에 싣고 갈 겁니다.」

설명이 더 있었지만 엘리자베스와 그녀의 숙모는 한마디도 듣지 않았다. 그들은 헌병 장교에게 인사도 하지 않고 앞 계단으로 허둥지둥 뛰쳐나왔다. 래커스틴 부인이 날카로운 소리로 주방장을 불렀다.

「주방장! 즉시 앞쪽에 인력거를 대기시켜! 역으로 간다. 빨리!」 인력거꾼이 나타났을 때 그녀는 같은 말을 반복하고 인력거에 올라타 우산 끝으로 그의 등을 찔러 출발하게 했다.

엘리자베스는 레인코트를 입고 있었고, 인력거에 앉아 있는 래커스틴 부인은 우산을 펼쳐 비를 피하고 있었지만 둘 다 아무 소용 없었다. 비가 세차게 내렸기 때문에 엘리자베스의 레인코트는 클럽 입구에 다다르기도 전에 이미 흠뻑 젖었고 인력거는 바람에 거의 뒤집힐 지경이었다. 인력거꾼은 머리를 최대한 숙이고 숨을 몰아쉬면서 힘겹게 앞으로 나아갔다. 엘리자베스는 비통에 휩싸여 있었다. 무언가 잘못되었다, 확실히 잘못된 것이었다. 그가 나에게 편지를 보냈는데 그만 중간에서 없어진 것이리라. 그렇다, 그랬음이 틀림없다. 작별 인사조차 하지 않고 떠나는 것은 있을 수 없는 일이다! 만일 그랬다면 — 아니다, 그래도 희망을 포기할 수 없다! 플랫폼에서 마지막으로 만나면…… 그는 나를 저버릴 정도로 무정하게 굴지는 않을 것이다! 역에 거의 도착했을 때, 인력거 뒤를 따라오느라 그녀의 얼굴은 일그러지고 뺨은 피가 고인 듯 붉었다. 토민병들이 손수레를 밀면서 급하게 걷고 있었다. 그들의 얇은 제복은 비에 흠뻑 젖어 누더기 같아 보였다. 베랄의 사역병들이었다. 신이시여, 고맙습니다. 기차 출발 시간까지는 아직 15분의 여유가 있었다. 신이시여, 감사합니다. 적어도 그를 만날 마지막 기회는 남아 있었다.

하지만 그들이 플랫폼에 도착했을 때 기차는 이미 증기를 힘차게 내뿜고 바퀴를 서서히 움직이면서 점점 속도를 내고 있었다. 키가 작은 흑인 역장이 서서히 빠져나가는 기차 후미를 애처롭게 쳐다보고 있었다. 그는 토피 위에 덮어쓴 방수용 천을 한 손으로 잡고 다른 손으로는 자신에게 꾸벅 인사를 하고 뭔가를 내밀고 있는 두 명의 인도인들을 뿌리쳤다. 래커스틴 부인은 인력거에서 빠져나와 빗속에서 초조하게 역장을 불렀다.

「역장!」

「네, 부인!」

「저 기차는 어디 행이죠?」

「만달레이행 기차입니다, 부인.」

「만달레이행 기차! 그럴 수 없어!」

「하지만 부인! 분명히 만달레이행 기차입니다.」 그는 그들 앞으로 걸어와 토피를 벗었다.

「하지만 베랄 씨…… 헌병 장교! 그분은 타지 않았겠지요?」

「부인, 그분은 떠났습니다.」 그는 비와 수증기로 범벅이 된 구름 속에서 빠르게 빠져나가는 기차를 향해 손을 흔들었다.

「아직 시간이 남아 있잖아요?」

「예, 부인. 10분이나 남았습니다.」

「그런데 왜 떠났지요?」

역장이 죄송스럽다는 듯이 토피를 옆으로 흔들었다. 그의 검고 통통한 얼굴은 어찌할 바를 모르는 모습이었다.

「알고 있습니다, 부인, 알고 있습니다! 전례 없는 일이지요! 하지만 젊은 헌병 장교께서 저에게 기차를 출발시키라고 명령했습니다! 그는 준비가 다 되었으며 기다릴 필요가 없다고 말했습니다. 규칙을 설명했지만 규칙 따위는 신경 쓰지 않는다고 하시더군요. 다시 한 번 말했지만 고집을 피웠습니다. 그래서 그만…….」

그는 또 다른 의미의 몸짓을 했다. 베랄은 기차를 10분 정도 빨리 출발시키는 정도의 문제쯤은 자기 마음대로 할 수 있는, 그런 위치에 있는 사람이라는 뜻이었다. 침묵이 흘렀다. 기회를 잡았다고 생각한 두 명의 인도인이 갑자기 앞으로 돌진해 애처로운 소리를 내면서 래커스틴 부인 앞에 더러운 공책을 내밀었다.

「저 사람들은 무엇을 원하는 거지요?」 래커스틴 부인이 혼란스럽다는 듯 외쳤다.

「잔디 깎는 인부들입니다, 부인. 베랄 중위가 저들에게 많은 빚을 지고 떠나 버렸습니다. 한 명은 건초를, 다른 사람은 옥수수를 받을 게 있답니다. 내가 관여할 문제 아니지요.」

멀리서 기적 소리가 들려왔다. 기차는 어깨 위로 기어오르는 꼬리가 검은 벌레처럼 미친 듯이 꿈틀거리며 나아가더니 마침내 시야에서 사라졌다. 역장의 젖은 흰 바지가 다리에 착 달라붙어 초라하게 보였다. 베랄이 엘리자베스를 피하기 위해 기차를 일찍 출발시켰는지, 아니면 잔디 깎는 인부들을 따돌리기 위해 그랬는지 그것은 결코 알 수 없는 수수께끼였다.

그들은 오던 길을 따라 돌아갔다. 바람이 심하게 불어 몇 발짝 뒤로 물러나기도 하면서 언덕 위를 힘겹게 올라갔다. 그들은 숨을 가쁘게 몰아쉬면서 베란다 난간을 잡았다. 엘리자베스는 하인에게 비에 흠뻑 젖은 레인코트를 건네주고 머리카락에서 빗물을 털어 냈다. 래커스틴 부인은 역을 빠져나온 이후 처음으로 침묵을 깼다.

「그래, 모든 무례 중에…… 가장 구역질 나는……!」

얼굴에 비바람을 세차게 맞은 엘리자베스는 창백하고 힘이 없어 보였다. 그리고 무표정했다.

「어쩌면 우리에게 작별 인사를 하기 위해 기다렸는지도 모르겠어요.」 그녀가 냉담하게 말했다.

「애야, 내 말 좀 들어 보렴. 그를 잊어버려! ……내가 처음부터 말했듯이 정말 혐오스러운 젊은이야!」

얼마 후 아침을 먹고 목욕을 하고 옷을 갈아입은 후 기분이 조금 나아졌을 때, 래커스틴 부인이 말했다.

「오늘이 무슨 요일이지?」

「토요일이에요, 숙모.」

「아, 토요일. 그러면 친애하는 신부님이 오늘 저녁에 오시겠군. 내일 예배에 얼마나 많은 사람들이 참석하겠니? 모든 사람들이 다 모이겠지! 참 잘됐구나! 플로리도 참석하겠지. 내일 정글에서 돌아온다고 한 게 생각나는구나.」 그녀는 애정 어린 투로 말했다. 「친애하는 플로리 씨!」

24

저녁 6시가 거의 다 된 시각, 늙은 마투가 밧줄을 잡아당기자 2미터 높이의 교회 첨탑에 매달려 있는 우스꽝스러운 종이 땡그랑땡그랑 하며 울려 퍼졌다. 서산에 지는 태양의 햇살은 저 멀리 있는 폭풍우에 굴절되어 아름다운 붉은빛으로 광장을 뒤덮었다. 아침 일찍 비가 내렸고, 비는 또 올 것이다. 카우크타다의 기독교인 구역에 살고 있는 열다섯 명 정도의 사람들이 저녁 예배를 드리기 위해 교회 문 앞에 모여들었다.

플로리는 일찍 도착해 있었고 맥그리거 씨는 회색 토피를 쓰고 있었으며, 프랜시스 씨와 새뮤얼 씨 — 6주마다 한 번 거행되는 예배는 그들의 일상에서 중요한 행사였다 — 는 깨끗하게 다려 입은 훈련복을 서로 만지면서 장난을 치고 있었다. 머리카락은 회색이며 얼굴은 희고 코안경을 쓴, 세련되고 키가 큰 신부는 맥그리거 씨 집에 맡겨 놓았던 검은 사제복과 중백의(中白衣)를 입고 교회 계단에 서 있었다. 그는 온화한 미소를 머금고 있었지만, 그에게 공손하게 인사하러 온 뺨이 핑크 빛인 카렌족 신자 네 명에게는 다소 난처한 기색을 보였다. 왜냐하면 그들의 말을 한마디도 모르며, 그들

역시 영어를 모르기 때문이었다. 또 다른 동양인 신자도 있었는데, 뒤쪽에 공손히 선 그는 무슨 종족인지 애매해 보이는 검은 피부의 인도인이었다. 그는 예배에 항상 참석하지만 이름이 무엇인지, 어떻게 해서 기독교인이 되었는지 아무도 몰랐다. 어른이 되어 기독교로 개종한 인도인들 대부분은 기독교를 다시 버리기 마련이니, 분명히 그는 아주 어릴 때 선교사들에게 붙잡혀 세례를 받았을 것이다.

플로리는 라일락색 드레스를 입고 숙모와 삼촌과 함께 언덕을 내려오는 엘리자베스를 보았다. 그는 그날 아침 클럽에서 그녀를 보았다 — 그들은 다른 사람이 도착하기 전에 단 1분 정도 단둘이 있을 수 있었다. 그는 그녀에게 한 가지만을 물었다.

「베랄은 떠났나요? ……영원히?」

「예.」

더 이상 말할 필요가 없었다. 그는 그녀의 팔을 잡고 끌어당겼다. 그녀는 순순히, 아니 심지어 기쁘다는 듯이 다가왔다 — 밝은 햇빛이 무자비하게도 그의 흉측한 얼굴을 비추고 있었다. 그 순간 그녀는 어린아이처럼 그에게 안겼다. 마치 그가 어떤 위험으로부터 그녀를 구조해서 보호하고 있는 것처럼 보였다. 그는 그녀의 얼굴을 들어 올려 키스를 했다. 그리고 놀랍게도 그녀가 울고 있는 것을 알았다. 대화를 나눌 시간은커녕 〈나와 결혼해 주겠어요?〉라고 말할 시간도 없었다. 하지만 아무런 문제도 없을 것이다. 예배가 끝나면 시간이 많을 것이다. 아마 신부는 다음 방문 때, 지금부터 6주 후에 그들의 결혼식 주례를 할 것이다.

엘리스, 웨스트필드 그리고 새로 부임한 헌병 장교가 클럽에서 교회로 오고 있었다. 그들은 지루한 예배 시간을 견디기 위해 클럽에서 간단히 한 잔씩 했다. 맥스웰의 후임으로 온 산림 관리인이 그들을 따라 들어왔다. 그는 양쪽 귀 앞에 떗장처럼 난 구레나룻을 제외하곤 완전히 대머리인, 혈색이 좋지 못하고 키가 큰 사람이었다. 플로리는 엘리자베스에게 〈안녕하세요〉라는 인사 정도밖에 할 시간이 없었다. 모든 사람들이 참석한 것을 본 마투는 종 치는 것을 멈추었고 신부가 교회 안으로 들어갔다. 그 뒤로 토피를 벗어 배에 공손히 갖다 댄 맥그리거 씨와 래커스틴 부부, 원주민 기독교인 등이 뒤따랐다. 엘리스는 술에 취해 플로리의 팔꿈치를 찌르면서 귀에 대고 속삭였다.

「이리 와서 줄 서. 회개하는 체하며 들어가야 해. 빨리 들어가자!」

그와 헌병 장교는 서로 어깨동무를 하고 경쾌한 발걸음으로 다른 사람들의 뒤를 따라 교회 안으로 들어갔다. 그들이 안으로 들어갈 때까지 헌병 장교는 삐 춤을 추는 시늉을 하면서 몸을 까딱거렸다. 플로리는 이들과 같은 좌석에 앉았다. 오른쪽 통로 옆에 엘리자베스가 앉아 있었다. 그가 모반을 그녀 쪽으로 향하게 한 것은 이번이 처음이었다. 「눈을 감고 스물다섯까지 세어 봐.」 그들이 앉을 때 엘리스가 킬킬거리는 헌병 장교에게 속삭였다. 래커스틴 부인은 책상 크기 정도의 오르간 앞에 앉아 있었다. 마투는 문 옆에 자리를 잡고 천장의 큰 부채 줄을 잡아당기고 있었다. 부채는 유럽인들이 앉아 있는 앞줄 좌석 위에서만 펄럭거리도록 설치되어 있었다. 플로가 통로로 요란스럽게 뛰어오더니 플로리를 발견하고 그밑에 쭈그리고 앉았다. 이윽고 예배가 시작되었다.

플로리는 교회에 가끔 갔을 뿐이었다. 그는 일어서고, 무릎 꿇고, 지루한 기도 끝에 〈아멘〉이라고 중얼거리고, 엘리스가 찬송가집을 손에 쥔 채 그의 옆구리를 쿡 찌르며 작은 목소리로 욕을 했다는 것만을 어렴풋이 인식하고 있었다. 그는 너무 기뻐 정신을 차릴 수 없었다. 저승이 에우리디케[62]를 놓아주고 있는 중이었다. 열린 문 사이로 노란빛이 들어와 맥그리거 씨의 실크 코트를 황금빛으로 물들였다. 통로 건너편에 앉아 있는 엘리자베스와의 거리가 너무 가까워 그녀의 드레스가 바스락거리는 소리까지 다 들릴 정도였다. 육체의 따스함까지도 느껴지는 듯했다. 그러나 다른 사람들이 눈치챌까 싶어 한 번도 그녀를 쳐다보지 않았다. 래커스틴 부인이 한 개만 작동되는 페달로 힘겹게 공기를 주입시키자, 오르간이 기관지염이라도 걸린 듯 떨리는 음을 냈다. 노래는 이상하고 귀에 거슬리는 소음 같았다. 맥그리거 씨는 큰 소리로 성실히 노래를 불렀지만 다른 백인들은 부끄러워 모깃소리만 내고 있었고, 뒤쪽에서는 말없이 웅얼거리는 소리만 들렸다. 카렌족 기독교인들은 곡조는 알고 있지만 가사를 모르기 때문이었다.

그들은 다시 무릎을 꿇었다. 「정말 지독한 무릎 훈련이야.」 엘리스가 속삭였다. 실내는 어두웠고 비는 지붕을 약하게 때리고 있었다. 바깥의 나뭇가지가 흔들거려 노란 잎들이 창문 옆으로 회오리쳐 날아갔다. 플로리는 손가락 사이로 흩날리는 잎들을 보았다. 20년 전 겨울 고국에서의 어느 일요일, 그는 교구 교회의 신도석에 앉아 노란 잎들이 지금과 마찬가지로 잿빛 하늘을 향해 흩날리는 것을 지켜보았었다. 더러운 세월이 그를 결코 때 묻게 하지 않았던 시절처럼 다시 한 번 시작하는 것은 이제 불가능할까? 그는 머리를 숙이고 얼룩덜룩한 여린 두 손에 얼굴을 파묻은 채, 무릎을 꿇고 기도하는

---

62 그리스 신화에 나오는 오르페우스의 아내. 죽어서 저승에 간 그녀를 오르페우스가 음악으로 명부의 신 하데스를 감동시켜 데려온다. 그러나 저승에서 빠져나오는 도중 오르페우스가 뒤를 돌아보는 바람에 그녀는 다시 저승으로 돌아간다.

엘리자베스를 몰래 쳐다보았다. 그들이 결혼할 때라면, 그들이 결혼할 때라면! 낯설지만 친절한 땅인 이곳에서 함께 산다면 얼마나 행복하겠는가! 그는 자신이 일터에서 피곤에 지쳐 캠프로 돌아오면 엘리자베스가 그를 맞이하고 코 슬라가 맥주 한 병을 들고 텐트에서 달려 나오는 모습을 떠올렸다. 그는 그녀가 자신과 함께 보리수나무에 앉아 있는 코뿔새를 보고 이름 없는 꽃을 꺾으면서 숲 속을 걷는 모습을 보았고, 방목지에서 도요새와 쇠오리를 쫓으면서 차가운 안개를 밟는 모습을 보았다. 그녀가 그의 집을 단장하는 모습도 보았다. 그의 거실이 더 이상 초라한 노총각이 사는 그런 방이 아닌, 랑군에서 새로 산 가구와 테이블에 놓인 장미꽃 봉오리처럼 붉은 향나무로 만든 수반, 책, 수채화, 검은 피아노 등으로 장식된 화려한 방으로 변한 모습을 보았다. 무엇보다 먼저 피아노였다! 피아노 — 아마 음악을 잘 모르는 그에게 피아노는 문명화되고 안정된 삶을 상징하기 때문일 것이다. 그는 지난 10년간의 저질스러운 생활에서 구출되었다 — 방탕, 거짓말, 이주와 고독의 고통, 매춘부들과의 거래와 돈놀이꾼들, 푸카 사히브 등이 그의 머릿속에서 계속 맴돌았다.

신부가 설교단으로도 사용되는 조그마한 나무로 만든 책상 앞으로 걸어 나와 두루마리로 된 설교지의 고무줄을 풀고 기침을 한 뒤 글을 읽어 나갔다.「성부, 성자, 성령의 이름으로, 아멘.」

「제발 짧게 해.」엘리스가 중얼거렸다.

플로리는 시간이 얼마나 흘렀는지 알지 못했다. 설교는 웅성웅성하는 것처럼 아무 생각 없이 그의 머릿속으로 고요히 흘러 들어갔다. 그들이 결혼할 때, 그는 계속 생각했다, 그들이 결혼할 때……. 그때였다.

「아, 무슨 일이죠?」

신부는 설교를 갑자기 멈추었다. 그는 문간에 서 있는 어떤 사람을 보더니 코안경을 벗어 흔들면서 난처한 표정을 지었다. 귀에 거슬리는 째지는 소리가 들려왔다.

「빠잇상 뻬 라잇! 빠잇상 뻬 라잇!」

모든 사람들이 좌석에서 일어나 뒤를 돌아다보았다. 마 흘라 메이였다. 그들이 고개를 돌리자 그녀는 예배당으로 들어오더니 막아서는 마투를 옆으로 격하게 밀었다. 그러고는 플로리에게 주먹을 쥐고 흔들어 보였다.

「빠잇상 뻬 라잇! 빠잇상 뻬 라잇! 예, 플로리, 플로리에게 볼일이 있어 왔어요 — 플로리, 플로리 말예요(그녀는 뽀를리라고 발음했다)! 저기 앞에 앉아 있는 머리카락이 검은 저 사람이에요! 고개를 돌려 나를 좀 봐, 이 겁쟁이야! 나에게 준다고 한 돈은 어디 있어?」

그녀는 미친 사람처럼 소리를 질러 댔다. 사람들은 너무 놀라 입을 벌려 멍하니 바라볼 뿐 몸을 움직이거나 말을 할 수 없었다. 그녀의 얼굴은 파우더를 덕지덕지 칠해 회색빛이 되어 있었고 기름칠을 한 머리카락이 아래로 출렁거렸으며, 롱지 아랫부분은 누더기처럼 보였다. 그녀는 저잣거리에서 고래고래 소리치는 노파 같았다. 플로리는 창자가 얼어붙는 것 같았다. 오 이런, 제기랄! 사람들이 — 엘리자베스가 — 저 여자가 내 정부였다는 것을 눈치채면 어쩌지? 그러나 이젠 희망이 없었다. 털끝만큼도 달리 생각할 가능성은 없었다. 그녀는 계속해서 플로리의 이름을 외쳤다. 플로는 귀에 익은 목소리를 듣고 좌석 아래에서 꿈틀거리며 나와 통로를 따라 걸어가 마 흘라 메이 앞에 서서 꼬리를 흔들었다. 이 불쌍한 여자는 플로리가 그녀에게 했던 짓을 큰 소리로 낱낱이 외치기 시작했다.

「나를 좀 보세요, 백인 나리들! 그리고 여자 분들도 나를 좀 보세요! 저 사람이 나를 어떻게 파멸시켰는지 보세요! 내가 걸치고 있는 이 추한 누더기 좀 보세요! 그리고 저 겁쟁이, 거짓말쟁이가 나를 못 본 체하면서 앉아 있는 꼴을 좀 보세요! 저이는 자기 집 문 앞에서 나를 똥개처럼 굶어 죽이려고 했어요. 아, 나는 당신에게 창피를 주고 말 거예요! 고개를 돌려 나를 좀 봐요! 당신이 수천 번이나 키스한 이 몸을 보세요! 보세요 — 보란 말이에요!」

그녀는 자기 옷을 찢기 시작했다 — 그것은 천한 버마 여인들이 마지막으로 보이는 추태였다. 래커스틴 부인이 깜짝 놀라 몸을 움직이자 오르간이 삐걱하고 소리를 냈다. 마침내 사람들이 정신을 차리고 술렁거리기 시작했다. 지루한 설교만 늘어놓던 신부가 목소리를 가다듬었다. 「저 여자를 밖으로 끌어내시오!」 그가 날카롭게 소리쳤다.

플로리의 얼굴은 유령처럼 일그러져 있었다. 순간적으로 그는 고개를 딴 데로 돌리고는 입을 굳게 다물고 절망에 찬 표정으로 무관심하게 굴었다. 그러나 아무 소용 없었다. 그의 얼굴은 창백하다 못해 누렇게 변했고 식은땀이 이마에서 흘러내렸다. 프랜시스와 새뮤얼이 아마 그들의 생애에서 처음으로 유익한 행동을 보여 준 순간이었다. 그들은 자리에서 벌떡 일어나 마 홀라 메이의 팔을 잡고 밖으로 끌어냈다. 끌려가면서도 그녀는 계속해서 소리를 질렀다.

그들이 그녀를 끌고 가 더 이상 아무런 소리도 들리지 않자 교회 안은 다시 침묵이 흘렀다. 너무 격렬하고 비참한 장면을 목격한 뒤라 모든 사람들의 기분이 침통해 있었다. 엘리스조차 기분이 영 말이 아닌 것 같았다. 플로리는 아무 말도 못하고 꼼짝없이 그저 제단만 바라보고 있었다. 그의 얼굴색이 핏기 하나 없이 경직되어 있어 모반은 마치 푸른색 페인트를 칠한 것처럼 빛났다. 엘리자베스는 통로 건너편에 있는 그를 힐끗 쳐다보고 혐오감에 온몸을 부르르 떨었다. 그녀는 마 흘라 메이가 한 말을 전혀 알아듣지 못했지만 풍기는 분위기로 봐서 무슨 일인지 확실히 알아차릴 수 있었다. 그가 회색 얼굴을 한 저 미친 여자의 애인이었다고 생각하니 갑자기 뼛속까지 부들부들 떨렸다. 하지만 그보다 더 싫은 것은 이 순간 그의 추한 모습이었다. 그의 얼굴을 보자치가 떨렸다. 플로리의 얼굴은 너무나 흉측하고 경직되고 늙어 보여 마치 해골 같았다. 모반만이 그의 얼굴에서 살아 꿈틀거리는 것처럼 보였다. 이제 그녀는 그의 모반 때문에 그가 싫었다. 이 순간까지는 그의 모반이 얼마나 수치스러우며 얼마나 참기 어려운 것인지 결코 몰랐다.

두말할 필요도 없이, 이번 일은 우 포 킨의 소행이었다. 그는 악어처럼 플로리의 약점을 물고 늘어졌다. 여느 때처럼 기회를 노리고 있다가 마 흘라 메이에게 이런 행동을 하도록 비밀리에 사주한 것이었다. 신부는 서둘러 설교를 끝냈다. 설교가 끝나자마자 플로리는 어느 누구도 볼 수 없도록 급히 밖으로 나갔다. 다행히 밖은 어두워지고 있었다. 그는 교회에서 50미터쯤 가다가 멈추어 다른 사람들이 짝을 지어 클럽으로 들어가는 것을 지켜보았다. 그들은 서두르는 것 같았다. 아, 물론 그들은 그럴 것이다. 오늘 밤 클럽에서 뭔가를 이야기할 것이다! 플로는 같이 놀자고 발목에 배를 비벼 댔다. 「저리 꺼져, 이 더러운 새끼!」 그는 개를 걷어차면서 말했다. 엘리자베스는 교회 문 앞에 서 있었다. 맥그리거 씨가 좋은 기회다 싶어 신부에게 그녀를 소개하는 것 같았다. 신부는 그날 밤 맥그리거 씨의 집에서 묵을 예정이라, 곧이어 두 사람은 맥그리거 씨의 집 방향으로 걸어갔다. 엘리자베스는 30미터쯤 뒤에서 다른 사람들을 따라가고 있었다. 플로리는 거의 클럽 문까지 그녀를 뒤쫓아 따라갔다.

「엘리자베스!」

그녀는 주위를 두리번거리더니 그를 보자마자 하얗게 질려 한마디 말도 없이 급히 안으로 들어가려고 했다. 그러나 플로리는 너무 초조한 나머지 그녀의 손목을 잡았다.

「엘리자베스! 나는…… 나는 당신에게 할 말이 있어요!」

「가게 해주세요, 제발!」

그들은 옥신각신하다가 돌연 멈추어 섰다. 교회에서 나오던 두 명의 카렌족이 50미터쯤 떨어진, 어슴푸레한 어둠 속에 서서 그들을 바라보고 있었던 것이다. 플로리는 낮은 목소리로 다시 말했다.

「엘리자베스, 이렇게 당신을 막아설 권리는 없지만 할 말이 있어요. 꼭 해야 해요! 제발 내 말 좀 들어 줘요. 제발 나에게서 도망치지 마요!」

「무슨 짓이에요? 왜 팔을 잡는 거예요? 어서 가게 해주세요!」

「가게 해주겠어요 — 하지만 내 말 좀 들어 줘요, 제발! 하나만 대답해 줘요. 나를 용서해 줄 수 있나요?」

「당신을 용서하라니요? 무슨 말이죠? 당신을 용서하라고요?」

「나도 나 자신이 수치스러워요. 그것은 가장 비열한 짓이었지요! 하지만, 어떤 면에서 그건 내 잘못이 아니에요. 당신이 보다 침착하게 생각해 보면 알 거예요. 지금은 아니더라도……. 너무 비참하군요. 나중에라도 그것을 잊을 수 없겠나요?」

「지금 무슨 말씀을 하시는지 정말 모르겠군요. 잊으라니요? 그게 나와 무슨 상관이 있지요? 매우 비참한 일이 있었던 것 같지만 내 일은 아니에요. 왜 이런 식으로 묻는지 모르겠군요.」

이 말에 플로리는 절망했다. 그녀의 목소리와 말투는 그들이 처음 말다툼하고 난 후와 똑같았다. 다시 한 번 똑같은 상황이 벌어진 것이었다. 그녀는 그의 말은 들어 보지도 않고 그를 피하고 따돌리려 했다 — 자기에게 이런 무례한 행동을 해서는 안 된다는 것을 내비치면서 싸늘하게 거절한 것이었다.

「엘리자베스! 제발 내 말에 대답 좀 해줘요. 제발 제대로 나를 봐줘요! 이번에는 정말 중요해요. 당신이 나한테 즉시 돌아오리라고는 기대하지 않아요. 내가 이렇게 공개적으로 수모를 당했는데, 그럴 수 없겠지요. 하지만 나에게 약속했잖아요, 결혼해 주겠다고…….」

「뭐라고요! 당신과 결혼하겠다고 약속을? 제가 언제 그런 약속을 했어요?」

「말로는 안 했지만, 우리는 서로 그렇게 느끼지 않았나요?」

「우리 사이에 양해된 것은 아무것도 없어요. 당신 행동이 너무나 불쾌해요. 즉시 클럽으로 들어가겠어요. 잘 가세요!」

「엘리자베스! 엘리자베스! 들어 봐요. 내 말도 듣지 않고 나를 욕하는 건 부당해요. 당신은 전에 내가 어떻게 살았는지 알고 있지요. 또 당신을 만난 후 내가 얼마나 다르게 변했는지도 잘 알고 있겠지요. 오늘 저녁에 일어난 일은 단지 사고일 뿐이에요. 그 비참한 여자는 한때 나의…… 그러니까…….」

「듣지 않겠어요, 그런 얘기라면 듣지 않겠어요! 이만 가보겠어요!」

그는 다시 그녀의 손목을 잡아 움직이지 못하게 했다. 다행히 카렌족은 사라졌다.

「아니, 아니, 내 말을 들어야 해요! 우리 관계가 어정쩡하게 유지될 바에야 차라리 당신에게 강요해야겠어요. 그런 관계는 이미 몇 주, 아니 몇 달 동안 지속됐어요. 그리고 지금까지 한 번도 당신과 직접 이야기할 수 없었죠. 당신은 내가 얼마나 고통스러운지 알지 못하고 또 알려고도 하지 않고 있어요. 그러나 이번만은 대답해야 해요.」

그녀는 그의 꽉 잡은 손으로부터 벗어나려고 몸부림쳤다. 그녀는 무척 힘이 셌다. 그리고 어느 때보다도, 아니 상상할 수 있는 것 이상으로 화나 있었다. 그가 너무나 싫어, 만약 손이 자유롭다면 한 대 갈겨 주고 싶을 정도였다.

「가게 해주세요! 이 무례한 사람 같으니라고. 야만인! 가게 해달란 말이에요!」

「제발, 제발, 이렇게 싸워야만 한다니! 그러나 내가 달리 무얼 할 수 있겠어요? 내 말을 듣지 않으면 보내지 않겠어요. 엘리자베스, 내 말을 들어야 해요!」

「듣지 않겠어요! 당신과 말하기 싫어요! 무슨 권리로 나한테 이러는 거예요? 가게 해주세요!」

「용서해요, 용서해요! 지금은 아니더라도 이번 불미스러운 일이 잊히면 나중에라도 나와 결혼해 주겠어요? 이게 내 질문이에요.」

「아니오, 절대로, 절대로 아니에요!」

「그렇게 말하지 마요! 마지막이라고 말하지 마요. 원한다면 지금 말 안 해도 좋아요 — 한 달 후, 1년 후, 5년 후⋯⋯.」

「내가 아니라고 말하지 않았나요? 왜 자꾸 강요하세요?」

「엘리자베스, 내 말 좀 들어 봐요. 당신도 느꼈음이 분명한 바로 그 생각을 당신에게 말하려고 여러 번 시도했었어요 — 오, 그것에 대해 이야기하는 건 이제 소용없군요! 하지만 이해하도록 해봐요. 이곳 생활에 대해 당신에게 이야기하지 않았나요! 일종의 끔찍한 생중사(生中死)[63] 말이에요! 부패, 외

---

63 삶 속에 죽음이 있다는 뜻으로, 현재 삶의 절망적인 상태를 일컫는 표현.

로움, 자기 연민! 그것이 무얼 의미하는지 깨닫도록 해봐요. 그러면 그것으로부터 나를 구할 수 있는 지구 상에서 유일한 사람이 당신이라는 걸 알게 될 거예요.」

「가게 해주세요! 왜 이런 끔찍한 짓을 하세요?」

「내가 당신을 사랑한다는 말이 당신에게는 아무런 의미도 없었나요? 내가 당신에게 원하는 것이 무엇인지 당신이 알고 있다고는 생각하지 않아요. 원한다면 결혼해서도 당신을 절대 만지지 않겠어요. 당신이 나와 같이 있는 한, 어떻게 해도 좋아요. 그러나 나 혼자서는 살아 나갈 수 없어요. 정말로 나를 용서해 줄 수 없겠어요?」

「절대로, 절대로 아니에요! 당신이 이 지구 상의 마지막 남자라 해도 당신과는 절대 결혼하지 않겠어요. 그럴 바에야 차라리 청소부하고 결혼하겠어요!」

그녀는 울기 시작했다. 그는 그녀의 말이 진심이라고 생각했다. 그의 눈에 눈물이 고였다. 그가 다시 말했다.

「마지막으로, 이 세상에서 당신을 죽도록 사랑하는 사람이 있다는 것이 행운이라는 것만 알아줘요. 모든 면에서 나보다 더 부자이고 더 젊고 더 나은 사람을 찾는다 하더라도 나만큼 당신을 사랑하는 사람은 결코 찾지 못할 거예요. 그리고 나는 부자는 아니지만 적어도 당신에게 가정을 만들어 줄 수는 있어요. 나름대로의 삶의 방식이 있단 말이에요 — 문명화되고 품위 있는……」

「더 할 말이 있나요?」 그녀는 차분하게 말했다.「제발, 누가 오기 전에 가게 해주시겠어요?」

그는 잡고 있던 그녀의 손목을 느슨하게 놓았다. 그녀를 잃은 것이다. 고통스럽게도, 그는 그가 상상했던 그들의 집을 보는 환상에 다시 한 번 사로잡혔다. 그들의 정원을 보았고, 황록색 플록스가 엘리자베스의 어깨만큼 자란 마당에서 그녀가 싸움닭 네로와 비둘기에게 먹이를 주는 모습을 보았고, 벽에 수채화가 걸려 있고 자기로 만든 화분에 심은 향나무가 테이블에 반사되고 책장과 검은 피아노가 놓여 있는 거실의 모습을 보았다. 이 뜻밖의 사건이 망쳐 놓기 전의 모든 것을 상징하는, 믿을 수 없을 만큼 신비스러운 피아노!

「당신은 피아노를 가져야 해요.」 그가 절망적으로 말했다.

「전 피아노를 칠 줄 몰라요.」

그는 그녀를 놓아주었다. 계속해 봐야 아무 소용이 없었다. 그에게서 빠져나오자마자 그녀는 부랴부랴 클럽 정원으로 뛰어갔다. 그와 함께 있는 것조차 치가 떨렸다. 그녀는 나무 밑에서 걸음을 멈추고 안경을 벗은 뒤 얼굴에 묻은 눈물을 닦아 냈다. 오, 짐승, 짐승 같으니라고! 손목이 너무 아팠다. 오, 짐승, 짐승! 가증스럽게도 그는 그녀의 손목을 강제로 쥐고 있었다. 오, 얼마나 무자비한 짐승인가! 교회에서 보았던, 흉측한 모반이 있는 누렇고 번쩍거리는 그의 얼굴을 떠올리자 그가 죽어 버렸으면 하는 마음이 들 정도였다. 사실 그녀를 소스라치게 놀라게 만든 것은 그가 행한 짓이 아니었다. 추악한 짓을 천 번을 해도 그녀는 그를 용서해 주었을 것이다. 그러나 그 수치스러운 사건이 일어난 순간 그의 흉측한 얼굴에 나타난 추악함을 보고 난 뒤에는 그렇게 할 수 없었다. 결국 플로리를 파멸시킨 것은 그의 모반이었다.

숙모는 그녀가 플로리의 청혼을 거절했다는 말을 듣고 화를 낼 것이다. 삼촌의 유혹도 기다리고 있다. 그 두 가지 문제를 생각해 볼 때, 그녀가 이곳에 더 머문다는 것은 불가능했다. 아마 결혼을 하지 못하고 그대로 고국으로 가야 할 것이다. 바퀴벌레! 문제없다. 어떤 것이라도 — 플로리와 결혼하느니 차라리 독신, 힘든 생활, 그 무엇이라도 — 문제없다. 그렇게 더러운 사람에게는 결코, 결코 굴복하지 않을 것이다! 파멸은 빨리, 엄청나게 빠르게 온다. 1시간 전만 하더라도 그녀는 물질적 이유 때문에 결혼을 생각했었지만 이제 그런 생각은 다 없어졌다. 베랄에게 차인 후 플로리와 결혼하는 것이 자신의 체면을 살려 줄 수 있을 거라고 생각했던 것은 이제 기억조차 나지 않았다. 그녀는 더 이상 그를 인간으로 생각하지 않았으며 나병 환자나 미친 사람을 싫어하는 만큼이나 그를 증오했다. 본성은 이성이나 심지어 이기주의보다 무서운 것이다. 그녀는 숨쉬기를 멈출 수 없는 것과 마찬가지로 본성을 거스를 수 없었다.

언덕으로 몸을 돌린 플로리는 뛰진 않았지만 될 수 있는 대로 빨리 걸었다. 그가 결심한, 해야만 하는 일을 빨리 해야 했다. 날이 어두워 가고 있었다. 어떤 일이 일어났는지도 모르는 불쌍한 플로가 그의 뒤꿈치에 바싹 붙어 따라왔다. 그는 플로리에게 걷어차여 화났다는 듯 측은한 모습으로 낑낑거리고 있었다. 그가 집 앞 좁은 길에 당도하자 불어온 바람에 너덜너덜 찢긴 바나나 잎이 나무 사이로 흔들리며 축축한 냄새를 풍겼다. 다시 비가 올 모양이었다. 코 슬라는 저녁 식사를 차리고 석유램프에 부딪혀 죽은 곤충을 주워 버리고 있었다. 아직 교회에서 일어난 일을 듣지 못한 것이 분명했다.

「멋진 식사가 준비되어 있습니다. 지금 드시겠습니까?」

「아니, 아직 안 먹겠어. 그 램프 좀 줘.」

그는 램프를 들고 침실로 들어가 문을 닫았다. 먼지와 담배 냄새가 났다. 그는 희미하게 너울거리는 불빛 속에서 곰팡이가 핀 책과 벽을 기어 다니는 도마뱀을 볼 수 있었다. 그래, 그는 다시 이곳 — 오래되고 비밀스러운 삶 — 으로 돌아왔다. 모든 것이 끝장난 뒤, 예전에 속했던 곳으로 말이다.

이러한 생활을 참을 수 있지 않을까? 예전에도 잘 참아 왔다. 외로움을 달래 주는 것들이 있다 — 책, 꽃밭, 술, 일,

매춘부, 사냥, 의사와의 대화.

아니다, 이제 이런 것들은 더 이상 도움이 되지 못한다. 그의 몸속에서 이미 죽었다고 생각했던, 고통을 감내하는 힘, 무엇보다 희망의 힘이 엘리자베스가 온 이후 새롭게 솟아올랐었다. 그런데 이제는 그가 살아왔던, 그럭저럭 지낼 만한 정도의 무기력도 사라졌다. 그러므로 지금 고통을 당한다면 앞으로는 극복할 수 없을 만큼 최악의 나날이 될 것이다. 얼마 후에 그녀는 다른 사람과 결혼할 것이다. 어떻게 상상할 수 있을까 — 그가 그 소식을 듣는 순간을! 〈래커스틴의 조카딸이 마침내 애인이 생겼다는 소식을 들었습니까? 불쌍한 늙은 아무개와 결혼한다면서요, 그 사람 복도 많군요!〉 그는 무심코 물을 것이다 — 〈오, 정말입니까? 날짜가 언제입니까?〉 — 얼굴이 굳은 채 무관심한 듯 말이다. 그녀의 결혼식 날이 다가오고 그녀의 첫날밤 — 아, 이게 아니야! 불결하다, 불결해. 그녀의 첫날밤이 눈에 자꾸 어른거린다. 불결하다. 그는 침대 아래에 있는 양철통을 당겨 자동 권총을 꺼냈다. 실탄이 들어 있는 클립을 탄창에 밀어 넣고 노리쇠를 잡아당겼다.

그는 유언장에 코 슬라의 이름도 써넣었다. 이제 플로만 남았다. 그는 권총을 테이블 위에 놓고 밖으로 나갔다. 타다 남은 장작을 그대로 내버려 둔 취사실 그늘 아래에서 코 슬라의 어린 아들 바 신이 플로와 놀고 있었다. 플로는 조그만 이빨을 드러내고 아이를 물려는 시늉을 하면서 그와 함께 춤을 추고 있었다. 타다 남은 장작 불빛에 반사되어 배가 붉게 보이는 소년은 다소 겁을 먹으면서도 웃으며 플로를 껴안고 있었다.

「플로! 이리 와, 플로!」

플로리의 목소리를 들은 플로는 고분고분 따라오더니 갑

자기 침실 문 앞에서 멈춰 섰다. 뭔가 나쁜 일이 일어나고 있음을 직감한 것 같았다. 플로는 약간 뒤로 물러나더니 침실로 들어가려 하지 않고 우두커니 그를 쳐다보고 있었다.

「이리 와!」

플로는 꼬리만 흔들 뿐 움직이지 않았다.

「이리 와, 플로! 착한 플로! 이리 와!」

플로는 갑자기 공포에 사로잡힌 듯 꼬리를 내리고 뒤로 주춤주춤하면서 애처롭게 울었다. 「이리 와, 안 그러면 때려 줄 테야!」 그는 소리치며 목줄을 잡아 방으로 끌어당긴 후 문을 닫았다. 그러고는 권총이 놓여 있는 테이블로 갔다.

「자, 이리 와! 시키는 대로 해!」

플로는 바닥에 엎드려 잘못했다고 낑낑거렸다. 그 소리를 들으니 플로리는 가슴이 아팠다. 「이리 와, 늙은 소녀! 사랑하는 늙은 플로! 주인은 너를 해치지 않아. 이리 와!」 플로는 그의 다리 쪽으로 천천히 기어오더니, 그를 쳐다보기가 겁난다는 듯 배를 바닥에 대고 낑낑거리며 엎드렸다. 플로가 1미터 정도까지 왔을 때 그는 총을 쏘았다. 총알은 플로의 두개골을 관통했다.

플로의 조각난 뇌가 붉은 비단처럼 보였다. 나도 이것처럼 보일까? 그렇다면 머리가 아니고 심장을 쏴야겠군. 그는 하인들이 비명을 지르며 뛰어오는 소리를 들었다 — 총소리를 들은 게 분명했다. 그는 급히 코트 단추를 풀고 총구를 셔츠에 갖다 댔다. 젤라틴처럼 반투명한 조그만 도마뱀 한 마리가 테이블 끝을 따라 살금살금 흰 나방을 쫓고 있었다. 플로리는 엄지손가락으로 방아쇠를 당겼다.

방에 뛰어 들어온 순간 코 슬라는 개의 시체만을 보았다. 그러나 곧 플로리의 다리와 발꿈치가 침대 너머로 튀어나와 위로 향해 있는 것이 보였다. 그가 사람들에게 아이들을 바깥으로 내보내라고 소리치자 모두 비명을 지르면서 파도처럼 문간 뒤로 물러났다. 코 슬라가 플로리의 몸 옆에 무릎을 꿇었고, 동시에 바 페가 베란다를 통해 뛰어왔다.

「스스로 목숨을 끊었나요?」

「그런 것 같아. 몸을 바로 눕혀. 아, 이봐! 인도 의사를 빨리 불러! 죽을힘을 다해 달려가!」

연필로 압지를 눌러 만든 정도의 구멍이 플로리의 셔츠에 선명하게 나 있었다. 그는 분명히 죽었다. 코 슬라는 혼자서 그를 침대 위로 겨우 끌어다 놓았다. 다른 하인들이 플로리를 만지고 싶어 하지 않기 때문이었다. 20분 만에 의사가 도착했다. 플로리가 다쳤다는 소리에 그는 자전거를 타고 전속력으로 빗속을 뚫고 언덕 위로 달려왔다. 그는 자전거를 꽃밭에 내팽개치고 베란다로 뛰어 들어갔다. 숨이 차올랐고, 빗물에 안경이 젖어서 앞을 제대로 볼 수 없었다. 그는 안경을 벗고 희미한 눈으로 침대를 보았다. 「무슨 일이에요, 내 친구?」 그는 다급하게 물었다. 「어디를 다쳤나요?」 그러고는 가까이 다가가 침대에 누워 있는 플로리의 모습을 보고 거친 숨소리를 토해 냈다.

「아, 대체 무슨 일이야? 이분에게 무슨 일이 일어났어?」

「스스로 목숨을 끊었습니다, 선생님.」

의사는 무릎을 꿇고 플로리의 셔츠를 찢어 열고 귀를 그의 가슴에 갖다 댔다. 얼굴이 경악스러운 표정으로 바뀌었다. 격렬하게 흔들면 살아나기라도 하는 것처럼, 그는 죽은 자의 어깨를 잡고 흔들었다. 한 팔이 침대 아래로 힘없이 늘어졌다. 의사는 그의 팔을 다시 집어 들어 두 손으로 쥐고 갑자기 울기 시작했다. 코 슬라는 갈색 얼굴을 완전히 굳힌 채 침대 발치에 서 있었다. 일어서긴 했지만 몸을 가눌 수 없어 침대 기둥을 잡고 기댄 의사는 코 슬라에게 등을 돌리고 기이할 만큼 큰 소리로 흐느껴 울었다. 그의 뚱뚱한 어깨가 떨고 있었다. 이윽고 정신을 차린 그는 주위를 다시 둘러보았다.

「어떻게 이런 일이 일어났지?」

「총소리를 두 번 들었습니다. 그분이 자기 몸에 직접 총을 쏜 게 분명합니다. 그 이유는 모르겠습니다.」

「그가 스스로 목숨을 끊었다는 걸 어떻게 알지? 사고가 아니라는 걸 어떻게 알아?」

코 슬라는 답변 대신 플로의 사체를 조용히 가리켰다. 의사는 잠시 생각하고는 익숙한 손길로 플로리의 몸을 천으로 감고 발과 머리 부분을 묶었다. 모반은 즉시 희미해지더니 이내 회색의 얼룩으로 변해 버렸다.

「개를 즉시 파묻게. 맥그리거 씨에게는 플로리가 총을 청소하다가 사고를 당했다고 이야기하겠네. 개를 묻는 걸 잊지 말게. 당신의 주인은 내 친구였어. 자살했다는 말이 그의 묘비에 쓰여서는 안 돼.」

25

신부가 카우크타다에 머물러 있어 다행이었다. 그는 다음
날 저녁 기차를 타기 전에 관행대로 장례식을 주관하고 죽은
자의 명복을 비는 연설을 해주었다. 모든 영국인들은 죽은
후 덕망이 생긴다. 〈사고사〉가 공식 사인이었으며(베라스와
미가 사후 검시한 결과, 사고사로 결론지었다) 당연히 묘비
에도 그렇게 썼다. 물론 모두가 그렇게 믿는 것은 아니었다.
플로리의 진짜 비문은 아주 가끔씩 언급되는 — 버마에서
죽은 영국인은 쉽게 잊힌다 — 다음과 같은 말이었다. 〈플로
리, 그래, 얼굴에 모반이 나 있는 우울한 친구. 1926년에 카
우크타다에서 자살했지. 여자 때문이라고 하던데, 정말 바보
같은 녀석이야.〉 아마 엘리자베스를 제외하고는 어느 누구도
이 사건에 크게 놀라지 않았을 것이다. 버마에 거주하는 유
럽인들에게는 자살 사건이 흔했으며, 그리 충격적인 일도 아
니었다.

플로리의 죽음은 몇 가지 변화를 낳았다. 우선 가장 커다란
변화는 스스로 예견했듯이 베라스와미가 파멸되었다. 백인의
친구라는 영광은 — 전에 그를 구해 주었다는 사실도 — 사

라졌다. 다른 유럽인들과 관계가 좋았던 것은 분명 아니었지만 플로리는 백인이었고, 따라서 그와의 우정은 베라스와미에게 확실한 특권을 주었었다. 그런 그가 죽었으니, 의사의 파멸은 불을 보듯 뻔했다. 우 포 킨은 적절한 시기만 엿보다가 과거 어느 때보다 강하게 그를 몰아붙였다. 석 달 만에 그는 카우크타다에 있는 모든 유럽인들의 머리에 의사가 잔악무도한 악당이라고 주입시켰다. 공개적인 비난은 전혀 없었다 — 우 포 킨은 이런 일에 매우 신중한 사람이었다. 엘리스조차 베라스와미가 어떤 일로 그렇게 비난을 받고 있는지도 확실히 모르면서, 그가 악당이라는 사실은 인정하고 있었다. 그에 대한 일반적 의혹은 점차 한마디의 버마어로 요약되었다 — 〈속 데스〉. 베라스와미는 나름대로 꽤 영리한 친구 — 원주민에게 친절한 의사 — 였지만 완전히 〈속 데〉가 되었다. 〈속 데〉라는 말은 〈신뢰할 수 없는〉이라는 뜻이며, 〈원주민〉 관리가 〈속 데〉로 알려지면 그는 파멸하고 만다.

높은 곳 어딘가에서 무섭게 고개가 끄떡여지고 윙크가 오간 뒤, 베라스와미는 보조 의사로 강등되어 만달레이 종합 병원으로 전근되었다. 현재 그는 거기에서 조용히 살고 있으며 이후에도 계속 거기에 남아 있을 것이다. 만달레이는 그에게 재미없는 도시 — 참을 수 없을 정도의 더위와 먼지바람이 부는 데다 P로 시작하는 다섯 가지의 주요 상품, 다시 말해 탑*pagodas*, 거지*pariahs*, 경찰관*pigs*, 신부*priests* 그리고 매춘부*prostitutes*가 많은 곳으로 유명한 — 였고 병원의 일상적인 일도 단조롭고 지겨웠다. 의사는 병원 구내 바로 바깥의 골함석 울타리가 쳐진, 조그마한 빵집처럼 생긴 목조 단층집에서 살았다. 병원에서 받는 봉급이 형편없어 저녁에는 개인 의원을 운영해야 했다. 그는 변호사들이 자주 다니는 한 이류 클럽에 가입했다. 이 클럽은 한 명의 유럽인이 회원으로 있다는 것을 자랑거리로 내세웠다. 그 유럽인은 술주정 때문에 이라와디 플로틸라 회사에서 해고되어 지금은 떠돌이처럼 되는대로 살아가는 글래스고 출신의 전기 기술자 맥두걸이라는 사람으로, 술과 자석 발전기 외에는 무엇에도 관심이 없는 얼간이였다. 그러나 백인은 바보가 될 수 없다고 굳게 믿는 의사는 여전히 소위 〈교양 있는 대화〉를 그와 나누려고 밤마다 시도했다. 물론 결과는 매우 불만족스러웠다.

코 슬라는 플로리의 유언에 따라 4백 루피를 받아 가족과 함께 시장에 찻집을 차렸다. 그러나 가게를 운영하는 두 아내가 걸핏하면 싸움을 해 가게는 곧 망하고 말았다. 결국 코 슬라와 바 페는 다시 하인 생활을 할 수밖에 없었다. 코 슬라는 능력 있는 하인이었다. 그는 사채업자를 잘 다뤘으며, 매춘부를 주인에게 바치고 술 취한 주인을 침대로 옮기고 다음 날 아침 날달걀 같은 숙취에 좋은 음식을 준비하는 데 아주 뛰어날 뿐 아니라, 바느질하고 말을 관리하고 옷을 다림질하고 잎과 염색한 곡물을 이용해 저녁 식사 테이블을 멋지게 장식하는 등 집안일을 꼼꼼히 챙길 수 있는 하인이었다. 그런 능력 덕분에 그는 한 달에 50루피는 받을 수 있었지만, 플로리의 집에서 생활할 때 생긴 게으른 습관으로 인해 새로 들어간 집에서 계속 해고되었다. 그들은 거의 1년 동안 가난하게 살았으며 어린 바 신은 감기에 걸려 어느 무더운 저녁에 죽고 말았다. 코 슬라는 끊임없는 잔소리를 늘어놓는 신경질적인 아내와 함께 랑군에 있는 쌀 중개업자의 조수 노릇을 했으며, 바 페도 같은 가게에서 한 달에 16루피를 받고 물장수를 했다. 마 홀라 메이는 만달레이에 있는 매음굴에서 일했다. 그녀의 괜찮은 외모도 다 시들어 단골손님들은 그녀에게 4아나 정도만 주었으며, 심지어는 가끔 발로 걷어차고 때리기까지 했다. 그러나 무엇보다 비참한 것은 플로리가 살아 있을 때 함께 보낸 좋은 시절을 떠올리며 그에게서 뜯어낸 돈을 한 푼도 저축하지 않은 것을 후회하고 있다는 점이었다.

우 포 킨은 한 가지를 제외하고 모든 꿈을 이루었다. 의사가 불명예스럽게 물러난 후, 엘리스의 강한 반대에도 불구하고 그는 클럽의 회원으로 선출되었다. 우 포 킨이 클럽에 엄청난 기부금을 냈기 때문에 엘리스를 제외한 유럽 사람들은 그가 선출된 것을 다소 기쁘게 생각할 정도였다. 회원으로 선출된 후, 그는 클럽을 자주 들락거리진 않았지만 백인들에게 한턱씩 쓰면서 자신의 방식으로 백인들의 비위를 맞췄고 카드놀이에도 재능을 보였다. 몇 달 후 그는 카우크타다에서 다른 곳으로 자리를 옮겼고 승진했다. 그러고는 은퇴하기 전 1년 동안 부국장으로 일하면서 그해에만 뇌물로 2만 루피를 긁어모았다. 그리고 은퇴한 지 한 달 후에는 랑군에 있는 궁정으로 초대되어 인도 정부가 수여하는 훈장을 받았다.

궁정에서의 장면은 인상 깊었다. 프록코트를 입은 총독이 부관들과 비서들을 대동하고 깃발과 꽃들로 장식된 단상 위의 옥좌에 앉아 있었다. 키가 크고 수염을 기른 총독 근위병들이 손에 창을 들고 반짝거리는 밀랍 인형들처럼 접견실 둘레에 서 있었다. 바깥에서는 악대가 간격을 두고 음악을 연주했다. 회랑은 하얀색 잉지를 입고 핑크 빛 스카프를 목에 두른 버마 여인들로 붐볐다. 접견실 중앙에는 1백여 명의 남자들이 훈장을 받기 위해 기다리고 있었다. 만달레이산 빠소를 입은 버마 관리들, 금실로 짠 터번을 쓴 인도인들 그리고 전통적인 복장을 하고 절거덕 소리가 나는 칼집을 찬 영국 관리들, 잿빛 머리카락을 뒤로 묶고 손잡이가 은으로 된 단검을 어깨 아래 매단 나이 든 원주민 촌장들이 대기하고 있었다.

비서 하나가 분명하고 커다란 목소리로 훈장 받을 사람의 명단을 읽었다. 증서에서부터 돋을새김한 은 케이스 안에 들어 있는 명예 훈장에 이르기까지 다양했다. 이윽고 우 포 킨의 차례가 되자 비서가 두루마리를 펼치고 내용을 읽었다.

「부국장 대리, 우 포 킨, 은퇴, 오랫동안의 충성과 특히 카우크타다 지역에서의 위험한 반란을 진압한 공으로……」

접견실에 있던 하인 두 명의 도움으로 일어난 우 포 킨은 단상으로 어기적어기적 걸어 나와 거의 머리가 배에 닿을 정도로 허리를 굽혀 인사를 한 뒤 훈장을 받고 치하를 들었다. 마 킨과 다른 축하객들이 회랑에서 크게 박수 치며 스카프를 흔들었다.

우 포 킨은 현세의 인간이 할 수 있는 모든 것을 다 했다. 이제 다음 세계를 준비하는 일만 남았다 — 간단히 말해 탑을 쌓는 일이었다. 그러나 불행히도 그의 계획은 좌절되었다. 궁정을 다녀오고 사흘 후, 그는 죄를 사하는 탑의 벽돌을 한 장도 쌓지 못한 채 뇌졸중에 걸려 말 한마디 못하고 죽어버렸다. 운명을 거역하는 것은 아무것도 없다. 남편의 죽음은 마 킨을 무척이나 슬프게 만들었다. 이제 그녀가 직접 탑을 쌓는다 하더라도 우 포 킨에게는 아무 소용이 없다. 탑을 쌓는 사람만이 공덕을 받을 수 있기 때문이다. 그녀는 우 포 킨이 지금 어디 있을까만 생각하면 가슴이 아파 왔다 — 지하 불구덩이, 암흑, 사탄 그리고 악마들 틈바구니에서 헤매고 있을지도 모를 일이었다. 혹시 최악의 상황에서 빠져나왔다 하더라도 다른 공포가 기다리고 있을 것이다. 쥐나 개구리의 모습으로 환생하는 것 말이다. 아마 이 순간 뱀이 그를 집어삼키고 있을지도 모르는 일이다.

엘리자베스에 대해 말하자면, 그녀의 일은 스스로 예상했던 것보다 잘 풀렸다. 플로리가 죽은 후 모든 허식을 버린 래커스틴 부인은, 이 끔찍한 곳에는 더 이상 남자들이 없으니 유일한 희망은 랑군이나 메이묘에서 몇 달 머무는 길밖에 없다고 엘리자베스에게 터놓고 말했다. 그러나 엘리자베스를 랑군이나 메이묘로 혼자 보낼 수도 없었다. 그렇다고 그녀와 함께 가는 것도 불가능했다. 그렇게 되면 래커스틴 씨는 방탕한 생활로 거의 죽게 될지도 모르기 때문이었다. 몇 달이 흘렀다. 우기가 절정에 달해 있었다. 엘리자베스는 결국 돈 한 푼 없이 결혼도 하지 못한 채 고국으로 돌아가기로 결심했다. 그때 맥그리거 씨가 그녀에게 청혼을 했다. 사실 그는 오랫동안 청혼하려고 생각했었다. 플로리가 죽은 후 어느 정도 시간이 지나가길 기다리고 있었던 것이다.

엘리자베스는 기꺼이 그의 청혼을 받아들였다. 나이가 다소 많긴 했지만 부국장이라는 지위는 누구도 얕볼 수 없는 자리였다 ── 확실히 그는 플로리보다 좋은 점이 훨씬 더 많아 보였다. 그들은 매우 행복했다. 맥그리거 씨는 원래 마음씨 좋은 사람이긴 했지만 결혼한 후에는 더 인간적이고 온화한 사람이 되었다. 그는 목소리를 높이는 법이 없었고 아침 운동도 더 이상 하지 않았다. 엘리자베스는 놀랄 정도로 빨리 자리 잡았고, 이전의 강인한 태도는 더욱 돋보였다. 비록 버마어를 하지 못했지만 하인들은 그녀를 두려워하면서 살았다. 또한 그녀는 남편의 봉급 목록에 관해 속속들이 다 알고 있어 디너파티는 소박하게 열었고, 중간 관리자 부인의 분수에 맞게 살아가는 법도 터득했다 ── 간단히 말해 그녀는 조물주가 처음부터 그녀를 위해 의도했던 〈마님〉의 직분을 성공적으로 수행했다는 얘기이다.

제국주의의 허상을 파헤친 비극적 리얼리즘

『버마 시절*Burmese Days*』은 이 책이 쓰인 1934년 당시 영국의 식민지였던 버마(미얀마)를 지리적 배경으로 하고 있다. 따라서 이 작품을 읽는 독자들의 이해를 돕기 위해, 우선 버마가 영국에 의해 식민지화되는 역사적 과정을 간략히 살펴보도록 하겠다.

버마는 1824년부터 1885년까지 영국과 치른 세 차례의 전쟁으로 완전히 영국령 식민지가 된다. 제1차 전쟁은 1823년 말 캘커타 점령을 노린 버마군이 동부 벵골로 진격하자 1824년 초 영국이 이에 선전포고를 함으로써 발발했으며, 이 전쟁에 패한 버마는 아라칸과 테나세림을 영국에 할양한다. 제2차 전쟁은 총독 댈후지의 강제 침략 및 병합 정책으로 영국이 먼저 버마를 자극시키고 도발의 구실을 들어 발발한 전쟁이다. 우월한 군사력으로 남부 버마를 점령한 댈후지는 이의 할양을 요구하였으나 버마 측이 응하지 않자 1852년 일방적으로 합병을 선언하고 이 지역을 영국령으로 만든다.

제3차 전쟁은 인도 봄베이에 있는 영국 목재 회사와 버마 정부 사이의 티크 목재 채취권을 둘러싼 이권 문제가 표면적인 이유였지만, 실은 띠보 왕이 프랑스와 제휴하여 영국의 압력에 대항하고자 한 데 원인이 있었다. 영국은 버마 정부가 프랑스에 이권을 주는 비밀 협정을 체결했다는 소식을 접하고 목재 회사 분쟁을 핑계로 최후통첩을 보냈으나 띠보 왕은 이를 거부했고, 이에 영국군은 수도 만달레이를 함락시키고 띠보 왕을 포로로 잡아 인도 봄베이 인근 지역에 유배시킨다. 그리고 마침내 영국은 1886년 1월 1일 버마를 영국령 인도의 한 부분으로 정식으로 편입시키기에 이른다. 버마라는 나라가 사라지고 영국령 인도의 한 지방으로 전락한 것이다.

1948년에야 버마는 영국으로부터 독립해 버마 연방으로 정식으로 재탄생했으며 1989년 국가 명칭을 미얀마 연방으로 바꾸었다.

이 소설은 버마가 영국령 식민지로 전락한 후 40여 년이 지난 1920년대 중반을 배경으로 하고 있다. 때문에 이 소설에서 〈버마〉라는 이름은 국가의 명칭이 아니라 당시 영국령 인도의 한 부분인 지방의 명칭으로 불리고 있으며, 버마인 또한 인도인과 같은 피지배 인종으로 묘사되어 있다.

***

『버마 시절』은 조지 오웰이 1922년부터 1927년까지 버마에서 〈인도 제국주의 경찰〉로 근무하면서 목격하고 경험한 것을 바탕으로 당시 영국의 식민주의 정책을 비판한 소설이다. 작가는 이 소설에서, 영국의 식민주의 정책을 반대하고 대영 제국주의의 허구성과 억압상을 증오하지만 그 같은 정치 이데올로기에 맞서 투쟁하지도 못하고 탈출하지도 못한 채 절망적인 삶을 살아 나가는 한 인간을 그리고 있다.

이 소설의 시간적 배경은 1920년대 중반[1]이며 무대는 영

국의 식민지인 버마의 카우크타다라는 한 읍이다. 카우크타
다는 백인 식민지의 전초 기지 역할을 하는 곳이다. 이곳의
백인 식민주의자들이 조직한 클럽은 백인 권력의 핵심을 이
루는 중심지이며 이들의 〈정신적 피난처〉 역할을 하는 곳이
다. 또 원주민 관리들과 부자들이 들어가고자 열망하는 곳이
기도 하다.

클럽에 모이는 백인들은 하나같이 인종적 우수성과 자기
희생의 환상에 사로잡힌 인물들이다. 예컨대 거만한 관료의
전형적 인물로 등장하는 부국장이자 클럽 총무 맥그리거, 오
만에 찬 그릇된 행동으로 죽음을 자초한 지역 산림국장 맥스
웰, 극단적인 식민주의관을 가진, 이 소설에서 가장 사악한
인물로 그려지고 있는 목재 회사 주재 소장인 엘리스, 술과
여자를 좋아하고 방탕한 생활을 하는 래커스틴과 원주민들
에 대한 혐오감으로 가득 차 있는 그의 부인, 호전적인 제국
주의 경찰인 지역 총경 웨스트필드, 그리고 제국주의 군대의
전형을 보여 주는 기병대 장교 베랄이 그들이다. 이들은 인
종적 편협함과 문화적 우월감에 사로잡혀 버마에서 어떠한
원주민들과도 접촉하지 않고 자신들만의 테두리 안에서 인
간관계를 유지해 나가는 인물들이다. 이들은 〈영국에 의한
세계 평화〉라는 정신을 전면에 내세워 자신들이 자유의 신성
한 수호자이자 도덕적 가치의 전파자들임을 주장하고 있다.

당시 아시아와 아프리카 등지에 식민지를 확보하고 있던
영국 제국주의자들은 이런 주장을 뒷받침해 줄 정당성을 확립
하고 있었다. 그것은 〈백인들은 가장 우수한 민족이고, 원주민
들은 열등한 민족〉이라는 생물학적 법칙이다. 그들이 주장하

---

1 당시 버마의 정치적 상황은 심각했다. 버마인들의 정치적 자유에 대한
열망으로 영국인들과 원주민들 사이의 증오감은 극에 달해 있었고, 민족주
의 운동이 도처에서 일어나던 시기였다.

는 생물학적 법칙이란, 생물학적으로 우수한 종족의 유지와 진보를 위해 열등한 종족이 희생하는 것은 당연하다는 논리이다. 즉 최고의 〈사회적 능률〉을 지닌 인종들이 살고 통치하고 개발하는 것이 바람직하다는 말이다. 생물학적 법칙의 실례로, 원주민들의 두개골은 두껍고 딱딱한 반면 영국인들의 두개골은 얇고 섬세해 일사병을 막기 위해 항상 토피를 쓰고 다녀야 한다는 내용을 들 수 있다. 얇은 두개골은 인종적 우수성의 표시이며 그들이 쓰는 토피는 제국주의의 상징이 된다.

한편, 이들과는 사뭇 대조적인 목재상 대리인 플로리가 있다. 서른다섯 살의 독신남 플로리는 이들의 제국주의관에 심한 반발심을 가지고 있으면서도 정작 정면으로 도전하지는 못한 채 소외감에 빠져 혼자만의 내면적 삶을 살아 나가고 있는 인물이다. 그는 외로움을 달래기 위해 마 흘라 메이라는 정부를 두기도 한다.

제국주의의 본질에 대한 오웰의 태도는 플로리와 원주민 의사 베라스와미의 관계를 통해 구체적으로 제시되어 있다. 이들이 나누는 대화는 이 소설의 핵심 주제를 설정한다. 두 사람의 다정한 논쟁 이면에 숨겨진 아이러니는, 자신의 제국을 비난하고 인도 지배의 어리석음을 말하는 자는 식민주의자요, 제국주의를 옹호하는 자는 원주민이라는 사실이다. 〈백인종의 사명〉이라는 논리가 오리엔탈리스트적 입장에서 〈개발〉이라는 논리로 대치되었음이 분명하게 드러나는 베라스와미의 친(親)영국적 견해를 플로리는 단호하게 부인한다. 그는 대영 제국주의자들의 식민지 정책에서 지상 원칙이 되고 있는 〈영국에 의한 세계 평화〉라는 것이 실상은 〈강탈을 위한 속임수〉에 불과하다는 반제국주의적 의견을 피력하고 있는 것이다.

이렇게 오웰은 이들의 논쟁을 통해 대영 제국주의를, 조지

프 키플링Joseph R. Kipling이 말한 바 있는 〈백인의 짐〉으로 요약되는 인류 문명의 구제가 아닌, 유대계 독일 출신 정치 철학자 해나 아렌트Hanna Arendt가 주장한 〈자본과 폭도의 결합〉이며 원주민들에 대한 착취로 간주하고 있다. 여기서 〈자본〉이란 부유한 대영 제국을 의미하며, 〈폭도〉란 식민지 국가에서 신사 놀음을 즐기려고 하는 유럽인 클럽의 회원들과 같은 사람들이다.

또한 이 소설에서 엘리스와 더불어 사악한 인물로 묘사되고 있는 하급 치안 판사 우 포 킨은 영국에 기생해서 권력을 휘두르는 부패한 원주민 관료의 전형이다. 그는 부정한 방법으로 입신출세한 인물로 유럽인 클럽의 회원이 되고자 수단과 방법을 가리지 않으며, 그 때문에 베라스와미와 플로리를 파멸시키려는 음모를 꾸민다.

그리고 엘리자베스라는 래커스틴의 조카딸이 등장한다. 그녀는 부모를 여읜 후 남편감을 찾기 위해 버마를 찾은 영국 여성이다. 엘리자베스의 등장으로 플로리의 삶은 새로운 국면에 접어들고, 이들에 대한 스토리는 소설의 주된 내용을 이룬다. 자신의 여생을 보낼 곳이 이곳 버마라는 결론을 내린 플로리는 엘리자베스만 곁에 있어 준다면 버마 원주민들과 더불어 동양에서 나름의 행복한 삶을 살 수 있다고 생각하고, 그녀를 자기 여자로 만들기 위해 동양의 미와 문화에 대한 자신의 관점을 그녀에게 일방적으로 주입하려 한다. 그녀 역시 플로리와의 결혼을 염두에 두고 그와 가까이 지내기도 하지만, 그와 달리 동양의 문화를 미천하고 혐오스러운 것으로 간주한다. 오웰은 플로리와 베라스와미의 관계에서처럼 이들의 관계를 통해 동양에 대한 두 백인의 상반된 가치관을 제시하고 있다. 원주민들을 백인들과 똑같은 존재로 여기고, 세계 전체를 놓고 보면 갈색 피부보다 흰 피부가 오히려 더 이상한 것이라고 말하는 한 백인의 인류 평등주의와, 이들을 짐승같이 취급하는 또 다른 백인의 백인 우월주의가 바로 그것이다.

그러던 어느 날 영국 귀족 가문 출신인 기병대 장교 베랄이 카우크타다에 부임한다. 그의 등장으로 플로리와 엘리자베스는 소원해지기 시작한다. 하지만 베랄을 결혼 상대자로 염두에 두었지만 결국 그로부터 버림받는 엘리자베스는 다시 플로리에게 돌아온다. 어쨌든 결혼을 해야겠기에. 그녀는 플로리가 구혼을 하면 승낙하리라 마음먹고 있다.

소설 후반부에는 몇 가지 사건이 일어나 원주민들이 백인들의 횡포와 지배 의식에 맞서 일종의 반란을 일으킨다. 그들은 클럽으로 몰려와 유럽인들을 포위하고 위협을 가한다. 하지만 플로리의 기지(奇智)와 노력으로 반란은 진압되어, 위험에 빠졌던 백인들은 모두 무사하게 되고 플로리의 발언권은 커진다. 그러나 어느 일요일 백인들이 교회에 모여 기도를 하고 있던 중 한때 플로리의 정부였던 원주민 마 흘라 메이가 우 포 킨의 사주를 받고 교회에 들어와 난동을 부리는 사건이 발생한다. 그녀는 모든 백인들이 보는 앞에서 플로리를 향해 자신을 내팽개친 파렴치한 놈이라고 몰아붙인다. 이 장면을 목격한 엘리자베스는 충격을 받고 플로리에 대해 극도의 혐오감을 느껴, 용서해 달라는 간절한 애원에도 불구하고 매정하게 그를 버린다. 모든 것을 상실한 플로리는 집으로 돌아와 권총으로 스스로 목숨을 끊고, 그렇게 그의 자살로 소설은 끝을 맺는다.

***

이 소설의 핵심적 주제인 플로리의 소극적 삶과 그의 죽음에 대해 한번 살펴보자. 영국의 문예 비평가인 테리 이글턴

Terry Eagleton이 플로리를 두고, 사악한 사회 제도를 받아들이지도 않고 그것과 결별하지도 못하는 〈어중간한 인간〉일 뿐이라고 말했듯, 플로리의 삶의 방식은 감상적이고 자기 동정적인 면이 있다.

그런데 오웰이 플로리를 그러한 인물로 만들 수밖에 없었던 이유를, 우리는 정치 소설의 특성에서 찾아볼 수 있다. 미국의 문학 비평가인 어빙 하우Irving Howe는 〈정치 소설은 개인의 이상이 정치를 통해 실현되는 것을 그리는 것이 아니라, 오히려 정치의 소용돌이 속에서 좌절되고 그 결과 개인이 소외되고 희생되는 모습을 주로 다룬다〉고 주장한다. 이렇듯 정치 소설에서 정치는 타협을 거부하므로, 주인공과 그가 맞서는 사회 사이에는 화해나 타협이 없다. 대체로 주인공은 희생 아니면 패배라는 결론을 맞는다. 이 소설에서 역시 제국주의와 플로리 사이에는 화해나 타협이 아닌 부조화와 갈등이 가득 차 결국 그의 죽음으로 이야기가 마무리된다.

그의 패배는, 한 개인이 가지는 내면적 소외 의식과 정신적 외로움의 귀결점이긴 하나 결국 제국주의라는 극단적인 환경 아래에서 이루어진 것이기 때문에 정치 소설의 전형이라고도 볼 수 있다. 플로리의 모습은 제국주의라는 정치 이데올로기에 동조하지도 못하고, 그렇다고 절연하지도 못한 채 그 주변을 맴돌 수밖에 없는 인간들의 전형이다. 이처럼 플로리와 같은 무력한 존재는 오웰의 정치 소설에서 흔히 〈오웰적Orwellian〉 주인공이라 불리는 전형적인 형태의 인물들이다. 〈오웰적〉이라는 용어는 일반적으로 개인을 말살하고 비인간화해 버리는 사회를 지칭하기도 하지만, 고독한 아웃사이더인 플로리나 『1984년』에서 체제에 반기를 드는 반역자 스미스와 같은 인물들의 소외를 의미하기도 한다. 아웃사이더나 반역자들은 무서운 힘을 바탕으로 한 사회로부터 탈출을 꾀하고자 홀로 투쟁하지만 결국은 그 환경에 다시 지배당하고 만다. 따라서 그의 소설은 염세적이고 비극적인 결론에 이르게 되며, 때문에『버마 시절』은 비극적 리얼리즘이라고 정의 내릴 수 있을 것이다.

결론적으로『버마 시절』은 버마 원주민들에게 가하는 영국 제국주의 정책에 대한 비판의 목소리인 동시에, 그러한 제국주의가 인간의 보편적 삶에 미치는 부정적 영향을 탐색하는 날카로운 시선이다. 즉 피지배자들은 물론 지배자 자신들조차 자기 파멸로 연결된다는 것이다. 무력하게 죽어 가는 플로리처럼 제국주의라는 정치 메커니즘에 항거를 하는 이든, 혹은 클럽 회원처럼 그 메커니즘에 봉사해 권력을 휘두르는 이든, 거기에 속한 인간 개개인의 삶은 어떤 식으로든 파멸하거나 타락한다는 사실이다. 나아가 여기서 묘사되고 있는 제국주의라는 현실 세계는 지금 역사 속으로 사라졌다지만, 그 본질은 또 다른 모습으로 오늘날 이 순간에도 여전히 존재하고 있음을 우리는 깨달아야 할 것이다.

박경서

조지 오웰 연보

1903년 출생 6월 25일 인도 벵골 지방의 모티하리에서, 영국 아편국 소속 인도 주재 공무원 리처드 웜슬리 블레어Richard Walmesley Blair 와 아이다 메이블 블레어Ida Mabel Blair 사이에서 태어남. 본명은 에릭 아서 블레어Eric Arthur Blair.

1904년 1세 어머니는 자식들의 교육을 위해 남편을 인도에 남겨 놓고 에릭과 에릭의 누나 마조리Marjorie를 데리고 영국으로 돌아옴. 에릭 가족은 옥스퍼드 주(州)의 헨리온템스에 새 터전을 마련함.

1907년 4세 어머니가 막내 에이브릴Avril을 출산. 어머니는 1912년 남편이 귀국할 때까지 인도에서 부쳐 주는 돈으로 세 아이들을 키우며 생활함.

1911년 8세 런던에서 남쪽으로 약 10킬로미터 떨어진 서식스 주의 이스트본 교외에 위치한 세인트 시프리언스 예비 학교에 입학. 그해 가을부터 5년 남짓 학교에 다님.

1912년 9세 헨리온템스에서 남쪽으로 3킬로미터 떨어진 조그만 마을 십레이크로 이사해 1915년까지 생활함.

1914년 11세 10월 2일 잡지 『헨리 앤드 사우스 옥스퍼드셔 스탠더드』에 「깨어라! 영국의 젊은이들이여Awake! Young Men of England」라는 시를 발표함.

1917년 [14세] 3월 초 이튼 스쿨 장학생으로 선발되었다는 통지를 받음. 5월 초 이튼스쿨 국왕 장학생으로 입학함.

1918년 [15세] 심한 폐렴으로 고생함. 평생 동안 우정을 나누고 장차 그의 문학 활동에 있어 든든한 버팀목이 될 시릴 코놀리Cyril Connolly 를 만남.

1921년 [18세] 이튼스쿨 졸업.

1922년 [19세] 6월 제국주의 경찰이 되기 위해 일주일 동안 시험을 치르고 합격함. 10월 27일 리버풀을 떠나 버마(미얀마)의 랑군으로 가는 기나긴 여정에 오름. 만달레이에 있는 경찰 훈련 학교를 졸업하고 인도 제국주의 경찰로 버마에서 근무를 시작함.

1924년 [21세] 랑군에서 16킬로미터 떨어진 시리암 지역에서 부총경으로 근무함.

1925년 [22세] 인세인에서 다음 해 4월까지 근무함.

1926년 [23세] 만달레이에서 북쪽으로 3백 킬로미터 정도 떨어진 카타에 배치됨.

1927년 [24세] 휴가차 귀국했다가 경찰에 사직서 제출. 작가의 길을 걷기로 마음먹고 런던 포토벨로 거리의 싸구려 하숙집에서 생활함. 하층민과 어울리며 뜨내기 생활을 함.

1928년 [25세] 1월 1일 경찰직 사직서가 수리됨. 봄에 파리로 건너가 한 허름한 호텔에 작은 방 하나를 얻어 무명작가의 길을 걷기 시작함. 10월 6일 「영국 비판La Censure en Angleterre」이 「르 몽드」에 실림. 12월 29일 『G. K. 위클리』에 「싸구려 신문A Farthing Newspaper」이라는 글을 기고해 영국에서 자신의 글을 처음으로 선보임.

1930년 [27세] 『파리와 런던의 밑바닥 생활Down and Out in Paris and London』을 집필함.

1931년 [28세] 8월 초『파리와 런던의 밑바닥 생활』의 타자 원고를 조너선 케이프 출판사에 넘김.

1932년 [29세] 4월 런던 서쪽 헤이즈에 있는 호손스 남자 고등학교에서 교사 생활을 함.

1933년 [30세] 1월 9일『파리와 런던의 밑바닥 생활』이 골란츠에서 조지 오웰George Orwell이라는 필명으로 출간됨.「선데이 익스프레스」에 의해 금주의 베스트셀러로 선정됨.『버마 시절Burmese Days』집필을 시작함. 크리스마스를 며칠 앞두고 네 번째 폐렴 증세로 옥스브리지 카티지 병원에 입원함.

1934년 [31세] 『목사의 딸A Clergyman's Daughter』집필을 시작함. 『버마 시절』이 미국 하퍼스에서 출간됨. 런던 햄스테드에 있는〈북 러버스 코너〉라는 서점에서 점원 생활을 시작함.

1935년 [32세] 『목사의 딸』이 골란츠에서 출간됨.

1936년 [33세] 1월 31일 영국 북부 지방의 실업 실태와 생활 환경에 대한 소설을 쓰기 위해 북부로 떠남. 3월 30일 북부에서의 일을 마치고 런던으로 돌아옴. 4월 30일『엽란이여 날아라Keep the Aspidistra Flying』가 골란츠에서 출간됨. 5월 아일린 모드 오쇼네시Eileen Maud O'Shaughnessy와 결혼해 월링턴에서 신혼 생활을 함. 스페인 전쟁 기간 동안 마르크스주의 통일 노동자당 소속 의용군으로 참전함. 이후 115일 동안 스페인 아라곤 전방에서 복무함.

1937년 [34세] 3월『위건 부두로 가는 길The Road to Wigan Pier』이 골란츠에서 출간됨. 5월 아라곤 전투에서 목에 치명적인 총상을 입지만 구사일생으로 살아남. 6월 아내와 함께 바르셀로나를 탈출해 프랑스를 거쳐 영국으로 돌아옴.

1938년 [35세] 3월 각혈이 심해 프레스턴 홀 요양원에 입원함. 1월 중순『카탈로니아 찬가Homage to Catalonia』원고를 마무리함. 4월『카탈로니아 찬가』가 세커 앤드 워버그에서 출간됨. 여름 독립 노동당ILP에 입당함. 9월 아내와 함께 모로코 여행을 떠남.

1939년 36세   카사블랑카에서 런던으로 돌아옴.『숨 돌리기*Coming Up for Air*』가 골란츠에서 출간됨. 제2차 세계 대전이 발발함. 군대에 자원했으나 폐가 나빠 입대 불가 판정을 받음.

1940년 37세   3월『고래 배 속에서*Inside the Whale*』가 골란츠에서 출간됨. 6월 신체 검사가 까다롭지 않은 민방위대에 자원해 제5런던 대대의 하사가 됨. 이후 3년간 근무. 7종 이상의 정기 간행물에 열두 편의 수필과 서평을 씀.

1941년 38세   2월『사자와 일각수*The Lion and the Unicorn*』가 세커 앤드 워버그에서 출간됨. BBC 방송국에서 대담 진행자, 뉴스 해설 집필자 등으로 일함.

1942년 39세   『호라이즌』,『트리뷴』등에 각종 글을 기고함.

1943년 40세   9월 BBC에 사직서를 제출함.『트리뷴』의 문예 담당 편집자로 15개월 동안 근무함.『트리뷴』의 고정 칼럼「나 좋을 대로*As I Please*」를 집필함. .

1944년 41세   양자를 들이고 리처드 호레이쇼 블레어Richard Horatio Blair라고 이름 지음.『동물 농장*Animal Farm*』을 탈고함.

1945년 42세   독일의 패망과 프랑스의 사정을 취재해「옵서버」와「맨체스터 이브닝 뉴스」에 글을 싣기 위해 파리로 건너감. 아내 아일린이 자궁 적출 수술 중 심장 마비로 사망함. 여름, 자유 수호 위원회 부회장으로 선출됨. 8월『동물 농장』, 여러 출판사에서 출간을 거절당하다가 세커 앤드 워버그에서 출간되고, 2주 만에 초판이 매진됨. 12월 친구 코놀리의 집에서 두 번째 아내가 될 소냐 브라우넬Sonia Brownell을 만남.

1946년 43세   2월『비평집*Critical Essays*』이 세커 앤드 워버그에서 출간됨. 그해 여름 유모 겸 가정부인 수전 왓슨과 아들 리처드를 데리고 스코틀랜드의 섬 주라의 반힐로 향함. 8월『1984년*Nineteen Eighty-Four*』을 50면 정도 집필함. 10월 런던으로 돌아옴.

1947년 44세   주라를 다시 방문함. 11월 주라에서 폐렴과 사투를 벌이며 『1984년』의 초고를 완성한 후 폐 전문 병원인 헤어머스 병원에 입원함. 폐결핵 양성 판정을 받음.

1948년 45세　주라를 다시 찾아 『1984년』을 탈고함. 12월 초 타이핑 작업이 끝난 원고를 세커 앤드 워버그로 보냄.

1949년 46세　6월 『1984년』이 세커 앤드 워버그에서 출간됨. 9월 초 런던 유니버시티 칼리지 병원에 입원함. 10월 13일 병실 침대 옆에서 소냐와 약식 결혼식을 올림.

1950년 47세　1월 21일 특별기를 전세 내 스위스에 있는 요양원으로 가려던 중 숨을 거둠. 템스 강변에 있는 올 세인츠 교회에 안장됨.

1968년　부인 소냐와 이언 앵거스가 공동으로 작업하여 『조지 오웰 에세이, 저널, 편지 모음집Collected Essays, Journalism and Letters of George Orwell』을 네 권으로 간행함.

열린책들 세계문학 103 버마 시절

옮긴이 박경서 대구대학교 영어영문학과를 졸업하고 영국 케임브리지 대학교 하기 대학원 영문학과에서 수학했으며 영남대학교 대학원 영어영문학과에서 박사 학위를 받았다. 현재 영남대학교 영어영문학부에서 강의하고 있다. 지은 책으로 『조지 오웰』 이 있으며, 옮긴 책으로는 조지 오웰의 『동물 농장』, 『1984년』과 『코끼리를 쏘다』, 니코 스 카잔차키스의 『크노소스 궁전』, F. 스콧 피츠제럴드의 『말괄량이 아가씨와 철학자들』, 워싱턴 어빙의 『스케치북』, 코넌 도일의 『셜록 홈스 선집 2』(공역), 어니스트 헤밍웨이 의 『우리 시대에』 등이 있다.

지은이 조지 오웰 **옮긴이** 박경서 **발행인** 홍지웅·홍예빈
발행처 주식회사 열린책들 **주소** 경기도 파주시 문발로 253 파주출판도시
전화 031-955-4000 **팩스** 031-955-4004 **홈페이지** www.openbooks.co.kr
Copyright (C) 주식회사 열린책들, 2010, *Printed in Korea.*
ISBN 978-89-329-1103-8 04840 **ISBN** 978-89-329-1499-2 (세트)
발행일 2010년 3월 25일 세계문학판 1쇄 2020년 11월 25일 세계문학판 6쇄

이 도서의 국립중앙도서관 출판예정도서목록(CIP)은 서지정보유통지원시스템 홈페이지(http://seoji.nl.go.kr)와
국가자료공동목록시스템(http://www.nl.go.kr/kolisnet)에서 이용하실 수 있습니다.(CIP제어번호 : CIP2010000765)

열린책들 세계문학
Open Books World Literature

각 권 8,800~15,800원